杨绛全集

8

·译文卷·

人民文学出版社

杨绛
2002年，于三里河寓所

2003年春，于三里河寓所

2004年初，于三里河寓所

2009年，于三里河寓所

2011年4月，于三里河寓所

1952年，于中关园寓所

1953年,与好友周芬于中关园寓所门前

1953年，与钱锺书于北京大学中关园。时正翻译《吉尔·布拉斯》

1962年，与钱锺书和钱瑗于中关园

	下什么功绩。………………………………	040
第 九 章	一件大事。………………………………………	043
第 十 章	强盗怎样对待那女人,吉尔·布拉斯的大计划及其结局。………………………	045
第十一章	堂娜曼茜亚·德·穆斯格拉的身世。…………	049
第十二章	吉尔·布拉斯和那女人讲话,给人打断,大为扫兴。…………………………………	055
第十三章	吉尔·布拉斯凑巧出狱,到何处去。…………	058
第十四章	堂娜曼茜亚在布果斯接待他。……………	061
第十五章	吉尔·布拉斯穿的衣服;那位太太又送他的礼物;他离布果斯时的行装。………	064
第十六章	读后便知好景不长。……………………	068
第十七章	公寓里出事以后,吉尔·布拉斯的行止。……	073

第 二 卷

第 一 章	法布利斯带吉尔·布拉斯到赛狄罗学士家参见主人。这位大司铎的境况。管家婆的一幅肖像。…………………………	082
第 二 章	大司铎得病,延医服药;他的下场,以及传给吉尔·布拉斯的东西。……………	087
第 三 章	吉尔·布拉斯做桑格拉都大夫的用人,成了名医。……………………………	092
第 四 章	吉尔·布拉斯还是行医,又有本领,又成功。重获戒指的奇事。…………………	097
第 五 章	重获戒指的下文。吉尔·布拉斯不当医	

目　录

吉尔·布拉斯（一～七卷）

前　言 ……………………………………

作者声明 …………………………………
吉尔·布拉斯致读者 ……………………

第　一　卷

第 一 章　吉尔·布拉斯的出身和教育。…………
第 二 章　他上贝尼弗罗,路上的惊慌;在那城里
　　　　　干的事;跟谁同吃晚饭。………………
第 三 章　骡夫半路起邪心,下文如何;吉尔·布
　　　　　拉斯躲过一枪,挨上一刀。………………
第 四 章　地窖里的情景,吉尔·布拉斯所见的形
　　　　　形色色。………………………………
第 五 章　许多强盗回地窖;他们的趣谈。…………
第 六 章　吉尔·布拉斯设法逃走,如何结局。……
第 七 章　吉尔·布拉斯无法可施,如何自处。……
第 八 章　吉尔·布拉斯跟强盗合伙,在大路上立

	生,离开瓦拉多利。	105
第 六 章	他离开瓦拉多利,走哪一条路;路上跟谁结伴。	110
第 七 章	理发店伙计自述。	113
第 八 章	吉尔·布拉斯和他旅伴碰见一个人把干面包头儿在泉水里泡;他们的谈话。	130
第 九 章	狄艾果的家境,他家怎样庆贺,以后吉尔·布拉斯就和他分手。	134

第 三 卷

第 一 章	吉尔·布拉斯到马德里,他伺候的第一个主人。	142
第 二 章	吉尔·布拉斯在马德里碰见罗朗都大头领,吃了一惊;这强盗告诉他的奇闻。	148
第 三 章	他离开堂贝尔那·德·加斯狄尔·布拉左家,去伺候一个花花公子。	153
第 四 章	吉尔·布拉斯认识了那些花花公子的亲随;他们指点了俏皮的捷径,又叫他发了个奇誓。	160
第 五 章	吉尔·布拉斯艳福不浅,结识了一个漂亮女人。	165
第 六 章	几位公子议论"皇家戏班"里的戏子。	172
第 七 章	堂庞贝攸·德·加斯特罗的生平。	176
第 八 章	变生不测,吉尔·布拉斯得另找东家。	182
第 九 章	堂马狄阿斯·德·西尔华死后,吉尔·	

	布拉斯伺候什么人。	186
第 十 章	跟前一章一样长。	189
第十一章	戏子彼此相处的情形,他们对作家的态度。	193
第十二章	吉尔·布拉斯成了戏迷,跟着一班戏子放怀行乐,但不久又心生厌倦。	197

第 四 卷

第 一 章	吉尔·布拉斯看不惯女戏子的行为,丢掉阿珊妮家饭碗,找了个正派人家。	202
第 二 章	奥若尔接见吉尔·布拉斯,他们谈的话。	206
第 三 章	堂文森家有大变;美丽的奥若尔情不自禁,决计要干件异常的事。	209
第 四 章	婚变记。	214
第 五 章	奥若尔·德·古斯曼到萨拉曼卡以后干的事。	234
第 六 章	奥若尔用什么手段叫堂路易·巴洽果倾心。	241
第 七 章	吉尔·布拉斯换了个东家,去伺候堂贡萨勒·德·巴洽果。	248
第 八 章	夏芙侯爵夫人的性格;她门上的客人。	256
第 九 章	事出意外,吉尔·布拉斯只好离开夏芙侯爵夫人家;他以后的行止。	260
第 十 章	堂阿尔方斯和美人赛拉芬的故事。	263
第十一章	老隐士是谁,吉尔·布拉斯发现原来都	

　　　　　　　是熟人。……………………………… 274

　　　　　　　　第 五 卷

第 一 章　堂拉斐尔的生平。…………………… 280
第 二 章　堂拉斐尔和他的听众商定计策；他们
　　　　　出树林时碰到的事。………………… 331

　　　　　　　　第 六 卷

第 一 章　吉尔·布拉斯和他伙伴跟玻朗伯爵分手
　　　　　以后干些什么；安布华斯策划了一件大
　　　　　事，他们怎样按计行事。……………… 336
第 二 章　这件事后，堂阿尔方斯和吉尔·布拉
　　　　　斯决定了行止。………………………… 344
第 三 章　堂阿尔方斯稍有困厄，随又欢天喜地；吉
　　　　　尔·布拉斯交运，忽然到手个好差使。……… 347

　　　　　　　　第 七 卷

第 一 章　吉尔·布拉斯和萝朗莎·赛馥拉大娘的
　　　　　私情。…………………………………… 352
第 二 章　吉尔·布拉斯离了李华的田庄，如何下
　　　　　落；他恋爱不成，却交了好运。……… 358
第 三 章　吉尔·布拉斯做了格拉纳达大主教的红
　　　　　人，向大主教求情只消走他的门路。……… 362
第 四 章　大主教中风。吉尔·布拉斯的为难；他
　　　　　如何对付。……………………………… 367

第 五 章	吉尔·布拉斯给大主教辞退后的行止;凑巧碰到受过他大恩的那位学士,那人如何报答。	370
第 六 章	吉尔·布拉斯去看格拉纳达的戏班子演戏;看见一个女戏子,吃了一惊;后事如何。	373
第 七 章	萝合的故事。	378
第 八 章	格拉纳达的戏子欢迎吉尔·布拉斯;他在后台又碰到个旧相识。	389
第 九 章	那天他跟个奇人同吃晚饭,席上谈的话。	392
第 十 章	马利阿尔华侯爵派吉尔·布拉斯一个差使,这位忠心耿耿的书记怎样交差。	395
第十一章	吉尔·布拉斯听到个消息,仿佛晴天霹雷。	398
第十二章	吉尔·布拉斯住在客店里,认识了沈琦勒陆军大尉。这军官是何等人物,到马德里作何营干。	401
第十三章	吉尔·布拉斯在朝里碰到好友法布利斯,两人都很欣喜;他们同往何处,谈些什么奇事。	407
第十四章	法布利斯把吉尔·布拉斯荐给西西里贵人加连诺伯爵。	417
第十五章	加连诺伯爵派给吉尔·布拉斯的职务。	420
第十六章	加连诺伯爵的猴子遭了意外之灾,这位大爷的着急。吉尔·布拉斯得病,如何下场。	425

吉尔·布拉斯

（一～七卷）

前　　言

《吉尔·布拉斯·德·山悌良那传》(*Histoire de Gil Blas de Santillane*)简称《吉尔·布拉斯》，是法国十八世纪作者阿阑·瑞内·勒萨日(Alain-René Lesage，1668—1747)的作品。全书分两次出版，前后相隔二十年。一七一五年第一、二部出版，正是法王路易十四去世，路易十五即位的一年。小说里反映的是那两个朝代的法国社会。

路易十四穷兵黩武，称霸欧洲；国内又大兴土木，建造宫室，弄得府库空虚，赋税繁重。收税的办法又弊端百出，经手人从中肥私，都变成财主。政府要开发国家资源，鼓励工商业。随着工商业的勃兴，一个新的阶级——资产阶级也兴起来了。许多新兴的工商业巨子，买得贵勋授予状，成了新贵族。路易十四倚重的大臣如柯尔伯(Jean-Baptiste Colbert)、勒·戴礼艾(Michel le Tellier)、李宏(Hugues de Lionne)，都是这个新兴阶级的人物。路易十四初即位时，贵族领导的"投石党运动"，使他对贵族有戒心。他许贵族享受特权，却不让他们掌握实权。连年战争，贵族地主的收入大为减削，而田租经管家的手，又大打折扣。可是他们有一定的排场，巴黎有房子，凡尔赛有寓所，乡下有田庄，起居服食、车马奴仆、宴会赌博等等，花费浩大，入不敷出。皇帝的恩赏年金不易得到，得来也为数有限，无济于事，除非娶得有钱的太太，否则只好出高利借债度日。封建贵族渐趋没落，权与势都到了新兴资产阶级手里。

路易十五即位才五六岁，由他叔父摄政。摄政王重用的是杜布瓦红衣大主教（Cardinal Dubois），是穷医生的儿子，由摄政王一手栽培提拔的。这位大臣招权纳贿，卖官鬻爵，当时人说他把小偷骗子的手段用到了政府里去。路易十五当政后耽于逸乐，朝柄操在权臣和外宠手里。弄权的傅乐里红衣大主教（Cardinal de Fleury）。两位权臣都属新兴的资产阶级。一七一六年巴黎设立了第一个银行，不久又设立了股票市场，那时候举国若狂，人人想买股票发财，巴黎已成金钱统治的世界。

十七十八世纪法国社会的这些真相反映在《吉尔·布拉斯》这部小说里。勒萨日揭露了社会上可笑可鄙的形形色色，怕触犯当局，假托为西班牙斐利普三世（1598—1621 年在位）和斐利普四世（1621—1665 年在位）两朝的事。可是他在作者声明里说"我写西班牙的人情风俗并非一丝不走原样的"，因为要写得"跟我们法国人的习俗合拍"。批评家都承认这部小说里描写的是当时的法国社会。而英国的批评家说，他写的不仅是法国社会，是一切社会。① 小

---

① 圣茨伯利（George Saintsbury）《法国小说史》（History of the French Novel）第一册第 331 页论勒萨日有世界性；又格林（F. C. Green）《法国小说家》（French Novelists）第 75 页论《吉尔·布拉斯》一书是一切社会的写照。这部小说里，很多地方和我国古代戏剧、小说里写的相类。例如本书第十二卷第一、二、三章写权臣要皇帝不问政事，就为他弄外宠，这使我们记起《红梨记》第三出里奸臣梁师成的话："我教导你，大凡官家不要容他闲，常则是把些声色货利，打哄日子过去，他就不想到政事上边，左班那些秀才官儿，便有言也不相人了。"又如作者借强盗之口，把帝王、贵人、银行家等剥削者一概骂作强盗，使我们记起凌蒙初《拍案惊奇》里的话："天下那一处没有强盗？假如有一等做官的，误国欺君，侵剥百姓，虽然官高禄厚，难道不是大盗？有一等做公子的，倚靠着父兄势力，张牙舞爪，诈害乡民，受投献，窝赃私，无所不为，百姓不敢声怨，官司不敢盘问，难道不是大盗？有一等做举人秀才的，呼朋引类，把持官府，起灭词讼，每有将良善人家拆得烟飞星散的，难道不是大盗？只论衣冠中尚是如此，何况做纪客商，做公门人役，三百六十行中人尽有狼心狗行、狠似强盗之人，自不必说。"（见古典文学出版社 1957 年上海版 139 页）

说的主角吉尔·布拉斯,是当时社会上常见的人物。有的批评家说他仿佛是从人群里随便拉出来的,随时会混进人群里去①。历史上有名的杜布瓦红衣大主教和他同时的西班牙阿尔伯隆尼红衣大主教(Jules Alberoni)都是这一流人物。有人以为吉尔·布拉斯就是法国十七世纪后半叶的政客古维尔(Jean Hérault Gourville, 1625—1703),因为身世相似,古维尔著有回忆录一册,勒萨日想必读过。② 我们无须考证吉尔·布拉斯是否真有其人。那时旧贵族渐渐没落,中下层阶级的人依附权势,都可以向上爬。成功的在历史上留下了名字,爬不高或爬不上的无名小子,不知要有多少呢。

《吉尔·布拉斯》通称为流浪汉小说,由主角吉尔·布拉斯叙述自己一生的经历。吉尔·布拉斯是个"通才"(L'outil universel):他出身贫苦,却受过些教育;没甚大本事,却有点小聪明;为人懦怯,逼上绝路也会拼一拼。所以他无论在什么境地都能混混;做医生、做用人、做管家、做大主教或首相的秘书,件件都行,哪里都去得。而且他从不丧气,坏运气压他不倒,摔下立刻爬起,又向前迈步。他又观察精微,做了事总要反省,对自己很坦白。一部暴露社会黑暗的小说,正需要这样一位主角,带着读者到社会每一阶层每一角落去经历一番。

吉尔·布拉斯和一般流浪汉略有不同。他没在饥饿线上挣扎,还受过些教育。他由后门小道投靠权贵,为他们帮闲,晚年

---

① 圣·伯夫引巴丹(Patin)语,见莫利斯·阿阑编注的《圣·伯夫论法国大作家》第十册第 29 页。
② 见谢布列兹(Victor Cherbuliez)《法国十七至十九世纪小说里的典型》(*L'idéal romanesque en France de* 1610 à 1816)第 114 页以下。

做了大官,拥有财产。他算得流浪汉吗?流浪汉不是英雄,不是模范。可是《吉尔·布拉斯致读者》说:"你若读了我一生的经历而忽略了劝人为善的涵义,就不能得益。你若留心研读,就会看到贺拉斯所谓趣味里掺和着教益。"他"劝人为善",劝什么"善"?吉尔·布拉斯是模范人物吗?留心研读他一生的经历,能找到什么教益呢?

流浪汉是赤手空拳,随处觅食的"冒险者"。他们不务正业,在世途上"走着瞧",随身法宝是眼明手快,善于照顾自己,也善于与世妥协。他们讲求实际,并不考虑是非善恶的准则,也不理会传统的道德观念,反正只顾自己方便,一切可以通融,但求不落入法网——那是他们害怕的。他们能屈能伸。运气有顺逆,人生的苦和乐经常是连带的。他们得乐且乐,吃苦也不怕,跌倒了爬起重新上路。可是这股压不倒的劲头为的是什么呢?无非占点儿别人的便宜,捞摸些现成的油水,混着过日子。流浪汉伺候一个又一个主人,吃主人的饭——无论是苦饭,或我们所谓"猪油拌的饭"。他们对主人可以欺骗,可以剥削,也可以尽忠,总归是靠着主人谋求自身的利益。吉尔·布拉斯始终就是这种人。

吉尔·布拉斯离家时虽有他舅舅给的一头骡子和几枚金币,那一点身外之财是朝不保夕的。他虽然是个"通才",却没有正当职业,只在混饭吃。他的道德标准和处世哲学和一般流浪汉同样有弹性而无原则。他虽然后来爬上官位,仍然是吃他主子的饭,当他主子的奴才。一个流浪汉如果本质没变,只改换了境遇,窜入上层社会,他就不算流浪汉了吗?

吉尔·布拉斯劝人为善,想必自己觉得是好人。可是他有什么好,能借以劝善呢?

他确也不坏。一个曾和他同伙的流浪汉说:"别当我们是坏人,我们不打人不杀人,只想占人家点儿便宜过活。虽说偷东西不应该,到无可奈何的时候,不该也就该了。"所谓无可奈何,其实并不是性命攸关,只是机缘凑巧,有利可图,就身不由己。吉尔·布拉斯初次受了欺骗,暗暗责怪自己的爹妈不该训他别欺骗人,该教他别受人欺骗才对。当然,他并没主张骗人讹人,只要求别受骗。可是他仍然经常受骗,自己也干下不少骗人的勾当,甚至下流无耻,为他的主子广开后门,招权纳贿,又为主子的主子物色女人,当拉皮条的。他干了这类事情也知道惭愧,悔过补救。尽管他每到名利关头总是情不自禁,他毕竟还是努力向上的。他像一般流浪汉讲"哥们儿义气",肯互相帮忙。他秉性善良,经常也做点好事。他做了好事,就有好报,与人方便也往往自己方便。他对主人巴结尽忠,不惜干昧心事儿博取主人信赖。由这种种"好",他升官发财,变成贵人,不仅自己衣食无忧,连子孙也可以靠福。吉尔·布拉斯是把自己作为模范来劝善吗?他的劝善未免太庸俗了。

《吉尔·布拉斯致读者》虽然算是他本人的话,文章究竟是作者写的。作者把故事的趣味比做一泓清泉,供旅客休息时"解解渴"。但故事的精髓,所谓"灵魂",还待有心人去发掘。吉尔·布拉斯那点老生常谈的"为善",何劳有心人去发掘呢。假如读者死心眼儿,辨不出作品里含带的讥讽,那么看一看作者的为人,就可以知道他对吉尔·布拉斯这种人抱什么态度。

勒萨日一身傲骨,不屑迎合风气,不肯依附贵人。他敢于攻击时下的弊端,不怕得罪当道。他不求名位,只靠写作谋生。他和吉尔·布拉斯的为人迥不相同,他们俩劝人为善的涵义当然也不会一样。

吉尔·布拉斯没什么崇高的理想,没任何令人景仰的行为,没一点可望不可即的品德,他充得什么模范呢!他不是"坏人",他是"好人"吗?他虽有要好向上的心,他能有多少好呢?坏事他倒干了不少。当然,过失是谁都难免的。知过愿改,就算是知好歹的。知好歹的就不甘心做坏人,也往往以好人自居。吉尔·布拉斯就是这种有志向上而品格不高,有意为善而为善的程度有限,不愿作恶却难免过失,甚至再三做坏事。他是一个典型的平常人,尽管在不同的境地,具体表现可有千变万化,他仍然是个典型的平常人。

《作者声明》说,他不是刻画某某个人,而是描写人生的真相。的确,他写的那些"卑鄙龌龊的事,稀奇古怪的人"都是平日常见的。强盗当公差,伪善的骗子经管修院或慈善机构的财产等等,不是极普遍的事吗?从小康之家到堂堂首相府,为了争夺财产,一个个勾心斗角,骨肉如寇仇,不是到处一样吗?像吉尔·布拉斯那样为极尊贵的人干极不光彩的事,是"为国为君,屡著勤劳",这也没什么稀罕吧?结党营私,开辟后门小道的权贵,何止一个赖玛公爵。大臣"清高"而夫人好利,身兼数职,假公肥己的,又何止一个奥利法瑞斯伯爵。至于像桑格拉都大夫那种不懂本行的专家,像法布利斯那样有写作瘾的文人,绝不是西班牙或法国的特产。贯穿这些事、这些人的吉尔·布拉斯,更是一个寻常角色,谁愿意,都可以"对号入座"。他的经历也可以是我们大家的亲身经历。例如他伺候格拉纳达大主教的故事。这位大主教谆谆嘱咐他说真话,可是听到真话,气得变了脸,把吉尔·布拉斯撵走。这种事,什么地方、什么时候没有呢!又例如吉尔·布拉斯向年老的主人捅出他的情妇另有所欢,老人情知是真,却宁愿听信情妇的花言巧语,把吉尔·布拉斯撵走。这又入情入理,不论何时何地都会见到。又如吉尔·布拉斯当了人家的总管,赤心为主,秉公无私,不让同事揩油作弊。主人家并未记他的功,同事间却结下深仇。他辛苦得大病一场,饭碗丢失,私蓄赔尽,弄得生活也没个着落。这类事不也普通得很吗!

吉尔·布拉斯一生的作为,有时是受衣食的驱使,迫不得已,有时是受名利的诱惑,身不由己。他没有沦为罪犯,当然还靠自己努力向上,不甘堕落,可是他得意不由品德才能,失意也不全是自己的过错,爬上高位靠他没有原则,吃亏却因为太老实。时运无定,好景不长,升沉得失,自己也做不得主。吉尔·布拉斯要不是靠山倒了,未必甘心"隐退";如果有机会出山,准会官瘾复发。世上像他这种人随处都是。

作者描绘世态人情亲切有味,这是这部小说的特点。读书如阅世。读了《吉尔·布拉斯》可加添阅历,增广识见,变得更聪明也更成熟些,即使做不到宠辱不惊,也可学得失意勿灰心,得意勿忘形,因为失意未必可耻,得意未必可骄。但是作者没有正面的教训,"趣味里掺和的教益"可由"有心人"各自去领会。

勒萨日出自布列塔尼的旧家,十四岁成了孤儿,家产被保护人侵吞。他曾在家乡附近耶稣会办的学院读书,后到巴黎学法律,二十六岁娶了一个巴黎市民的女儿,在巴黎一住五十来年。他当过一时律师,也在包税局当过小职员,以后就专靠写作为生。当时文人大多投靠权贵;他性情倔强,不屑与贵人周旋①。他写的剧本,只在大众化的市场剧院(Théâtre de La Foire)上演。"让我在平民中老死",圣·伯夫(Sainte Beuve)引用了这句话来称道他的一生②。

勒萨日较成功的作品,还有趣剧《主仆争风》(*Crispin rival de son maître*)、讽刺包税员的喜剧《杜加莱先生》(*Turcaret*)③、小说《瘸腿魔鬼》(*Le Diable boiteux*)等。他最精心结撰的是《吉尔·布拉斯》。法国马利伏、英国菲尔丁、斯莫莱特等都受它影响;著名作家如斯特恩、兰德、拜伦、狄更斯、萨克雷等都熟读这部小说。④

---

① 见克拉瑞悌(Léo Claretie)的《小说家勒萨日》(*Lesage Romancier*)第17页;莫利斯·阿阑编注的《圣·伯夫论法国大作家》第十册第8页。
② 见莫利斯·阿阑编注的《圣·伯夫论法国大作家》第十册第19页。
③ 法国十八世纪参加法国大革命的文人商佛(Chamfort)在《人物与掌故》(*Caractères et anecdotes*)里说:"莫里哀什么都不放过,可是对包税员从没有一句讽刺,这是件可怪的事。据说柯尔伯曾有训令给莫里哀和其他喜剧作家,不得讽刺这等人。"——克瑞版170条。勒萨日却毫不留情地揭露了包税员。
④ 科梯斯(L. P. Curtis)编《斯特恩书信集》1935年牛津版第88页提到桑格拉都大夫。苏坡(W. H. Super)《兰德传》1954年纽约大学版第354—355页引兰德引用格拉纳达大主教的故事,还称赞勒萨日这部小说的题材有趣,文笔多姿,以为英国散文家没有他那样的好手。拜伦最喜欢引格拉纳达大主教的故事,参看普罗赛罗(Rowland E. Prothero)编《拜伦书信和日记》第一册第121页,第320页,第四册第248页,第六册第337页。狄更斯《大卫·科波菲尔》第四章和第七章,以及萨克雷《耶鲁普乐许通讯》(*The Yellowplush Correspondence*)纽约柯列(Collier and Son)版第十四册第173页都提到这部小说里的人物。

作者声明

有些人读起书来,看到可恶可笑的角色,一定要附会一番。我特向这些存心不良的读者声明,他们若以为这部书里的人物有所影射,那就大错了。我当众承认,我只求描写人生,贴合真相,要是我蓄意刻画某某人,那就天理难容!读者千万别冒认。若说一个角色像他,也可以像好多旁的人呢。要不然,他就出了自己的丑,应着费德鲁斯的话,"显得他自知愚昧"①。

一味主张病人放血的医生,西班牙有,法国也有;卑鄙龌龊的事,稀奇古怪的人,到处都是一样。其实我写西班牙的人情风俗并非一丝不走原样的。马德里的女戏子何等放浪,知道底细的人准会怪我没有尽情描摹她们的荒唐。不过我以为这种事应该写得平淡些,才跟我们法国人的习俗合拍。

---

① 费德鲁斯(Phèdre,公元前 30—44),古罗马寓言家。所引的句子见所作《寓言集》第三卷卷头语。

吉尔·布拉斯致读者

敬爱的读者,请你先听我讲个故事,再来读我的自传。

有两个学生一伙儿从贝涅斐尔到萨拉曼卡去,走得又累又渴,路过一泓泉水,就在水边停下来。他们喝水解了渴,休息一会儿,无意中看见近处有块石头平嵌在泥里,上面刻着字。这块石头年深月久,又禁不得牛羊来此喝水,成群践踏,字迹已经有点模糊。他们洒些水冲洗一下,看见刻的是一句西班牙文:"学士庇艾尔·加西雅斯埋魂于此。"

年纪小的一个学生轻浮没头脑,一看这句碑文,哈哈大笑道:"大笑话!'埋魂于此……'一个埋着的灵魂!不知什么怪人会作出这种可笑的墓铭来。"他说了这话就起身要上路。他同伴比较细心,暗想:"这里面总有什么道理,我倒要耽下瞧个究竟呢。"他由那学生走了,立刻用小刀子沿着石头周围挖掘。他掘得很地道,把一块石头都扳起来。只见下面一只皮制的钱袋,打开一看,里面装着一百杜加①,还有一张卡片,上写这样几句拉丁文:"你既是个有心人,要寻究碑文的意义,我的钱就传给你。愿你把我这笔钱花得比我恰当。"那学生发现了这个,喜

---

① 币名,有金有银,曾通用欧洲大陆各国,金币约值七法郎半,银币约值四法郎。

不自胜,把石头放归原处,带了那位学士的灵魂,重新上道向萨拉曼卡去。

敬爱的读者,不论你是谁,你跟那两个学生或此或彼,总会类似。你若读了我一生的经历而忽略了劝人为善的涵义,就不能得益。你若留心研读,就会看到贺拉斯①所谓趣味里掺和着教益。

---

① 贺拉斯(Horace,公元前65—前8),古罗马诗人。此句见《诗艺》(*Ars Poetica*)第343行("勒勃〔Loeb〕古典丛书"本贺拉斯《代简与讽刺诗集》第478—479页)。

第 一 卷

第 一 章

吉尔·布拉斯的出身和教育。

我爹名叫布拉斯·德·山悌良那,多年在西班牙王国的军队里当兵。他退伍回乡,娶了小市民家一个青春已过的女人。十个月以后,我就出世了。他们随后搬到奥维多。两口子没法过活,都得出去帮佣:我妈当了女用人,我爹做了侍从。他们俩除了工钱之外,一无所有。亏得这城里还有我一位做大司铎的舅舅,不然我恐怕就受不到好教育了。舅舅名叫吉尔·贝瑞斯,是我妈的哥哥,也是我的干爹。请想象一个小矮个子,三尺半身材,出奇的胖,两座肩膀夹着个脑袋,那就是我的舅舅。这位教士一味贪舒服,换句话说,贪吃爱喝;他管辖的教区出息不错,尽够他吃喝。

我从小就由他领去负责教育。他觉得我很机灵,决意要培养我的才力。他给我买一本启蒙课本,亲自教我认字,这样他得到的益处不亚于我,因为他一向对书本很荒疏,一面教我,自己也就读起书来。他下了些功夫,从前不会念的日课居然也念诵如流了。他还恨不能亲自教我拉丁文呢,那就可以省掉好些钱。可是,唉!可怜的吉尔·贝瑞斯!他一辈子就没学过拉丁文入门,也许竟是神职班上最不学无术的大司铎,只是我这句话做不得准。我听说，他这个职位只是几个好修女给他的酬报，不是靠学问得来的；他曾经替她们办过机密的事，她们因此仗面子让他不经过考试就做了司铎。

他只好找个严厉的老师来教我，就把我送在郭狄内斯博士门下。这个人算是奥维多最有本领的学究先生。我有他教导，得益不浅，五六年之后，对希腊作家略知一二，对拉丁诗人颇能通晓。我还研究逻辑，学得能言善辩。我真好辩，甚至于抓住过路的人，不管相识陌生，总要跟他们辩论一番。有时候恰恰碰到个喜欢辩论的人，来得正好，我们的争辩可好看了：比着手势，脸上做出怪相，还把身子旋呀扭呀。我们眼中出火，嘴角飞沫，看上去哪里像什么哲学家，倒像是着了鬼迷的疯子。

我因此在那个城里得了博学的名气。我舅舅非常得意，因为他想我马上可以不用他负担了。有一天他对我说："好咧！吉尔·布拉斯啊！你不是小孩子了！你已经十七岁，成了个机灵的小伙子，该给你个出头的机会。我想送你到萨拉曼卡大学去，凭你这份儿才情，准会找到个好事情。我给你几个杜加作路费，我的骡子值十个到十二个比斯多①，也送给你，你到萨拉曼卡把它卖掉，一面找事，就有钱过活了。"

他这话正合我的心，我正心痒痒地要见见世面呢。可是我还管得下自己，脸上没流露高兴。我跟他分别的时候，好像一味伤心，抛不下这么恩深义重的舅舅。这个好人很感动，给了我很多钱；要是他看透了我的心，就不会给这些钱了。我动身之前和我爹妈吻别。他们不吝金玉良言：劝我祈求上帝保佑我舅舅，做

---

① 西班牙金币名，约值两个金杜加。

人要规矩,别干坏事,尤其不可以偷东西。他们训诫了我好半天,就为我祝福。我也不指望他们此外还给我些什么,随后就跨上骡子出城了。

第 二 章

他上贝尼弗罗,路上的惊慌;在那城里
干的事;跟谁同吃晚饭。

我出了奥维多城,走上贝尼弗罗大道,周围都是旷野,从此我自己做主了,而且有一头劣等骡子和四十枚响当当的杜加,我从那位有体面的舅舅那儿偷来的几个瑞阿尔①还没算在里面。我头一件事是让那骡子遂着性儿走,那就是让它慢慢踱去。我把缰绳撂在它脖子上,口袋里掏出杜加,摘下帽子来盛着,一遍两遍地数。我从没见过那么多钱,赏玩个不休。我大概数了二十来遍,忽然骡子昂头竖耳,路中心站住不走了。我想它吃了什么惊,仔细去看个究竟。只见地上一只帽子,口儿朝天,里面一串粗粒子的念珠。一壁听得凄声惨气地喊道:"过路的大爷啊,发发慈悲,可怜我这个残废军人吧!请你往帽子里扔几个钱,生前行好事,死后自有好报哇!"我赶忙随着声音转眼去瞧,看见二三十步外一丛灌木底下,一个兵士模样的人把两根棍子交叉

---

① 西班牙银币名,约值四分之一法郎。

着支起一杆马枪,看来比长枪还长,枪口正瞄着我。我一看吓得发抖,生怕教堂里得来的财产要保不住了。我立刻止步,忙把杜加藏好,抓出几个瑞阿尔,走近那只向心惊胆战的信徒募化的帽子,一个一个往里扔,让这位军人看我多么大方。他见我这样慷慨很满意,就一声一声连连祝福我,我也一脚一脚连连踢那骡子的肚子,要赶快走开。偏生这头该死的骡子满不理会我慌忙,还是慢条斯理地走;它多年来只惯驮着我舅舅稳步徐行,早跑不快了。

我出门碰见这件事,觉得兆头不妙。我想萨拉曼卡还远着呢,难保不碰到更倒霉的事,心里怪舅舅疏忽,没把我交托给骡夫照顾。他应当那样办才对;不过他只想到给了我这头骡子可以省些旅费,算计了这方面,没估到我路上的风险。我要为他补过,打定主意,如果侥幸到达贝尼弗罗,就卖掉骡子,雇一头包程骡子到阿斯托加,从那里再雇包程骡子到萨拉曼卡。我虽然没离开过奥维多,动身前先打听过这些必经之路,所以都知道。

我安抵贝尼弗罗,在一家像样的旅店门口停下;脚没落地,这旅店主人早满面春风地出来迎接。他亲手解下皮包,扛在肩上,领我到一间客房里,他的手下人也把骡子牵到马房里去。这位店主人可算阿斯杜利亚境内嚼舌根儿多说话的第一名,动不动无谓扯淡,讲自己的事,又爱管闲账打听人家的事。他说,他名叫安德瑞·高居罗,在皇家军队里当过好多年军曹,十五个月以前为了要娶个卡斯托坡尔的姑娘,所以退伍;又说那姑娘皮肤稍为黑些,却是店里一块活招牌。他还说了许多话,我都懒得理会。他讲了这些体己,觉得有权来盘问我了,问我哪里来,哪里去,又问我是谁。我只得一一回答,因为他每问一句,就对我深深鞠躬道歉,请我别怪他多问,弄得我不好意思不理他。这就招得彼此长谈起来。说话中间,我讲起打算卖掉骡子改雇包程骡子的事。他十分赞成,不是干脆说赞成,而是就题发挥,告诉我路上会碰到各种麻烦,还叙述了旅客身经的许多恐怖。我只怕他一辈子讲不完,他也有讲完的时候。末了他说,如果我要卖掉骡子,他认得一个可靠的马贩子也许要买。我烦他把那人找来,他立刻亲自找去了。

一会儿他带了那人来见我,满嘴称赞他诚实可靠。我们三人跑到院子里,骡子也牵来了,在马贩子前面走了几个来回。马贩子把骡子从头到脚细看,少不了指出许多毛病。老实说,这头骡子可赞之处不多,不过即使它是教皇的坐骑①,那马贩子也会挑剔出些坏处来。他一口咬定我那骡子百病俱全,怕我不信,抬出店主人来作证;店主人自有他的道理,句句附和。那马贩子冷冷地说道:"好吧,你这头骡子很次想卖多少钱哪?"我听了他的品评,又以为高居罗先生为人诚恳,并且是鉴别骡马的大行家,既有他从旁坐实,那骡儿是不值一文钱的了。所以我对马贩子说,我相信他是个老实人,请他凭良心说个价钱,估定多少,我一无异议。他摆出正人君子的嘴脸,说我请出他的良心来,恰捉住他的短处了。良心果然不是他的长处;我舅舅估计这骡子值十二个比斯多,他却大胆老脸,只估了三个杜加。我收下钱,满心欣喜,好像这买卖是我占了便宜。

我出脱骡子,占了这般便宜。店主人就领我去找一个明天上阿斯托加的骡夫。据他说:天不亮就要动身,到时会来叫醒

---

① 教皇的坐骑是骡子,因此"教皇的骡子"是不同寻常的。

我。我们讲定了雇费和一路的伙食费,一切停当,我和高居罗同回旅店。一路上他对我讲那骡夫的身世,又讲这城里人对那骡夫的口碑。总而言之,他又要烦絮得我头涨了。幸喜这时来了个人,相貌还漂亮,跟他打招呼,礼数周到,把他话头截断。我走我的路,让他们俩说话去,没想到他们的话会跟我有什么关系。

我一到旅店,就叫晚饭。这天是不吃肉的斋日,只好将就吃鸡蛋。我这时候才见到女掌柜;我等着店家做菜,先跟她闲聊。我觉得她长得不错;尽管她丈夫没讲,我一见她那股子风骚劲儿,就断定这旅店一定生意兴隆。我等炒鸡子儿送了上来,一人坐下吃晚饭;第一口还没到嘴,只见店主人进来了,背后跟着那位在路上招呼他的人。这位绅士带着一把长剑,大概有三十来岁年纪。他急忙赶过来,说道:"学士先生!我刚知道您就是吉尔·布拉斯·德·山悌良那先生!奥维多的光彩!哲学界的明灯!哪里想得到您就是那位大名鼎鼎、博而又博的大学者大才子!"又转向店主夫妇道:"你们还不知道光临你家的是个什么样的人物!你们店里落下个宝贝了!这位年轻先生是世界上第八件稀罕物儿!"[①]他于是抱住我脖子道:"别怪我乐得发狂,我看见了您高兴得忘形了。"

我一时答不出话,给他搂得太紧,气都回不过来。直等他松了手,我才说道:"先生,我想不到贝尼弗罗的人会知道我的名字。"他依然那种腔吻,说道:"何止听到您的名字呀!这里周围二十哩[②]以内的大人物,我们都有记录。您是我们这儿公认的

---

① 古代几件伟大的建筑物称为世界七大奇迹:埃及金字塔,巴比伦架空园,宙斯像,罗德斯巨人铜像,阿耳忒弥斯庙,摩索尔陵,亚历山大灯塔。
② 哩(Lieue),合四公里。

奇才。我相信西班牙出了一个您这样的人,大可引以自豪,就好比希腊有了七哲①那样。"他说完这话,又把我拥抱一番。我只得生受他,险的没像安泰②一般结局。我要是稍通人情世故,就不会给他那种奉承夸张哄倒,一听他恭维过火,就会知道这是个吃白食的篾片,各处城市里多的是,只要有外方人到了,赶快攀附上去,哄这冤桶花钱,乘机大吃一顿。可是我年轻爱吃马屁,看错了人。我以为这位仰慕我的是上等君子,就留他同吃晚饭。他嚷道:"啊!那就好极了!我多承福星高照,碰到大名鼎鼎的吉尔·布拉斯·德·山梯良那先生!我能多跟您盘桓一刻,还有不乐意的嘛!"接着又道:"我胃口不好,不过是坐下来陪陪您,吃几口应个景儿。"

这位恭维我的人说着就对面坐下。店家添上一份刀叉。他认定炒鸡蛋狠命地吃,好像饿了三天似的。我看他那副应个景儿的神气,知道立刻就要盘底朝天了。我又叫了一盘炒鸡蛋,厨房里菜做得快,我们——其实竟是他一人吃完了那第一盘,第二盘接着就来。他依然吃得飞快,一张嘴不停地咀嚼,却还能腾出空儿来把我奉承了又奉承,奉承得我志得意满。他又一杯杯喝酒,一会儿喝酒祝我健康,一会儿祝我父母健康,说他们能有我这么个儿子,真使他不胜赞叹。同时他又替我斟上酒,要我赏他面子也喝点儿。我干杯还祝他健康。这样一杯杯地喝,又有他的马屁下酒,我不知不觉兴致勃发,眼看第二盘炒鸡子儿又吃去一半,就问店主人能不能来一条鱼。这位高居罗先生看来是和

---

① 指索龙(Solon)、泰理斯(Thales)等七位贤哲。
② 希腊神话:安泰(Antée)是巨人,只需身子一着地就会生出新的力气来;后被大力士赫剌克勒斯抱离了地扼死。

这篾片通同一气的,说道:"我有一条顶好的鲟鱼,不过谁想吃它,价钱可不小!这东西太精致,你们还不配。"我的拍马朋友提高了嗓子嚷道:"什么话!太精致?朋友啊,你说话太不知进退了。我告诉你,你这儿没有吉尔·布拉斯·德·山梯良那先生不配享用的东西。你应该把他当王爷一般供奉!"

他把店主人驳倒,正中我意,我也要说那句话。我觉得店主人得罪了我,所以傲然吩咐说:"你把那鲟鱼做上来就得了,别的事不用你管。"店主人巴不得我说这一句,连忙动手,一会儿送上菜来。这位篾片见了新上的菜,我看他乐得两眼放光,又要重新应个景儿,拿出方才吃炒鸡蛋的狠劲儿来对付这条鲟鱼。他吃得撑肠拄肚,怕要胀破肚皮,只得罢休。他酒醉饭饱,觉得这幕滑稽戏该收场了,就站起来说道:"吉尔·布拉斯先生,承你请我吃好东西,我很快乐;看来得有人指点你一句要紧话,所以我告辞之前,特地向你说说。从今以后,小心别相信人家奉承,对陌生人防着些儿。你将来还会碰到些人,也像我这样,看你老实可欺,就捉弄你,也许恶作剧还要厉害呢!下回可别上当了!别听了人家一句话,就当真相信世界上第八件稀罕物儿就是你先生!"他说完当面打个哈哈,扬长而去。

我上了这个当,无地自容,往后我还有好多更丢脸的事,可是羞愧也不过如此。我气的是做了那么个大冤桶,说得好听点,我的自尊心受了磨折。我心想:"嗨!怎么!这奸贼原来是捉弄我吗?他刚才招呼店主人,原来是要套问我的底细,也许他们俩竟是串通一气的!啊,可怜的吉尔·布拉斯!活活地羞死人啊!让这起混蛋抓住个好把柄来捉弄你!他们还要把这事编成笑话,说不定会传到奥维多,替你大扬名气呢!你爹妈那般苦口教导你这傻瓜,一定要后悔了。他们不该劝我别欺骗人,该教我别受人家欺骗才对。"我给这些扫兴的念头搅得心烦,又加愤火中烧,便关了门上床睡觉。可是我哪里睡得着,翻来覆去了半夜,刚合上眼,我的骡夫已经来叫我了。他说只等我去,就可以动身。我赶忙起来,正穿衣服,高居罗送上账来,那鲟鱼是不会漏掉的。我只得尽他敲竹杠,而且我付钱时看出那混蛋在回想昨宵的事,越发羞愤不堪。昨夜那顿食而难化的饭害我出了好一笔冤钱;于是我拿了皮包到骡夫家去,一面咒骂着那骗子、那旅店主人和他的旅店。

第 三 章

骡夫半路起邪心,下文如何;吉尔·布拉斯
　　躲过一枪,挨上一刀。

　　跟骡夫一起上路的不止我一人:还有两个贝尼弗罗的富家子弟;一个蒙都尼都的小矮个子,是个走江湖唱圣诗的;此外还有一个阿斯托加的年轻市民,带了在维尔果地方新娶的年轻老婆回家。一行人不久混熟了,各诉来踪去迹。那新娘子虽然年轻,却又黑又没风味,我懒得看她。可是她年纪轻,又是好一身肉,骡夫瞧着她很动情,就决心要求欢。他盘算了一天,打定主意,准备到了末一站下手。末一站是卡卡贝罗斯。一到那镇上,他领我们在第一家客店里投宿。这店算是在镇上,其实很偏僻,倒仿佛落了乡,而且那骡夫知道掌柜是个乖觉识窍肯行方便的人。他故意领我们到一间僻静的客房里,让我们自在吃晚饭。我们快要吃完,只见他怒冲冲闯进来嚷道:"他妈的!谁偷了我的钱了!我皮包里明明藏着一百个比斯多呢!我非追回来不可!我要向镇上的法官告状去!他碰到这种事,决不轻轻放过,要把你们一个个上夹棍审问,直到做贼的招供吐赃,才饶你们呢。"他说完跑了,样子装得惟妙惟肖,我们都非常诧异。

　　我们做梦也没有想到这是假装的,因为我们相知不深,谁也担保不了谁。老实说吧,我就怀疑那唱圣诗的是贼,大概他也怀疑我是贼。而且我们都是不经世事的小伙子,不知道这种事报官法办是什么样子,认真以为一上来就动用夹棍。我们吓慌了,都急忙逃走:有的往街上逃,有的往花园里逃,人人只想脱身免祸。那阿斯托加的年轻市民跟我们一样的怕严刑拷打,他像个埃涅阿斯①,抛下老婆,自顾自逃走了。我们的骡夫比他的骡子还要放浪,据我后来知道,他一瞧诡计很灵,洋洋得意,向那新娘子去夸说自己的奇谋妙算,就想利用这个良机。可是这位阿斯杜利亚的璐凯思②看见诱惑她的人相貌丑陋,就长了抵拒的力气。她拼命撑持,直着嗓子叫喊。可巧一队警卫因为这地段该加意巡逻,这时候正走来,就进门查问为什么大呼小叫。掌柜的本来在橱下唱歌儿,装做什么都没听见;这会子他只得领了队长和警卫到那房间里去。他们来得正好,这阿斯杜利亚女人已经

---

① 特洛亚(Troie)的英雄,妻名克瑞乌斯(Créuse)。特洛亚城被希腊人攻破,他驮了父亲、搀了儿子逃出,没照顾他的妻子,因此克瑞乌斯在混乱中失散。
② 古罗马贵妇人,美貌贞节,遭罗马王子赛克斯特斯·达尔甘(Sextus Tarquin)强暴奸污,愤而自杀。

力气使完了。警卫队长为人粗暴,一瞧原来如此,就举起长戟的木柄把那风流骠夫打了五六下,还破口一顿臭骂,用的字眼儿和骠夫刚才的行为粗秽得不相上下。还有下文呢:那女人头发散乱,衣裳破碎,还要亲自去告状;他就把犯人和原告一同带到镇上去见法官。法官听了她的状,斟酌一番,觉得被告情无可原,判令当场剥去衣裤,监着抽了一顿皮鞭;然后下令说:如果那丈夫第二天还不露面,就派两名警卫伴送女人到阿斯托加,一切费用,全由犯人负担。

我大概比旁人更着慌,直逃到乡下,经过不知多远的田地荒野,跳过一道道的沟,末了跑进了一座树林子。我正要找林木深密的地方躲起来,忽然两骑壮士拦住去路,喝道:"谁打这儿过?"我吃了一惊,一时答不出话来。他们走上来,一人一支手枪抵住我胸口,逼我老实说:我是谁,从哪里来,到这树林子里来干什么,不许一字隐瞒。这般咄咄逼人,我看跟骠夫恫吓我们的夹棍差不多了。我只得回说,我是个奥维多的小伙子,要到萨拉曼卡去。我还告诉他们刚才吃了什么惊恐,又老实承认怕吃夹棍,所以逃走。他们从这番话里听出我傻不懂事,不禁哈哈大笑。一个人对我说道:"朋友,你放了心,跟我们来吧,别害怕,我们保你平安无事。"他叫我上马骑在他身后,就到树林深处去了。

我不知道这场遭遇是怎么一回事,预料不会有什么凶险。我心上想:"这两人要是强盗,他们早抢了我的东西,或者害了我的命了。他们想必是地方上的善良绅士,看我害怕,动了恻隐之心,做个好事带我上他们家去。"我的疑团不一会儿就消释了。我们一路上鸦雀无声,绕了几个弯儿,到一座山脚下,大家下马。一位骑士对我说道:"我们就住在这儿。"我东张西望,哪里有什么屋宇房舍,也不见半点人烟。那两个人向一堆荆棘下面掀起一扇大木板坠门,原来顺着斜坡下去是一条很长的地道,这扇门盖住了入口。两匹马是走熟了的,不必加鞭,就下去了。两位骑士叫我跟了他们一同进去。他们牵动坠门上的绳子,拽上那扇门儿。贝瑞斯舅舅的宝贝外甥就像耗子关在笼里了。

第 四 章

地窟里的情景,吉尔·布拉斯所见的
形形色色。

我才明白和什么人在一起;不用说,我这一来把当初的怕惧忘了。这会子我怕得更厉害,更合情理,简直神魂失据。我相信我的性命钱财都要断送了。我这样夹在那两个向导中间向前走,当自己是一头牵上祭台的牺牲,吓得死了大半个。那两人觉得我索索发抖,只管劝我别害怕,也没有用。我们一路转弯抹角,愈走愈低,走了二百步左右,到一间马房里。那里点着两盏铁制的大灯,挂在梁间。屋里柴草丰富,还有很多大木桶,装满了大麦。这马房容二十匹马还宽裕,不过眼前只有刚回来的两匹。一个黑人忙着把它们拴在马槽旁的架子上。他年纪虽老,身体似乎还很结实。

我们走出马房,几盏昏灯照得景色愈见凄惨。我们凭那点光一路到了厨房里。一个老太婆正在炭火上烤肉,准备晚饭。这厨房里摆着各式的日用家伙,紧挨着是间伙食房,里面藏着种种食品。我该描写这位厨娘一番。她年纪有六十多岁,年轻时候,一头头发准是火也似的红,虽然上了岁数,两鬓没全白,还留着几抹原来的颜色;一张脸皮子黄里泛青,下巴颏儿又尖又翘,嘴唇深深瘪进去,大鼻子鹦哥嘴似的直勾到嘴上,一双眼睛红里带紫。

一个好汉就把我介绍给这位黑暗地狱里的美丽天仙,说道:"唅!雷欧娜德大娘,我们替你带了个小伙子来了。"他说罢回过脸来,看见我吓作一团,面无人色,对我说道:"朋友,别害怕,我们不叫你吃苦头的。我们厨房里要个下手,帮帮我们的厨娘,刚巧碰见了你,这就算是你运气来了。我们本来有个小伙子,半个月以前送了命,你现在正好补他的缺。那个小伙子长得太娇嫩。我看你比他结实,可以比他多活几时。老实告诉你吧,你要再见天日是休想了!不过在这里自有好处:好吃好喝,还有个好好的火。你陪着雷欧娜德过日子,她这人心肠很好,你需要什么零星东西,应有尽有。我还要叫你瞧瞧,我们这儿不是一窝子穷花子。"他一面点上个火把,叫我跟他走。

他先领我到一个地窖里,只见无数密封着口的瓶子坛子,据说都满装着醇醪美酒。他又带我穿过好几个房间:有的堆着布匹,有的藏着呢绒绸缎;有一间屋里堆满了金子银子,刻着各式徽章的金银器皿还不在内。随后我又跟他到一间大厅上,里面点着三盏铜灯,这一间通许多房间。他又盘问我姓甚名谁,为什么离开奥维多。我一一回答了。他说道:"好啊,吉尔·布拉斯,你离开家乡,只为了要谋个好职位,恰恰落在我们手里,真是天生好福气了。我刚才跟你说过,你在这里可以过富裕日子,在金子银子里打滚!而且我们这里万无一失。这个地窟真是好地方,公安大队到树林里来巡逻个一百回也找不出来。只有我跟我们伙伴儿知道这里的出入口。也许你要问,造这样个地窟,怎么附近居民会不知不觉呢?我告诉你,朋友,这个地窟不是我们造的,是多年以前造现成了的。从前摩尔人①侵占了格拉纳达、阿拉贡——几乎占领了西班牙全国。不愿受异教徒作践的基督教徒就逃亡出来,有的躲在这里附近,有的逃到比斯盖,还有像那勇敢的堂贝拉由②就避在阿斯杜利亚。那些逃亡的人一队队四散逃难,或住在山上,或住在树林里,或住在山洞里,或造了许多地窟;这就是一个。他们后来靠天照应,把敌人赶出西班牙国境,又回到城市里去了。他们避难的隐居从此成了我们这行人的巢穴。公安大队确也剿掉几处,不过还有好多个呢。靠天保佑,我在这里平安无事,已经十五个年头了!我是罗朗都队长,是我们这伙人的头领。方才跟我在一起的是我们队里一名好汉。"

第 五 章

许多强盗回地窟;他们的趣谈。

罗朗都大爷话刚说完,外面又来了六个陌生脸儿,是副头领带着队里五个大汉押了赃物回来;两个大篓子,装满了白糖、桂

---

① 非洲的一个种族,奉伊斯兰教,于八世纪初占领西班牙,历时几近五百年。
② 阿斯杜利亚开国之君。西班牙贵族,男人称"堂",女人称"堂娜"。后来这种称谓变成了普通的尊称。

皮、胡椒、无花果、杏仁和葡萄干。副头领告诉大头领,刚才从贝那房特一个干货铺里抢了这两篓东西,连驮货的骡子一起牵了来。他交代完,大家把抢来的干货搬进伙食房,于是只等吃喝取乐儿了。他们厅上摆了一大桌,叫我到厨房去听雷欧娜德大娘派遣工作。我既已走上这步背运,没奈何只得隐忍着苦楚,去伺候这一群大老爷。

我先从碗柜子着手,摆上银杯,又把罗朗都大爷刚才对我卖弄的醇醪美酒摆上好几瓶。我随就送上两盘炖肉,这群人立刻坐下,狼吞虎咽地大吃起来。我站在他们背后伺候斟酒。我虽然没做过这种事,却非常殷勤小心,竟赢得他们赞赏。大头领把我的历史概括说了几句,大家听得很有趣。他又把我称赞了一番,可是我已经尝够了称赞的滋味,听了不会再上当。他们又一致夸奖我,说比那前任的小子好一百倍。自从我前任死后,每天原是雷欧娜德大娘斟了玉液琼浆来伺候这群地狱里的煞神,这项体面差使就归我接管。我承袭了老"赫柏"的职位,成了个新"该尼墨得斯"①。

才上了炖肉,又来一大盘烧烤,一群强盗都吃得饱乎乎。他们一边大吃,一边大喝,一会儿都兴高采烈,嚷成一片。大家七嘴八舌抢着说话:一个讲故事,一个说笑话,叫的叫,唱的唱,谁都听不见谁。后来罗朗都觉得大家吵嚷着没人理会他,不耐烦了,高声喝住众人,居然全场静下来。他俨然是个首领的腔吻,说道:"诸位请听,我有个意思:咱们这样抢着说话,嚷得大家头

---

① 希腊神话:赫柏(Hébé)是宙斯(Zeus)的女儿,是青春女神,诸神宴会时她管斟酒;该尼墨得斯(Ganymède)是个美少年,宙斯差神鹰把他抓上天去,代替赫柏,做个司酒童儿。

昏脑涨,何不斯斯文文地说话儿消遣,不是好得多吗?我想着咱们合伙以来,彼此都没有探问过家世,也没说起咱们干上这路买卖是什么前因后果。我觉得大可一讲。咱们何妨各谈身世,当个消遣呢?"副头领和众人好像都有一肚子趣事要说,一齐欢呼附和。于是大头领第一个讲。

"诸位,你们可知道,我是马德里富翁的独养儿子。我出世那天,合家欢喜,庆贺个不了。我爹已经上了年纪,居然盼得一个传宗接代的人,乐得无以复加。我妈亲自喂奶抚育。那时我外公还在,这老人家什么事都不管,成天念念经,又因为当兵多年,时常夸口上过火线,不免要讲讲他战场上的功劳。我渐渐成了他们三人的宝贝,你抱我抱,从不离手。我是个小娃子的时候,成天玩耍,因为他们怕我读了书要伤身体。我爹说,小孩子不宜用功,要等脑筋成熟些才行。我就一直地养脑筋,不认字,也不写字。不过我并没有光阴虚度,我爹教会了我种种玩意儿。斗牌呀,掷骰子呀,我都精通。我外公讲给我听他在军队里的许多故事,还哼诗给我听。他成天反反复复老哼那几句诗,哼了三个月之后,我也把那十一二句诗背得一字不错,我爹妈直赞我记性好。他们谈话的时候,随我畅所欲言,我插嘴乱说一通,他们只觉得我真聪明。我爹两眼着了魔似的望着我说:'啊,看他多美啊!'我妈就来摩弄我,外公乐得眼泪都流出来。我在他们面前,无论干什么下流无耻的事都不会挨打挨骂,他们什么都原谅,他们对我真崇拜呢!一转眼我十二岁了,还没有从过老师。他们请了一位到家里来,预先切实叮嘱,不许动手责罚,只可以空言恫吓,给我几分怕惧。老师这点权力没多大用处,我不是当面嘲笑,就是含着两包眼泪找我妈或是外公去哭诉,说老师虐待我。这位可怜虫怎么辩白也没用,他们总是听我的话,把他当个凶狠家伙。有一天我故意自己抓破皮,放声叫喊,好像人家在剥我皮似的。我妈忙赶过来。我老师尽管对天发誓,说他碰都没碰我一下,我妈却把他当场撵走了。

"我照这办法把一切老师都送走,末了来了个中我意的。他是阿尔卡拉的学士,做公子哥儿的家庭教师真呱呱叫。他爱嫖、爱赌、爱喝酒;把我交托给这样一个人,真是再好没有了。他一上来竭力用软功笼络,哄得了我欢心。我爹妈因此很喜欢他,我就完全归他管教。他们不用后悔,这位老师不久就教得我精通世故。他爱去的地方都带了我同去,我受他这样熏陶,学成了个万事通,所不通的只有拉丁文。他看我无须他再教诲,就辞了我们,传授别的徒弟去了。

"我小时候在家任性胡为,成年以后一切自己做主,情形又不同了。我起初是在家里放肆,成天打趣我爹妈。他们听了不过笑笑,我说得越刻薄,他们越觉得有味儿。我又结交了一群气味相投的纨绔少年,花天酒地,无所不为。我们要天天那么乐,爹妈给的钱不够花,就拼命偷家里的钱;偷了还不够,就晚上出去做贼,倒可以大有贴补。不巧得很,当地司法官听到风声,要来逮捕我们。亏得有人报了信。我们就一溜了之,索性到官道上拦路打劫。诸位,我感谢上天保佑,虽然担惊受怕,却靠这行业过活,直到如今了。"

大头领讲完,轮到副头领。他道:"诸位,我的教养恰和罗朗都大爷的相反,但是结局相同。我爹是托雷都的屠户;他名不虚传,是那省里最凶狠的人。我妈的性子也并不比他慈善。我小时候,他们俩赌赛似的给我吃鞭子,我每天总要挨打一千下。

我往往犯了小过就挨顿毒打。我一把眼泪认错求饶,也没有用,他们丝毫不肯放松。我爹打我的时候,我妈不来劝劝,反倒好像怕他打得不够狠,还要来帮一手。家里这样待我,叫我恨透了,不到十五岁就逃出来,一路讨饭,取道阿拉贡,到萨拉戈萨。我在那儿跟叫花子混在一起,他们倒也够逍遥快乐的。他们教我种种秘诀,装瞎子,装作断手折腿的,假造腿上烂疮,等等。每天早上,我们好像在演习一幕喜剧,一个个派定了角色,各自扮演,每人都有一定的岗位。到晚上,我们聚在一起,把日间对我们发善心的人挖苦形容着取笑。可是我对这群花子渐渐厌烦了,想跟比较上流的人来往,因此交结了一群骗子。他们教会我好些讹人诈人的法门,可是和我们通气的一个警察翻了脸,我们在萨拉戈萨站不住脚,只好各寻生路。我觉得自己生性敢作敢为,所以跟一帮征收买路钱的好汉合伙。他们的生涯真合我脾胃,我从此就不想改行了。我很感谢我爹妈虐待了我,假如他们待得我好一点,我到现在左右不过是个倒霉的屠户,哪会荣任你们的副头领呢!"

坐在正副头领两人中间的一个年轻强盗抢着说道:"诸位,不是我夸口,方才两位讲的身世都不如我的那么错综离奇,你们听了就知道我这话不错。我是赛维尔附近一个乡下女人生的。我出世了三个礼拜,有人看她年纪轻、相貌好、奶水多,要雇她奶一个孩子。那孩子是赛维尔贵族人家的独养儿子。我妈很乐意,就上那人家去领那孩子。人家把孩子交托给她。她一领到乡下家里,发觉那孩子相貌很像我,就心生一计,要我顶替那位贵家公子,以为我将来自会报答她这番恩情。我爹是个农夫,不知轻重,也赞成掉包。于是他们把两个孩子的衣服交换一下,堂罗德利克·德·黑瑞拉的儿子顶了我的名儿寄养到另一个奶妈家去,我顶着他的名把亲娘当了奶妈。

"常言道,骨肉之间有天性感应,可是那小爷的爹娘虽然孩子换掉,却没事人儿一般。他们做梦也没想到上了当,直到我七岁还不离手地抱我。他们想要把我教成个无所不通的上等人,为我请了各种教师。可是最高明的先生也难免教出个把不肖弟子。我对他们教我做的练习毫无兴趣;他们传授我的各种学问更叫我厌倦。我倒是喜欢和底下人玩耍,不时跑到厨房或马房去找他们。可是不久我就不一味贪玩儿了,我不到十七岁就天天喝得醉醺醺的。我又把家里女用人个个都调戏到,尤其看中一个灶下丫头,觉得她最值得勾引。她是个肥头胖脸的女人,脾气好,身体结实,很中我意。我和她偷情毫无顾忌,连堂罗德利克都看见了。他疾言厉色教训了我一顿,骂我下流,又怕我见了心上人把他的劝诫当作耳边风,爽性把我的情人撵走。

"这一来我可火了,决计要出一口气。我偷了堂娜罗德利克的首饰,值好大一笔钱。我就去找我那美丽的海伦①。她住在跟她要好的一个洗衣女人家里;我大天白日把她带走,要叫人人知道。这还不算,我把她带到她家乡,跟她正式结婚,一来气气堂罗德利克,二来也替公子哥儿们做下个好榜样。我结了这门好亲事,过三个月,听说堂罗德利克死了。我听到这消息当然动心,忙赶回赛维尔去承继他的家业,可是一到那里,才知道出了变故了。原来我生身的妈也已经过世。她临死不谨慎,当着

---

① 希腊神话:海伦是个最美丽的女人,嫁给斯巴达王墨涅拉俄斯(Ménélas),为特洛亚王子帕里斯(Paris)引诱私奔,因此希腊联军围攻特洛亚。

本村神父和许多证人把掉包的勾当全盘招供。堂罗德利克的亲生儿子已经占了我的地位,其实就是他自己的地位;大家都承认他了,他们对我越不满意,就越加喜欢他。我知道这方面再没什么指望,对我那胖老婆也腻味了,就入伙干这行没本钱的买卖。"

　　这个年轻强盗讲完,另一个说,他是布果斯商人的儿子,年轻的时候忽然虔诚过分,进了个戒律严紧的修会,过几年便叛教出会。长话短说,八个强盗个个都叙述了身世。我听完恍然,怪道他们会聚到一处来。他们又拨转话头,谈论下一次出马的各种计策;议定以后,大家散席,预备睡觉去。他们点上蜡烛,各自回房。我跟罗朗都头领到他房里,帮他脱衣裳,他高高兴兴地说道:"好!吉尔·布拉斯,你现在看见我们是怎么样过的了。我们总是快快活活,彼此没有怨恨,没有忌妒,也从没有什么争执,那起修士还没我们那样打成一片呢。"又道:"孩子啊,你在这儿可以过得很称心,我想你不会糊涂到不屑与强盗为伍吧?哎,普天之下,谁不是强盗?朋友,谁都是!谁都爱抢夺旁人的东西,世情一概如此,只是抢夺的方法各个不同。譬如说吧,帝王南征北伐,抢夺别人的国家;贵人借了钱不还;银行家、司库员、股票经纪人、批发零售的各种商人,谁算得诚实呀!至于司法界,我也不用说了,他们干得出的事儿大家都知道。不过我承认他们比我们慈悲些;我们时常杀害无辜,他们竟会出脱该死的犯人。"

第 六 章

吉尔·布拉斯设法逃走,如何结局。

那强盗头儿为他本行辩护一番,上床睡了。我回大厅,撤去家伙,收拾整齐。然后我到厨房里,那老黑人多曼果和雷欧娜德大娘吃着晚饭在等我。我虽然全无胃口,还是奉陪坐下。我一口也不能下咽,满腔无可排遣的愁思都挂在脸上,那两个一搭一对的老丑家伙就来劝慰,说的一些话不但解不了我的郁闷,反而使我伤心欲绝。老太婆说:"我的孩子,你苦什么呢?你到了这里来,应该快活才是。你年纪轻,看来又是个随和性儿,只怕走上世路,就把你毁了。你不免碰到些浮浪的人,勾引你种种荒唐,倒不如在这里可以稳稳做个天真孩子。"那老黑人一本正经接口道:"雷欧娜德大娘的话很有道理。我还要说一句,世间只有苦恼。朋友,你应该感谢天恩,一下子把你从人生的险境、困境、苦境里超度出来了。"

我捺定性子听他们议论,因为气恼也没用。我知道要是动了火,白白地招他们笑话。多曼果酒醉饭饱,自回马房去睡觉。雷欧娜德就拿着灯,照我到一间地窖里,是那些善终的强盗埋骨之所。里面有张床铺,我看着不像个床,倒像个坟。老太婆伸手抚摸着我的下巴颏儿,说道:"好小子,这是你的卧房。做你前任的那孩子活的时候在这里睡,死了也在这里安葬。他年纪轻轻就死了,你可别那么傻,去学他的榜样。"她说完把灯交给我,回厨房去了。我把灯放在地下,倒身床上,不是要睡觉,只是要从容想想心思。我想:"天啊,谁像我这样苦命啊!他们不许我重见天日了!我一个十八岁的人,活埋在地下,还得做强盗的用人,日里跟着强盗过活,晚上陪死人睡觉。"这些念头实在伤心,我不禁痛哭起来。我千百遍咒骂我舅舅出的好主意,要送我到萨拉曼卡去;又懊悔不该怕卡卡贝罗斯的法庭,宁可上夹棍的。可是再一寻思,哭也没用,白白地哭得精疲力竭。我就盘算怎样可以逃走,思量道:"难道我就出不了这个地窟吗?那伙强盗已经睡了,厨娘和黑人一会儿也就要睡的,等他们都睡着,我拿了这盏灯,怕寻不出我进这个地狱的原路吗?当然,我要抬起地道口的坠门,未必有那么大的劲儿,可是瞧着看吧,我要尽了人事才肯甘休。我到了绝境,也许会使出死劲儿来,说不定竟会如愿以偿的。"

我大计已定,等一会儿,料想雷欧娜德和多曼果都安置了,便起床拿着灯出来,一面默求天界一切神明保佑。这座新迷宫①里的路径不容易认,可是我居然摸索到马房门口,找到了那条路。我又喜又怕,迈开大步直奔坠门。可是,糟糕!前无去路,拦着一道他妈的铁栅栏,锁得牢牢的;栅栏很密,连手都伸不过去。我进来时栅栏正开着,所以没看见,这时给这道新难关挡住,我傻登登地失了主意。可是我还去试试那栅栏上的铁条儿,又看看那具锁,想把它硬撬开。忽然我肩背上辣辣的着了五六下皮鞭。我杀猪也似的叫将起来,把地窟都震动了;回头一看,原来是那老黑人,身上只披着件衬衫,一手提了盏昏灯,一手拿

---

① 希腊神话:克里特(Crète)王弥诺斯(Minos)造了迷宫,里面供养个牛头怪人,要吃童男女;忒修斯(Thésée)得弥诺斯女儿指示,用一条线引路,进去杀了牛头怪人,逃出迷宫。

着那件刑具。他说道:"啊!啊!你这小混蛋!你要逃走啊!别想瞒得过我!我早听见了。你以为这道栅栏是开着的,是不是?我告诉你,朋友,从此以后,这栅栏一直要锁上了。我们这儿要关住你不放,你得还调皮些才跳得出我们手心呢!"

我的叫声把两三个强盗惊醒了,他们以为也许是公安大队冲进地窟来,连忙起身,一面大声叫伙伴们。不一会儿这伙强盗都起来了。他们拿剑扛枪,身上几乎一丝不挂地赶到我和多曼果这边来。他们问明缘由,立刻放下了心,哈哈大笑。那叛教强盗对我说:"怎么的啊?吉尔·布拉斯!你来了还不到六个钟头,已经想走了吗?你准是熬不得清静的!哎,你要是做了苦修会的修士,可怎么办?去睡觉吧!这一遭便宜你,吃多曼果这几下鞭子就算了。可是下回再想逃走,圣巴多罗买①在上!我们不活剥了你!"他说完睡觉去了。别的强盗看我要想溜跑,都笑了个畅,也各回卧房。老黑人立了这番功劳,洋洋得意地回马房去。我也回到我的坟圹里,叹一回,哭一回,挨到天亮。

第 七 章

吉尔·布拉斯无法可施,如何自处。

头几天我差点儿没懊恼死。我一天天活着不过是挨日子,

---

① 耶稣十二门徒之一,给人剥了皮倒钉在十字架上而死。

可是后来灵心一动,想不如假装。我装出愁思渐减的样子,笑笑唱唱,尽管心上一点也笑不出唱不出。总而言之,我装来很像,把雷欧娜德和多曼果都哄过。他们以为这头鸟儿已经在笼子里养乖了。那伙强盗也这么想。我替他们斟酒,脸上欢欢喜喜;他们讲话,我也打趣插几句。他们不怪我无礼,倒觉得有趣。有一晚我正在说笑,大头领说道:"吉尔·布拉斯,你该这样开怀才对。朋友,我喜欢你的性格、你的聪明。一个人初见面是看不准的,我就没想到你这样俏皮、这样有趣儿。"

别人也口口声声地称赞,劝我对他们一直要这样无猜无嫌。总之,我瞧他们很喜欢我,就乘这好机会对大家说道:"诸位,让我对你们说几句衷肠话儿。我到了这里来,觉得跟从前变了个人似的。承你们替我去掉了从小教养成的偏见,我不知不觉和你们心同理同了。我羡慕你们这行业,一心想入伙做一名好汉,跟你们出马,有难同当。"大家听了这话齐声叫好。他们都夸我有志气,一致议决:还叫我伺候他们一程子,看看我是不是干这行的材料,再带我出去一试身手,然后可以抬举我准我入伙;像我这么个有心向上的小子,他们决不会不要的。

我只得强自抑制,仍旧做我的斟酒童儿。我非常懊丧,因为我所以想做强盗,无非是要像他们那样自由出洞,乘大伙儿抢劫的时候也许可以逃走。这一线希望维系了我的生命。可是我觉得等下去还遥遥无期,屡次想乘多曼果不备溜之大吉,但是他防守很严,总没机会,这条地狱门口的三头狗,一百个俄耳甫斯也稳不住。① 我

---

① 希腊神话:俄耳甫斯(Orphée)是诗人音乐家。他妻子死后,他进地狱去向冥王索回妻子的灵魂。地狱门口有一条三头龙尾狗(Cerbère)看守,他弹弄乐器,把它稳住,方进得地狱。

实在也不敢钻头觅缝,怕招他疑心。他监得我很紧,我要防他看破,得十分谨慎。强盗说要我等候多久,我只好遵命,心里却焦急得仿佛等着进包税局去发财一般。①

谢天照应,六个月后,居然盼到了这一日。那晚罗朗都大爷对他手下众好汉说道:"诸位,咱们答应吉尔·布拉斯的话,不可以失信。我觉得这孩子不坏,他好像天生是学咱们样的,我看他是个可造之才。我主张咱们明天带他到大路上去发个利市。咱们得帮他一振威名。"大家都赞成,就不叫我伺候,见得已经把我当作同伙弟兄了。我的差使又交还雷欧娜德去干。他们新近打劫了一位绅士,剥下他全套衣裳,就给我替换了身上那件破旧的对襟褂子。于是我准备第一次出马了。

第　八　章

吉尔·布拉斯跟强盗合伙,在大路上
立下什么功绩。

那是九月天傍亮儿时分,我跟那伙强盗出了地窟。我也一样的随身器械,带一支马枪、两支手枪、一把剑、一把刺刀;坐骑

---

① 包税局(Compagnie de traitants)由若干包税员组成,承办国家税收,每年缴国库多少钱,余下都饱私囊。勒萨日的喜剧《杜加莱先生》(*Turcaret*)中主角就是靠包税发财的。

也不坏,跟我身上那套衣服同是抢劫了那绅士得来的。我在黑地里过得久了,晨光熹微都耀得眼花,可是渐渐地眼睛也睁得开了。

我们经过彭弗拉达邻境,在雷翁大道边一个小林子里埋伏,那地方人家瞧不见我们,我们却瞧得见人家。我们在那儿等运气送买卖上门,只见来了个圣多明我会的修士,骑着一头劣等骡子,不像他们修会里照例的气派。大头领笑道:"谢天,这是考吉尔·布拉斯的好题目来了。就派他去抢这位修士,咱们且看看他怎样下手。"众强盗都觉得这个差使正合适,勉励我好好去干。我说道:"诸位,你们准不会失望。我要把这修士剥得赤条条,把他的骡子也牵来。"罗朗都道:"不用,他那骡子不值得抢。你只要把他的钱袋拿来就完事儿了。"我说:"那么我就在诸位师父面前一试身手,但愿能够不负期望。"我就钻出树林,赶向那修士,心上默祷上天饶我干这勾当,因为我还没跟强盗同化,干来良心不安。我恨不得这时候就逃走,可是他们的马多半比我的快,我若逃走,他们立刻会追上来把我捉回去,说不定还会开枪,我就倒霉了。所以我不敢冒这个险。我上前拦住那修士,手枪口朝着他,喝叫留下买路钱。他带住骡子,把我端详一番,好像并不害怕,说道:"孩子,你年纪还小呢,就走上这条邪路,太早些儿了。"我说:"师父啊,尽管是邪路,我只恨来得晚了。"那修士不想领会我言外之意,答道:"唉,我的孩子,你说的什么话?你好糊涂!你身处凶境,我说给你听听……"我急忙打断他的话道:"哎,师父,请你别讲大道理。我做这剪径的勾当不是来听你说教的。你这些话说得不在筋节上。拿响当当的现钱来!我要的是钱!"他满面惊奇道:"钱吗?我们出家人在西班牙还得带着钱跑路嘛!你把西班牙人乐善好施的心估计错了。你明白了吧,我们到哪儿都有人款待,管住管吃,只要替他们祷告祷告。总而言之,我们出门自有上天照应,不必身上带钱。"我答道:"得了,你们不是单靠天的,你们身上总带着比斯多;有了钱,天就更靠得住。不过,师父啊,咱们不用说废话,我的伙伴儿在树林子里等得不耐烦了。快把钱袋扔出来,不然的话,我就要你的命!"

我这话说得恶狠狠的,那修士好像怕性命不保,忙道:"且慢,你既然非钱不可,我只好依你。反正跟你们这种人能言善辩也都没用。"他说着从袍儿底下掏出一只麂皮大钱袋,扔在地下。我说声"走吧",他不等第二声,两腿夹着骡子肚子,一阵风跑了。我以为那头骡子和我舅舅的彼此彼此,不料它走得很快。我等他走远,下马捡起钱袋,只觉沉甸甸的。我忙上马回到树林里,那些强盗都等得不耐烦,急急要来道贺,仿佛我这次成功煞费了力气似的。我不及下马,他们就赶上来拥抱。罗朗都说:"了不得!吉尔·布拉斯!你刚才真是立了奇功!你干事的时候,我眼睛直盯着你,留心你的脸色。我敢预言你将来准是大路上一名顶呱呱的好汉,要不然,我是个没眼睛的。"二头领和旁的强盗同声附和,说我将来准会应了这句话。我谢他们器重,说一定尽心竭力,不负厚望。

他们过奖了一顿,就要瞧我带回来的赃物,大家说道:"咱们且看看这个修士的钱袋里装着些什么。"一个说:"一定富足得很,这起修士出门,不像讨饭朝山的穷人。"大头领解开钱袋,抓出两三把小铜圣牌,夹着几块圣蜡、几片圣衣。他们看见这般新鲜赃物,都哈哈大笑。二头领嚷道:"老天爷啊!我们要多多感谢吉尔·布拉斯,他第一次显身手,就抢来这些东西,咱们弟兄都得益不浅。"这句笑话引起了别的笑话。一群混蛋捉住这个题目,取笑个不了,那个叛教的强盗尤其起劲。

他们说了不少的俏皮话,这里也不便叙说,总之,这些话只见得他们无法无天。我一人绷着脸不笑;他们个个笑我,我再没兴致笑自己了。大头领道:"哎,吉尔·布拉斯,我有一句忠告:从此别再跟修士打交道。这种人太乖太滑,你不是他们的对手。"

第 九 章

一件大事。

我们在树林里等候了大半天,想等候个把过客,弥补我们在修士身上吃的亏,可是什么人也没有。后来大家闹了那桩笑话就算罢休了,准备回地窟去。我们一面还在议论那件事,忽然远远看见一辆四骡大车。这车奔驰而来,三个壮士骑马左右卫护,看来都器械齐全,我们要是胆敢冒犯的话,他们似乎很愿意周旋一下。罗朗都喊住弟兄们商量一番,决计动手。他立刻按他的主意把我们排成阵势,我们冲锋似的奔向那辆大车。我虽然刚才在树林里受了他们称赞,这时候浑身战抖,冷汗直流,自觉不是好兆。而且祸不单行,两位头领要炼得我惯经炮火,把我安插在打头第一排,夹在他们俩之间。罗朗都看我吓成一团,怒目而视,粗声恶气道:"听着,吉尔·布拉斯,别忘了尽你的本分。我警告你,你要是想退缩,我一手枪打烂你的脑袋!"我深信他说到做到,不敢怠慢,我既然进退无路,只好一心求上帝拯救我的灵魂。

这时候,那辆车和卫队越来越近。他们瞧出我们是什么样人;看我们神气,就知道来意不善,离一箭之地,车子停下来了。他们一样也都带着马枪和手枪。他们正要迎敌,车里出来个人,相貌漂亮,衣服华丽,跨上一个壮士牵着备乘的马,一骑当先。他身上只带一把剑、两支手枪。那赶车的还坐在车上,他们只有四个人,对我们九个。可是来势凶狠,我分外惧怕。我吓得浑身发抖,却还准备开枪。不过我老实说,我开枪时闭紧眼睛,扭转脸儿,这么一来,放了子弹可以不必内疚于心。

这场厮杀,我不能细说,因为人虽在场,什么也没看见。我自惊自吓,反而没瞧见眼前的惨景。我只知道噼噼啪啪放了一阵枪,伙伴们就狂喊"得胜!得胜!"我正是吓得昏了,这阵喊声把我唤醒,才看见那四个壮士都死在地下。我们的一面只死了一个,就是那叛教的强盗。这正是背叛圣教、嘲笑圣衣的报应。我们弟兄里还有一位右膝中弹;副头领也受了伤,不过很轻,只擦破些皮。

罗朗都大爷忙赶到车门口,车里是位二十四五岁的女人,尽管很狼狈,依然姣美非常。她在厮杀的当儿晕过去了,还没醒过来。罗朗都只顾端详那女人,我们一心都在赃物上。那些马没了主人,给枪声惊散,我们先把它们牵回来。车夫在开火的时候下车逃命了,那些骡子却一动都没动。我们下马从车上解下骡子,把车前车后捆载的箱子都装在骡背上。然后大头领命令弟兄里身子最结实、坐骑最好的,驮带那个昏迷未醒的女人。我们把空车和那些剥光的尸首扔在路旁,抢了女人和骡子马匹回家。

第 十 章

强盗怎样对待那女人,吉尔·布拉斯的
大计划及其结局。

天黑了一个多钟点,我们才回地窟。我们先把牲口牵进马房,拴在马槽旁边架子上,亲自照料,因为那老黑人已经病倒了三天。他大发痛风病,又加上风湿病,手脚都动弹不得,只剩一条舌头运转自如,就恶毒毒地咒骂,发泄心头的烦躁。我们随他去咒骂,且到厨房里,全神贯注地伺候那个死气沉沉的女人。我们用尽方法,居然大幸把她救醒。可是她醒来看见一伙陌生男人把自己扶抱着,知道落了难,吓得打寒战。她仰望着天,眼睛里露出痛深望绝、不胜凄惨的神情,仿佛对天诉说就要受糟蹋了。她想到种种可怕的景象,忽然眼睛一闭,又晕了过去,强盗都以为她死了。还是大头领觉得不如听其自然,救活她徒然叫她吃苦,就吩咐把她抬到雷欧娜德床上,让她一个儿躺着,好歹随她去。

大家回到大厅上。一个当过外科医生的强盗瞧了副头领和另一个好汉的伤口,敷上些药。医治完毕,大家都要看看箱子里是什么东西。有几箱是花边内衣,有几箱是衣裳,末了一箱里装着些口袋,一袋袋满满的都是比斯多。诸位好汉切身利益攸关,见了更乐得不可开交。接着厨娘在碗柜子上排列出各色的酒,摆席上菜。我们立刻谈论起这次的大胜。罗朗都就对我说:"吉尔·布拉斯,我的孩子,你得承认你今天很没有胆气。"我说:这事我老实承认,不过只要再出两三回马,就会像一员勇将了。别的强盗都替我说话,说这回得原谅我,因为打得实在激烈,一个没经过炮火的人能这样对付已经不错了。

大家商量把那群抢来的骡马作何处置,决定不等天亮全伙儿上曼西拉去出脱,因为这边打劫的事大概还不会传到那边。我们计议停当,吃完晚饭,又到厨房去瞧那女人,她依然昏迷不醒,看来挨不过这一夜了。她只比死人多口气,可是有几个强盗还不怀好意,对她色眼迷离。亏得罗朗都拦住,说她现在伤心得人事不知,至少也该等她醒过来再说,不然他们真要动粗了。他们素来尊敬大头领,总算收起淫心,否则那女人就完了,一死也未必能保全她的清白。

我们撇下那可怜的女人,随她昏迷地躺着。罗朗都只吩咐了雷欧娜德,叫她照看,然后各人回房睡觉。我上了床却睡不着,只想那女人苦命。我相信她一定是大人家妇女,越惋惜她这般下场。我想象她将遭横暴,替她不寒而栗,仿佛她是我亲戚朋友一般,十分关切。我为她伤感了一番,便想法子要保全她的清白,免她受糟蹋;同时自己也逃出这个地窟。我想那老黑人已经动弹不得,自从他病了,铁栅上的钥匙由雷欧娜德大娘掌管着,我想到这里,灵机一动,计上心来;我盘算周详,马上就按计行事。

我假装肚子疼,先是哼哼唧唧,然后直着嗓子叫号。一群强盗给我惊醒,忙赶来看我。他们问我为什么叫嚷。我说肚子疼得要命;我要他们信以为真,故意咬牙切齿,攒眉努嘴,又把身子蜷曲成可怕的姿态,还翻来滚去,做出种种怪相。我忽然平静,好像一阵疼痛过了,一会儿又交扭着胳臂在床上打滚。总之,我装得惟妙惟肖,强盗尽管乖巧也上当了,以为我当真害了绞肠痧。不过我虽然扮演得好,也吃了些意外之苦。这些好心肠的弟兄真以为我在受罪,七手八脚的替我止痛:一个拿了一瓶白兰地逼我喝掉半瓶;一个不由我做主,用甜杏仁油为我灌肠;一个把毛巾烤得火热,贴在我肚子上。我叫号着求他们饶我,也没用处,他们还以为我是肚子疼所以叫唤;他们要医好我的假痛楚,只管给我吃真苦头。结果我受不下了,只得说肚痛已过,求他们饶了我吧。他们这才罢休;我也不敢再哼一声,怕他们又要来救护。

这幕戏几乎闹了三个钟头。那些强盗看看天也快亮了,就准备出发到曼西拉去。我又装一套把戏,挣扎着要起床,让他们瞧我一心要跟着去;可是他们不许。罗朗都大爷说:"快别起来,吉尔·布拉斯。你歇着吧,孩子,说不定回头又要肚子痛。等下回再跟我们出去,今儿个你身体不行,好好躺一天,你该休息休息。"我觉得一味说要去也不好,怕他们倒答应了我。我作出不能跟大伙同去很懊丧的样子。我做作得很像,他们出门时一点也没起疑心。我暗求上天叫他们快动身;他们一走,我勉励自己道:"好哇!吉尔·布拉斯,现在要下个决心了!这个头开得很好,得鼓起勇气完工才对。看来事情不难,多曼果病倒了,不会阻挡你,雷欧娜德也拦不住你。乘这个当口逃走吧,不会有更好的机会了。"我这样一想,胆气大壮,拿了把剑和两支手枪,先到厨房里。我在门外听得雷欧娜德说着话,忙止步听她说些什么。原来她是跟那个不知姓名的女人说话,那女人已经苏醒,想着自己苦命,哭哭啼啼,痛不欲生。老太婆说:"哭吧!我的孩子,哭个畅快,叹叹气,你就松快了。你这种急痛攻心凶险得很,现在哭出眼泪来就没事了。你慢慢地自会开怀,我们这起爷们都是上等人,你在这儿相处得惯。他们对你比对待公主娘娘还好呢,一定千方百计讨你喜欢,天天跟你恩爱。多少女人羡慕你还羡慕不到。"

我没让雷欧娜德再往下说,我进厨房把手枪抵住她胸脯,恶狠狠逼她交出铁栅上的钥匙来。她吓坏了,虽然活了一把年纪,还把性命看得很重,不敢拒绝。我钥匙到手,向那伤心的女人说道:"太太,天派我来救你的命,快起来跟我走。随你要到哪里去,我护送你。"这话她听得入耳,深为感激,就挣扎起来,向我脚边跪倒,求我保全她的名节。我扶她起来,叫她放心,担保她一切在我身上。我在厨房里找出些绳子,由那女人帮着把雷欧娜德绑在一只大桌子的脚上,一壁说,她要是哼一声,立刻送她的命。那老婆子知道我不是空言恫吓,一切听我摆布。我点上蜡烛,带那女人到堆藏金银的屋里。我把比斯多和双比斯多尽量往衣袋里塞,又叫那女人也学样,说她只算捞回些失物,她也就放手拿了许多。我们带足了钱,就上马房,我一人擎着手枪进去。那老黑人虽然又有痛风又有风湿,我算定他不会乖乖地随我把我那匹马加上鞍辔,他若捣乱,我就把他一切病痛连根除掉。还算运气,他病得七死八活,我牵了马出来他都没知觉。那女人在门外等着。我们急急忙忙穿衣道出去,开了铁栅,直跑到坠门口。我们要掀起那扇坠门真不容易!实在是要逃性命,凭空添了力气,才能办到。

我们俩出得那无底洞,天已经透亮。我们急要远走高飞。我跳上马,女人坐在我后面,慌不择路,拍马就跑,一会儿就出了林子。只见一片平原,有几条路,我们随便挑了一条。我慌得要死,只愁是奔曼西拉的路,恰会撞到罗朗都那伙人。幸喜这是虚惊。那天下午两点钟,我们到阿斯托加城。我觉得人家对我们非常注意,仿佛男人背后骑个女人是什么大开眼界的事。我们在第一家客寓落了店,我立刻叫店家烤一只野鸡、一只兔子。我一路上跑得太快,没能够跟那女人说话,这时候乘他们做我点的菜,领她到一间房里谈心。她非常感激,还说,看到我这样仗义相救,相信我绝非强盗同伙。我就把身世讲给她听,叫她知道她器重我并没有看错人。我请她推心置腹,把苦难讲给我听。下面一章就是她所讲的。

第 十 一 章

堂娜曼茜亚・德・穆斯格拉的身世。

"我生在瓦拉多利,名字叫堂娜曼茜亚・德・穆斯格拉。我父亲堂马丹几乎把家产全报效在军队里,自己带领了一团兵在葡萄牙打仗阵亡。他没多少遗产,我虽然是独养女儿,算不得攀亲的好对头。不过我的钱尽管不多,看中我的人却不算少。许多西班牙名门望族的绅士都来求亲。我中意的是堂阿尔华・

德·梅罗。在求婚的人里面,的确推他相貌最好;不过我中意他倒不是专为外表。他聪明、沉着、勇敢、正直,而且交际场中算得头一等风流倜傥。若有宴会请客的事,谁也没他内行;比起武来,他的力气本领总叫人称羡。所以我选中他做丈夫。

"我们结婚不久,他在冷僻地方碰见从前一个情敌叫堂安德瑞·德·巴依萨。两人吵吵架,拔剑相刺,堂安德瑞一条命就此送了。这人是瓦拉多利司法官的侄儿,那司法官性情暴躁,又跟梅罗一族是死冤家,所以堂阿尔华觉得趁早逃走为妙。他急急赶回家,一面叫人备马,一面把情形告诉我听,接着说道:'亲爱的曼茜亚,咱们得分离,这是无可奈何的。你知道那司法官的为人,他一定要紧追紧捉,咱们不能打如意算盘。你也知道他的权势,我在本地不能容身了。'他非常伤心,尤其看到我难受,他话都说不下去。我叫他带了些金子宝石,于是他抱着我,两人叹息哭泣成一团。一会儿家人来说马已鞴好。他挣脱了我,就此走了。我当时的心境非言可喻,如果我过于哀伤送了命,那倒是福气,免得后来受那些苦恼了!堂阿尔华走了几个钟头,司法官知道消息,就派瓦拉多利全部公差去捉他,千方百计要把他拿住。可是我丈夫躲过了他的毒手,藏身很稳。那法官没法儿要我丈夫的命,只好夺他的财产出气。总算逞了他的愿,堂阿尔华全部财产都没收充公了。

"我处境很苦,生活都勉强。我深居简出,身边只有一个女用人。我天天眼泪洗面,并非熬不得穷,只因为心爱的丈夫出走以后音讯全无。我们凄然分手的时候,他答应不论流落在天涯地角,总想法把所经所历让我知道,绝不忘怀。可是他一去七年,杳无消息。他下落不明,我非常忧闷。后来我才知道他投入葡萄牙军队,在费慈打仗阵亡。这是一个从非洲回来的人告诉我的,他说跟堂阿尔华很熟,同在葡萄牙军队里当兵,亲眼看见他阵亡的。他还讲了些情节,不由我不信丈夫已经身故。我听了这消息愈加伤心,立志绝不再嫁。这时节,加狄亚侯爵堂安布若修·梅修·加利罗到了瓦拉多利。有些老绅士举止风流文雅,女人见了会忘掉他们的年纪,依然垂青,他就是这种人。一天有人偶然向他讲起堂阿尔华的事。他听了人家形容我,就想见见。他要偿这个愿,说动了我一位亲戚,讲定由她邀我上她家,侯爵也到那里去。虽然我满面愁容,他看了很中意。也许他正为我憔悴可怜,就看重我坚贞不二,因而感动了。我悒郁不欢,大概使他生了爱怜之心。因为他屡次对我说:他觉得我这样贞节是个奇事;我丈夫尽管命苦,有这样的夫人真使他艳羡。总之,他一见生情,不待第二面,就要娶我。

"他请我那位亲戚做说客。她就上我家来。她说:既然消息传来,我丈夫已在费慈丧命,我不该埋没自己的容貌;又说我和丈夫结婚没几天,为他哭得也够了,别错过良机;又说我可以做天下最福气的女人呢。于是她就称赞老侯爵家世又贵,财产又多,品性又好。可是凭她说得天花乱坠,我没给说动。我这来并非疑心丈夫死耗不真,怕他忽然意外出现。我实在不耐烦再嫁人,而且我结婚一次已经尝尽烦恼,再要第二次,实在厌倦了。我那亲戚劝说不开的就是这一点。可是她毫不灰心,越发为堂安布若修出力,又叫我全家都替那老绅士做说客。我家里人逼我应允这门好亲事,跟我纠缠蘑菇,不让我一刻安静。我境况也愈来愈窘,这实在大大减少了我的挺劲儿,我当时穷得厉害,只好答应。

"所以我不能拒绝。他们劝得很迫切,我就回心转意,嫁给加狄亚侯爵。他有一座漂亮的田庄,在布果斯附近、格拉侠尔和罗地拉之间;结婚第二天,就带我去住。他一盆火似的爱我,我看出他一举一动都是要博我欢心,先意承旨,无微不至。从没有丈夫像他那样尊重老婆的,也从没有情人像他那样千依百顺的。我钦佩他品性温和,对堂阿尔华的死也心上宽慰了些,因为到头来我成全了侯爵这么一位绅士的幸福。假如我爱过堂阿尔华还能够再爱别人,我一定不管是老夫少妻,会对侯爵爱情深挚。可是有常心的人一辈子只爱一次,我忆念前夫,后夫种种殷勤迎合都没有见效。我没法酬报他的柔情,只能够拿感激来报答。

"我当时是这般心境。忽然有一天,我在房里临窗吸新鲜空气,看见花园里一个农夫模样的人眼睁睁瞅着我。我以为那是园丁的助手,没放在心上。可是第二天又临窗见他站在老地方,越发目不转睛地看我。我觉得奇怪,也对他看,看了一会儿,觉得他模样儿像那苦命的堂阿尔华。我一看面貌相像,说不出的惊疑,不禁大叫一声。亏得只有我的心腹女用人伊内斯在我房里。我告诉她为什么惊慌失措。她只笑了笑,以为我看见面貌相像便认错了人。她说:'太太,您放心,别以为您看见了前夫。他怎么会装成农夫模样跑到这里来呢?况且他怎么会还活着呢?'她又道:'我到花园里去找那乡下佬谈谈,让您安心。我打听得那人是谁,立刻回来告诉您。'伊内斯就到花园里去了,不一会儿,她神色异常地回到房里来,说道:'太太,您怀疑的事一弄明白,反而糟了。您刚才看见的那个人正是堂阿尔华;他一开口就自报姓名,还要求私下见见您。'

"那时候,侯爵到布果斯去了,我正可以接见堂阿尔华,就叫女用人从复道的楼梯领他到内室来。你可想见我心烦意乱。他能够名正言顺地痛骂我一场,我没脸相见。我看他进房来,立刻晕倒。他和伊内斯忙把我救醒。堂阿尔华说:'太太,请你放心,别见了我烦恼,我一点不想为难你。我这来并不是个怒气冲冲的丈夫,来跟你算那背信负义的账,向你问再嫁的罪。我知道那都是你家里逼出来的;你为这事受的磨折,我全知道。况且我的死信已经传遍瓦拉多利,我又始终没向你寄信辟谣,当然你越加信以为真了。总之,我知道咱们惨别以后你过的是什么日子;你嫁那侯爵并非出于爱情,只是迫于生计罢了。'我哭着打断他的话道:'唉,大爷,你何必替老婆开脱呢?你既然还活着,她就是犯了罪的。我但愿没嫁堂安布若修,还过着从前的苦日子!倒霉的婚姻!唉!我要是还挨穷耐苦,至少不至于无颜相见,也聊可自慰。'

"我一看堂阿尔华的神情,知道他见我流泪非常感动。他道:'亲爱的曼茜亚,我一点不怪你。我看你现在处境豪华,非但不埋怨你,只感谢上天慈悲。自从那天我离开瓦拉多利,一直走背运,接二连三只是倒运的事;顶倒霉的是没法儿和你通信。我知道你不会变心,所以念念不忘,只设想我这害人的爱情把你委屈到什么田地,心目中常有个泪人儿般的曼茜亚。你是我最大的烦恼。老实说吧,我有时候怪自己不该赢得你欢心,那简直是犯了罪;我宁愿你当初看中一个我的情敌,因为你对我的爱情害你自己不浅。可是我经过七年苦难,越发爱你,要再来看看你。我死不下这条心。正好我做了多年俘虏,还我自由,可以偿愿,就这样乔装打扮上瓦拉多利,免得被人识破。我到了地头,得知一切情形,随即到这庄上来,设法结识了园丁,承他留我在花园里干活。我用了这些手段,才能够和你私下相会。不过你别以为我这来存心破你好事。我爱你远胜于爱我自己,我要顾到你心境安泰,今天见了一面就告别远去,此后的凄凉岁月都是奉献给你的了。'

"我听了这话急道:'堂阿尔华,别这样。天不是叫你白来的,我和你绝不再分离了。我愿意跟着你走,从今以后,咱们只有死别,没有生离了。'他说道:'听我的话,你跟着堂安布若修一起过吧。我的苦难让我一人担当,不要拖累了你。'他还说了些这类的话;可是他越要舍弃自己来成全我的幸福,我越发不让他。后来他看我主意坚定,立刻改了口气,脸上也添了喜色,说道:'太太,难道你真的心口如一吗?你既然还对我这样深情,宁可抛弃了眼前富贵,同做患难夫妻,那么,咱们且到加利西亚边境的贝当索斯去住下。我在那儿有个安稳的隐居之所。我虽然倒运,财产搅个精光,却并未连朋友都没有,我还有几个交情不变的朋友,靠他们的力量,可以抢了你走。他们帮我在寨穆拉定做一辆车,我又买了几头骡子马匹,雇了三名加利西亚勇士沿路保镖。那三个人都有马枪手枪,他们正在罗地拉村里听候指挥。'他接着道:'咱们正好乘堂安布若修不在,我叫那辆车到庄上来,咱们立刻动身。'我一一依允。堂阿尔华飞奔到罗地拉,不一会儿带了那三名壮士进来,抢了我就走。我前后左右的女用人莫名其妙,都吓跑了。只有伊内斯知道底里,不过她爱上了堂安布若修的亲随,不愿意跟我同走。这也见得用人尽管忠心,对东家的情谊总抵不过自己的恋爱。

"我跟堂阿尔华上车,随身衣裳首饰都是我再嫁以前的东西;侯爵结了婚给我的一丝一毫都没有带。我们取道向加利西亚进发,还不知道能否侥幸到达地头。我们怕堂安布若修一回家会带着大队人马追赶。可是走了两天,后面并没人来。我们指望第三天也能平安无事,已经放了心在闲谈。堂阿尔华正讲给我听他遭的那桩灾难,以致人家谣传他身故;还讲他做了五年奴隶,如何又得自由。我们正在那个当口,在雷翁道上碰见了和你一伙的强盗。他们杀掉的就是堂阿尔华和他的手下人;我这会儿伤心流泪也就是为了他。"

第 十 二 章

吉尔·布拉斯和那女人讲话,
给人打断,大为扫兴。

堂娜曼茜亚讲完,哭成了个泪人儿。我并不学着塞内加的词令①去譬解劝慰,只让她尽情哭个畅,甚至也陪她淌眼泪,因为看见人家倒运,自然会有关切之心,何况看见美人命苦呢!我正要问她,身处这般境地,作何打算。要是没有打岔,她大概就要向我请教了。偏偏这时候我们听得客店里吵成一片,不由得分了心。原来当地法官带了两个公差、一队卫兵来了。他们直

---

① 塞内加(Sénèque,公元前 4—65),古罗马哲学家。罗马人遭遇不幸事件,非常忧闷,就由哲学家来开导譬慰。塞内加最擅长写这种文章,他安慰他母亲(De Consolatione ad Helviam)、安慰一个丧子贵妇人(Ad Marciam)等等是极有名的。

闯到我们房里。同来有个年轻绅士,他先跑近来细细看我身上的衣服。他一眼就看得分明,嚷道:"圣约克在上!那就是我的袄儿呀!正是我那一件!跟我那匹马一样好认。你们凭我这句话尽管把这个强盗看起来,我不怕他来找我决斗的。我拿稳他是窝藏在本地的强盗。"

我一听知道他就是那个失主,从他身上抢来的东西偏偏都归了我,不禁惊惶失措。那司法官职责所在,见我慌张,当然以为我是畏罪,不会往好处想。他觉得那个绅士告的状有凭有据,又以为女人是我一伙的,就把我们俩分别监禁起来。这人不是那种望之凛然的法官,倒是一团和气,笑容可掬。可是天知道他也一样的厉害!我刚进监狱,他就跑来,带着两头走狗,就是那两个公差,三人都欢欢喜喜,仿佛预料好买卖到手了。他们没忘记他们那好规矩,一上来先把我通身搜遍。这几位老爷发了好一笔横财啊!他们大概从来没这样的手气。他们抓出一把一把的比斯多,喜得眼里放光,那位司法官尤其乐得不可开交。他软迷迷地对我说道:"我的孩子,我们是奉公尽职,你不要害怕;你要是没有犯罪,不会叫你吃苦。"这时候,他们从从容容把我衣袋掏摸一空;舅舅给我的四十杜加,强盗都没有碰,这次也落在他们手里。他们还不肯罢休,那几双贪手孜孜不倦,从我头上摸到脚下,把我四面旋转,又剥掉我的衣裳,看贴肉藏着钱没有。我相信他们恨不得剖开我肚子看看里面有没有钱呢。他们恪尽职守以后,司法官就来盘问。我老实陈说一遍。他叫人录下口供,带着手下人,拿了我的钱走了,扔下我一个儿赤条条坐在柴草上。

我冷冷清清地在这个境地里,不禁叹息道:"唉!人生尽是些离奇的事儿,倒霉的事儿。我自从离开奥维多,只是走背运,一波乍平,一波又起。我到这城里的时候,哪里想到就会跟司法官会面呢!"我一面无聊空想,一面把他妈的那套害人的衣服一件件穿上,于是又自己勉励道:"哎!吉尔·布拉斯啊!挺起脊梁来!设想往后也许还有好日子呢。你在地窟里都苦熬过来,倒在一个平常牢狱里心灰意懒,说得过去嘛!可是,唉!……"我又一阵愁:"我自哄自骗罢了!我哪里出得这个牢狱呢?人家把我的活路都断了,犯人没有钱,就好比鸟儿剪掉了翅膀。"

旅店里为我烤的野鸡和兔子,我是没福消受了;有人送进来一小块硬面包、一罐子水,任我一个儿在牢里烦躁。我整整坐了十五天牢,没见个人面,只有个禁子每天早晨送那份口粮进来。我看见他,老跟他攀谈,想解解闷,可是这位人物随我说一千句,总置之不理,一句话也逗他不出。他常常跑进跑出,正眼都不瞧我。到第十六天,司法官来了,对我说道:"朋友啊,你的苦算挨完了,你可以开怀一乐,我特来告诉你个好消息。那位跟你一起的太太,我已经叫人送到布果斯去;我在她动身前盘问了一下,她把你出脱了。据你说,你是雇了包程骡子从贝尼弗罗到卡卡贝罗斯去的,现在只要等那骡夫来作证,如果口供相符,你今天就可以出去。那骡夫在阿斯托加,我已经派人去找,正等他来。只要他说确有上夹棍那回事,我立刻放你。"

我听了满心欣喜。从此我自以为没事了。我向那司法官道谢,感激他判事又爽利又公正。我还没谢完,两名卫兵押了那骡夫进来。我立刻认得是他,可是这杀坏的骡夫准把我的皮包连装的东西都卖掉了,生怕认了我就得呕出来,所以厚着脸皮说不认得我,从来没见过。我嚷道:"啊!奸贼!你还是招出来你把我的行李卖掉了,说真话吧!你仔细认认,你在卡卡贝罗斯镇上拿夹棍来吓唬人,一群小伙子都给你吓得要命,我也在里面。"那骡夫冷冷地说,我讲的事他全不知道。他既然一口咬定不认识,我出狱又得延期。司法官对我说道:"孩子,你瞧,这骡夫没坐实你的口供,所以我尽管一心要放你,却放你不得。"我只好重新捺下性子,死心塌地,还半饥不饱地吃那干面包和白水,看那哑巴禁子的嘴脸。我一点没犯法,却跳不出法律的掌心,想到这里,我懊丧已极,倒宁可在地窟里了。我想:"其实我在监狱里比在地窟里还苦恼。我跟那群强盗大吃大喝,有说有讲,还可以做逃走的好梦;现在呢,虽然我无罪无辜,若能出牢罚充苦役,已经算大幸了。"

第 十 三 章

吉尔·布拉斯凑巧出狱,到何处去。

我一天天在监狱里思前想后,聊以解闷。这时候,我口供里讲的事情已经在城里传开了。许多人好奇心动,要来看看我。我牢里有一扇小窗,可见天日,他们此来彼去,到这窗口来张望,看了一会儿,大家走开。这个新样事儿使我很诧异。我这窗外面是个静悄悄、阴惨惨的小院子,我坐牢以来,从没人在窗口露过脸。我想准是城里人知道我的事了,可是拿不定这来是吉是凶。

窗口出现的第一批人里有蒙都涅都唱圣诗的小矮个子，他也是怕吃夹棍吓跑的。我认得他，他也不装不相识。彼此招呼，两人长谈起来。我少不了又把经历说一遍，外边的人听了又笑又怜。那唱圣诗的也把我们吓跑以后、骡夫和那年轻女人在卡卡贝罗斯客店里的一段纠纷讲给我听。总之，我上文所述都是他说的。他临走答应我马上出力营救。那些好奇来看的人都同声为我惋惜，还说要帮那小矮个子为我尽力，叫我放心。

果然他们没有食言。他们打伙儿为我向法官求情。法官知道我无辜，又加那唱圣诗的把他知道的事讲了，所以在我监禁三星期之后，那法官到牢里来说道："吉尔·布拉斯，我要是执法苛刻，还可以把你关在这儿，可是我不愿意事情尽拖下去。走吧，还你自由，随你几时出去好了。"接着道："不过我问你，要是带你到那个树林子里，你找得出那地窟来吗？"我回答道："大爷，我找不到了。我是天黑了进去的，出来的时候天还没亮，所以认不出所在了。"法官说，他去吩咐禁子开门，就出狱去。果然过一会儿那禁子来了，带了个夹着一捆衣裳的狱卒。两人满脸正经，一言不发，剥下我身上新簇簇的细呢衣裤，换上一套旧粗布裤褂，然后推着我的肩膀，撑出门外。

犯人释放，总觉得高高兴兴，可是我一看身上衣服寒碜，未免羞惭。我直想马上溜出城去，免得众目睽睽，难以为情。可是我多承唱诗小矮个子出力帮忙，非常感激，便隐忍羞惭，找他道谢。他一见我面，忍不住大笑道："你成了这副模样儿啊！穿了这套衣裳，一上来我认不得是你了！照此看来，法律的各种滋味你都尝遍了。"我答道："我不怨法律，法律原是公正的。我但愿那些执法的官吏都为人公正。他们至少得留还我那套衣服，我觉得我为那套衣服出的价钱不小了。"他接着道:"我也以为然。可是他们说起来,这是向例规矩!哎,就说吧,你以为你骑的那匹马已经还给原主儿了吧?对不起,并没有!这会子在法院录事的马房里,押在那儿做盗赃的证物。可怜原主儿连一副鞍辔都未必领得回去。"接着又道:"可是咱们别谈这些事了。你有什么打算?目前想怎么办?"我说道:"我想到布果斯去找我救出来的那位太太。她会给我几个比斯多,我去买件新道袍,上萨拉曼卡,靠我肚里那点拉丁文混几个钱。我苦的是还得跑到布果斯去,一路上不能饿肚子,你知道出门人没钱要挨饿的。"他答道:"我懂得你的苦处,我的钱袋送给你吧。这钱袋实在有点儿干瘪了,不过你知道,唱圣诗的人不是主教。"他说着掏出钱袋,塞在我手里。他十分殷勤,我却之不恭,只得原封不动把钱袋收下。我十分感激,说了许多我将来补报的空话,好像他把全世界的金子都送给我了。我随就辞别出城,没去看其他帮我重获自由的人,只有千万遍为他们祝福罢了。

那唱诗的小矮个子实在不能替他那钱袋夸口,原来里面只有寥寥几文钱,而且是什么钱呢?都是不值价的小钱儿。幸喜两个月来我清苦惯了,所以我到布果斯附近彭特·德·米拉镇上的时候,还剩下几个瑞阿尔没花完。我要打听堂娜曼茜亚的消息,先在镇上歇下。我到一家客店里,那女掌柜的是个瘦小干瘪、尖利凶狠的女人。我一瞧她对我脸色难看,就知道我这件大褂不入她眼,这也怪她不得。我找个座儿,吃了些面包和奶饼,又喝了几口店里的劣酒。我吃的这餐饭和穿的衣服恰好合式。我一面吃,一面想跟女掌柜搭话。她满脸鄙夷,分明是不屑理睬。我请问她可认识加狄亚侯爵,他的田庄离这里远不远,尤其要紧问侯爵夫人近况怎样。她傲然答道:"你打听的事情倒不少啊。"她满不情愿似的告诉我说,堂安布若修的田庄离彭特·德·米拉不过短短一哩路。

吃喝了一顿,已经天黑,我说要睡了,向女掌柜讨一间房。她瞅了我一眼,看得我十分轻贱,说道:"房间轮得到你啊!吃一角奶饼当晚饭的人,我这里没他们住的房间!这儿的铺位都有主顾了,今天晚上我等着几位大客人呢。我只能招呼你在仓房里宿一宵,我想你在柴草上睡觉也不是第一遭。"她不知道恰好一语道着。我并不答话,乖乖地爬上柴草堆,困累多天,一躺下就呼呼睡熟了。

第 十 四 章

堂娜曼茜亚在布果斯接待他。

第二天早上,我一骨碌就爬起来了。我去找女掌柜的算账。她已经起床,脸上不像昨晚那么倨傲,好像和气了些,大概因为三个公安大队的警卫正跟她随便说着话儿。他们在这里过夜,店里所有的床铺想必是留给这几位大客人了。

我在镇上打听到侯爵田庄上去的路。碰巧问到一个人,跟那贝尼弗罗的客店主人一样脾气。他不但回答我的问讯,还说:堂安布若修在三星期前去世,他夫人在布果斯某某修女院里潜修。我不想到田庄上去了,立刻赶到布果斯,直奔堂娜曼茜亚住的修道院。我请看门女人通报那位太太,说一个少年人,新从阿斯托加监狱里出来,要见见她。那女人立刻进去通报。她一会儿回来,领我到会客室里。我等了不多时候,就看见堂安布若修的寡妇穿了重孝走近铁栅来相会。

这位太太和颜相接,说道:"欢迎得很,四天以前我写了封信给一个阿斯托加人,托他代我去看看你,请你一出监狱就来找我。我知道他们就会放你的。我对法官说的话够把你出脱了。后来那边回信来说,你已经出牢,但是不知下落。我只怕不会再碰见你,无从表白我感恩的心,那就懊恼死我了。"她看到我自惭衣衫褴褛,就说:"你放宽心,别为眼下的景况烦恼。你为我出了那么大的力,我如果不帮你忙,就是天下最没良心的女人了。我准备叫你从困窘里脱身,这是我分所应为、也是我力所能及的。我的产业不少,要报你的恩绰绰有余。"

她接着说:"我跟你同下牢以前的事,你都知道。我现在讲以后的事给你听。我把身世据实告诉了阿斯托加的法官,他叫人送我到布果斯,我就回到安布若修田庄。庄上人看见我回去,奇怪得不得了,可是说我回去得太晚,侯爵听见我出走,好比雷轰了一般,就此一病恹恹,医生都认为没指望了。这又叫我自叹命苦。当时我派人先通知侯爵,然后到他房间里,三脚两步,跑向床头跪下,满面眼泪,心里痛不自胜。他一见我就说:'谁带你回来的?还要来看看你的成绩吗?你要了我的命还不够吗?要亲眼看我死了才称心吗?'我说:'大爷,伊内斯应该告诉过你了,我是跟了我前夫走的;要不是一场横祸断送了他,我永远也不会再来看你了。'我随就告诉他,堂阿尔华遇盗被杀,我也被掳入盗窟。此外的事,我也讲了。堂安布若修听完,伸出手来和我握着,柔情款款,说道:'够了,我不再怨你了。哎!我其实怎么可以怪你?你跟心爱的丈夫会面,要跟他去,只好扔下我,我怎么能责备你这般行为?太太,我是不应该埋怨你的。所以我尽管失了你活不成,也没肯派人来追。带你逃走的人有他不可侵犯的权利,我尊重他这权利;你心向着他,我也尊重你这片心。总而言之,我还你公道:你既然回来,我依然一心爱你。真的,亲爱的曼茜亚,有你在旁,我快乐已极。只是,唉!这样的快乐我不能多享,我觉得大限临头了。你刚刚回来,我就得和你诀别。'我听了这些伤心话,越发泪如泉涌,无限悲痛,抑制不下,我为心爱的堂阿尔华也没有流这么些眼泪。堂安布若修自觉离死不远,并非过虑,他第二天就死了。偌大一份家产,按照婚约都归我承袭。我预备把这份遗产好好处置。我虽然年纪还轻,绝不嫁第三个丈夫了。我认为只有那些不要脸、什么都不在乎的女人才一次次嫁人;况且我已经看破世情,愿意在这个修道院里做个施主,过我的下半辈子。"

这是堂娜曼茜亚跟我讲的话。于是她在长衣底下掏出一只钱袋,放在我手里,说道:"这里是一百杜加,单给你做件衣服穿。以后再来看我。我感你的恩,不是送了这一点就算完事的。"我对她千恩万谢,发誓说离开布果斯的时候一定要来告别。这个誓我是要守的。我去找客店,路过第一家,就跑进去。我要了一间客房,又怕身上的大褂要招人白眼,就对掌柜说,别看我这副模样,我有的是钱,尽可以付客店的账。掌柜叫马日罗,天生一张贫嘴,他听了这话,把我从头看到脚,冷言冷语奚落说,不用我声明在先,他早知道我在他家要大大地花钱呢!又说他一眼看透了我身上的衣服,只见一团尊贵之气,知道我准是个有钱的阔佬。我明白这奸贼在挖苦我,就拿出钱袋,准备一下子堵住他的嘴。我甚至把杜加摊在桌子上,数给他看。他见钱眼开,对我添了几分敬意。我烦他找个裁缝来。他道:"还是找个卖旧衣服的好,各色衣服都有,你当场就可以穿上身。"我赞成这个主意,决计听他的话;可是天快黑了,买衣裳且挪到明天,目前只想好好吃顿晚饭,我自从地窟出来,饮食菲薄,需要补补了。

第 十 五 章

吉尔·布拉斯穿的衣服;那位太太
又送他的礼物;他离布果斯时的行装。

店家替我煮上一大盘切碎的羊蹄子,我差不多吃了个精光。我喝的酒也分量相当,于是上床睡觉。床铺还舒服,我指望一上床就会呼呼睡熟。可是我眼都合不上,只顾盘算衣服该买什么式样。我想:"我应该怎么办呢?还是照原先打算,买件道袍,穿了到萨拉曼卡去谋个教师做做吗?为什么要学士打扮呢?我有意出家当教士吗?难道我喜欢这一行吗?不,我觉得生性和这一行格格不入。我要腰里挂口剑①,在俗世创一份家业。"这样才盘算定了。

我决计买一套绅士服,自信打扮成个绅士,不愁找不到又体

---

① 佩剑是地位家世的标识,教士固然不挂剑,学校教师也不佩挂剑。

面又有出息的职司。我打着如意算盘,急煎煎等天亮,一见透亮,连忙起床。我一阵吵闹,把客店里睡着的人都惊醒。我把那些用人从床上叫起来,他们一面答应,暗暗咒骂。可是他们只好起来,我逼着他们去找卖旧衣的,不然就没个清静。不久一个卖旧衣的来了,后面跟着两个孩子,一人抱着个大绿布包儿。他恭恭敬敬行个礼,说道:"大爷,您找到了我,没找上别人,真是您的运气。我不愿意在这儿说我同行的坏话,我要说他们一个坏字儿,上天不容!不过咱们私底下说说:那些人没一个有天良的,都比犹太人还心狠。做旧衣买卖的只我一个有信有义。我有个分寸,赚钱要在理上:原值一个小钱,我赚一块大洋就够了,我说错了,原值一块大洋,我只想赚一个小钱。靠天照应,我买卖很兴旺。"

这篇楔子,我死心眼儿信以为真。卖旧衣的叫两个孩子打开包裹,抖出五颜六色的衣服。他们先给我看几套一色的,我嫌太朴素,不放在眼里,撂过一边。他们就叫我试一套衣服,好像是配着我身子做的,虽然旧些,我一看就上眼。一件是袖子打褶裥的紧身袄儿,一条裤子,一领斗篷,整套都是蓝丝绒底子,上面绣金花。我选定了这一套,就讲价钱。卖旧衣的知道我看中了,赞我眼力高,嚷道:"天哪!一瞧您就知道是个识货的。您可知道这套衣裳是做给咱们本国一位大贵人穿的,没上过三回身呢!您瞧瞧这丝绒,还有更上好的吗?这绣花,您说吧,哪儿还找得到更精巧的手工?"我问道:"你要卖多少钱?"他答道:"六十杜加,我还没肯卖。撒谎的不是正人君子。"我相信他不是正人君子,就还他四十五杜加,其实还该打个对折。卖旧衣的冷冷道:"大爷,我言无二价,没多要您。"他指着我撂在旁边的那堆衣裳道："好吧,您买这几件吧,我价钱还便宜你些。"这么一说,激得我非买那还了价的一套不可。我以为他真是少一钱不卖的,就数了六十杜加给他。我想他虽然有信有义,一看我付钱这样爽利,准懊悔没再多要些。他一个小钱的货色赚了一块大洋,志得意满,两个孩子我也给了些钱,他们一起走了。

我有了很漂亮的一件袄儿、一条裤子、一领斗篷。我该筹划其他衣着,就此忙了一个上午。我买了些内衣、一顶帽子、丝袜、皮鞋,还买一把剑;然后一一穿戴起来。看自己装束得这么讲究,真是得意!我对自己的打扮观之不足,比孔雀看自己的羽毛还要喜欢!当天我又去拜访堂娜曼茜亚。她还是非常和气,又谢我救命之恩,彼此客套了一番。于是她祝我诸事顺利,和我告别。她只给了我一只价值三十比斯多的戒指,求我留作纪念,就进去了。

我拿了一只戒指,大失所望,满以为她送我的东西还要值钱些呢。我对这位太太的手笔不很称心,默默寻思,走回客店。我刚进门,后面来了个人,斗篷直蒙到鼻子上,跟脚也进门。他忽地把斗篷脱下,露出夹在胳肢窝里的一只大口袋。看来那袋里满满的都是钱,我一见眼珠子都瞪出来了,旁边几个人也直瞪着眼看。这人把口袋放在桌上,对我说道:"吉尔·布拉斯先生,这是侯爵夫人送给你的。"我仿佛听见了天使说话!我对这送东西的人深深行礼,仪节周到。等他出门,我立刻老鹰抓小鸡似的抓着那口袋,搬进房里。我赶紧打开,原来里面装着一千杜加。我刚数完钱,掌柜就跑进房来。他听见了那个送东西的人说的话,要来看看袋里装些什么。他看见摊在桌上的钱,大为惊佩,嚷道:"呀!怎么的?那么许多钱啊!"又调皮地一笑道:"你一定很会算计女人！你到布果斯还不满二十四小时,已经有侯爵夫人送钱给你花了！"

我听了这话并不着恼,很想让马日罗去胡猜一阵;他那种误会实获我心。年轻人都爱充艳福不浅的风流人物,那也不足为怪。可是我品性毕竟纯洁,把这挣空面子的心压下去了。我叫掌柜别瞎猜,就把堂娜曼茜亚的事讲了一遍,他听得全神贯注。于是我又讲自己的情形,我看他好像十分关心,就请他帮我出个主意。他想了一会儿,一本正经说道:"吉尔·布拉斯先生,我很喜欢你。承你信任,对我推心置腹,我以为你干什么事最合适就直言相告了。我觉得天生你是在朝廷上干事的,我劝你入朝,跟上一位大佬。你要想法子在他办的公事里插上一手,或者使他取乐儿少不了你,否则你跟他也是枉费工夫。我知道贵人的脾气:你为人老实,赤胆忠心,他们满不在乎,只稀罕那种身边少不得的人。"又道:"你还有一条路可走。你年纪轻,相貌好,就算你不伶俐,已经够颠倒个把有钱的寡妇,或者婚姻不称心的漂亮太太。男人有钱的为恋爱会倾家荡产,可是没钱的倒往往可以靠恋爱过活。所以我劝你到马德里去;不过你要是去呢,得要带个把跟班。那儿跟别处一样,看人只看外表,你有几分排场,就看重你几分。我想荐个亲随给你,他是个忠心的用人、正经的小子,一句话,是我一力保荐的人。你买两头骡子,一头自己骑,一头给他骑,愈早动身愈妙。"

这主意很合我脾胃,当然采纳。第二天我买了两头好骡子,雇定了那个亲随。他是个三十岁的人,样子很朴实虔诚。他自己说是加利西亚人,名字叫安布华斯·德·拉莫拉。我觉得他有点特别,普通用人把钱看得很重,他却不想赚大工钱,而且对我说,他不计较工钱,随我给多少都成。我买了双皮靴,又买了一只皮包装我的内衣和杜加。于是我和掌柜算清账,天不亮就离了布果斯到马德里去。

第 十 六 章

读后便知好景不长。

我们第一天在杜涅斯投宿;第二天下午四点钟到瓦拉多利。我们找到一家看来很上等的客店,就在那里歇下。我让亲随去照顾骡子,自己到客房里,叫店里用人把皮包搬进去。我觉得有点儿累,连着靴子往床上一躺,不知不觉睡着了。我睡到傍晚醒来,我叫安布华斯,他不在店里,过了一会儿才回来。我问他哪里去了,他一脸虔诚,回答说,刚从教堂里来,他去感谢天恩,保佑我们从布果斯到瓦拉多利,无灾无难。我很为赞许,就叫他去吩咐店家,晚饭烤一只小鸡。

我正在吩咐,只见店主人举着蜡烛进来。他照着一位太太,年纪不轻,相貌还好,服装很华丽。一个老侍从扶着她,背后一个黑种孩子替她提着拖地的长裙。她对我深深行个礼,问我是不是吉尔·布拉斯·德·山悌良那先生。我很奇怪,才回答一声是,她立刻撇下老侍从,赶上来拥抱我,欣喜若狂,弄得我更加惊怪。她道:"真该感谢上天,会有这样巧遇!我正在找您先生!"我听了这段开场白,记起贝尼弗罗的笺片,疑心这位太太是个十足的女骗子;可是一听她的下文,觉得她不是坏人。她说:"受你深恩的堂娜曼茜亚·德·穆斯格拉是我的嫡亲表妹。今天早上我接到她一封信。她知道你要到马德里去,也许路过此地,要我好好儿款待你。我满城地找你,找了两个钟头了。我挨家到客店里去问,到了什么客人;刚才听了你那店主人描摹你的模样儿,我想大概就是我表妹的救命恩人了。"接着道:"啊!我既然找着了你,就要让你瞧瞧,承你为我家里人,尤其为我那位表妹出了力,我多么见情。我请你立刻搬到我家去住,比住客店舒服些。"我想推辞,就说怕打搅她家;可是她苦苦邀请,我无法谢却。客店门口早有马车等着。她说瓦拉多利坏人很多,所以亲自叫人把我的皮包放在车厢里。她那句话太对了!我跟着她和老侍从上了马车,就这样给他们从客店里带走。店主人满指望我会和那太太、那老侍从、那黑小子一起在他店里花钱,眼看这笔进账吹了,很不乐意。

马车走了一程停下。我们出来到个大宅子里,上了楼是一套讲究的房间,二三十支蜡烛照得雪亮。里面有许多用人。那位太太一进来就问堂拉斐尔回家没有,他们说还没有。她就对我说道:"吉尔·布拉斯先生,我正等着我兄弟,他在我们庄子上,离这儿有两哩路,今儿晚上要回来的。他看见合家的大恩人到了,不知多么喜出望外呢!"话犹未了,听得闹嚷嚷的,原来正是堂拉斐尔到家了。他一会儿便上楼来。我看他是一位年轻绅士,身材秀挺,态度高华。那太太说道:"弟弟,你回来了我真高兴!你可以帮我好好儿款待这位吉尔·布拉斯·德·山梯良那先生。他对咱们表妹堂娜曼茜亚的恩,咱们不知怎么样才能补报。"她一面把一封信交给他看,说道:"你看看,这是她刚来的信。"堂拉斐尔打开信,高声念道:"亲爱的加米尔:救我性命、全我名节的吉尔·布拉斯·德·山悌良那先生刚离此入朝,准要路过瓦拉多利。请你看亲戚分上,尤其看咱们这份交情,留他在你家住些时候,款待他一下。我想你一定答应,你和堂拉斐尔表哥准会多多厚待我的救命恩人。你的亲爱的表妹堂娜曼茜亚自布果斯寄。"

堂拉斐尔念完信,嚷道:"怎么的!我表妹的性命名节就是亏了这位先生保全的吗?啊,我感谢天,今儿个有缘相见!"一面说,一面上前来把我紧紧抱在怀里;又说道:"我多快活呀!能在这里见到吉尔·布拉斯·德·山悌良那先生!我们表妹——那位侯爵夫人不必嘱托我们款待你;她只要让我们知道你一定路过瓦拉多利,那就够了。我们最疼这个表妹,你对她有莫大之恩,我姊姊加米尔和我知道该怎样招待这位恩人的。"我极力应酬了一番,他们又说了许多这一类的话,几次三番地拥抱我。他们发现我还没脱掉皮靴,叫用人替我脱下。

于是我们到另一间房里,那边已经摆好桌子。那位大爷、那位夫人和我一同坐下吃晚饭。席上他们还满口恭维。我只要一开口,他们就赞叹我的妙语。他们俩向我一道道敬菜,那种殷勤真是少见。堂拉斐尔不时地喝酒祝堂娜曼茜亚健康,我也学他榜样。我觉得加米尔和我们碰杯的时候几次对我眉挑目语。而且我留心她仿佛怕弟弟知觉,要得空才对我送秋波。我不用别的证据,知道这位太太爱上我了。我看明这点,虽然没预备在瓦拉多利多耽搁,也满想得些便宜。我存了这个痴心,听他们留我多住几天,就一口答应。他们又谢我赏脸,加米尔快活非常,更见得我没猜错,她的确很中意我。

堂拉斐尔看我肯在他家耽搁几时,就请我到他们庄上去。他把那座庄子形容得富丽堂皇,还讲到了那里怎样消遣。他说:"有时候,咱们可以打猎解闷;有时候可以钓鱼;要是喜欢散散步,那里有幽静的树林子和花园儿;咱们还有贵宾做伴,我想你不会无聊的。"我很赞成。当时大家议定明天动身到他们那座漂亮的庄上去。这个如心的计划商量停当,晚饭也吃完了。我觉得堂拉斐尔喜不自胜。他拥抱着我道:"吉尔·布拉斯先生,让我姊姊陪你一会儿,我有几桩要事得去吩咐,还得派人请明天的客人。"他说完就撇下我们俩走了。我和那女人依然说着闲话,她讲的话恰好衬托她那含情的眼风。她握了我的手,看看我的戒指,说道:"你这颗钻不错,可惜太小了。你能鉴别宝石吗?"我说不识货。她道:"多可惜!不然可以替我估估我这块宝石值多少。"说着翘起指头,给我看戴的一块大红宝石。我看着她那宝石,听她说道:"我有个叔叔是菲律宾群岛西班牙领地的总督,这块大红宝石是他给的。瓦拉多利的珠宝商人估过价,说值三百比斯多。"我说:"一定很值,我觉得这块宝石美极了。"她道:"既然你喜欢,我愿意跟你交换。"她立刻脱下我的戒指,把自己的戒指套在我小指头上。我觉得这种交换东西就等于调情求爱的送礼。加米尔又握住我的手,脉脉含情地看着我;忽然仿佛自惭衷心太露,便打断了话,说声晚安,羞答答跑开了。

我虽然初入情场,见她突然走开,也完全理会得这里面的甜头,料想到了乡间,一定过得快乐。我吩咐亲随明天清早叫醒我,就到我卧房里,关上门,一心想着这件快事和眼前富裕的光景。我并不想睡觉。桌上的皮包和我那块大红宝石拨动了我的如意算盘。我想:"谢天,我从前倒霉,现在运气可好了。那一位送了我一千杜加,这一位又送我个值三百比斯多的戒指,我可以富裕好一阵子了。我现在知道马日罗并没哄我。我不费丝毫之力,就得了加米尔欢心;将来到马德里去,准有上千个女人看中我呢。"我想到这位慷慨的太太对我这一番情意,觉得动人寻思;又想到堂拉斐尔在庄上为我安排的消遣,先已津津有味。我想象着种种欢娱,渐渐瞌睡虫儿上身,自觉困倦,就上床睡觉。

早晨醒来,一看时候已经不早。我很诧异,昨晚吩咐过我那亲随,怎么不见他来。我想:"我那忠心的安布华斯又上教堂去了,要不然,就是今天很懒惰。"可是我立刻给了他一个更坏的考语,因为起床一看,不见桌上皮包,就疑心他夜里偷了。我要知道究竟,忙开了门,连声叫那假正经的家伙。一个老头儿听我叫唤,跑来问道:"先生,您要什么?您手下人今儿天不亮都离开我这所房子了。"我急道:"什么?你的房子啊?这儿不是堂拉斐尔家吗?"他答道:"我不知道那位绅士是谁。您住的是公寓,我是房东。昨儿傍晚,您来的前一个钟头,那位跟您吃晚饭的太太跑来租了这一套房间,说是为一位微服漫游的大贵人租的。她先把房钱都付了。"

我恍然大悟,才明白加米尔和堂拉斐尔是何等人物,原来我亲随知道了我所有的事,把我卖给这伙骗子了。其实我咎由自取,要不是我粗心大意,无故向马日罗和盘托出,就不会招来这场没兴。可是我不怪自己,倒埋怨命运弄人,千百遍咒骂我的流年。我把这事告诉房东,他也许跟我一样深知个中底细,听了装得很同情。他深为惋惜,又说这出把戏在他房子里串出来,他非常懊恼。随他做出这种样子,我相信骗局里有他的份,布果斯的客店掌柜也有一手。我始终相信,这条妙计是那掌柜想出来的。

第 十 七 章

公寓里出事以后,吉尔·布拉斯的行止。

我尽情怨了一回命,也没用处,我想还是不要一味懊恼,该挺起脊梁,不怕坏运。我就鼓起勇气,一面穿衣裳,一面自慰道:"还算大幸,那些坏蛋没把我的衣裳和衣袋里几个杜加一股脑儿拿走。"我多承他们这等体谅。而且他们还很大量,留下了我的皮靴;我就按原价三分之一卖给房东。感谢上帝,我跑出公寓,不用谁来扛我的行李了。我先跑到那客店里去瞧骡子在不在,料想安布华斯不会放过它们。我若一上来就看出他的为人,岂不好呢?店家说,安布华斯昨晚就把骡子牵走。我料定我的骡子跟那宝贝皮包都一去不返了。我在街上惆惆独行,想个计较。我很想回布果斯,再求堂娜曼茜亚帮忙,可是觉得不该诛求无厌,而且也不愿显得我是个糊涂虫,因此又死了这条心。我发誓从此要提防女人;那时就是对贞洁的苏珊娜①也不敢信任。我不时看看手上的戒指,想到这是加米尔的礼物,又伤心叹息。我想:"唉!我对红宝石全不识货,可是我认得贩卖宝石的人,我相信这次准做了傻瓜,不必去请教珠宝商人了。"

---

① 《旧约全书》所载贞洁女人。两个法官诱奸她不遂,冤枉她不贞洁,判处死刑,她祈求上帝,得获昭雪。

我还想知道那戒指究竟值多少,就去给一个宝石匠看,他说值三个杜加。我虽然料到那东西不会值钱,不禁把那菲律宾总督的侄女狠狠咒骂,其实我已咒骂得她够了。我从宝石匠那里出来,一个年轻人打身边过,站住仔细看我。我觉得他很面熟,只是一时记不起是谁。那人道:"怎么的,吉尔·布拉斯,你假装不认识我吗?两年不见,尼聂斯理发师的儿子竟变得认不得了吗?你还记得你同乡同学法布利斯吗?咱们俩在郭狄内斯博士家里,把共相和物性层次①等等问题辩论过多少多少回啊!"

我不等他说完就记起来了。我们俩亲热拥抱一番。他说:"哎,朋友,我碰到了你真是快活!说不出心上多乐!"又诧异道:"你多神气啊!老天爷!你打扮得像一个王爷!好一把宝剑!丝袜子!丝绒的袄儿和斗篷!上面还绣着银花儿②!嗳呀呀!一望而知你有了什么艳遇了!我可以打赌,准有个花钱不心疼的老太太在倒贴你。"我道:"没那事儿。你想我那么阔气,其实并不然。"他道:"去你的吧!去你的吧!你装正经呢!请问你,吉尔·布拉斯先生,你手上戴的大红宝石哪儿来的呀?"我答道:"那是个地道的女拆白给我的。法布利斯,亲爱的法布利斯啊,别以为我风魔了瓦拉多利的女人。我告诉你吧,朋友啊,我是受她们捉弄的冤桶!"

我说这话时形容沮丧,法布利斯一看就知道我做了瘟生了。他追问我为什么对女人如此怨恨。我很愿意告诉他听,只是说

---

① "共相"原文是 Universaux,有译作"普遍概念"的。"物性层次"原文是 Degrés métaphysiques,中世纪经院哲学把事物性质分成层次(Gradation)由公有的共同性质一层层升到独有的特殊性质。
② 本卷第十五章里原说绣的是金花。

来话长,我们也舍不得马上分手,就上一家酒店,讲话方便些。我一面吃早点,一面把我离开奥维多以来的事一一讲给他听。他觉得我的遭遇很离奇,又十分关切我目前的窘况,说道:"朋友,碰到人生一切不如意的事,应该自己会譬解,品性坚强的人跟懦夫就是这点不同。聪明人落了难,就捺下心等时来运转。西塞罗说得好:千万别丧气,忘掉自己是一个人①。我就是那种性格,尽管失意,绝不颓丧,永远不给坏运气压倒。譬如说吧,我爱上奥维多一个大家闺秀,她也爱我,我去向她爸爸求婚,碰了个钉子。换了别人就气坏了,可是我啊,你该佩服我的气魄,我拐了那小娘儿跑了!她那人热辣辣的,又没脑子,又风骚,只要可以寻欢作乐,就把本分事儿撇在脑后。我带她在加利西亚各处闲逛了六个月,她尝到了游历的滋味,想到葡萄牙去,不过她这回找到了别人做她的旅伴儿了。这又可以叫我垂头丧气。但是我吃了这个新的亏,并不认输。我比墨涅拉俄斯乖得多,帕里斯拐掉了我那海伦,我非但不向他宣战,反而感激他替我顶了缸。此后我怕吃官司,不愿意回阿斯杜利亚,就到雷翁去。当初我带那公主娘娘离开奥维多的时候,两人各卷了一大笔钱,行头也都不坏,所以我身边还有余钱,一路使用;可是一会儿就花光了。我到巴伦西亚,身上只有一个杜加,还得买一双鞋,剩下的钱更难维持我多少时候。我光景很窘,已经得收紧腰带,不得不赶快想办法。我决计去当用人。我先帮一家,主人是个卖呢绒

---

① 西塞罗(Cicéron,公元前 106—前 43),古罗马政治家、散文家。此句出《与友人书函集》第五卷第十七函("勒勃古典丛书"本第 398—399 页),是写给西提厄斯(P. Sittius)的。勒萨日只引了个大意,原句说:"我劝你要记住,你虽然不过是个人(hominem),究竟还是个大丈夫(Virum)。"

的胖子,有个儿子很荒唐。我在他家不愁挨饿,却有一件事为难。老子吩咐我去监视儿子,儿子又请求我帮他欺哄老子,我没法两面兼顾。我是吃人家软求不爱听人家命令的,因此把个饭碗砸了。接着我帮了一个老画家,承他好意,情愿教我画画。可是他只教我画,随我去饿死也不管。我因此讨厌绘画,也厌恶巴伦西亚那地方。我就到瓦拉多利,恰是天大的运气,在慈惠院院长家里找得个事。我现在还在他家,很喜欢这只饭碗儿。我主人马尼艾尔·奥东内斯先生走路时眼睛老看着地下,手里拿一大串念珠,可见他非常虔事上帝,很有道德。据说他自从少年时候,张开眼只看见穷人的福利,所以专为穷人造福,孜孜不倦。他得了好报,事事顺利。老天爷多么保佑他啊,他替穷人效劳,自己变成富翁了。"

法布利斯讲完,我就说道:"你对处境满意,我也很高兴。不过咱们私下说说,你还可以做个比用人有体面的事,像你这样人才,可以再向高枝儿上飞呢。"他答道:"你是说着玩儿吧,吉尔·布拉斯?我告诉你,像我的脾气,做这事再合适没有。当然,傻瓜做用人是很辛苦的;不过伶俐小伙子当用人就其乐无穷。高才上智当了用人,不像下愚那样死心眼儿做事。他上人家不是去伺候,倒是去指挥的。他第一先揣摩主人性格,顺着他的短处,哄得主人信任,以后主人就由他牵着鼻子走了。我在慈惠院院长家就是这个做法。我一上来就看透了那家伙,看出他要冒充圣贤人的;我只装给他蒙过了,这又不费什么事。不但如此,我还学他的样,他怎么装腔哄人,我就照样装腔哄他。这骗子受了我的骗,渐渐无论什么事都交给我了。我指望靠他提拔,有一天也能够办慈善事业。我觉得我跟他一样地爱为穷人造福,说不定我也会发财呢。"

我说道:"亲爱的法布利斯,你大有前途,恭喜恭喜。我呢,还想照我原先的计划办。我把这套绣花衣服换件道袍,到萨拉曼卡,借个大学的招牌去谋个教师的馆地。"法布利斯嚷道:"好计划!好打算!你真是个傻瓜!这点点年纪就去做教书匠!可怜东西,你打这个主意,可知道前途是什么光景?你一谋到馆地,那家的人就个个都来监视你,仔仔细细审查你一举一动。你对自己要刻刻严加约束,装出岸然道貌,仿佛是众德兼备的样子。你简直没时候寻快乐。你老得监督着你的学生,成天教他拉丁文,纠正他的胡说乱为,这就够你忙的了。费了这些心力,受了这般拘束,有什么收成呢?那位小爷要是个不成材的东西,人家怪你管教不好,东家不送谢仪,就请你滚蛋,说不定连束脩都会赖掉。所以你别跟我提教师的馆地,吃那一份薪俸,得掌管人家的灵魂。咱们还是谈谈做用人这门行业吧,这才是只领干薪、不担责任的。主人有什么短处,聪明用人就依顺着他,往往还可以从中取利。一个用人在有钱人家过的是无忧无虑的日子。他酒醉饭饱,就放倒头安心睡觉,跟阔人家公子哥儿一模一样,不用操心肉铺子面包店的账。"

他接着道:"朋友,我要是把当用人的好处一一说来,就一辈子也说不完。听我的话,吉尔·布拉斯,从此放下了做教师的心,还是学我的样。"我答道:"好是好,法布利斯,不过像慈惠院院长那类的东家不是随时找得到的;我要是决计做用人,至少得找个好饭碗儿。"他道:"哎,你说得对。这事在我身上!不说别的,单为了把你这个漂亮人从大学里挖出来,我也得包你个好事情。"

我倒不是为法布利斯这番道理,我实在是快要穷极无路,又看他得意洋洋,就决计当用人了。我们出了酒店,我那同乡说:"我立刻带你去见个人,找事情的用人多半找他;他手下有人替他刺探各家消息。这人知道谁家要用人,一部账上登载得详详细细,不但哪几家要人,连某家有什么好处坏处都写得分明。他从前在不知什么个修道院里做过修士。一句话,我现在的事就是他找的。"

我们一面谈着这个奇妙的问讯处,尼聂斯理发师的儿子带我进了一条死胡同。我们到一所小房子里,看见一个五十来岁的人,伏在桌上写字。我们向他招呼,而且礼貌,很恭敬,他却站都不站起来,只略微点了点头,不知是天生傲兀,还是平日只看见用人和车夫之类,大落落的惯了。可是他对我很注目。我知道他在诧异,怎么穿绣花丝绒衣服的人要来当用人,也许想是来托他找用人的。可是他立刻知道了我的来意,因为法布利斯劈头就说:"阿利阿斯·德·隆东那先生,你许我介绍我的好朋友吗?他是大家子弟,走了背运,没法儿只好出来当用人。劳驾你给找个好事情,他明儿一定重重谢你。"阿利阿斯冷冷地答道:"先生,你们这起人都是一个样子的:事情没到手,许的愿天花乱坠;得了好事情,说的话忘个一干二净。"法布利斯道:"怎么呀?你还嘀咕我吗?我对你还不够大方吗?"阿利阿斯道:"你还可以大方些儿呢!你那个事抵得过书记的职位;可是你给的报酬,好像我只介绍了你到文人家去帮佣。"我就自己出场,对阿利阿斯先生说,我愿意先给报酬,好叫他知道我不是个没良心的。我一面说,就掏出两个杜加给他,又答应他如果有好饭碗,还要多多酬谢。

我这种举动仿佛很合他意。他说:"我喜欢人家这样待我。"又道:"有许多很好的位置还空着呢,我一一念给你听,随你挑好了。"他就戴上眼镜儿,打开桌上的登记簿,翻过几页,念道:"多贝利诺大尉要一个跟班。大尉性情急躁暴戾,而且古怪;把用人责备不休,还要打骂,往往打成残废。"我一听他的描写,嚷道:"念下去吧,这个大尉不合我的脾胃。"我这股子劲儿惹得阿利阿斯笑了,他往下念道:"堂娜马尼艾拉·德·桑都华尔现在缺一个跟班。她是个老寡妇,又啰嗦,又怪僻;一向只用一个人,从来用不满一整天的。她家里十年来只有一套号衣,不论身材肥瘦高矮都穿这一套。其实用人不过去试试装,那套号衣虽然有两千人上过身,还是簇新的。阿尔华·法内斯博士要一名亲随。他是医生兼配药的,他家用人吃得好,管待得不错,工钱也高,只是他制了药要在用人身上试验。他家老在找用人。"

法布利斯笑着插嘴道:"唷!那是当然的!天晓得,你尽介绍我们这些好主顾!"阿利阿斯·德·隆东那道:"别急呀,咱们还没念到底呢,自有称你们心的事。"他又往下念道:"堂娜阿尔方萨·德·索利斯已经三个星期没有跟班了。她是个老信女,每天大半在教堂里过,要个跟班时时刻刻在身边伺候。赛狄罗学士,本城神职班里一位年老的大司铎,昨晚把他的亲随撵走了……"法布利斯嚷道:"甭念了,阿利阿斯·德·隆东那先生,这个事我们要了。赛狄罗学士是我主人的朋友,他的情形我都熟悉。我知道他的女管家叫侠生德大娘,是位虔诚的老婆婆,家里事全归她做主。这是瓦拉多利数一数二的好东家,在他家里过得舒服,吃得非常好。再加那大司铎已经老态龙钟,又害痛风症,不久就得立遗嘱,还可以图他一份遗物呢。当亲随的有这指望多美呀!"他转向我道:"吉尔·布拉斯,别耽搁了,朋友,咱们立刻到学士家去吧。我想亲自介绍你去,做你的保人。"我们生怕错失这个好机会,匆匆向阿利阿斯告辞。他得了我的钱,对我担保说,如果这事不成,一定还替我找个一样好的事情。

第 二 卷

第 一 章

法布利斯带吉尔·布拉斯到赛狄罗学士家
参见主人。这位大司铎的境况。
管家婆的一幅肖像。

我们怕去迟了,所以一口气跑出死胡同,赶到老学士家里。只见大门紧闭,就上去打门。一个十岁的女孩子来开门。外面对这女孩子的出身很有闲话,可是那管家婆满不理会,只说是她侄女儿。我们正问她能不能见见大司铎,侠生德大娘也出来了。这女人已经是不惑之年,还很漂亮;她脸色娇艳,尤使我惊佩不置。她穿一件很朴素的长呢袍儿,腰里束条阔皮带,一边挂串钥匙,一边是一串大颗的念珠。我们一见她就恭恭敬敬行个礼;她回礼也很客气,不过态度拘谨,眼皮儿也不抬。

我的伙伴儿说道:"听说赛狄罗学士要找个靠得住的用人,我带了一个来,但愿他会中意。"那管家婆听了这话,抬眼把我仔细端详;觉得我身上的绣花衣服和法布利斯的话不大合拍,就问可是我找事情。尼聂斯理发师的儿子答道:"是啊,就是这小子。他尽管这样打扮,却是运气不好,没办法只得当用人了。"又低声下气道:"他虽然走背运,要是有造化在贵府上跟着大贤大德的侠生德,也就可以自慰了。像您这样贤德的人,有资格做美洲大主教的女管家呢！"那贤德老太婆一听，觉得这人说话彬彬有礼，就不看我了，转过眼去看他，一看很脸熟，说道："我好像见过你，可是你究竟是谁，得请你提醒我了。"法布利斯答道："贞静的侠生德，承您留意到我，荣幸得很。我主人就是慈惠院院长马尼艾尔·奥东内斯先生，我跟他到贵府来过两回。"管家婆答道："哎，对了，想起来了，我认得你。啊，你既然是奥东内斯先生的用人，一定是有道德有体面的。能够在他家当差就见得你这人不错。这小子有你作保，再好没有了。"接着道："跟我来，我领你们去见赛狄罗大爷。我想他准要你荐的人。"

我们跟着侠生德大娘进去。大司铎住在底层，一套四间屋，都整整齐齐装着护壁板。她叫我们在进门第一间屋里等着，自己跑进里间去，学士就在那里。她先跟他密谈一会儿，把情形讲了，然后叫我们进去。只见这位有痛风病的老头儿嵌在一只安乐椅里：头底下一个枕头，两胳膊靠两个垫子，一双腿搁在鼓鼓的鸭绒垫子上。我们近前去，连连的行礼，还是由法布利斯开口，把方才对管家婆的话重说了一遍，还夸赞我一通，尤其把我在郭狄内斯博士家里辩论哲学出的风头大讲特讲，仿佛我不是大哲学家就不配充大司铎的亲随。这几句赞扬不免炫惑了学士的观听，而且他看侠生德大娘并不讨厌我，就对那保人说道："朋友，你荐的人我就留用了，他还中我的意，而且他既然是奥东内斯先生家用人荐的，品行想必不错。"

法布利斯一看我的事定了，就对大司铎深深行礼，对管家婆深而又深的行礼，又低声对我说，以后再见，只要好好待下去就行；然后他高高兴兴地走了。他走之后，学士问我叫什么名字，为什么离开家乡。他这样问，我只得把身世讲给他听，侠生德大娘也在旁听着。他们俩觉得有趣,尤其是我最近的那桩事情。加米尔和堂拉斐尔惹得他们好笑死了,差点儿没送掉了那痛风老头儿的性命;他狠命地笑,笑得一阵咳呛,我以为他一口气回不过来了。他还没立遗嘱,那管家婆当时的着急可想而知。我看她急得发抖,慌忙去救护这老头儿,好像他是个小孩子在咳嗽一般,揉揉他脑门子,拍拍他背心。亏得是一场虚惊,老头儿咳止,管家婆也停了拍弄。我还想把我的事讲完,可是侠生德大娘怕引起第二阵咳呛,不让我再讲。她索性领我出来,到藏衣室去,那里挂着好些衣裳,有一套是我前任穿的。她叫我换上,把身上穿的一套挂起来。我乐得把那套衣裳藏好,打算将来还要穿呢。然后我们一同去做晚饭。

我对烹调不算外行。我在雷欧娜德大娘手下实在学了点儿本事;她算得一个好厨娘,只是比了侠生德大娘还差远着呢。只怕托雷都大主教的厨子都赛不过这一位的手段。她做什么菜都高人一等:她做虾羹,知道选什么肉汁,怎么配合,做出来鲜极了;做的肉饼子,味道调得也很可口。我们做得了饭,同到大司铎房里。我在安乐椅旁放张小几,摆上刀叉;她拿一方餐巾衬在老头儿下巴底下,两角别在他肩膀上。过一会儿我端上一碗汤和两只冷盘子:那汤可以宴请马德里最有名的大神父;那两个冷盘里,侠生德大娘没敢多加香料,怕对学士的痛风病不好,不然的话,那味道真可以引出总督大人的馋劲儿来。我以为老主人已经四肢瘫痪,谁知他一见好菜,居然还能运用两条胳膊。他推开了枕头靠垫,欣欣喜喜吃起来。他的手抖抖索索,却还管事,能够伸缩如意,不过只有一半儿送到嘴,还有一半儿全狼藉在桌布和餐巾上面。我等他喝完汤,撤下去又送上一盘,中间一只野鸡，两旁两只烤鹌鹑。侠生德大娘替他一片片切碎。她又留心时时给他大口地喝酒，酒里稍为兑上些水，盛在一只又大又深的银杯子里，仿佛是喂一个十五个月的娃娃。他不放过那冷盘子，把些烧烤的鸟儿也吃个尽兴。他吃得撑肠挂肚，那位虔诚的老婆子替他解下餐巾，重新放好枕头靠垫，让他舒舒服服地在安乐椅里睡他照例的午觉。我们撤下家伙也去吃饭。

我们这位大司铎大概是神职班里最能吃的人，他每天这样用饭。不过他晚饭没这样丰盛，只吃一只鸡，或者一只兔子，还吃些蜜饯。我在他家吃得好，过得很舒服；只有一件苦处，我得熬夜，像个病房看护，通宵守着我主人。他有小便失禁的毛病，一个钟头十来次地要我给他递尿壶；又有出虚汗的毛病，每出一身大汗，就得替他脱换衬衣。他在第二天晚上对我说道："吉尔·布拉斯，你很能干，也很勤谨，我预料你一定能伺候得我满意。我只有一句叮嘱，你得听侠生德大娘的话，她有什么吩咐，就是我吩咐下来的一样，你得依头顺脑。这女人服侍了我十五年，忠心得少有；她在我身上那么周到，我不知如何补报。我老实告诉你，我看得她比家里人都亲。我为了爱护她，把亲姊姊生的亲外甥都赶走了，这事我没做错。他不把这可怜的女人放在眼睛里。现在这起年轻人以为道德就是诈伪，人家对我赤胆忠心，那狂妄的家伙不给她个公道，只说是假惺惺。谢天，我把那混蛋撵了。人家待我的情分，我看得比骨肉伦常还重，只有待我好才赢得我的欢心。"我说："先生，您说得对，我们应该把恩义看得比天伦还重。"他答道："那还用说！将来看我的遗嘱，就知道我全不把亲属放在心上。我那遗嘱上，管家婆有个大份；你要是一直这样服侍我，也少不了你的。我昨天撵走的那用人自取其咎,平白丢了好好一份遗产。那混蛋的行为弄得我非辞退他不可,不然的话,他可以有好一笔到手呢!他傲慢无礼,对侠生德大娘全没些规矩,又是个怕辛苦的懒骨头。他满不愿意陪夜,晚上照顾我,嫌累得慌。"我这时仿佛给法布利斯的天才感化了,嚷道:"啊!那混蛋!他不配伺候您这样一位上等人!一个小子有造化做您的用人,应该孜孜不倦,把职务当作一件乐事,就是为您流血流汗也不嫌忙碌。"

我瞧出那学士听了这几句话很入耳。我又一口应承,凡事遵照侠生德大娘的意思,他听了也很满意。我立志做个不辞劳苦的用人,极尽殷勤。我整夜脚不离地,也毫不抱怨。不过我觉得这是桩苦事,要不是贪图那份遗产,早厌恶我那差使,不肯忍受了。其实我白天可以歇几个钟头。说平心话,管家婆很照应我,这也因为我要博她欢心、凑趣恭敬的缘故。我跟她和她侄女伊内西尔一同吃饭的时候,替她们换盘子、斟酒,伺候得分外殷勤。她们渐渐地跟我很要好。一天侠生德大娘出门采办伙食,只剩我跟伊内西尔在一起,我就跟她谈起来。我问她还有爹妈没有。她答道:"唉!没有了,他们死了好久好久了。我的好姑姑对我这么说,我可从来没见过他们的面。"小姑娘这句话讲得很含糊,可是我志志诚诚信以为真。她给我引动了头,把我没想知道的事都讲出来了。她告诉我——其实是我从孩子家没心眼儿的话里悟出来,那位好姑姑有个亲热的男朋友,也服侍一个年老的大司铎,替他经手一切世俗的事;这一对好福气的用人准备把双方主人家刮来的财产并在一家;现在虽然还没结婚,早已在品尝夫妻的甜头。我曾经说过侠生德大娘年纪虽老,容颜娇嫩。她真的是费尽心思要常葆美丽,每天早晨灌肠一次,白天和临睡还要吃两回滋补的肉膏。而且每晚上我熬夜陪主人,她却安安稳稳地睡觉。伊内西尔告诉我,她每条腿上有个口子①,大概这尤其是驻颜妙法。

第 二 章

大司铎得病,延医服药;他的下场,

以及传给吉尔·布拉斯的东西。

我伺候赛狄罗学士三个月,为了他晚上不得好睡也不抱怨。三个月以后,他生起病来。先是发烧,一发烧,那痛风毛病也厉害起来。他活了这么多年,现在是头一次要请教大夫。他请了桑格拉都②大夫,瓦拉多利人当作希波克拉底③再世的。侠生德大娘希望大司铎先写遗嘱,甚至于向他提过这话;可是大司铎有他固执之处,而且自以为还不会死呢。我就去请桑格拉都大夫,领他上家里来。他是个干瘦苍白的高个子,替司命之神至少当了四十年的催命使。这位博学的名医道貌岸然,说起话来句

---

① 西洋古代医学认为女人腿上划开个口子(source, fontaine),让身体里的恶血秽液排泄出去,就可常葆青春。塞万提斯《堂吉诃德》里的公爵夫人美貌动人,就因为腿上有这种口子。见《堂吉诃德》第二部第四十八章。
② 西班牙文 Sangrador,意思是"抽血者"。抽血是法国十七、十八世纪极流行的治疗法。
③ 希腊名医,公元前四六〇年生,是西洋医学的开山祖师。

掛字酌,用的词儿高雅得很。他讲的理论有根有据,抱的见解又偏又僻。

他瞧了我主人的病,摆出一副医生架子,说道:"这是滞积症,应当清导一下。换了别人呢,一定用泻盐、利尿剂、发汗药,都大半含硫磺和水银;可是清泻和发汗的药有伤身体,全是庸医捣鬼哄人的,化学方法配合的药都有弊无利。我用的方法又轻简又灵验。"接着问道:"你平时吃些什么东西?"大司铎答道:"我常吃虾羹和嫩肉。"医生大惊小怪地说道:"虾羹和嫩肉!啊,原来如此,难怪你生病呢!可口的东西美中有毒,那是口腹之欲安排的圈套,可以稳稳地害人。你此后该戒绝一切鲜肥的东西;越是淡而无味,越对身体有益。身体里血液就没味道,补血也该用没味道的食料。"又问道:"你喝酒吗?"学士道:"喝,喝些兑了水的酒。"医生道:"啊,随你兑上多少水也没用,你太没有节制了。这样的饮食真骇人听闻!早就该送命了!你今年几岁?"大司铎道:"六十九岁了。"医生道:"一点儿不错,贪吃贪喝就要未老先衰。你要是一辈子只喝白水,吃点素淡的东西,像煮苹果以及豌豆、绿豆之类,你不至于害痛风病,还手轻脚健呢。不过我并没绝望,只要你完全照我开的方子,我还治得好你。"学士虽然贪嘴,答应一切遵命。

于是桑格拉都说了个外科医生的名字,叫我去请来,把我主人的血抽掉满满六瓶子,算是导淤通塞的。他对那外科医生道:"马丁·奥内斯先生,你过三个钟头再来照样抽一次,明天还要抽。别以为生命要血来维持,这是种谬论,病人抽血越多越好。他不必运动,只要留着性命不死,跟一个人睡着了一样,不用多少血就可以活;病人和睡着的人全靠脉搏和呼吸活命。"大司铎这个好人以为这么大名医的道理绝不会错，服服帖帖的尽人抽血。医生一面吩咐：血要抽得多，抽得勤；一面又说：应当时时刻刻给大司铎喝热水，医治百病的良方就是多多喝水，决没有错儿。他临走好像很有把握地对侠生德大娘和我说：只要照他的法子治疗，病人保管会好。女管家心里也许别有见解，满口答应一定完全遵命办事。我们真的立刻烧起水来，医生既然千叮万嘱喝水愈多愈妙，我们先大口灌主人喝了两三品脱①的热水，过一个钟头，又来一次；这样连连地灌，灌得我主人肚里翻江倒海。一壁厢还有外科医生帮着办事，抽了他好多血。不到两天，我们把个大司铎老头儿弄得奄奄待毙。

  这可怜的教士看见我又拿了大杯能除百病的良药要灌他喝，实在受不住了，有声无气地说道："罢了，吉尔·布拉斯啊，别再叫我喝了，我的朋友。白水尽管灵验，我知道自己是要死的人了；我身体里滴血不剩，可是并无起色。可是死期一到，天下最高明的医生也拖延不了时日。我得动身到另一个世界去，你找个公证人来，我要立遗嘱。"他末了几句话我很听得进，急急要去遵命办事，可是承继财产的人到这时节都不免做张做致，我也捺住心，装得十分悲戚，说道："可是先生，您的病没这么厉害，天保佑您还会好呢。"他道："不成了，孩子，我完了；我觉得已经病入膏肓，死期越逼越近了。你赶快照我吩咐的去办。"我看他果然神色大变，觉得事不宜迟，连忙遵命，让侠生德守着病人。她比我还要着急，只怕病人来不及立遗嘱就断了气。我请人指引，撞到个公证人家里，他正在家。我说："先生，我主人赛

---

① 一品脱约合一升。

狄罗学士快没气了,他要立遗嘱,请您赶快就去。"这公证人是个小老头儿,很有兴致,爱说笑话,他问我替大司铎瞧病的是哪位大夫。我说是桑格拉都大夫。他一听这名字,急急披袍戴帽,嚷道:"天哪!咱们赶快走吧!这位大夫手段爽利,病人请个公证人都来不及。这家伙夺掉我好多份遗嘱了。"

他说着匆匆忙忙和我一同出来,两人大踏步往回里赶,生怕病人先咽了气。我一面对他说道:"先生,您知道一个人临死立遗嘱,记性往往差了。要是我主人没想起我来,劳驾您把我对他的忠心提醒他一声。"公证人答道:"孩子,你放心,我一定帮忙。一个用人好好服侍了主人一场,理该酬奖。只要他对你稍有酬谢之心,我一定撺掇他给你些值钱的东西。"我们赶到学士屋里,他神志还清楚。侠生德大娘在他旁边,逼出一副急泪,满面啼痕。她才演完一出戏,要哄那老头儿把许多财产都传给她。我和她退到外间,单让公证人跟我们主人在一起。外科医生又来了,奉医生之命,末次来抽血。我们挡住他,管家婆说:"马丁先生,你等一等吧,现在进去不得,赛狄罗大爷正叫公证人写遗嘱呢。等立好遗嘱,你爱抽多少血随你抽去。"

我和这位贤德老太婆都提心吊胆,只怕学士没写完遗嘱就死。侥天之幸,我们着急的那件事居然办妥。公证人从屋里出来,见我站在当道,拍拍我肩膀,笑嘻嘻地说:"他并没有忘掉吉尔·布拉斯。"我听了心花怒放,满腔感激我主人心上有我,发愿他死后一定为他好好祷告。他一会儿就去世,外科医生正替他抽血,这可怜的老头儿已经太虚弱,当场咽了气。他末一口气游丝未断,医生来了,虽然他替病人送终早已积久成习,却也不好意思。可是他满不承认大司铎的命送在抽血和喝水上面,他一面出去,一面仿佛没事人儿,说还是血抽得不多,热水喝得不够。那位高等医学的刽子手,我指外科医生,看见现在没他的事了,就跟着桑格拉都大夫同走,异口同声,说打头一天起就断定学士的病不会好。他们这种诊断的确从来不错。

我们看见主人没气儿了,侠生德大娘、伊内西尔和我齐声举起哀来,声闻四邻。那贤德婆娘称心已极,尤其哭得悲切,仿佛是天下第一伤心人。屋子里立刻挤满了人,都是出于好奇,并非跑来吊唁的。死者的亲族听见消息,一窝蜂地赶来,一处处上了封条。他们看见管家婆那么伤心,先还以为大司铎没立遗嘱;可是马上知道有一张遗嘱,手续完全合法,大为懊丧。遗嘱开读之后,他们听说主要承继人是侠生德和她的小姑娘,他们对死者的哀词就大不客气。他们把那贤德老太婆连带上我都骂了一顿。我承认我该挨骂,学士(愿他的灵魂得见上帝!)要我终身纪念,遗嘱上立了关乎我的一款——"一、吉尔·布拉斯此子颇有文学修养,故余所藏图书,举凡书籍手稿,巨细无遗,悉数传予,俾得增长学问。"

我不知道所谓图书究竟在什么地方,从来就没看见他家有什么图书。我只知道我主人书房里小小两层杉木板上有一堆字纸和五六本书,这就是我得的一份遗产。而且这些书我没什么用处:一本是《烹调大全》,一本是《胃病医疗法》,此外是一部四本日课经,给虫蛀了一半。至于手稿呢,最珍贵的是大司铎从前争薪俸的全套诉讼书。这些东西不值一顾,不过我还是检点了一遍,然后扔下,留给死者的亲属,他们正眼红呢。我把身上衣服也还给他们,重新换上自己那一套;辛苦一场,只领了几个工钱。我又得去另找人家了。至于侠生德大娘,不但得了遗嘱上的一笔钱,还乘学士害病的时候,串通她情人偷了些很好的衣服。

第 三 章

吉尔·布拉斯做桑格拉都大夫的
用人,成了名医。

我决计再去找阿利阿斯·德·隆东那先生,从他那登记簿上再挑个事情。可是我刚走进他住的死胡同,桑格拉都大夫迎面而来,我从主人死后,还没见过他。我行了个礼。我已经改了装,他却一眼就认得,颇为高兴,说道:"啊,孩子,原来是你!我正在想你呢。我要找个好用人,想起了你来。我见你像个好孩子,你要是会看书写字,就合适了。"我道:"照您这条件,我正合适,我看书写字都来得。"他道:"既然如此,你正是我要的人。跟我家去吧,你去了没有不称心的事,我另眼看待你呢。我不给工钱,可是什么都不短你。我好好照管你,还要把医治百病的妙法都传授给你。总而言之,你不是去当我的用人,却是做我的学生。"

我应了医生的请,指望跟着这么一位博学的主人能够做个名医。他马上带我回去,派定职务:他不在家的时候,我得把请他的病家姓名住址记下来。他有一本病人挂号的簿子;他家里只用一个老婆子,当初就叫她登记,可是她不懂拼法,字又写得恶劣不堪,往往写了认不出来。医生这回把挂号簿交我掌管。这簿子应该叫作"鬼录",因为经我记下姓名的人差不多个个都活不了。驿站马车行里有职员替车上定座的旅客登记,我算得专替阴间去的旅客登记。我老是忙得笔不离手,因为当时瓦拉多利的其他的医生,名望都不如桑格拉都大夫。他会搬弄一套专门学名,加上岸然道貌,又碰运气医好过个把人,就算是他的功劳,因此就声名大起。

他病人不少,收入很可观。可是他家饭食并不讲究,吃得非常刻苦。我们日常只吃些豌豆、绿豆、煮苹果和奶饼。他说这种食品对脾胃最宜,因为最易"齿决"①,就是最容易嚼烂的意思。他虽然说这些东西容易消化,却不让我们吃个饱;他当然很有道理。他不许我和那女用人多吃东西,许我们尽量喝水,非但不限制,有时候还说:"喝水呀,朋友!身体健康全靠各部分柔润。你们要多多喝水,水能够溶解一切东西,化掉一切盐质。血流得慢,水能激得它快;血流得急,水能挡得它慢。"我们这位医生很相信这个道理,尽管上了年纪,还只喝白水。他下了个界说道:"衰老就是使人干枯消损的天然痨病。"因此慨叹有种人愚昧无知,会把酒当作老年人的牛奶。他认为酒对老年人耗损得厉害,竟会把命都断送;又滔滔一篇大道理,说这害人的饮料对老人、对一切人都仿佛是一个负心的朋友,一种骗人的乐趣。

他这套议论尽管高深,我却在他家待了八天就闹肚子;我胃里痛得很,竟大胆以为都是那溶解一切的白水和营养不足的饭食作祟。我向主人诉苦,想他也许会放松点儿,吃饭时给些酒

---

① 吉尔·布拉斯学了医生口气,用个古奥的字 Trituration。

喝。可是他跟酒是死冤家,不许我喝,说道:"你养成了喝水的习惯,就会知道水的妙处。你要是不爱喝白水,还有个好办法,免得喝淡水倒了胃口。你可以泡些藿香、苦荬,味道就好了;还嫌不够味道的话,只要再加些瞿麦花、迷迭香或是罂粟花。"

随他称赞水的妙处,又传授配合各种美味汤头的秘诀,我还是喝得很少,所以给他看破了,就对我说:"哎,吉尔·布拉斯,原来是这个道理!怪不得你身体不好,朋友,你喝水不够多呀。水喝得少只会叫胆汁更旺,越发蠢动,得多多喝水,把胆汁冲干净才行。好孩子,别怕多喝了水会胃弱胃寒,也许你不敢常喝水就是怕这点。你怕得无谓,快放了心,我保管喝不坏人的。你要是不相信我,赛尔斯①本人可以担保。这位罗马大哲人写过一篇颂赞水的好文章,他讲得明明白白,说有人借口胃弱,要想喝酒,显然不惜冤枉了脾胃,遮饰自己馋嘴。"

我刚学医,不好意思不遵教诲,就装得给他说动了,我也竟真心相信了。有赛尔斯担保,我就仍旧喝水,其实是开始多多喝水,好把胆汁冲个干净。我一天天越觉得不舒服,可是成见牢不可破,切身痛苦也不管。这就见得我是天造地设当医生的材料。然而肚子疼不能一辈子熬下去,我疼得厉害,吃不消了,打定主

---

① 古罗马大医学家,公元前一世纪人。桑格拉都的话是凭空捏造的。赛尔斯(Celse)的《医药论》(De Medicina)里虽然说消化不良等症应当喝水(第一卷第三节,"勒勃古典丛书"本第一册第 74—77 页),可是他并没有说水是万应良药;他不但没有说酒喝不得,而且认为酒是营养品(alimenta)之一(第二卷第十八节又附录,"勒勃古典丛书"本第一册第 198—199 页,又第 497—498 页)。同时,他倒跟桑格拉都一样,颇主张放血,甚至认为要治吐血症最好还是放血(第四卷第十一节,"勒勃古典丛书"本第一册第 394—395 页);而桑格拉都偏偏在这一点却没引他作为权威。

意要跟桑格拉都大夫分手。偏偏他给我一桩新差使,我又收起了这条心。一天他对我说:"你听着,我不是那种严厉没良心的主人,把用人使唤到老也不想给他们些酬报。我对你很满意,也喜欢你,不必你再伺候得长,从今天起就要叫你发财。我现在把多年来济世救人的无上妙法指示给你。别的医生以为要精通医道,非研究千百门烦难的学问不可。我呢,可以给你一条捷径,免得你辛辛苦苦学什么物理学呀,药物学呀,植物学呀,解剖学呀,等等,朋友,你只要知道,医道只是抽血和灌热水,这就是医治百病的秘方。哎,自然界的奥妙,我的同行都看不明白,可是逃不过我的眼睛;那不外乎抽血、常喝水两件事,就是我传授的简易秘诀。我没有别的可教你了,你已经把医学懂得透彻,只要再参照我多年临诊经验,就马上和我一样高明了。"他接着道:"你目下就可以为我分劳。你上午挂号,下午出去替我看一部分病人。贵族和教士归我,你替我到平民百姓家去看病。你工作了些时候,我再介绍你进我们的医生公会。吉尔·布拉斯,你现在虽然不是医生,已经是个医学家了,不像那些人做了多年医生——大半做了一辈子医生,还算不得医学家。"

我谢谢那位医生教导我马上能充他替身。我感他的恩,一口担承说,即使他的说法跟希波克拉底的说法不合,我也终身信奉。可是我这句话并不完全老实。我不赞成他对水的见解,准备以后每天出诊的时候弄些酒喝。我又第二次把我的绣花衣服挂起来,换上一套主人的衣裳,以便装得像个医生。从此由我瞧病的人活该倒霉,我准备去行医了。第一个病人是个害肋膜炎的公差,我吩咐病家硬着心肠替他抽血,还尽命给他喝水。我又去瞧一个糕饼师,他害痛风病,痛得直叫号。我也像对付那公差一样,没爱惜他的血;又吩咐时时刻刻叫他喝水。两家诊金共有十二个瑞阿尔,因此我尝到了这门行业的滋味,惟恐人家无病无痛。我从糕饼师家里出来,碰到法布利斯,这还是我主人死后第一次相见。他大为诧异,把我端详了好一会儿,于是两手捧着肚子,笑得喘不过气来。我确是可笑,披了件拖地的斗篷,袄儿和裤子又长又大,比我的身量大了四倍。我那模样可算得古怪离奇。我让他尽情笑个畅,自己都撑不住要笑;可是我绷着脸儿,因为在街上不可以失体统,而且医生不是个能笑的动物①,我做一行该像一行。我那模样滑稽,已经惹法布利斯好笑,我神色正经,越发招他笑个不了。他笑够了,说道:"天啊,吉尔·布拉斯,你这般打扮怪有趣,谁把你装成这副模样的呀?"我答道:"客气着点儿,朋友,客气着点儿,你得尊敬这一位新的希波克拉底!可知道我是瓦拉多利头等名医桑格拉都大夫的替身!我在他家已经耽了三个星期。他把医学的包袱底儿都传授给我了,他一人伺候不过来那么多请他看病的人,就叫我分劳,阔人家归他看,小户人家归我。"法布利斯道:"好得很!换句话说,他把平民百姓的血让给你,自己单要阔人的血。我恭喜你分得了你那一份,百姓比阔人容易打发。祝乡下医生前途无量!他闯了祸没人注意,杀了人也不会闹出来。"又道:"好!孩子,我羡慕你的好运气,也要仿着亚历山大的口气说:'如果我不是法

---

① 自从古希腊哲学家亚里士多德(公元前384—前322)以后,欧洲流传着三个关于人的定义:"人是政治的动物""人是理性的动物""人是能笑的动物"。亚里士多德《动物器官论》(*De Partibus animalium*)("勒勃古典丛书"本第280—281页)谈到呵痒,就说"人是惟一会笑的动物";所以拉伯雷《巨人传》卷首致读者诗(Aux lecteurs)结句道:"因为笑是人类的特征。"(*Le propre*)

布利斯,我愿意做个吉尔·布拉斯。'"①

我要尼聂斯理发师的儿子知道我现在干的事确可称羡,就把公差和糕饼师两家出的瑞阿尔拿出来给他瞧瞧,于是两人同到一家酒店去喝掉它几个瑞阿尔。店家送上的酒还不错,我馋了好久,觉得味道分外的美。我大口喝酒;不是我得罪那位罗马大哲人,我只觉得喝下肚去,那肠胃越受冤枉越发感激。我和法布利斯两人在酒店里待了很久,各把主人说笑了好一顿,用人在一起照例如此。后来看看天色不早,我们分手回家,约定明天午后还在老地方会面。

第 四 章

吉尔·布拉斯还是行医,又有本领,
又成功。重获戒指的奇事。

我刚到寓所,桑格拉都大夫也回来了。我告诉他看了些什么病人,把十二个瑞阿尔诊金花剩的八个交出来。他数一数,说道:"出诊两处只有八个瑞阿尔,太少了;可是不论多少,都得收下。"所以他差不多照数全收。他拿去六个,给我两个,说道:

---

① 亚历山大(Alexandre,公元前 356—前 323),古希腊武功最显赫的君王,据狄奥吉尼斯·雷厄提斯(Diogenes Laertius)《哲学家列传》第六卷第三十二节记亚历山大钦佩犬儒派哲学家狄奥吉尼斯(Diogenes),曾说:"假如我不是亚历山大,我愿意是狄奥吉尼斯。"("勒勃古典丛书"本第二册第 34—35 页)

"拿去吧,吉尔·布拉斯,让你攒起家当来。我跟你还要订个约,很便宜你:你赚来的钱,四分之一归你。朋友,你就要发财了,因为靠天照应,今年害病的人也许很多。"

把诊金这样分法我该称心,因为我蓄意先打四分之一的偏手,再加上余款四分之一,那么,除非算术这门学问靠不大住,我就几乎一半到手了。因此我对医学越发热心。第二天,我吃完饭就换上替身医生的行头,出去看病。我看了好几家由我挂号的病人,虽然病情不同,我一概用同样的方子。到此为止,还没有闹出什么乱子来。谢天照应,没人反对过我的方子。不过医生的手段尽管高明,总不免挨骂招忌。我到一个杂货店主家去看他儿子的水肿病,碰见一位同道,他是个黑不溜秋的矮个子,人家管他叫居希罗大夫。他由店主人的亲戚介绍来的。我对每个人都深深行礼,我知道这位医生是东家请来会诊的,对他尤其恭敬。他正经严肃,还了个礼,把我仔细端详一番,说道:"医士大爷,请别怪我好奇,我相信瓦拉多利行医的同行我都认识,可是没见过你的脸。你准是新搬来的。"我说我还是个后生新进,掮了桑格拉都大夫的牌子替人家看看病。他很客气道:"我恭喜你传了这位大人物的妙法。你看来很年轻,可是我相信你一定很有手段了。"他说来态度自然,我不知道他是认真还是打趣。我正在想怎么回答,杂货店主乘这个当儿说道:"两位先生,我相信两位医道都很高明,请你们瞧瞧我儿子,诊断一下他的病该怎么治法。"

那小矮子医生就去瞧病人;把病征一一指给我看,然后请教我该怎么医治。我道:"我以为应当天天抽血,多多喝热水。"小矮子医生听了微笑,笑意很不善,说道:"你以为这样就救得他命吗?"我口气坚决,说道:"那还用说!你可以眼看病人有起色,这是必然之事,因为我这方法是医治百病的良方,不信你去问桑格拉都大夫。"他道:"如此说来,赛尔斯完全错了,他以为治水肿最简捷的办法是叫病人又饿又渴。"我道:"啊,我并不信奉赛尔斯,他跟旁人一样,也会有失着。我有时候直欣幸没听他的话,违背了他并不错。"居希罗道:"一听你的高论,就知道是桑格拉都大夫传授门徒的验方妙法。抽血和喝水是他的万应良方。怪不得那么许多好人在他手里送了命……"我疾言厉色打断他道:"别破口骂人啊!真是的,吃你们这行饭的人,好意思骂出这种话来吗?罢了,罢了,医士先生,人家不抽病人的血,不叫他喝热水,送掉的性命多着呢!说不定你手里断送的就比人家还多。你跟桑格拉都先生有仇,不妨写文章攻击他,他可以反驳你;咱们看看到头来究竟谁闹笑话。"他也怒冲冲打断我道:"圣雅各在上!圣德尼在上!你还没认得我居希罗大夫呢!可知道我自有随身本领,不怕什么桑格拉都。他尽管自以为了不得,我看来不过是个怪物罢了。"他那副嘴脸惹起我的火来。我尖嘴薄舌回驳了两句,他也如法还敬,两人马上扭打起来。杂货店主和他亲戚忙上来劝开,我们俩已经彼此互挨了几拳,各拉掉一把头发。他们觉得我那敌手高明得多,就把他留下,付了我诊金打发我走。

一波乍平,差点儿一波又起。一个唱圣诗的胖子发烧,请我去看。他一听说要喝热水,就狠命拒绝这种灵药,竟破口咒骂。他把我臭骂一顿,还恫吓说,如果不快快滚蛋,就把我从窗子里扔出去。我不用他说第二遍,赶快逃走。这一天我没兴致再看病,就到约会法布利斯的酒店里去。他已经在那儿。两人当时都有酒兴,尽情大喝了一顿,各回主人家的时候都有点醺醺然,换句话说,都已经半醉了。桑格拉都大夫一点没看出我醉,我指手画脚讲我跟小矮子医生吵架的事,他只以为我打架之后,余怒未消,所以那么激愤。而且我讲的事,牵涉他自己。他对居希罗很生气,说道:"吉尔·布拉斯,你替咱们的方法争光,跟那三寸丁医生挺一挺是不错的。他以为害了水肿病不该喝水吗?真是个愚昧无知的小子!我呀,我说一定得给他水喝。"接着道:"哎,这水啊,治得各种水肿,也治得骨节风痛以及脸色灰白,又是疟疾的对症良药;此外身体里津液太寒、太稀、太滞、痰太多,种种病症,都是喝水最灵。居希罗这种小伙子听了我的主张觉得稀奇,其实这在医学上有根有据;要是这起人别一味跟我抬杠,能够按照论理学推理一番,准会对我这方法钦佩,心悦诚服地归依我。"

我要把他对矮子医生的火气扇得旺些,不免在报告他的那篇话里加油加酱;他怒极了,一点也没怀疑我喝酒。可是他虽然一心只想着那篇话,也看出我这晚上喝的水比往常多。

我喝了酒实在口渴得很。换了别人,看我那样渴,大口地直喝水,一定会起疑心。可是他认真以为我喝水喝出滋味来了,笑笑说道:"吉尔·布拉斯,照我看来,你不像从前那样厌恶白水了。天啊,你喝来仿佛琼浆玉液似的。朋友,我并不奇怪,我很知道喝喝会惯。"我答道:"先生,一切东西都有个当景的时候。我这会子宁可把一大桶酒换两杯白水来喝。"医生听了很高兴,不肯坐失良机,又把水的妙处赞扬一番。他这次换了个调儿,简直似疯似狂,不是平心静气的口吻了。他说:"古时候的热水站,品又高,又没害处,比起现在的酒店来,好得千万倍呢!那时候大家上热水站去,一起喝热水消遣,不失体面,又没害处;并非灌了一肚子酒,费钱伤身,丧尽廉耻。古代执政的人真有先见之明,叫人钦佩不已。他们造了这种公共场所,谁都可以来喝水;酒只许药房里卖,不凭医生的药方就买不到。这办法多聪明呀!"又道:"上古风气俭朴,不愧称为黄金时代。幸而余风犹在,所以还有你我这种人,只喝白水,相信喝了没煮开的热水能身健病除,因为我留心到开水性子太重,喝到胃里不大合适。"

他滔滔议论,我好几次险的要笑。可是我装出一脸正经,还随声附和。我说喝酒是个恶习,那些人不幸喝上了这种毒汁,真是可怜。我觉得酒渴还没解尽,又满满斟上一大杯白水,一口气灌下肚去。我对主人道:"好哇,先生,咱们且喝这健身汤!您既然对古代的热水站这样思慕,就在您府上复兴起来吧!"他大为赞成,还花了整一个钟头劝我一辈子只喝白水。我要喝惯这种饮料,就答应他每天晚上一定大喝;我这句话说到要做到,所以临睡下个决心,以后要天天去光顾酒店。

我在杂货店主家碰到了那场麻烦若无其事,依然行我的医,第二天又照常处方,吩咐病人抽血喝热水。我刚瞧了一个神志昏迷的诗人出来,碰到个老太婆,问我是不是医生。我说是的。她道:"那么,医士大爷,恕我冒昧,奉请您到我家去,我侄女儿昨天病了,不知是什么征候。"我就跟她家去。她领我到一间精致的屋里,床上躺着个人。我近前去看,第一眼觉得脸熟,细细一认,分明就是扮演加米尔很出色的女骗子。她似乎不认得我,也许因为病里昏迷,也许因为我穿了医生服装,认不出来。我替她把脉,看见她手上正戴着我的戒指。我见了分内应得的东西,大为激动,恨不能一把抢到手;可是我提防这两个女人一叫喊,堂拉斐尔或其他替女人当保镖的听见了会赶来,就极力捺住性子。我想还是不露声色,先和法布利斯商量商量。我决计这么办。老太婆钉着问侄女儿害的什么病。我不是傻瓜,哪里肯说不知道,就假充内行,学着我主人的腔调,一本正经说:病人不出汗,这是病根,应当赶紧抽血,因为抽血替代出汗是自然之理;我又照规矩吩咐喝热水。

我赶紧瞧完病,跑去找尼聂斯理发师的儿子,正碰见他出门替主人办事。我讲了这件新闻,问他应该不应该报告警察,把加米尔抓起来。他说:"哎,不行!天爷爷,你千万别去报告,一报告,你的戒指就拿不回来了。那些人不喜欢物归原主。你该记得那阿斯托加的监狱,你的马、你的钱以及你的衣裳,可不是都落在他们手里吗?咱们还是自己费点儿心把你那钻戒捞回来。这条计策归我来想。我现在奉主人的命要到慈惠院去吩咐采办粮食的人几句话,一路上就替你打起算盘来。你先到咱们那酒店去等着,别性急,我一会儿就来。"

我在约会的地方等了三个多钟头他才到。一上来我不认得他了。他换了衣裳,编扎起头发,还带上一部大胡子,遮掉半个脸。他带一把长剑,剑柄的护手,圆周至少有三尺。背后一队五人,都像他一样,雄赳赳的,一脸大胡子,带着长剑。他走来说道:"吉尔·布拉斯先生,我替你当差。我是个新牌公差,跟我的这几位壮士都是和我一个模子里出来的卫士。你只要带我们到骗你钻戒的女人家里去,我管保叫她还你。"我听了把法布利斯拥抱一番。他告诉我设了怎么个计策,我十分赞成。我又招呼了这队假卫士,里面三个是当用人的,两个是理发店的伙计,都是法布利斯请来帮忙的朋友。我请这队人喝酒,等到傍晚,就一起上加米尔家去。她家大门已经关了,我们就上去打门。那老太婆开门,吃一大惊,以为我带来的这伙人真是法院的警犬,上门必有缘故。法布利斯对她说道:"我的老妈妈,你放心,我们只有一点小事情,立刻就了的。我们这起人办事爽利极了。"于是老太婆领路,拿一只点着蜡烛的银蜡台,照我们到病人屋里。我接过蜡烛,走向床前,让加米尔看看清我的嘴脸,一面说道:"骗子!认认死心眼儿上你当的吉尔·布拉斯!啊,混蛋!我找了你好久,也有给我找着的一天!司法官已经准我告状,派这几位公差来逮捕你。"又对法布利斯道:"来啊!公差先生,办你的公事吧。"他提高了嗓子说道:"不用你说,我自会办我的公事。我认得这位花姑娘,十年前就用红笔把她的名字记在我本子上了。"接着道:"起床呀,我的公主娘娘!快穿上衣服!你要是不嫌,我就充你的侍从,伺候你到本城牢里去。"

加米尔听了这话,又看见两个大胡子的卫士准备硬拉她下床,虽然病得有气无力,只得硬撑着坐起来,合掌哀求,满眼畏惧地望着我道:"吉尔·布拉斯先生,可怜可怜我,看你大贤大德的妈妈面上,可怜我吧。我不是坏人,实在是没法儿。你要是肯听我讲讲身世,就会相信。"我嚷道:"不用讲,加米尔姑娘,我不要听。我还不知道你惯会编故事吗?"她道:"唉,罢了!你既然不让我辩白,我且把钻戒还了你,别送我死路上去。"一面说,一面脱下戒指给我。可是我说,单还我一个钻戒算得什么,还有公寓里拐去的一千杜加呢。她道:"啊,先生,你的杜加可别问我要。堂拉斐尔那骗子当夜就拿走了,我到今天还没看见他的影儿。"法布利斯道:"唷!我的小乖乖,你只要说一声没有分肥,就撇清了吗?哼!没那么便宜的!你既是堂拉斐尔同党,我们就该查究你的旧账。你干下的昧心事一定不少,请到牢里去整个儿忏悔一通吧。"又道:"这位老太太我也带了走,我想她知道的奇怪事情一定不知多少,法官准爱听。"

两个女人听了这话,忙使出通身本领向我们求情。屋里一片诉苦乞怜之声。那老太婆一会儿向公差下跪,一会儿向那些卫士下跪,想叫他们大发慈悲;加米尔也做出宛转动人的样子求我援手,别让法院抓她去。这时候的情景煞是好看。我假装心软了,对尼聂斯理发师的儿子道:"公差先生,我得了钻戒,别的也就算了。我并不要这个可怜女人受罪,并不要这个犯人送命。"他道:"咄!你心肠好得很!你可不配做公差。"接着又道:"我得尽我的责任。上面明令叫我来逮这两位公主娘娘,法官正要借她们做个榜样给人看看。"我说:"哎,看我面子,请你们开恩吧;况且两位太太还有东西谢你,看这个分上,执法不要太严。"他道:"唔!这就又当别论了!你这话可算措辞得体!好,咱们瞧吧,她们有什么东西送我啊?"加米尔道:"我有一串珍珠项圈,还有一对很值钱的耳坠子。"法布利斯凶狠狠地插口道:"好哇!要是菲律宾群岛来的货①我可不要。"她道:"你放心拿去,我担保东西是真的。"她一面叫老太婆拿来一只小盒儿,取出一串项圈和一对耳坠子,交给公差。他和我一样不识宝石,可是他相信耳坠子上镶的宝石和那串珠子都是真的。他细细看了一回,说道:"这些珠宝看来货色不错。你再给饶上吉尔·布拉斯先生手里拿的银蜡台,我就顾不得奉公守法了。"我对加米尔说:"这番调停是便宜你的,我想你不至于为那一点小东西又弄

---

① 指本书第一卷第十六章女骗子加米尔换给吉尔·布拉斯的红宝石。

到翻脸。"一面说,就拔下蜡烛,交给老太婆,把银蜡台递给法布利斯。他大概看屋里再没什么可拿的东西,也就满意了,对那两个女人道:"再见吧,两位太太,一切放心,我回头见了司法官,一定替你们洗刷得比雪还清白。是非曲直由得我们说,我们对他不必撒谎的时候才肯据实报告呢。"

第 五 章

重获戒指的下文。吉尔·布拉斯
不当医生,离开瓦拉多利。

我们照法布利斯的计策干完事,从加米尔家出来,都欣欣得意,因为当初只打算捞回一只戒指,没想到这样成功。我们老实不客气把许多别的东西都拿走。我们抢劫了婊子不但于心无愧,反自以为干了件好事。到了街上,法布利斯对大家说道:"诸位,咱们这样马到成功,难道就此分手,不喝杯酒贺贺吗?我不赞成,我主张回那酒店去乐个通宵,明天把蜡台、项圈、耳坠子都卖了钱,大家平分,然后分头回家,想个好法子对主人圆谎。"大家都以为公差先生的主意很好。我们都回酒店,有的觉得编个通夜不归的借口并非难事,有的是砸了饭碗压根儿不在乎。

我们叫了一桌好菜,坐下大吃,胃口既好,兴致也高。大家谈得有趣,吃得越有滋味。尤其法布利斯说话逗乐儿,呕得人人发笑。他说了不知多少俏皮话,都有地道的西班牙风味,可以跟雅典式的诙谐①比美。我们正在欢笑,不料乐极悲生,出了倒霉事。一个相貌还漂亮的人跑到我们吃晚饭的屋里来,跟着两人,长得很凶恶。后面三个三个陆续进来,一数共有十二人。他们都扛着马枪,挂着剑,带着刺刀。我们一望而知这是巡逻的警卫,来意也不难推测。我们起初还想抗捕,不过他们人又多,又有兵器,立刻包围起来,把我们镇住。警卫队长含讥带讽地说道:"诸位,我知道你们方才使个妙计,从女骗子手里要回了一只戒指。你们这事干得实在巧,公家应该奖赏,你们也辞不掉的。法律决不白让你们干这等聪明勾当,所以在宫里安排好了房间等你们去住呢!"挨骂的人都局促不安。方才我们叫加米尔吃的惊慌轮到自己身上,我们吓得变了颜色。法布利斯虽然脸白唇青,慌做一团,却还想替大家辩白,说道:"先生,我们并没有为非作歹的心,玩个小小的把戏也情有可原。"警卫队长冒火道:"什么话!你还说那是个小小的把戏吗?可知道那是犯绞刑的勾当?法律不由你们自己执行,而且你们还拿了人家一只蜡台、一串项圈、一对耳坠子;单就你们乔装警卫去打劫这件事来说,分明就是该上绞架的罪。你们这起匪徒乔装正人去干坏事!罚到海船上去做一辈子苦工还是太便宜了。"我们当初还不知道案情这样严重,这会儿听了都跪在他脚边,求他可怜我们年轻不懂事;可是我们恳求也没用处。而且还有绝顶怪事:我们愿把项圈、耳坠子、蜡台交出来,他不接受;连我的戒指都不要,大概因为在场的几个人有些身份,碍着不便。总而言之,他

---

① 希腊雅典人谈话以诙谐隽永著名。

绝不容情。他缴去了我伙伴的兵器,把我们一伙都带进城去坐牢。一个押送我们的警卫在路上告诉我,和加米尔同住的老太婆怀疑我们是冒牌的警察,一路跟到酒店;她疑团打破,就去报告巡逻的警卫,出了口恶气。

一到牢里,先有人把我们浑身搜查。项圈、耳坠子和蜡台都拿去了,我的钻戒还有菲律宾群岛来的红宝石不巧正在衣袋里,也搜去了;连我那天出诊赚的瑞阿尔也一个没留下。由此可见瓦拉多利的司法官吏办事老练,不亚于阿斯托加的官吏,这些老爷的行为都一模一样的。他们搜掉我金刚钻、红宝石和零钱的时候,警卫队长在旁,把案情讲给搜查的警卫听。他们认为这事闹得不小,好多人以为我们该处死刑。有几个比较宽大,说我们每人该打二百皮鞭,罚到海船上去做几年苦工。我们暂时关在一个牢里,等法官判罪,睡的是干草铺,像马房里的草荐。我们也许要在那里待上好久,等送到海船上去做苦工才能出来;亏得第二天马尼艾尔·奥东内斯大爷听人家说起这件事,他要救法布利斯,就不得不把我们一齐救出来。这人在本城很有声望,又不怕麻烦,四处请托;一半靠他情面,一半靠他朋友的情面,三天以后我们都放出监牢。不过我们出来的时候和进去的时候大不相同,蜡台、项圈、耳坠子、我的钻戒和红宝石都留在里面了。我因此想起维吉尔这样开头的几句诗:"这般辛苦为他人……"①

我们放了出来,立刻各回主人家。桑格拉都大夫倒很和气,

---

① 维吉尔(Virgile,公元前70—前19),古罗马大诗人。他有首小诗,说鸟做巢、蜂酿蜜、牛拉车、羊长毛,都不是为了自己。

对我说道:"可怜的吉尔·布拉斯,我今天早上才知道你犯了事,正预备出力替你去求情。朋友,别把这事放在心上,从此应该越加专心学医。"我说正是这般打算,我果然把全副精神都花在这上面。这时候我们够忙的。我主人的话说准了,病人多得很。天花和恶性寒热病在城乡流行。瓦拉多利的一切医生都有生意,我们尤其生意好。我们每人一天总要有八个到十个病人,喝进去的热水和抽出来的血该有多少,可想而知。可是我也不知道怎么回事,病人没一个活的,也许我们的治法只会送命,也许他们害的都是不治之症。我们瞧一个病人难得满三次的;两次之后,或者病家通知,病人已经埋了,或者跑去看病的时候,病人正在咽气。我才是个初学,还没有杀惯人,病人死了我就担心,怕人家会怪我。有一晚,我对桑格拉都大夫说:"先生,我对天发誓,我完全照您的办法医病,可是我的病人全到阴间去了,仿佛是要推翻咱们的医道,故意死的。我今天就有两个病人抬出去埋了。"他答道:"孩子,我也跟你情形差不多,落在我手里的病人难得一个治好的。要不是我深信自己的道理,就要以为这治法跟我瞧的病症全不合适了。"我道:"您要是肯听我的话,先生,咱们换个办法吧。咱们试个新鲜法子,配些化学药品给病人吃,用点儿锑朱砂试试,大不了也不过像喝热水抽血一样的效果。"他答道:"要是这种试验无关紧要,我很愿意尝试,可是我刚出版了一本书,宣扬抽血和喝水的功效,你要我自打嘴巴吗?"我道:"啊,你说得对,咱们不能让冤家得意,他们回头说你痛悔前非,你就名誉扫地了。随那些平民呀,贵族呀,教士呀,一个个送命,咱们还是照老样子干。好在咱们同行虽然恨抽血,手段也并不高明,我相信他们配的药跟咱们的验方正是不相上下。"

我们加劲干去,不到六星期,造成的寡妇孤儿和特洛亚被围的时候一样多。① 处处都在办丧事,仿佛瓦拉多利遭了瘟疫了。每天总有个把做父亲的因为儿子给我们送掉,就上门来算账;或者叔父伯父跑来责问怎么侄儿死在我们手里了。至于那些做儿子侄儿的,父亲叔伯给我们医死,从没来追究过。做丈夫的也一样谨慎,绝不怪我们害掉老婆。我们的确不能逃罪,不过死者的家属有时悲痛得厉害,骂我们是庸医,是杀人犯,什么话都骂出来。我听了很难受,可是我主人挨惯了骂,声色不动。我也许会像他一样,听惯了满不在乎,可是天要替瓦拉多利的病人除掉一害,特意生出件事来。我行医本来没什么成绩,此后一发憎厌了。我不怕读者嗤笑,要把那事详细讲讲。

我们附近有个赌场,城里游手好闲的人每天聚在那儿。赌场上常有些打手称雄称霸,有什么争吵由他们裁断。这里有个打手是比斯盖人,自称堂罗德利克·德·蒙德拉贡。他约摸三十来岁,中等身材,瘦削有劲;脸上一双炯炯有光的小眼睛骨碌碌转动,眼光射到谁身上,谁就凛凛然;一个塌鼻子,底下两撇红胡子,胡子的尖角儿翘耸耸直勾到鬓边。他说话蛮横粗暴,开口就叫人害怕。这个骄横的家伙是赌场一霸,赌场上有什么争端,凭他一言断定,谁敢道个不字,就得准备他明天来下决斗的挑战书。堂罗德利克大爷是这样的人。而且他尽管冒了"堂"的尊称,盖不了他的下贱出身。可是赌场老板娘对他却钟情得很。

---

① 特洛亚战争伤亡惨重。

这女人四十岁,手里有钱,相貌过得去,丈夫刚死了十五个月。我不懂她怎么会看中那男人的,决非赏识他的相貌,准有什么妙处难言。这些都不去管它,她反正是爱这个人,打定主意要嫁他。她正忙着准备婚事,忽然病了;该是她晦气,请了我去瞧病。即使她害的不是恶性热病,经我着手就转成险症。四天之后我害得赌场里的人都戴了孝。我把老板娘送到了我打发一切病人的去处,她亲属得了她的财产。堂罗德利克失掉了情人,其实是这门大有好处的亲事落了空,失望极了,不但恨得我无名火直冒,还发誓要一剑把我戳个透明窟窿,几时瞧见我,立刻结果了我。有个邻居心肠慈悲,把这话告诉了我。我向来知道蒙德拉贡的为人,哪里敢置之不理,直吓作一团。我不敢出门,怕碰到这位魔头;又老想象他怒冲冲进寓所来,惶恐得坐立不安。我因此无心学医,只求别担惊受恐。我又穿上自己的绣花衣裳,向主人告辞,他也留不住我了。我清早出城,一路上只怕碰到了堂罗德利克。

第 六 章

> 他离开瓦拉多利,走哪一条路;
> 　　路上跟谁结伴。

我走得很快,常回头看看那个凶狠的比斯盖人是否跟在后面。我只想着他,简直草木皆兵,直在心惊胆战。我走了足足一哩路,心才放下。我想上马德里,就放慢脚步行去。我对瓦拉多利毫无顾恋,只恨跟我那位亲如皮拉得斯①的法布利斯分手,连告辞都来不及。我不做医生没什么不乐意;倒要求天饶恕我行了那一程子的医。我数着衣袋里的钱很得意,尽管是杀了人赚来的。我恰像妓女弃邪归正,还把卖笑攒下的钱一辈子好好儿藏着。我的钱都是瑞阿尔,约值五个杜加,这就是我的全份家当。我打算靠这几个钱到马德里,到了那儿准会找到好事情。并且我急想看看那座富丽的都会,人家常对我夸说那是天下一切珍奇荟萃之所。

我正在记起人家讲马德里的形形色色,想象到了那里怎样快乐,只听得背后有人拉着嗓子唱歌。这人背一只皮口袋,脖子上挂个吉他琴,带着一把长剑。他走得真快,不久就追上来了。他原来就是戒指案里陪我坐牢的两个理发店伙计之一。我们都改了装,可是彼此一见相识,都很诧异会在大道上晤面。他看得出我喜欢和他结个旅伴儿,我也看得出他碰见了我非常快活。我告诉他离开瓦拉多利的原因,他也把他的事讲给我听,说跟东家闹翻,天长地久再不相见了。他说:"我要是愿意待在瓦拉多利,要找理发店的事多的是呢!不是我夸口,全西班牙的理发师,要讲鬏胡子刮脸、顺着毛剃、逆着毛剃,谁也比不上我的手段。可是我离开家乡已经整整十年,急想回去,等不得了。我要去呼吸故乡的空气,瞧瞧我家里人什么情形。他们住的地方叫奥尔梅都,是在塞哥维亚这一边的一个大村子,后天我就可以到

---

① 希腊神话:皮拉得斯(Pylade)和俄瑞斯忒斯(Oreste)是两个生死不渝的好友。

家了。"

我决计陪这理发师到家,然后上塞哥维亚找个什么车辆牲口到马德里。我们一路上闲话消遣。这个小伙子兴致很好,也有风趣。我们讲了一个钟头的话,他问我有没有胃口吃东西。我说:"回头下店打尖,你就知道我的胃口了。"他说:"咱们没到客店也可以歇歇,我口袋里带着早饭呢。我出门总记着带些干粮。我不带衣服衬衫和那些没用的衣着,一切不必需的东西我都不要。我口袋里只装些食品,还有几把剃刀和一块胰子头儿。我只用得着这几件。"我称赞他想得周到,很愿意照他的主张先歇一歇。我肚子饿了,想好好吃一顿;听了他刚才的话,指望着吃顿好饭。我们离开大道,觅一片草地坐下。这位理发店伙计把他带的干粮一一搬出来:五六个葱头、几片面包、几片奶饼,还有一件无上妙品———一只皮袋,据他说,里面装着醇醪美酒。那些干粮虽然不怎么可口,我们饿肚子吃来觉得味道不错;我们把皮袋里两品脱左右的酒也分着喝光。那种酒他大可不必卖弄。我们吃喝完毕,兴冲冲起身上路。这理发师听法布利斯说我身经许多奇事,请我亲口讲一遍。我觉得吃了他那么好的一顿饭不便拒绝,就依了他。我讲完了说,我既然随顺了他的意思,他该有来有往,也把身世讲给我听。他说道:"啊,我的身世不值一听,都是些平常经历。不过咱们反正闲着没事,我就据实讲给你听吧。"他所讲大略如下。

第 七 章

理发店伙计自述。

我从头讲起。我祖父范尔南·彼瑞斯·德·拉·夫安特在奥尔梅都村做了五十年理发师去世,遗下四个儿子。老大尼果拉斯接管了他的店,承继他那行手艺;老二贝特朗要做买卖,开了个丝绸铺;老三托马斯是个教书先生。那老四呢,名叫彼德柔,自以为生性跟文学相近,把遗产分来的一小块地卖掉,到马德里住下,指望凭自己那份才学有一天会享大名。他三个哥哥一直没分开,都在奥尔梅都成家立业,娶的都是农家女儿。她们陪嫁不多,子息却不少,恰好来个扯直。几个妯娌竞赛似的生孩子。我妈妈是理发师的老婆,结婚五年,生了六个孩子,我是其中一个。我爹老早教我剃胡子,到我十五岁,就把你看见的那只口袋搭在我肩膀上,替我挂上一把长剑,说道:"走吧,狄艾果,你现在可以自己谋生了,各处跑跑去。你该出门走走,磨炼一番,把手艺学到家。去吧,不走遍西班牙,别回奥尔梅都;回家以前,别让我听到你的消息。"他说完,亲亲热热把我拥抱一下,就推我出门。

我爹是这样跟我分别的。我妈不那么粗率,好像不大舍得我走。她掉了几点眼泪,还偷偷儿塞给我一个杜加。我就此离开奥尔梅都,取道上塞哥维亚。我没走上两百步,就歇下查看那只口袋。我急要看里面是什么，我到底得了些什么家当。只见一个盒子装着两把千磨万磨的剃刀，好像剃过了十代人似的；一条磨剃刀的皮带和一块胰子；此外是一件簇新的粗布衬衫，一双爹的旧鞋，还有一件我最喜欢的东西，是破布里裹的二十个瑞阿尔。这是我的全份家当。你由此可见尼果拉斯理发师很相信我的本事，只给了这点东西就打发我出门了。可是一个从来没钱的小子，有一个杜加二十个瑞阿尔就足以让他晕头转向。我觉得这笔钱一辈子也花不完，喜滋滋仍旧赶路，一面频频看那剑柄上的护手。一路上，那把长剑不是打我的腿肚子，就是绊我的脚。

　　我当晚走到阿达基内斯村，肚里饿得不得了。我下了客店，摆出一副有钱人的气派，高声叫店家开晚饭。店主把我端详一番，看透我是什么主顾，就和颜悦色地说："得！我的小爷，准叫你称心，我们这儿把你当王爷般款待呢！"他说着领我到个小房间里，一刻钟后，送上一锅炖的公猫肉。我吃得满口香甜，仿佛那是家兔或野兔的肉。他给我吃这种佳肴，还送上些美酒，说皇帝喝的也不过如此。我吃得出那酒已经变味，不过还喝了不少，就像吃猫肉一样的尽量。他要把我当王爷般款待到底，给我的一张床不是供人睡觉倒是叫人失眠的。试想一张又狭又短的床，我个子虽小，躺下去还伸不直腿。上面只有一床草垫，蒙着一条双叠儿的被单，就算是褥子和羽毛被；那条被单，大概洗过之后又盖过一百个人了。亏得我年纪轻、脾气好，虽然躺在这种床上，填了一肚子猫肉和店家的美酒，还睡得很甜，一夜过去，胃里没积食。

　　第二天，我吃过早饭，又为昨夜那顿酒席付了好一笔账，就一口气赶到塞哥维亚。我一到那里,可巧有个理发店要我,管饭供宿,不给工钱。我只待了六个月,因为我相识的一个理发店伙计要上马德里,把我勾引出来,我就跟着同去。我在马德里又顺顺利利找到了事,待遇跟在塞哥维亚的一样。那一家的生意非常兴旺。那店挨着圣十字教堂,附近又是"皇家剧院",所以招徕好多主顾。我东家和两个大伙计还有我伺候剃胡子,简直忙不过来。各式各样的顾客都有,也有戏子,也有作家。有一天,两个作家碰在一起。他们谈起当代的诗人和诗,我听见提起我叔叔的名字,本来没留心,这时忙机灵起耳朵来。一个说:"我以为观众不必尊重堂如安·德·萨华雷塔这种作家,他没有气魄,不善于想象。人家对他最近的剧本批评得真厉害。"一个说:"还有路易·费雷斯·德·盖华拉呢,他不是刚出版了一本大作吗?比那本书更恶劣的东西还没见过呢。"他们又讲到不知多少别的诗人,我记不得名字,只记得都说是不行。他们对我叔叔口气还算不坏,说他有点才情。一个说:"是啊,堂彼德柔·德·拉·夫安特是个好作家,他写的书有风趣而很挖苦,又加上博学,所以很辛辣有味。怪不得他朝野闻名,许多阔人给他年俸。"那一个说:"这好多年来,他收入很可观。梅狄那·赛利公爵家供他吃供他住,他又没什么开销,手里一定好着呢!"

这两位诗人议论我叔叔的话,我一字没漏全听进去。我们家里曾经听说他在马德里有了文名,人家路过奥尔梅都讲的,可是他既然不屑通消息,和家里很疏远,我们也漠不关心了。不过骨肉之间总有天性;我一听说他光景很好,又知道他的地址,就心痒痒地想去找他。我只为一事踌躇,那两位作家称的是堂彼德柔,我为这个"堂"的称呼不大放心,恐怕说的不是我叔叔,是另外一个诗人。我却并不就此罢休,心想他既成才子,也会变贵人,决计去看看他。一天早晨,我向东家请了假,尽力修饰了一番出门。我有这么一位才大名大的叔叔,心里颇为得意。理发师也跟天下人一样爱面子。我自以为很了不起,一路上神气活现,问讯找到梅狄那·赛利公爵府。我向门上说,要找堂彼德柔·德·拉·夫安特大爷。门房指了院子尽头的小楼梯说:"从那儿上去,右手第一个门,敲门就是。"我照话走去打门。一个年轻人来开门,我问他堂彼德柔·德·拉·夫安特大爷是否就住这里。他回答道:"是的,不过他这会儿不见客。"我说:"我很想跟他谈谈,我带了他老家的消息来了。"他回答:"你就是带了教皇的消息来,这会子也不能进去。他正在写文章,他动笔的时候切不可打搅他的文思。他要到中午才见客;你出去绕个弯儿,中午再来吧。"

我出来在城里溜达了整半天,一心盘算叔叔会怎样相待。我想:"他见了我准高兴。"我以己之心,度他之心,满以为叔侄相认一定会衷肠感动。到了时候,我急急赶回他家。他那用人说:"你来得正好,我主人一会儿就要出门了。你在这儿等一等,让我通报。"他叫我在外间等着,过了一会儿,就来领我到他主人房里。我一看他主人的脸,活脱儿是我们家里人的脸,我仿佛见了托马斯叔叔,他们俩长得一模一样。我恭恭敬敬行了个礼,说我就是奥尔梅都理发师尼果拉斯·德·拉·夫安特先生的儿子,到马德里已经三个星期。我承继爹的行业在一家理发店里当伙计,还准备走遍西班牙,把手艺学到家。我说着只觉得我叔叔在出神。他大概是打不定主意,还是不认我这个侄儿呢,还是慢慢想法子甩掉我。他用了第二个办法,装出一副笑容,说道:"哎!老侄!你爹跟你叔叔都好吗?他们光景怎样啊?"我就把家里人丁兴旺的情形讲给他听,替一个个男孩子女孩子报了名字,连他们教父教母的名字都报出来。他听我这样委曲详尽好像并不兴味无穷,只直截爽快道:"狄艾果,我很赞成你到各地游历,学成手艺。我劝你不要再待在马德里,青年人在这地方很有害处,孩子,你在马德里要堕落的。你还是上别的城市去,别处的风气不像这里荒唐。"接着说道:"你可以走了,你几时准备动身再来看我,到时我给你一个比斯多,贴补你周游全国的旅费。"他一面轻轻推我出门,把我撑走。

我太糊涂,没明白他无非要我离他远着些。我回到店里,把这次的拜访讲给我主人听。他也没看破堂彼德柔的心思,说道:"我跟你叔叔的意思不同。他不该劝你游历,该留你在这里。他认识那么些贵人,毫不费事就可以把你安插在阔人家,让你慢慢地撑起一份大家业。"这话正中我意,就此痴心妄想,过了两天又去找叔叔,请他仗面子荐我到朝里贵人家去当差。他不以为然。他是个爱摆架子的人,在阔人家出出进进,天天陪阔人吃饭,要是看见侄儿在底下人桌上吃,自己在主人桌上也不安心,堂彼德柔大爷的面子就给狄艾果小子扫尽了!他当然拒绝,而且很不客气。他怒冲冲道:"什么?你这小混虫!你要丢掉本行吗?滚你的蛋!谁替你出这种馊主意,你就跟着他们去吧。快出去,再别上我的门,不然的话,给你一顿好打才是你活该呢!"我听了叔叔这泡话,尤其他那口气,不禁目瞪口呆。我含着一包眼泪出来。他那样无情,我很伤感。可是我一向心高气傲,立刻擦干眼泪。我不悲而怒,打定主意,从此再不理会这门子混账亲戚;直到如今,我从没有依仗他。

我一心想学成本领，干活儿很勤。我整天剃胡子，到晚上学弹吉他琴散散心。教我弹琴的是一位年老的侍从先生，我常替他剃胡子。他也教我音律，他精通这一门，原来从前在大教堂里唱过诗的。这人叫马果斯·德·奥布瑞贡。他为人规矩，很聪明，阅历也多，把我当儿子一般喜欢。他就在离我们那儿三十来步的医生家里当太太的侍从。我每天傍晚一歇工就去找他，两人坐在门槛上奏乐，街坊听着也不讨厌。这倒并非我们嗓子好，不过我们一面拨弄琴弦，有板有眼地和声齐唱，听来也还悦耳。医生太太梅日丽娜尤其喜欢，她跑进过道来听，听到中意的调子就叫我们再奏唱一遍。她丈夫并不阻挡她这么消遣。那人虽然是西班牙人，年纪又老，却毫不拈酸吃醋，而且专心干他那一行，出诊了一天，晚上回来精疲力竭，老早就上床睡觉；他太太对我们奏乐有兴，他并不放在心上。大概他以为这种音乐不会坏人心术。我该声明一句，他对那位太太不必担心，梅日丽娜确是少年美貌，不过正经得厉害，男人瞧一眼都不许的。医生以为这种消遣纯洁正当，不是桩坏事，随我们唱个尽兴。

一天黄昏，我想照例娱乐一下，刚到医生门口，只见那老侍从正在等我。他拉住我手说，我们先出去遛个弯儿再来。他拉我转进一条背道，看看左右没人，面带愁容说道："狄艾果，我的孩子，我有要事相告。孩子，咱们天天在我东家门口奏乐消遣，只怕你我都得懊悔呢。我当然很喜欢你，满情愿教你弹吉他唱歌儿，不过我要是早看到会有祸事临头，天啊，我就另外找地方教你了。"这话吓我一跳。我请他说说明白，究竟怕的什么，因为我不是个胆大冒险的人，况且我还要去游历西班牙呢。他解释道："你要明白咱们处的险境，我非得先讲些事给你听。

"一年前我到医生家做事,他一天早上领我见他太太,说道:'马果斯,见见你的女主人。你得陪侍的就是这位太太。'我仰慕堂娜梅日丽娜,觉得她漂亮得很,像画里的美人,尤其喜欢她举止温文。我回答说:'先生,叫我伺候这么漂亮的一位太太,我福分真不小。'这句话触犯了梅日丽娜,她不耐烦道:'瞧这人,真放肆!唉,我顶不喜欢人家对我甜言蜜语。'这样妩媚的嘴会说出这话来,我大吃一惊,觉得谈吐粗犷,跟她那温文的气派不称。她丈夫是见惯的,太太品性这样稀奇他还很得意,说道:'马果斯,我太太的品德真是世上少见。'他看见太太披上斗篷要去望弥撒,就叫我陪她上教堂。我们一到街上,碰到几个男人,他们看见梅日丽娜光艳夺目,对她迎面而过的时候就恭维几句。这本来不足为奇。她接口应对,说的话愚蠢可笑,出人意料。那些人想不到世上会有这种不识抬举的女人,都愣住了。我起初还对她说:'哎,太太,别理会人家对你说的话,宁可不开口,别恶声恶气。'她道:'不是这么说。我要叫这些大胆冒昧的家伙知道,我不许人家对我失礼的。'她还说了许多不讲理的话,我忍不住了,不顾她生气,把我的心思全说出来。我措词很宛转,告诉她说,这种暴戾的脾气不近人情,把她许多好处都毁了;女人温文有礼,不必相貌好也讨人喜欢,要不然,尽管长得漂亮也是个厌物。我要矫正她的态度,还讲了不知多少一类的道理。我训了她一大顿,只怕直言劝谏惹得女主人动火,反唇相讥。可是她听了并不生气,只置之不理;我以后几天还痴心告诫,她都当耳边风。

"我劝谏无效,也就懒了,随她脾气厉害吧。可是你相信吗?这个性子烈、骨气傲的女人,两个月来完全变了,对谁都客客气气,非常温文。从前的梅日丽娜听了男人恭维就给钉子碰,现在不然了。她喜欢人家称赞、说她美、说男人一见她就颠倒;她爱听人家恭维,好像换了个人似的。她这一变简直不可思议,你要是知道那是你运的神通,还要吃惊呢。哎,亲爱的狄艾果,是你把堂娜梅日丽娜变成这样的,你把雌老虎驯伏得像个绵羊。总而言之,她心神贯注在你身上,我留心到不止一回了。要是我摸得准女人的性情,我敢说她对你痴心得厉害。孩子,这就是我要讲的糟心事儿,也就是咱们为难之处。"

我对老头儿道:"我不明白咱们为什么要这样担忧,我承蒙漂亮太太相爱,也不算倒霉呀。"他答道:"啊,狄艾果,这是年轻人的识见,只看香饵,毫不提防钓钩;你只图快乐,我却看到以后的一切麻烦。到头来事情要闹穿的。你要是照常到这门上来唱歌,撩得梅日丽娜火上加油,也许她把持不住,会给丈夫奥罗柔索大夫识破私情。这位丈夫现在无须吃醋,看来很随和,到那时候就要发狠报仇,可以叫咱们俩大吃苦头呢。"我说:"好吧,马果斯先生,我服你的理,听你的话。你说我该怎么才可以免祸呢?"他道:"咱们只要别再一起奏乐。你别再到我女主人面前来,她眼不见,心就冷了。你待在主人家,我会来找你。咱们在你那边弹吉他就没有危险。"我道:"很好,我决不再上你们家来。"我果然打定主意,再不到医生门上去唱歌。既然我这人一露面就会惹祸,从此要躲在自己店里了。

马果斯这好侍从尽管乖觉,过了两天,方知他设法叫梅日丽娜心冷反撩得她越发情热了。这位太太第二晚听不见我唱歌,就问他为什么我们不合奏,为什么我不去。他说我忙不开,没工夫作乐。她听了这个推托,也就罢了。以后三天,她不见我去,还是咬牙忍耐。于是这位公主娘娘耐不住了,对她侍从道:"马果斯,你哄我呢,狄艾果不来准有缘故。里面什么玄妙,我要问个明白。我命令你说出来,一字不许隐瞒。"他又编了一套话道:"太太,你一定要追根究底,我就说吧。他奏乐回去,那边往往晚饭都吃完了;他不敢再自讨苦吃,弄得饿着肚子上床。"她发急道:"什么?不吃晚饭啊?你怎么不早说呀?饿着肚子上床!啊!那可怜的孩子!你快去找他,叫他今夜就来,以后叫他吃了东西回去,这里总有他的一份晚饭。"

老侍从听了这话,假装诧异道:"我没听错吗?天啊,你真是变了!太太,你怎么会说这种话呀?你几时起这样心软肠热的呀?"她不耐烦道:"自从你来之后,竟可以说,自从你怪我傲慢、极力劝我要温文、不要暴戾,我就变成这样了。"她又款款地说:"可是,唉!我矫枉过正,从前那么骄傲狠心,现在又太温柔多情了。我不由自主地爱上了你的小朋友狄艾果。他不来,我的情有增无减。"老头儿道:"那小子相貌又不漂亮,身段又不俊俏,怎么会叫你这样痴心呢?假如你爱上个人才出众的绅士,还情有可原……"梅日丽娜打断了他道:"啊,马果斯,这就见得我和别的女人不同了。还有一说,你要是以为女人爱男人是赏识他们人才,那么你阅历虽多,还没摸透女人的脾气呢。如果我以己度人,我以为女人对男人倾心是不假思考的。爱情是失心疯,支使得我们迷恋着一个人依依不舍,自己做不得主。这是我们害的病,好比畜生发的疯病。所以你不用对我说狄艾果不配我钟情。你看不出他的好,也许他压根儿并不好,可是只要我爱他,自会看得他说不尽的好。你尽管说他相貌身材一无足取,我瞧他模样动人,容光焕发;而且我心醉他的声音柔媚,觉得他弹琴也别具风致。"马果斯道:"可是太太,你也想想狄艾果是个什么样的人吗?他出身下贱……"她又接口道:"我并不比他高贵多少,即使我是个贵妇人,也不在乎这点。"

这一席谈话之后,老侍从知道女主人的心劝不转,就随她执迷不悟,不再苦谏;好比飓风把船只吹出了原定的航线,有本领的舵手就顺着风向开驶。他索性让女主人如愿。他跑来找我,把我拉过一边,把上面的话讲给我听,还说:"你瞧,狄艾果,咱们免不了还得在梅日丽娜门前一同奏乐。朋友啊,这位太太非再见你的面不可,要不然,她会干出傻事情来,弄得声名狼藉的。"我也狠不下心,就答应马果斯当天傍晚带了吉他到他家去,叫他把这喜信回报女主人。他当然回报,这位痴情人知道晚上能见我面、听我唱歌,大为高兴。

可是事不凑巧,险的叫她白等。我到天黑才有工夫出门,也是天罚我,外面已经一片昏黑。我一路摸索,大约走到半道,忽然一个窗口里劈头向我倒下一罐儿香汤,那味道实在刺鼻。我淋个正着,竟可说涓滴都归我受用了。我当场打不定主意。回去吧,伙伴瞧见像什么样,我就成了他们的笑柄了;这般淋漓尽致地上梅日丽娜家去吧,又自觉丢脸。可是我决计还是到医生家去。老侍从在门口等我,说奥罗柔索大夫刚睡下,我们可以自由自在地作乐。我说头一件事得把我衣服擦干净,我就告诉他我那倒霉事儿。他很关心,带我到客堂里见他女主人。这位太太听了这件事,看我那副模样,怜惜得仿佛我遭了什么天大的灾难,又把那个灌溉我的人百般诅咒。马果斯道:"哎,太太,请你平平火气,事出偶然,不必这样痛恨。"她发火道:"人家欺负了这头小羊、这只心无恶意的小鸽子,他受了欺负也没嘀咕一声儿,你为什么不让我痛恨呢?啊!但愿我这会子是个男人,可以替他报仇!"

她说的许多话跟她的举动都见得她情不自禁。马果斯拿一方布替我擦抹,她就跑到房里,拿出个装满各种香料的匣儿。她烧上些香来熏我的衣服,又洒上好些香露。熏香滴露以后,这位心慈肠软的女人亲到厨下拿了为我留的面包、酒和几块烤羊肉。她劝我吃,在旁伺候着,一会儿切肉,一会儿斟酒,乐此不疲,我和马果斯两人极力拦也拦不住。我吃完晚饭,两位合唱的先生就调准嗓子,要和着吉他琴声唱歌。我们奏的一套梅日丽娜很喜欢。其实我们故意唱些辞句助她情兴的歌儿,而且我觉得这玩意儿有趣起来了,唱歌的时候几次三番地瞟她,瞟得她火上加油。弹唱了好一会儿,我一点不厌倦。那位太太觉得一个个钟头快得像一分一秒钟,可是老侍从却觉得一分一秒都长得像一点钟那么久,要不是他只管说时候不早,她恨不能听我们唱个通宵呢。他催促了十遍,她还不理会。不过他绝不放松,直等我出了门才罢休。他持重谨慎,眼看女主人任情胡闹,担心要出乱子。他的确不是过虑。那医生也许怀疑我们捣鬼,也许一向没打开的醋罐子这番倒翻了,忽然讨厌起我们奏乐来,而且还拿出主人身份,禁止这事。他没讲缘故,只声明从此不准闲人上门。

这个声明是为我而发,马果斯赶来通知,我非常懊丧。我已经生了妄想,不愿甘休。不过我既然叙事要像信史,不妨告诉你,我遭了这件不如意的事很平心静气。梅日丽娜就不然,她越发情热了。她对那侍从说:"亲爱的马果斯,我只仰仗你了,求你想个法子让我私下见见狄艾果吧。"那老头儿生气道:"这是什么话?我已经太纵你了。我要是遂了你的痴情,就要装主人的幌子,你名誉扫地,我当用人一向清白无瑕,从此也声名狼藉,我不肯那样的。我宁可走,也不愿意当这种不要脸的差使。"那太太听了这两句话,发慌起来,打断他道:"唉,马果斯,你说要走,直刺我的心。你真是个忍心人!你把我害到这个田地,却想撇下我不顾了吗?你把我从前的傲气、狠性子都改掉了,现在还我吧!我要是依然有那些毛病,多福气呀!我到今天还能够心里太平。我都是听了你冒失的劝谏,就此不得安静。你要矫正我的品性,反教坏了我的品性。"又哭道:"我这可怜人胡说些什么呀,干吗平白埋怨你啊?我的老爹,你并没有害我,是我苦命,注定要有这许多烦恼。请别理会我信口胡说八道。唉!我给爱情搅得七颠八倒,请你可怜我不争气,我只靠你宽慰了。你要是以我性命为重,请帮帮忙吧。"

她说着越发热泪夺眶,话都说不下去。她掏出手绢儿掩住脸,倒在椅子里,悲不自胜。马果斯老头儿大概是从古以来做侍从的头等材料,看她这样可怜,不禁恻然心动,竟陪了几点同情之泪,和蔼可亲地说道:"唉,太太,你真叫人拿不定主意!我不忍看你苦恼,把道德也撇开了。我一定帮忙。这一点悯怜之心就害得我失职,无怪爱情摆布得你把本分全忘了。"这侍从虽然品行清白无瑕,这会子却一心要成全梅日丽娜的私情了。一天早上,他把这些事来告诉我,临走说,他胸有成算,可以让我和那太太幽会一次。我又起了痴念,可是两个钟头之后,听到一个坏消息。我们有个主顾是邻近药剂师的伙计,他来修胡子。我正要替他刮脸,他说道:"狄艾果先生,那个老侍从马果斯·德·奥布瑞贡是你朋友,你跟他相与得怎么样?可知道他在奥罗柔索大夫家快要待不住了?"我说不知道。他道:"已经无可挽回,今天就要叫他走了。他东家和我东家刚才谈论这事,我在旁边,他们这样谈的。那大夫说:'阿本塔多先生,我求你一件事情,我家里那老侍从不行,我想找个诚实严厉而且善于防范的女监护来管我老婆。'我东家打断他道:'我懂你的意思,你用得着美朗霞大娘。她从前管着我的老婆,我老婆死了六星期,她还在我那儿。我家里少不了她,但是我以你的名誉为重,愿意把她让给你。你有了她,保管头上不添幌子①。她是女监护里的尖儿顶儿,像条恶龙般看住女人,不许她失节。你知道我老婆算得少年美貌,她在我老婆身边整整十二年之间,家里没见过一个情人的影子。哎,老天,这事可不是玩儿的!我还可以告诉你,我那去世的老婆起初很轻佻,可是美朗霞大娘不久就管得她冷若冰霜,好修女德。总而言之,这女监护是件宝贝,我把她让给你,你将来对我感激不尽呢。'那医生很高兴,两人约定,叫那女监护今天就过去填那老侍从的缺。"

　　这个消息千真万确,我听了也知道不假,本来满腔寻欢取乐的心,这会子觉得靠不住了。饭后马果斯告诉我药剂师伙计的话不虚,把我那些心念一扫而空。那位好侍从说:"亲爱的狄艾果,奥罗柔索大夫把我撵走,我很快活,这来省了我不少烦恼。我本来不愿意干那种丑事,而且要让你跟梅日丽娜私会,还得使种种诡计,说种种谎话,多麻烦呀!谢天,这些烦恼操心,还有潜伏的祸害,我都免了。至于你呢,孩子,片刻欢娱会有无穷的后患,还是没有的好,你该这样自譬自慰。"我既然没什么指望,就

---

① 意思说:保证你头上不长出角来。中国俗说"做乌龟",西洋说"做牡鹿",也有类似"戴绿帽子"的说法,见本章下文。"阿本塔多"(Apuntador)这个名字,在西班牙文里,也就是"出尖角者"的意思。

领了马果斯的教,这玩意儿就此罢休了。老实说,就算我是个一往情深、百折不回的情人,美朗霞大娘也会逼得我放手,何况我不是呢。我听了这位女监护的名气,觉得她能叫一切情人死心。可是随人家说得她多么厉害,两三天以后,我知道医生太太把这千只眼的警卫稳住了,或者买通了。我出去替一个邻居剃胡子,路上一个老婆子叫住我,问我是不是狄艾果·德·拉·夫安特。我说是。她道:"那么我正要找你。你今晚到堂娜梅日丽娜家的门口,你做个暗号,人家就会放你进去。"我说:"好吧,咱们得约定个暗号,我学猫叫活脱儿的像,我做几声猫叫吧。"那拉纤的说:"成,我就替你回报去。狄艾果先生,我听你差遣,愿天保佑你!哎,你多漂亮啊!圣阿妮斯在上,我但愿还是个十五岁的姑娘,我就不为别人来找你了。"那殷勤的老婆子说完走了。

你可以想象,这消息撩得我心烦意乱,马果斯的教训都撇在脑后了。我急焦焦等天黑,算定奥罗柔索大夫已经睡下,就上他家去。我在门外学猫叫,老远都听得见,真没亏负了传授的师父。不一会儿,梅日丽娜亲自悄悄地开门放我进去,忙又关上门。我们进了上次奏乐的客堂,壁炉架上点着一盏昏灯。我们并肩坐下,两人都心里怦怦然,不过她是一心想寻欢作乐的缘故,我却不免有点害怕,这是不同之处。这位太太叫我放心,不用怕她丈夫;可是没用,我只觉得战战栗栗,不能尽兴。我说:"太太,你怎么会逃过那女监护的防范呢,我听得美朗霞大娘的名气,以为你没法再来通消息,更别说幽会了。"堂娜梅日丽娜微微一笑,答道:"你听了我跟那女监护的一段交涉,就觉得咱们俩今晚私会不足为奇了。她一到这儿,我丈夫把她捧得不得了,对我说:'梅日丽娜,我把你交给这位持重的大娘指导,她简直是一本道德大全,你应该把她当作一面镜子,时刻放在眼前,学她的贤惠。这位可敬可佩的人监护我一个药剂师朋友的太太十二年,她那种监护真是从来没有的,把那太太管得成了个圣人。'

"美朗霞大娘相貌严厉,足见这篇颂赞的话并非虚言,害得我流了不少眼泪,灰心到底。我料想从此一天到晚得听她教训,每日得受她责备。总而言之,我等着做天下最倒霉的女人了。我准备着受苦,索性无所顾忌,等左右没人,就对那女监护很不客气地说道:'你当然准备好好来收拾我了,可是我得通知你一声,我是受不住气的,我也会千方百计地糟蹋你。我告诉你,我有一段私情,任你劝导也拔不掉我心里的情根,你去斟酌怎么对付吧。你尽管加倍防范,我对你说,我要想尽方法,叫你防不胜防。'我以为这位恶狠狠的女监护听了要来个下马威,把我大大训斥一顿;谁知她展开眉头,含笑说道:'你这性子真叫我喜欢,你直爽我也直爽。看来咱们俩性情正相投。啊,美丽的梅日丽娜,你要是单凭你丈夫的赞扬,或者凭我仪表严厉来断定我的为人,你就错了。我最不反对寻欢作乐,我所以替醋罐子丈夫当差,正是要替漂亮太太出力。戴假面具的大本领我学会了已经多年;我可算是占了双重便宜,既可以干坏事取乐,又坐享贤德的美名。咱们私下说说吧,世人所谓贤德不过是这么回事。要底子里也贤德实在所费不赀,这年头只要面子上贤德就够了。'

"那女监护又道:'让我来指点你,咱们在奥罗柔索大夫的脑袋上多装些幌子。你瞧着吧,准叫他的运道跟阿本塔多先生的一样。我觉得医生的脑袋并不比药剂师的脑袋尊贵呀!可怜的阿本塔多!他老婆和我把他作弄得好啊!那位太太真可爱!

那好性儿!愿上天赐她安息!我管保她没有辜负了青春。我替她牵引来的情人不知多少,没让她丈夫有半点儿知觉。太太,别对我存着偏见,你放心,你从前那侍从尽管有天大本事,换了我准不吃亏。只怕我比他更有用处哩!'"

梅日丽娜接着说道:"狄艾果,你想,这女监护打开天窗说亮话,叫我多么感激。我还以为她严正呢。真是女人不可以貌相!我听她说了由衷之言,立刻心就向她了。我喜不自胜地拥抱她,这样先让她知道我很喜欢有她做监护。于是我把心事全告诉她,求她设法快让我们幽会一次,她果然做到。今天一早她就派了找你的那老婆儿出马,那是从前帮她替药剂师太太干事的。"她又笑道:"最妙的是,美朗霞听说我丈夫向来睡得很死,这会子就顶替了我在他身边躺着。"我说:"这可不好,太太,我不赞成弄花巧,你丈夫也许会醒过来,发现是冒牌。"她忙道:"他不会发现的,你放了心。一个年轻太太对你一团好意,你跟她相会,该寻欢取乐,别让虚惊败了兴致。"

老医生的太太瞧我听了那话还心虚胆怯,就极力安慰,她千方百计,居然哄得我神思渐定。我只想及时行乐了。可是爱神带着一队欢笑戏耍的跟班正要助成好事,忽然大门打得一片响。爱神和他跟班一撒翅儿都飞掉了,好像胆怯的鸟儿,听得轰然大声,立刻吓得四散。梅日丽娜忙把我藏在客堂的桌子底下,吹灭了灯。她和女监护防有意外,早约定个办法,就按计而行,跑到丈夫卧房门外。这时大门上更打得急了,声震全宅。医生惊醒,就喊美朗霞。女监护忙跳下床,医生还道是老婆,直叫她别起来。她跑到女主人身边。女主人摸索着她,就也喊美朗霞,叫她出去看看谁在打门。女监护应道:"太太,我来了,请上床吧,我去看看怎么回事。"这个当儿,梅日丽娜已经脱掉衣裳,就上床躺在医生旁边;医生一点也没知道受骗。当然,这出戏是在黑地里串的,里面两个女角儿,一个功夫已经登峰造极,那一个也很有资质,准赶得上她。

一会儿,女监护穿件便服,拿支蜡烛,跑来对东家说:"医士大爷,麻烦您起来吧,咱们街坊上那开书铺的斐南代斯·德·比安狄亚中风了,人家请您去瞧他,快去吧。"医生连忙穿上衣服出门。他老婆穿件便服,和女监护同到我那间客堂里。她们从桌子底下拉我出来,我已经吓得七死八活。梅日丽娜道:"没事儿,狄艾果,你放心。"她就把方才的事三言两语讲了。她还想和我断欢重续,可是女监护不赞成。她说:"太太,也许你丈夫跑去一看,书铺掌柜已经死了,立刻就会回来。"她瞧我吓呆了,又说道:"况且这可怜的孩子中什么用呀,他不能跟你欢叙了。还是叫他回去好。"堂娜梅日丽娜一心贪眼前欢乐,嘴里答应,满不情愿。她替医生新制了一顶帽子,没给他戴上,我想她一定很懊丧。

我倒不懊恼没成好事,只私幸免了祸害。我回到主人家,把这事想到天亮。来晚究竟去不去幽会很费踌躇。我只怕第二次去偷情还一般的不顺手。可是魔鬼老在诱惑我们,碰到这类事,竟把我们迷昏了头,所以我想我如果好事半途而废就是大傻瓜了。我着了鬼迷,心目中的梅日丽娜越变得妩媚;等我去领略的乐趣也越见得可贵。我决计到底不懈,发愿这回要有些毅力。我第二晚十一二点钟又到医生家门口。天色很黑,一颗星都不见。我做了两三声猫叫,向里面报信我到了。我因为没人来开门,不愿意老叫一个调儿,就把猫儿各种叫声都学了一遍,那是从前奥尔梅都一个牧童教我的。我叫得真像,有个街坊恰好回家,真以为是一只叫春猫儿,就捡起脚边一块石子,使足劲儿向我掷来,一面骂了声:"这死猫儿!"我头上打个正着,当时头昏眼花,险地仰面摔倒。我自觉受伤不轻。我这一来尝饱了风流的滋味,热情随着热血流掉了。我回到主人家,闹得全家人都起来。我主人瞧了我的伤口,认为很凶险,替我包扎好。可是总算没事,三星期后伤口就平复。这些时候梅日丽娜什么消息也没有。大概美朗霞大娘要她撇下我,另外替她找到了好相识。我满不在乎,因为我伤口一好,立刻离开马德里去周游全国了。

第 八 章

吉尔·布拉斯和他旅伴碰见一个人把
干面包头儿在泉水里泡;他们的谈话。

狄艾果·德·拉·夫安特先生还讲了些以后的经历,我以为不值得转述,所以不提了。我当时只好听他的长篇大章,一路听到彭特·德·居若。我们就在那镇上歇半天。两人在客店里要了一个白菜汤、一只烤野兔子,先留神看过烤的确是兔子。第二天清早,我们把皮袋盛满了酒,那酒还不坏,又把几块面包和晚饭吃剩的半只野兔子塞在口袋里,仍旧赶路。

我们走了二哩路左右,有点饿了,看见离大道二百步上下有几株大树、一片清阴,就去歇脚。有个二十七八岁的人,也在那里,拿了干面包头儿在泉水里蘸。旁边草地上横着一把长剑,还有一个卸下的背包。他衣衫褴褛,可是身材相貌都不错。我们客客气气和他招呼,他也照样还礼。于是他拿着干面包头儿,笑容可掬地请我们同吃。我们领情,只要求把我们带的早点凑上,可以好好吃一顿。他欣然答应,我们立刻把身边的口粮陈列出来,这位陌路相逢的人看了很快活,喜不自胜地嚷道:"啊呀,两位先生,你们的口粮好丰富!我看你们真是有成算的人。我啊,出门从无准备,多半碰运气。可是你们别瞧我这样子,不是我夸口,我有时候也很出风头呢。你们可知道,人家常常把我当王爷看待,我背后还跟着卫队。"狄艾果道:"我懂了,你无非说你是个戏子。"那人道:"你一猜正着。我少说也演了十五年的戏。我从小就扮童角儿。"那理发的摇头道:"不瞒你说,我不大相信。我知道戏子是怎么样的人,他们那起先生出门,不像你这样凭两条腿走路,也不像圣安东尼①一般吃斋,只怕你只是个戏班子里打杂儿的。"那戏子道:"随你想吧,不过我扮的还是头等角色,我是扮情人的②。"我的同伴道:"既然如此,我恭喜你。吉尔·布拉斯先生和我能奉陪这样一位大人物用早点,荣幸得很。"

我们就啃面包头儿,吃那剩下的几块宝贝也似的野兔子肉,又抱起皮袋来大口喝酒,一会儿把那袋酒喝个精光。我们三人

---

① 公元四世纪基督教圣人,曾在沙漠中禁欲苦修多年。
② 十六世纪起,西洋所谓"职业剧团"(Commedia dell arte)的每一个班子里总有八个到九个男演员,三个到四个女演员,每个只扮演一定的角色。男演员里有两个或三个是"小生"或少年情人(innamorati)。

吃得很认真,说话都没工夫。吃完之后,我们又闲聊起来。理发的对戏子说:"我奇怪,怎么你光景很艰难似的。一个戏院里的要角,像你这样子未免太寒窘了。我说话太直,你可别见怪。"那戏子嚷道:"太直啊,你真没知道我梅尔希华·萨巴塔呢!谢天,我脾气一点儿不别扭,我喜欢你直言,因为我心上有什么就说什么。老实讲,我穷得很。"他叫我们瞧他袄儿里衬的都是戏招子,一面说道:"瞧,我通常用这东西做衣里子。你们若要见识见识我的行头,我可以给你们看。"他说着,从背包里拉出一套衣裳,钉满了旧的假银花边儿;一只宽檐儿破帽子,上面插几支零落的羽毛;一双丝袜子,全是窟窿;一双红摩洛哥皮鞋,也破烂不堪。他道:"你们瞧,我穷虽穷,还勉强过得。"狄艾果道:"这倒没有想到。那么你是无妻无女的了?"萨巴塔道:"我有个少年美貌的老婆,可是无济于事。我的坏运气实在是少有的!我娶了个漂亮女戏子,指望靠她养活,可是活倒霉,她偏是个引诱不动的正经女人。谁保得住不上这个当呢?走码头的女戏子里只那么一个正经女人,偏偏落在我手里了。"理发的道:"那真是运气不好,不过你为什么不娶个马德里大戏班子里的女戏子呢?你就拿得稳了。"那戏子道:"这话很对,可是,他妈的,一个走码头的小戏子怎么敢高攀那些有名的女角儿呀!要皇家戏班里的戏子才轮得到呢。可是他们中间还有许多人只能娶市民家的女人。亏得马德里女人多的是,有好些真不输戏房里的公主。"

我的同伴说道:"哎,你倒不想进他们那戏班子?是不是非要有了不起的本事不行?"梅尔希华道:"好哇,说什么了不起的本事呢!你不是笑话人吗?那班子里有二十个戏子。你向人家打听打听去,口碑好着呢!大半还只配背上包裹走码头。不过话是这么说,要进他们那班子可不容易。你要是有钱,或者有权势显赫的朋友,本领不行也不要紧。我刚在马德里首次登台,还会不知道底细吗?观众应该喝我的彩,可是他们狠命地喝我倒彩。我叫啊,嚷啊,怪声怪调,矫揉造作,念台词的时候,把拳头直伸到女主角脖子底下,总而言之,我学的是国内第一流名伶的腔调。可是观众看了他们喜欢,看了我就受不了。你们瞧,这可不是横着个成见吗?我演戏不吃香,要是有门路可走,尽管看客喝倒彩,依然可以进那个戏班子,偏偏我又没有,只得回萨莫拉去。我要去找我的老婆和我们班子里那些伙伴儿,他们生意不大好,几回都东挪西借才动得了身上别处去,但愿这回不至于那样窘。"

这位戏里的王爷说完起身,背上背包,挂上宝剑,满脸正经地对我们说道:

"——告辞了,二公再见;

老天爷,保你们洪福无边!"

狄艾果学着他那腔调答道:"你也洪福无边,愿你回到萨莫拉,老婆已经变节,有阔佬包定了。"萨巴塔先生一转背,就且走且做手势背台词。理发师和我立刻喝起倒彩来,叫他不忘记首次登台的情景。他听得喝倒彩,还道是马德里人的倒彩呢,回头看见是我们开玩笑,一点不生气,随我们取笑,打着哈哈走了。我们也笑了个畅,才回到大道上,走我们的路。

第 九 章

狄艾果的家境,他家怎样庆贺,
以后吉尔·布拉斯就和他分手。

我们这天在马亚多斯和瓦尔布斯塔之间一个小村子里过夜,那村子的名字我记不起了。第二天上午十一点左右,我们到了奥尔梅都郊外。我的旅伴说:"吉尔·布拉斯先生,这儿就是我的家乡。一个人自然爱故乡,我到这地方就欣喜若狂。"我道:"狄艾果先生,你既然深爱故乡,该把它还说得好些。我觉得奥尔梅都是个城市,你却告诉我是村子,至少也该说是个大镇才对呀。"那理发的答道:"我对它赔个礼吧。不过我告诉你,我见过马德里、托雷都、萨拉戈萨,还有周游全国到过的许多大都会,再看这些小城市,就当作村子了。"我们往前走,渐渐看见奥尔梅都城外挤着许多人;再近前看得清楚,有许多大可注目的东西。

一片空场上搭着三座篷帐,彼此分开,旁边一大群厨子和打杂儿的忙着准备筵席。有的在篷帐下面长桌子上摆刀叉,有的把瓦坛子装满了酒,有的在烧火,还有的在烤各种各类的肉。搭的一座大戏台我尤其看得仔细。布景是五颜六色的硬纸做成,台上还标着希腊拉丁的格言。那理发的一见这些格言,就说:"这些希腊字里大有托马斯叔叔的味道,管保是他的手笔。我这话只跟你讲,他是个有本领的人,背熟的教科书不知多少呢。

我只嫌他谈起话来老爱掉书袋,有的人不喜欢。"他又道:"我叔叔还译过希腊罗马的诗文。他一肚子的经典,你只要听他谈吐渊博,就会知道。要不是他,我们哪里知道雅典的孩子挨了鞭子就哭呢?这全亏他博学考据出来的。"

我旅伴儿和我把以上所说的形形色色看了一番,好奇心动,要知道这些布置是为什么缘故。我们上前打听;狄艾果看见一个人仿佛是这宴会的提调,原来正是托马斯·德·拉·夫安特先生,他忙同我迎上去。那教书先生认不得这个年轻理发师了,觉得他跟十年前变了样子。可是他到底不会认不得,就快快活活地拥抱他,很亲热地说道:"呀!你来啦!狄艾果,我的好侄儿,你回家乡来了吗?你来参见家堂神道了①,天保佑你平安回家。今天真是三重四重的喜!'当以白石志此佳日'②也。"又道:"朋友啊,这儿的新闻可不少,你叔叔彼德柔大才子给司命之神逮去了,他死了有三个月了。这守财奴生前只愁衣愁食,真是'容颜苍白为贪财'③。他拿了好几位阔人的大注津贴,每年的开销花不到十个比斯多,连贴身用人都不吃他的饭。他比希腊的阿里斯提波斯④还傻。阿里斯提波斯以为他奴隶替他扛的

---

① 古罗马人供奉"家堂神道",西班牙当然没有这种迷信。托马斯叔叔好古,所以借用这个名词。
② 拉丁成语。希腊风俗以白石志喜,黑石志忧,参看拉伯雷《巨人传》第一卷第十章。
③ 引贺拉斯《讽刺诗集》第二卷第三首第78行(见"勒勃古典丛书"本第78—79页)。
④ 阿里斯提波斯(Aristippe),古希腊哲学家。狄奥吉尼斯·雷厄提斯《哲学家列传》第二卷第七十七节记载:"他一个用人扛着他的钱包嫌重,阿里斯提波斯道:'你拿得动多少拿多少,其余的一大半扔掉得了。'"(见"勒勃古典丛书"本第一册第204—205页)勒萨日所说稍有出入。

全部家当都是些重担子,不便行路,就吩咐他们一股脑儿扔在利比亚沙漠里去;这个傻瓜呢,把到手的金子银子都积起来,为了谁呢?为了他不屑见面的那几个承继人。他积了三万杜加,你爹、你贝特朗叔叔和我平分了。我们现在可以替子女成家。我哥哥尼果拉斯刚把你妹妹德瑞斯嫁掉,嫁给本地长官的儿子,'配成夫妇长相守'①。我们这两天布置了这样排场,就是庆贺这门鸿运高照的亲事。我们在郊外搭了这几座篷帐,彼德柔的三个承继人各占一座,轮流着一天一家做东。可惜你没早些回来,不及看见头两天的热闹。前天是结婚的日子,归你爹开销。他备的酒席好极了,接着来了个跑马挑圈儿竞赛。昨天是你那开丝绸铺的叔叔做东,请客人看了个田园式的歌舞。他挑了十个漂亮男孩子、十个小姑娘,把他们扮成牧童和牧羊女,把店里所有的缎带流苏都拿出来化装。这一群姣童美女合跳了各种舞蹈,唱了许多热情快乐的歌;虽然风流雅致到了极顶,来宾却不大领略,准是田园式歌舞不像从前走红了。"

又道:"今天归我开销,我准备请奥尔梅都市民看我编的一个戏,'完工要看收梢好'②呢。我叫人搭了一座戏台,靠天公作美,要叫我的学生演个我写的剧本,名叫《摩洛哥皇帝摩雷·布尚杜夫之娱乐》。这戏准演得极好,因为我那些学生念起台词来不输马德里的戏子。他们是贝涅斐尔和塞哥维亚的大家子弟,寄宿在我家的。他们真会串戏!其实也是我训练出来的,他

---

① 引维吉尔史诗《伊尼德》(Enéide)第一卷第73行(见"勒勃古典丛书"本第一册第246—247页)。
② 拉丁成语。

们念台词的调门,一听就知是名师传授,'我亦云然'①。至于戏里的情节,我先不讲,免得你看来不新奇。我只说那戏准能叫满场感动,本事很凄惨,死的种种景象能叫看客惊心动魄。我赞成亚里士多德的意见,悲剧应当叫人恐怖。②哎,要是我专门写戏,我只写流血不怕腥的君王、杀人不眨眼的英雄;要把笔浸在血里。我的悲剧里不但主角一个个死掉,卫兵都死光,连后台提词儿的我也要杀了才罢。总而言之,我只爱恐怖,那是我的癖性。而且这种戏很叫座,戏子靠它能够穷奢极欲,作者靠它可以安居乐业。"

他刚说完,只见一大群男男女女从村子里到这边空地上来。其中有新郎新娘、亲戚朋友围随左右,前面约有十个到十二个人拿着乐器,一齐吹弄,乐声聒耳。我们迎上去,狄艾果自己报了姓名,那群人立刻欢呼着拥上来。都要和他亲热一番,忙得他应接不暇。全家人和在场的都来拥抱他,于是他爹说道:"欢迎!狄艾果!你家里人现在阔了,朋友。我现在不多说,回头细细讲给你听。"这时候大家都往空场上跑,到篷帐底下,围着刚才摆好的桌子坐下。我跟着我的旅伴儿坐在新人一桌。我觉得那对新人没配错。酒席吃了很久,因为这教书先生爱体面,要赛过两个哥哥,请大家吃了三道大菜,比他俩的排场来得阔气。

---

① 托马斯叔叔说的是拉丁文。
② 亚里士多德《诗学》说:悲剧的作用是引起看众的"怜悯"和"畏惧",又说"畏惧"并不指可骇可怕(见"勒勃古典丛书"本第22—23页,又第253—256页)。十七八世纪的法国剧作家往往把"畏惧"(crainte)解释为"恐怖"(terreur),勒萨日就是讽刺这种人。

吃过酒席,客人忙着要看托马斯先生的戏,都说这位大才子的作品准值得一看。我们拥向戏台,乐队已经在台前排好,准备在换幕时奏乐。大家屏息等候开场,演员一一登台,作者手拿剧本稿子,坐在后台便于提词的地方。这出戏果然悲惨。第一幕,那摩洛哥皇帝用箭射死了一百个摩尔奴隶作为消遣。第二幕,他把战俘的三十名葡萄牙军官一齐砍了头。末了第三幕,这皇帝对后宫厌腻了,把她们关在一座离宫里,亲手放把火,连人连房子都烧成了灰。那些摩尔奴隶和葡萄牙军官都是杨木削成的偶人,做得很工致;硬纸做的宫殿在放的烟火里仿佛真个熊熊燃烧。还有呻吟叫喊,好像真从火里出来。这场大火就算故事的收场,一出戏这样新鲜有趣地闭了幕。这个好悲剧博得场上一片掌声,可见作者的确高明,也可见他善于选题。

我以为演完《摩洛哥皇帝摩雷·布尚杜夫之娱乐》就没什么可看的了,谁知不然。一阵手鼓喇叭,又来了新节目,是发奖品。原来托马斯·德·拉·夫安特要这次庆祝分外隆重,叫他学生不论住校走读个个做篇文章,好的今天得奖,奖品是他掏腰包在塞哥维亚买来的书。立刻有人把两条课堂里的长凳子和一只书橱搬上戏台,橱里装满了装订很讲究的旧书。于是全体演员又上台去,排列在托马斯先生的四周。这先生神气十足,好像个学院的掌教。他拿着一张得奖人的名单,交给摩洛哥皇帝,扮皇帝的学生就高声唱名。叫到名字的学生先恭恭敬敬地从学究先生手里领一本书,然后戴上桂冠去坐在长凳子上,让台下大家仰慕一番。虽然这位教书先生一心要讨好来宾,却未能如愿,因为得奖的差不多全是寄宿生,照例如此。有些走读学生的妈妈就生了气,骂老师偏心。因此他这个很体面的宴会几乎像拉庇泰①的筵席,弄得不欢而散。

---

① 古希腊的一个部落,善驯马。相传拉庇泰(Lapîthae)王结婚设宴,半人半马的怪物(centaure)也赴席,喝醉了酒调戏新娘,拉庇泰人就把他们杀死大半。

第 三 卷

第 一 章

吉尔·布拉斯到马德里，
他伺候的第一个主人。

我在这年轻理发师家里住了些时候。随后我跟一个路过奥尔梅都的塞哥维亚商人一同上路。这商人带了四头骡子运货物到瓦拉多利，现在空身回去。我们在路上相识，他跟我非常要好，到了塞哥维亚一定要我住在他家里。他留我住了两天，看我要乘包程骡子到马德里去，就交给我一封信，没说明是介绍信，只叫我按照姓名住址亲自送去。我一点不误事，把信送给马狄欧·梅朗代斯先生。他是开呢绒店的，住在太阳门箱子匠街拐弯儿。他拆信一看，满面春风，说道："吉尔·布拉斯先生，彼德柔·巴拉西欧来信说得你真好，我一定要留你住在我家里。他还托我替你找个好东家，我也愿意帮忙。为你觅个好位置，我想不难的。"

我眼看身边的钱越花越少，梅朗代斯请我住，来得正好。可是我并没有打扰他多久。八天以后，他说有位相识的绅士要找亲随，他刚保荐了我，看来这位置跑不掉是我的。果然，那绅士立刻来了。梅朗代斯指着我说道："大爷，这就是我刚才和您谈起的小伙子。这孩子又诚实又规矩，我要是担保不了他，就连自己都不能担保了。"这绅士目不转睛地看我,说我样子长得不错,就想雇用。又道:"他跟我回去得了;他做的事,我会教他。"他说完对那商人道声早安,就带我顺着圣斐利普教堂前面的大街走。我们到一宅很漂亮的房子里,他住的是侧面一溜屋;上了五六级台阶是两重很结实的门,第一重门上有一个安栅栏的窗洞,进去是一间房,从这间穿进去又是一间,铺着张床,还有些陈设,都说不上富丽,只是很干净。

我的新主人在梅朗代斯家里仔细端详过我,我也留心看了他一番。这人有五十多岁,神气沉静严肃。我看他是个好脾气,觉得他不错。他问了几句我家里的情形,对我的回答都很满意,说道:"吉尔·布拉斯,我瞧你这孩子很明白,你做我的亲随,我可以放心。在你呢,这个位置也不委屈你。我每天给你六个瑞阿尔,折你的饭食、衣着和工钱,外快不算。而且我这人不难伺候,我在外边吃饭,家里不开火。你每天早晨把我的衣服拾掇干净,此外整天都没事儿。我只吩咐你一句话,你记着天黑了要早早回来,在门口等我;我就责成你这一点。"他把我的职司吩咐完毕,就履行契约,从口袋里掏给我六个瑞阿尔。我们俩一同出来,他亲自锁上门,把钥匙带在身上,对我说道:"朋友,不要跟我;你爱上哪儿就上哪儿,满城溜达去得了。不过我晚上回来的时候,你得先在这儿楼梯边等着。"他说完走了,由我自在逍遥。

我对自己说:"吉尔·布拉斯,你实在没处再找更好的主人了!怎么的呀!这人只要你掸掸他衣裳上的灰,拾掇拾掇房间,一天给你六个瑞阿尔,还让你自由自在地溜达消遣,像放了假的学生!谢天,这事称心极了。怪不得我那么急煎煎地要到马德里来,一定是预先觉得有好运气在这儿等我呢。"我白天在街上逛,看看没见过的新鲜东西,也就够忙。傍晚,我在寓所邻近小饭店里吃过晚饭,就赶到主人指定的地方去等。过了三刻钟,他回来了,瞧我准时不误,好像很高兴,说道:"很好,这就不错,我喜欢用人做事认真。"他说着开了那两重大门;我们一进去,他立刻把两重门都关好。我们是在暗地里,他用火石火绒儿打个火,点上一支蜡烛,于是我伺候他脱掉衣裳。我等他上了床,照他吩咐,点了壁炉架上的灯,把蜡烛拿到外间。那里有一张没帐子的小床,我就躺下睡觉。第二天早上九十点钟,主人起来,我替他掸干净衣裳。他数了六个瑞阿尔给我,打发我出门一天。他仔细把门锁好,也就出去,我们这一整天就各走各的了。

我们每天如此,我非常称心。最妙的是我不知道主人的姓名,梅朗代斯也茫然,只晓得是位主顾,常买他的呢绒。我打听街坊,都说不上来,我主人虽然在那里住过两年,他们全不认得。据说他和邻居一无来往。有人惯爱冒冒失失地下断语,就咬定他不是好东西。后来人家越发胡猜乱讲,疑心他是葡萄牙皇帝派来的奸细,还好意警告我防着点儿。我听了很着急,这话要是确凿,我就保不住要光顾马德里的监牢了,想来不会比别处监牢里舒服的。我遭过殃,对法院有戒心,尽管无罪无辜,也不敢托大。法院即使不要无辜良民的性命,至少招待不周,谁上他的门就是活倒霉,我尝过两次风味了。

我这事很尴尬,就去请教梅朗代斯。他也没了主意。他不信我主人是奸细,但又无从断定他不是。我决计对东家留心察看,假如真是我们国家的敌人,就撇了他走。不过我觉得做事应该仔细,而且这是个好饭碗儿,得打听着实再辞。我就留心他的行动。一天晚上我替他脱衣裳,想探他口气,就说:"先生,我不知道为人在世应该怎样才免得人家闲话。天下人真恶毒！别人不说，咱们这些街坊实在不是东西。那起混账人！您再也想不到他们怎么说您来着。"他答道："是嘛！吉尔·布拉斯。哎，朋友，他们能说我什么呢？"我答道："啊，真是，要说坏话总有的说的，随你头等好品行，人家一样会造谣言。他们说咱们是坏人，法院应该注意。干脆说吧，他们以为您是葡萄牙皇帝的奸细。"我一面说，一面瞅着我主人的脸，仿佛亚历山大大帝瞅他医生那样①，我全神贯注，要看这番话有什么效验。我主人好像发了一阵抖，可见街坊的猜测不错；他又呆呆地出神，看来很可疑。不过他立刻神色如常，若无其事地说道："吉尔·布拉斯，街坊爱怎么想，随他们想去，咱们别挂在心上。咱们没干坏事，不必怕人家议论。"

他说完就睡了，我也上床，不知道对这件事究竟应该怎么个看法。第二天早上，我们正要出门，听得临台阶的大门打得一片响。我主人开了里面一重门，从小窗口的栅栏往外张望。只见一个衣服整齐的人，说道："大爷，我是个公差，特来通知你，本地法官老爷要找你说话。"我主人道："他找我干吗？"公差道："大爷，这个我可不知道，你见了他就会明白。"我主人道："我向他致敬，我跟他毫无交涉。"他说完砰地把里面那重门关上，于是在房里踱了一会儿，仿佛听了公差的话很上心事。他给我六

---

① 据普路塔克（Plutarque）《希腊罗马伟人合传》里《亚历山大传》第十九节，亚历山大大帝征波斯时有病，他的好友斐利普处方调药。有人告密，诬蔑斐利普受了波斯王的贿赂，进的是毒药。斐利普进药上来，亚历山大表示对朋友信任，一壁把信给他看，一壁把药一口吞下（"勒勃古典丛书"本第七册第276—277页）。勒萨日所引用，跟原意稍有出入。

个瑞阿尔,说道:"吉尔·布拉斯朋友,你可以出去随意逛一天了,我这会子还不出门,今儿早上也不用你伺候。"我听了这话,想他是怕给人抓去,只好躲在家里。我撇他在家,要瞧瞧我猜测得对不对,就找个地方躲着,他要是出门,那儿看得见。我真会耐心守他一上午,只是他省了我的事。一个钟头以后,我看见他打街上过去,神气很安闲,我一上来真看不透他了。可是我对他有成见,他那外貌哄不倒我,我决不相信。我想他那副神气准是假装的,甚至于想他在家无非要收拾金子宝石,大概这会子急急逃命去了。我满以为跟他没有再见之缘,想他大难临头,从此溜出马德里,也许我晚上都不必在门口等他了。可是我还回去等着,想不到主人竟照常回家。他上床睡觉,好像一点没什么心事;第二天早上起来,照样没事人儿一般。

我主人刚穿好衣裳,忽听得打门。他隔着栅栏一看,认得是昨天来的公差,就问有什么事。公差道:"开门,法官老爷来了。"我一听见这个威风凛凛的头衔,吓得浑身冰冷。我受过这班老爷收拾,怕得要命,这时恨不得身子远在马德里一百哩之外。我主人不像我那样害怕,他开了门恭恭敬敬请法官进来。法官道:"你瞧,我愿意把事情干得悄悄默默的,没带着大队人上你家来。尽管你名声不好听,我觉得还不该下辣手。你告诉我,你叫什么名字,在马德里干什么事。"我主人道:"先生,我是从新加斯狄尔来的,我名叫堂贝尔那·德·加斯狄尔·布拉左。我干的事就是散散步,看看戏,每天跟几个意气相投的人一同玩玩。"法官道:"你收入一定很多了?"我主人打断他道:"不,先生,我没房没地,没有收入。"法官道:"那么你靠什么过日子呢?"堂贝尔那道:"我靠什么过,我来给你瞧。"他就掀起一幅壁衣,后面有扇门,我从没见过;他开了这门,又开了后面一重门,把法官让进这个小房间,里面有只大箱子,打开一看,满满的都是金元。

他对法官道:"先生,你知道西班牙人都不爱做事;不过他们虽然懒,总懒不过我。我天生懒骨头,什么事都做不来。我要是把自己的短处说成长处,我的懒惰可说是哲人的物外逍遥,世人攘攘追逐的一切,我可说都看破了,我潜心修养,到了这个境地。不过我直认自己生性懒惰,而且懒得厉害,假如我非得做事才有饭吃,准要饿死的。我要过得随心如意,不必费神经营财产,尤其可以不用总管,就把承袭来的几份大家私全换了现钱。这一箱有五万杜加。我已经五十开外,一年花不到一千杜加,就是活到一百多岁也享用不尽。我不忧来日,谢天!破家荡产的那三种通病我都不犯。我不贪吃喝,赌钱不过是消遣,对女人也腻味了,我老来决不会做那种千金买笑的老色鬼。"

法官听了道:"我瞧你实在好福气!人家怀疑你当奸细,真是大错。你这样性格绝不是那种人。好,堂贝尔那,你照常过你的日子得了。我非但不来打扰你的清静,还声明要加以保障呢。我愿意跟你做个朋友,希望你不弃。"我主人听他说得恳切,大为感动,说道:"啊呀!先生,难得你这片好意,我欢欢喜喜、恭恭敬敬地领你的情。承你见爱,我就更加富足,我的福分就十全了。"这段谈话,我和公差在门外都听得清楚。于是法官告辞,堂贝尔那对他说不尽的感激。我要帮东家做主人,对公差非常多礼。一切好人对公差自然的又怕又恨,我心里也有同感,可是我还对他深深鞠躬了不知多少回。

第 二 章

吉尔·布拉斯在马德里碰见罗朗都大头领，
吃了一惊；这强盗告诉他的奇闻。

堂贝尔那·德·加斯狄尔·布拉左把法官送到街上，赶忙回来关上钱箱和那重重防卫的门户。我们俩高高兴兴地各自出门。他高兴的是结识了有权有势的朋友，我高兴的是一天六个瑞阿尔又拿稳了。我急要告诉梅朗代斯，就上他家去，可是我快要到他家的时候，忽然看见罗朗都大头领。我再也想不到会在这地方碰到他，劈面撞着，不禁浑身发抖。他也认得我，招呼的时候态度很庄重，吩咐我跟他走，还是那副做头领的架子。我抖索索地跟着，暗想："啊呀！他一定要跟我算账了。他要带我上哪儿去呀？大概他有个什么地窟在这城里吧。倒霉！要是情形不妙，我马上会叫他瞧瞧我这双脚没害痛风病。"我一面跟着走，留心他在什么地方停，如果有点儿靠不住，决计拔腿飞跑。

罗朗都一会儿把我的鬼胎打掉。他跑进一家大酒店，我也跟进去。他要了些好酒，叫店主人预备饭菜。店家做菜的当儿，我们到一间房里，大头领看见旁边没人，就说："吉尔·布拉斯，你准没想到会在这儿碰见你的旧头领。你回头听了我讲的事，还要奇怪呢。那天我撇你在地窟里，带了全伙儿好汉上曼西拉去卖掉前一天抢来的骡马,路上碰见雷翁司法官的儿子。他车后跟着四骑壮士,都器械齐全。我们杀了两个,还有两个逃走了。车夫怕主人性命难保,对我们哀求道:'哎,诸位好汉,看老天爷面上,别杀雷翁法官老爷的独养儿子!'一伙好汉听了,并不发慈悲,反而火上来了。其中一人说:'弟兄们,这是咱们这行人顶头死冤家的儿子,别饶过他!他老子把咱们同行兄弟害死了多少啊!他们的阴魂这会子仿佛来讨命了。宰了这头牛子,向他们上祭,替他们报个仇!'别的好汉都赞成,副头领就要做大祭司。我拉住他胳膊道:'住手!何苦滥杀人?咱们拿了这年轻人的钱袋就算了。他毫不抗拒,杀他未免残暴。况且他老子干的事不能怪在他身上。咱们拦路打劫是尽咱们的本分;他老子把咱们处死也无非是尽他的本分。'

"我替法官的儿子求情居然有效。我们只把他的钱抢个精光,把两个死人的马匹也牵走,连我们带的一批骡马同在曼西拉卖掉,然后回到地窟。那是第二天傍亮儿时候了。我们看见坠门大开,吃了一惊,又见雷欧娜德捆在厨房里,越发奇怪。她三言两语讲了究竟。我们想起你的肚子痛,忍不住大笑。你竟有本事哄过我们,实在可佩。我们万想不到你会叫我们上这样个大当,你会出花样儿,我们也就不计较了。我们解下厨娘,我就吩咐她做饭。这个当儿,我们上马房去照料马匹,发现那老黑人一周时间没人看顾,快要死了。我们想医治他,可是他已经人事不知;我们尽管一番好心,瞧他奄奄一息,只得把这个半死不活的可怜虫撇下不管。我们依然有胃口,吃得饱饱,各自回房睡了一整天。我们醒来听得雷欧娜德说多曼果已经死了。你应该记得从前睡的那个地窨子,我们把他抬到那里,当个同伙弟兄那样埋了。

"过了五六天,我们早上出去巡游,忽然在树林外碰到三队公安大队的警卫,好像候着我们要来厮杀。我们起初只看见一队。他们人虽多,我们并不放在眼里,就冲上去。可是交手的时候,另有两队埋伏也一拥而上,我们尽管勇猛也无济于事。我们寡不敌众,只得败下来。副头领和两名好汉送了性命。我和另外两个好汉被他们围在垓心,都给警卫捉住。① 两队警卫押送我们到雷翁,另一队去捣我们的老窝。我且讲讲他们怎么发现这个窝的。那天你和那女人逃走,没把地道口的坠门关上。路赛诺一个农夫回家路过,无意间看见了。他怀疑那是我们的巢穴,不敢进去,只把四周仔细认明,又怕记不清楚,就用小刀子在附近树上刮掉些树皮,他出树林的时候,一路每隔几步就在树皮上做个记号。他随就赶到雷翁,报告法官。法官因为我们这伙人刚抢劫了他的儿子,听了尤其称心。他就召集三队警卫,叫农夫做向导,前来缉捕。

"我进雷翁城,城里人都当作一幕好戏看。大家争先恐后,就是葡萄牙的大将被俘也不过如此了。有人说:'那就是他!那就是他!有名的强盗头子,这一带的凶神!他和他那两个伙伴儿都该用钳子把胳膊呀、腿呀扯个四分五裂。'我们被押到法官面前,法官破口骂道:'好哇!混蛋!你无恶不作,老天再也容不过你,把你交给我来处分了!'我道:'老爷,我犯了许多案,可是没杀你的独养儿子。他性命是我救的,你也该感我几分

---

① 这里勒萨日只交代了六个强盗。地窟里原有八个强盗(见第一卷第五章),死掉一个(见第一卷第九章),还该有七个强盗。

恩.'他道:'啊,你这死不足惜的东西!跟你们这种人也配讲道义!就算我愿意救你,我的职责也不容我.'他说完就把我们下在监里。他没让我的伙伴儿受罪多久,三天之后,他们押上广场,演了一幕惨剧。我在牢里关了整整三星期。我想他们迟迟不判我死刑,无非要我死得更苦,我正等着什么新鲜死法,忽然法官召我去,说道:'听我宣判,你现在自由了!我的独养儿子全亏了你没在官道上横死。我做父亲的该报你大恩,而身为法官又不能赦你无罪。我上呈文到朝里替你求情,请个特赦,现在赦书到了。你随便到哪里去都成,不过听我的话,你这次侥幸,该学个乖,仔细想想去,别再做强盗了.'

"我听了很感激,就取道上马德里,决计改过自新,安分度日。我一到知道爹妈已经去世,遗产在一个年老的亲戚手里。他像一切保管人那样开了篇细账给我。我只到手三千杜加,大概不到家产四分之一。可是有什么办法呢?跟他打官司也不会有好处。我免得游手好闲,花钱买了个公差的职位,我奉公尽责,仿佛一辈子没干过旁的行业。我同行要是知道我的往事,准觉得情理难容,不会让我吃这碗饭。幸亏他们不知道,或许装作不知道,反正是一样;在这个体面帮子里,各人的所作所为都得遮遮掩掩呢。谢天,我们彼此间谁也不嫌谁。要是谁比别人好啊,去他的!"罗朗都接着又道:"可是我的朋友,我要跟你说几句衷心话儿。这碗饭不合我的脾胃,干这个行业得非常手脚伶俐,非常鬼鬼祟祟,只可以暗里使计策。唉!我真撇不下从前的买卖!当然新行业少担些风险,可是旧行业称心得多,我爱的是自由!哪一天,我真会扔掉这位子,跑到塔古河发源的山里去。我知道有一大群好汉在那里落草,全是加泰罗尼亚人。我不必多言,这一句话就把他们称赞到底了。你要是愿意跟我,咱们就去找那群好汉入伙。我在他们队里可以做个二头领;我只要说你曾经和我十来次并肩厮杀,他们就会要你。我一定把你的勇敢称赞得天花乱坠,大将要提拔军官也不会像我那样褒奖。我决不说你骗过我们,那事我严守秘密,免得惹他们猜疑。好,你打算跟我吗?快说吧。"

我道:"人各有志,你生来是放胆干事的人,我只愿过过安闲日子。"他插口道:"我懂你的意思,你爱上了那个女人,所以带她逃走,现在还放她不下;你们俩准在马德里一同过你喜欢的安闲日子。吉尔·布拉斯先生,你说老实话吧,你一定弄了房子把她安顿下来,两人一起在花那些地窟里拿来的比斯多。"我告诉他并无其事。我说,等我一壁吃饭,一壁把那位太太的事讲给他听,让他明白真相。我就讲了,还把我逃出地窟以后所经所历都告诉了他。吃完饭,他又提起要到加泰罗尼亚去入伙的话来。他并且说主意已定,劝我学样。他看我劝不动,脸色和声音勃然一变,铁板着脸,傲然说道:"抬举你入伙做好汉,你倒不要,宁可当下贱的用人,你既然那么没志气,随你甘心下流吧。不过我有几句话,你好好听着,牢牢记在心上!你今天碰见我,只当没有这回事;无论在什么时候、对什么人,总不许讲起我。我要是知道你说话里刮拉上我,你领教过我的脾气,我不多说了。"于是他叫店主人来算清账,我们就起身出门。

第 三 章

他离开堂贝尔那·德·加斯狄尔·
布拉左家,去伺候一个花花公子。

我们出酒店分手的时候,我主人恰从街上过。他瞧见我了;我还看见他瞅了那大头领好几眼。我想他碰见我跟这样个人在一起大概很诧异。罗朗都的相貌决不像规矩人。他是大高个子,长脸蛋,鼻子像鹦哥嘴,虽然形状不算凶恶,却十足的一副流氓相。

我猜得不错。那天晚上,堂贝尔那念念不忘大头领的那副相貌。要是我胆敢讲大头领的许多妙事,他准听得进。他说:"吉尔·布拉斯,我刚才看见你跟一个高高大大的流氓在一起,那是谁啊?"我说是个公差。我以为他听了这话就满意了,不会再多问,可是他还细细盘问。我记着罗朗都的恫吓,所以很窘。他看我那样子,立刻剪断话,上床睡了。第二天早上,我照常伺候他完毕,他数给我的不是六个瑞阿尔,却是六个杜加,说道:"朋友,这个你拿去,你服侍我到今天,这是赏你的。你另外找事吧。有那样好相识的亲随我吃不消。"我想解释一下,就说那公差是我在瓦拉多利行医的时候治病认识的。我主人道:"好得很,推托得很巧。你应该昨儿晚上不慌不忙就这么回答。"我说:"先生,我实在是谨慎起见没敢说,所以为难。"他轻轻拍着我肩膀道:"当然,你谨慎得很!我没想到你这样调皮。走吧,孩子,我不用你了,跟公差来往的用人不合我的脾胃。"

我立刻把坏消息告诉梅朗代斯。他安慰我说,要荐我个更好的人家。过了几天,他果然对我说道:"吉尔·布拉斯朋友,我来报告一桩梦想不到的喜事!你可以弄到个天字第一号的好差使了。我想荐你去伺候堂马狄阿斯·德·西尔华。他是名门望族,人家称为花花公子的那种大少爷。承他赏脸,是我的主顾。其实他来买了料子总欠账,不过跟这起大爷交易不吃亏,他们常会娶到有家私的老婆替他们还债;即使不然,内行人跟他们做买卖,价钱总抬得很高,只要收二成半的账就不亏本了。堂马狄阿斯的总管是我的好朋友。咱们找他去吧。他要亲自带你见东家去,而且你可以拿稳,他看我面上一定很看顾你。"

我们一路到堂马狄阿斯的寓所去,那商人说:"我想该把那总管的性格儿告诉你,让你心里有个谱儿。他名叫格瑞果利欧·罗德利盖斯。我私下跟你说说,这人是下贱出身,自己觉得善于经纪,就施展天才,做过两家的总管,人家败光,他就发了财。我告诉你,他很爱面子,喜欢别的用人拍他马屁。他们要向主人求点儿恩典,得先去求他;要是跳过他的头,他总有现成的借口,不是叫主人取消成命,就是叫用人得不到实惠。吉尔·布拉斯,你以后这样办法:宁可不趋奉主人,可是得趋奉罗德利盖斯大爷,尽心竭力讨他的好。他喜欢了你,好处大着呢。他就不会拖欠你的工钱;你要是有本领巴结得他信任,他还会给你些小骨头啃啃。他手里的骨头多的是!堂马狄阿斯是个大少爷,只想寻欢取乐,一点不耐烦过问家务。做总管的在这种人家多合适啊!"

我们到那寓所,找罗德利盖斯先生说话。门上人说他在自己房里。他果然在那儿,一起还有个农夫模样的人,拿着一只蓝帆布口袋,里面满满的都是钱。那总管的脸色看来比伤春女子的还要青黄。他向梅朗代斯张臂相迎,那商人也张臂赶上去,两人亲热地拥抱,这副表情多半是装出来的。于是他们就谈到我的事。罗德利盖斯先把我从头到脚细细看了一遍,很客气地说,堂马狄阿斯正用得着我这样个人,他愿意带我去见见。于是梅朗代斯说他对我怎么关切,请总管照拂,又恭维了一大泡,就撇下我走了。他走之后,罗德利盖斯说:"等我打发了这个乡下佬,立刻带你上去见我主人。"他就到那农夫跟前,接过口袋,说道:"达雷果①,咱们来点点这里是不是五百比斯多。"他亲手点钱,数目不错,就出个收条给农夫,打发他走。他又把钱装进口袋,说道:"咱们现在可以去见我主人了。他常是中午起床,这会子快一点钟了,他该起来了。"

堂马狄阿斯果然刚起来。他便装靠在安乐椅里,一条腿跨在扶手上,身子一摇一晃的正在研那烟叶子②。一个跟班的暂充贴身用人,伺候在旁,正和他说着话儿。总管道:"大爷,我大胆找了这小伙子来替您前天撵走的那个。卖呢绒给您的梅朗代斯是他保人。他说这小子能干,我想您一定觉得他很不错。"那位大少爷道:"成,你荐来的人,我不管三七二十一总是要的。我就用他做个贴身用人,这事讲定了。"接着道:"罗德利盖斯,咱们谈谈别的事情吧。你来得恰好,我正要叫人去找你。亲爱

---

① 西班牙文 Talego,意思是"钱袋"。
② 在勒萨日写这部书的时代,吸鼻烟的人都有一只磨烟叶的研子,自己把烟叶研成末子。

的罗德利盖斯,我要告诉你个坏消息。我昨夜赌运不好,手里一百比斯多输光不算,还用名誉担保欠下二百比斯多的债。你知道上等人把清偿这种债务看得多么重。我们讲信义,其实只是这项赌账一点不拆烂污,别的债目我们并不认真偿还。你务必立刻筹出二百比斯多,送到贝德罗萨伯爵夫人家去。"总管道:"大爷,这话说来容易做来难。请问您,叫我到哪儿去弄这笔钱啊?您那些佃户一个子儿也不拿出来,随我怎么吓唬他们也没用。可是我得把您这份人家撑得像模像样,还得耗尽心血筹钱给您花。我实在是谢天照应,直到如今还支应得过;可是已经山穷水尽,再没有办法了。"堂马狄阿斯打断他道:"这些话说也没用,你啰啰嗦嗦的只叫我心烦。罗德利盖斯啊,你要我改过自新,亲自料理家务来当消遣吗?我这么个寻欢作乐的人,这来倒是怪有趣味的!"总管道:"别性急,照这样下去,我瞧您不久就可以把这类麻烦永远摆脱了。"那大少爷烦躁道:"你烦得我要死。让我糊里糊涂地把家产败光好了。我跟你说,我要二百比斯多,非有不可。"罗德利盖斯道:"那么我去找那个重利放债给你的小老头儿商量一下,怎么样?"堂马狄阿斯道:"随你找他妈的谁商量去,只要替我弄到二百比斯多,别的我不管。"

他焦躁地说完这话,总管就出去了。这时来了个贵家公子,叫作堂安东尼欧·德·桑德雷斯。他对我主人道:"朋友,你怎么了?我看你气色不佳,满面怒容。谁招你生气了?准是方才出去的那个混蛋。"堂马狄阿斯答道:"是啊,那是我的总管。他每次跟我谈话总叫我受一顿罪。他跟我讲家务,说我快把家私吃尽花光了。那畜生!倒仿佛是他在赔钱呢。"堂安东尼欧道:"朋友啊,我跟你同病相怜。我的管账跟你的总管一样混账。

那混蛋经我再三再四的吩咐,筹了些钱来,就好像是他自己掏腰包给我的。他老对我讲一大套道理,他说:'先生,你这就完蛋了,你的进账扣押起来了。'我只可以打断他,免得他多说废话。"堂马狄阿斯道:"糟的是咱们少不了那种人,那是一种少不得的坏东西。①"桑德雷斯道:"我也是这个意思,不过……"他说着放声大笑道:"你听啊,我忽然想出一个怪有趣的主意,没有更妙的了。咱们跟总管交涉的时候那种严肃的情景可以变得滑稽,咱们懊恼的事可以变得有趣。你听我说:你要的钱归我去问你的总管要;你也替我去问我的管账要钱。随他们讲多少道理,咱们可以平心静气地听。你的总管就对我来报账,我的管账对你报账。我只听他数说你的荒唐,你只看到我的荒唐。咱们这就好玩儿了。"

这番妙论引起许多趣谈,两位少爷都乐了,说得兴高采烈。格瑞果利欧·罗德利盖斯进来,打断了他们的话。他背后跟着个秃脑瓜儿的小老头子,秃得几乎一毛不着。堂安东尼欧就要走,说道:"再见,堂马狄阿斯,咱们回头见。我走了,让你跟他们两位一起吧,你们准有什么正经事要商量。"我主人道:"哎,我没事儿,别走,你在这儿不要紧。这位老成持重的老头儿是上等人,他按二十分利借钱给我。"桑德雷斯大惊小怪地嚷道:"啊呀!二十分利!恭喜你碰到这样好人。人家对我可没这么宽,我是出了金子的价钱买银子。我借钱总是三十三分利。"那重利盘剥的老头儿就说:"多高的利息呀!那些混蛋!他们也想

---

① 希腊喜剧家米南德(Menander)说:"女人是个少不得的坏东西,"又说:"结婚是桩坏事,但是桩免不得的坏东西。"(见"勒勃古典丛书"本《米南德集》第480—481,又第514—515页)这话就成为欧洲各国流行的成语。

到死后有天堂地狱的报应吗？怪不得人家要把放利钱的人那样痛骂呢。就因为里面有些人重利盘剥，坏了我们的名誉体面。我呀，放债不过是与人方便；要是同行都像我一样，我们不至于那么挨骂。啊，要是这年头儿还像从前那么好，我借钱给你不要利息；虽说现在钱少，我要二十分利简直还于心不安呢。可是银子好像回到地底下去了，都没有了，现钱太稀罕，所以我也没法儿一味讲究道德。"

他接着问我主人："你要多少钱啊？"堂马狄阿斯道："我要二百比斯多。"那重利盘剥的人说："我口袋里有四百比斯多，只要给你一半就行。"他一面说，一面从他那长袍底下拉出一只蓝帆布口袋，好像就是刚才农夫达雷果装五百比斯多给罗德利盖斯的那一只。我立刻看透了怎么回事，恍然明白梅朗代斯称赞那总管有手段果然不错。老头儿把袋里的钱全倒在桌上，一一点数。我主人一见，贪心顿起，看中了整笔钱了，就对那放高利的说："戴公米尔加多先生①，我仔细想了想，我真是个大傻瓜。我只想还债，没想到身上一个子儿都没有了，明天还得来找你。我想这四百比斯多我一股脑儿都要了吧，免得劳你再来。"老头儿道："先生，我预备留一份给一个好人。他是位学士，承袭了大家私，发慈悲都花在年轻姑娘身上，要她们脱离繁华世界，还布置房子供她们退隐。不过你既然这一笔钱都要，不妨全拿去，只是别忘了抵押。"罗德利盖斯插嘴道："抵押稳靠得住。"他从口袋里拿出一张字据道："这期票上只要请堂马狄阿斯大爷签上个字，凭票可问他佃户达雷果要五百比斯多，那人是蒙德雅的

---

① 西班牙文 Descomulgado，意思是"驱逐出教会的人"。

富农。"放高利的说:"这就成了,我一点儿不作难人,只要这办法有道理,我就爽爽快快的一口答应。"总管把笔交给我主人,我主人并不看看字据上写的什么,他嘴里吹着口哨,签上了名字。

这事办完,老头儿告辞。我主人跑上去拥抱他道:"再见,放高利贷的先生,我全凭你做主。我不懂人家为什么说你们这种人是混蛋,我觉得国家少不了你们。你们是成千成百个公子哥儿的定心丸,入不敷出的大爷们的财源。"桑德雷斯嚷道:"你说得对!放高利的都是上等人,对他们百般敬礼都不算过分。我看二十分利这一点上,也要拥抱他一番。"他说着也上来拥抱。两位花花公子闹着玩儿,把他推来搡去,就像打网球的拍着个皮球。他们推搡了好一顿,才让他跟总管出去。其实他们倒该拥抱那总管,还另外赏他些东西。

罗德利盖斯和他的走狗出去了,我和那跟班都在屋里,堂马狄阿斯就叫他把一半比斯多去送还贝德罗萨伯爵夫人,自己把其余一半装在随身一只长长的绣金的钱袋里。他手里有钱,得意之至,高高兴兴地对堂安东尼欧道:"咱们今天干些什么事儿呀?商量商量吧。"桑德雷斯答道:"说这句话就不愧是个有见识的人了。好呀,咱们想想。"他们正在盘算怎么消遣这一天,外面又来了两位大爷。那是堂阿雷克索·西侠和堂范尔南·德·冈博阿,都跟我主人差不多年纪,在二十八至三十岁之间。这四位爷一见面就亲亲热热的我拥你抱,好像已经十年阔别似的。堂范尔南是个笑呵呵的胖子,他对堂马狄阿斯和堂安东尼欧道:"你们两位今天在哪儿吃饭?要是没有别的约,我带你们到一个酒店里去。那儿的酒简直是天上神仙喝的。我昨天在那店里吃晚饭,今儿早上五六点钟才出来。"我主人嚷道:"但愿我昨夜也像你那么乖乖地过,就不会输钱了。"

桑德雷斯道:"我啊,昨儿晚上有个新消遣,因为我喜欢新鲜玩意儿。人要活得有趣,全靠翻着花样玩儿。我朋友带我到个人家,主人是那种公不忘私的包税员。他家很富丽堂皇,也很雅致,酒菜办得在行,可是主人真可笑,逗得我直乐。他是包税局那班人里最鄙俗的一个,却要装贵人气派。他老婆是个丑八怪,也做出千娇百媚,说了多少傻话,又带着比斯盖乡音,越显得蠢。而且同席还有四五个孩子,由家庭教师陪着。你们想吧,这一席合家欢逗得我多乐呀!"

堂阿雷克索·西侠道:"诸位先生,我昨晚在女戏子阿珊妮家吃的晚饭。同席六个人:阿珊妮、莱萝利蒙德和她的一位风骚朋友、泽内德侯爵、堂如安·德·蒙加德,还有我。我们喝了一夜酒,说些风流放诞的话。多乐呀!当然阿珊妮和莱萝利蒙德没什么头脑,不过她们是风月场里的老手,也就充得聪明伶俐。她们是那种高兴活泼、爱闹爱笑的女人,不是比规规矩矩的女人好一百倍吗?"

第 四 章

吉尔·布拉斯认识了那些花花公子的亲随;
他们指点了俏皮的捷径,又叫他发了个奇誓。

我伺候堂马狄阿斯穿衣裳,几位大爷就这样谈论着,直到我主人打扮停当出门。他就叫我跟着,同到堂范尔南·德·冈博阿说的那个酒家去。每位爷有个亲随,我就和那三个亲随跟在后面。我留意这三个用人个个模仿自己的主人,神情毕肖,不禁暗暗称奇。我是他们的新伙伴,就向他们招呼。他们还了礼,有一个把我看了几眼,说道:"老哥,瞧你这副神气,好像第一次伺候大家公子。"我答道:"咳,是啊,我新近才到马德里。"他道:"我看得出来,你有一股子土气,好像很羞缩不自在,行动有点儿呆板。可是不要紧,我担保我们马上会点拨得你灵活。"我说:"只怕是哄我吧?"他说:"没那事儿,无论什么傻瓜我们都能改造,这点你放心好了。"

我不必他多说,就知道这些同行兄弟都是好小子,我要做个机灵的用人,有他们指点再好没有了。我们到酒店里,饭菜都已经预备好,堂范尔南有先见,早上就定下的。大爷们入席,我们在旁伺候。他们谈得很乐,我听着非常有趣。他们的性格儿、他们的心思谈吐,都叫我好笑。他们真是兴高采烈,异想天开;我觉得他们是另外一种人。他们吃到末一道菜,我们就送上许多瓶头等西班牙酒,然后退到小厅上,那儿开了一桌我们吃的饭。

我立刻知道我当初小看了这几位二爷。他们不但学主人的举止,也学他们的谈吐。这些混蛋学得惟妙惟肖,只欠些华贵之气。我羡慕他们自在写意的气概,尤其钦佩他们的俏皮,觉得自己一辈子也休想那么倜傥。堂范尔南的亲随因为他主人做东,也就把我们当客人款待。他怕招待不周,叫了店主人来吩咐道:"掌柜的,把你最好的酒拿十瓶来,照例记在我们大爷账上得了。"掌柜道:"遵命,可是加斯巴先生,你可知道堂范尔南大爷已经欠了我好几顿饭钱了。要是你肯帮忙,照顾我收几个现钱……"那亲随打断他的话道:"该你的账你甭发愁,都在我身上。我主人的债跟金条一样硬呢。当然,有些债户无礼,叫法院把我们的进款扣押了,可是我们一有机会,立刻可以请求发还;那时你开上账来,我们看都不看就把钱还你。"店主人就送上酒,不问进款扣押的事;我们也姑且喝酒,等进款将来发还。我们连连喝酒祝福,彼此的称呼都借用主人家的姓氏,那情景煞是好看。堂安东尼欧的亲随叫堂范尔南的亲随冈博阿,堂范尔南的亲随叫堂安东尼欧的亲随桑德雷斯,他们也照样叫我西尔华。我们这班冒名顶姓的二爷正和那几位真名实姓的大爷一样,渐渐地喝醉了。

虽然我比不上同席诸君谈笑风生,他们倒也不嫌。里面最调皮的一个说道:"西尔华,我们要造就你呢,朋友。我看你天分不错,只是你不会因才善用。你怕说错话,就不敢随口说;可是现在许多自充俏皮的人无非逗嘴胡说罢了。你若要锋芒四射,只消乘兴信口,乱说一通;你胡说八道,人家只赞你豪放。你一百句混话里或许夹带一点儿俏皮,人家把你的胡言乱语全忘了,只记着你那点机锋,对你另眼相看。咱们那几位东家就用这法子,很有效验。谁要享风趣高妙的大名都应该这样。"

我本来就很想充才子,一听他们传授的秘诀,觉得并非难事,应该记住这个窍门。我当场试验,仗着酒力,果然有效。那无非是信口胡扯,一大串荒唐话里碰巧有几分风趣,赢得大家叫好。我这番尝试以后,胆子大了,就抖擞精神说俏皮话,可巧又很成功。

刚才在街上跟我说话的那位同行弟兄道:"好啊! 你的土气不是磨掉些了吗? 你跟我们才混了两个钟头,已经换了个人,以后一天天还眼看着你变样子呢。你瞧,这就是伺候贵家公子的好处,能增长智慧,在平头百姓家就不会这样。"我答道:"那还用说吗?所以今后我只愿意伺候贵人了。"堂范尔南的亲随醉醺醺地嚷道:"说得好,平头百姓哪里配使唤咱们这种大才。嗨,诸位,咱们来发个誓,一辈子不伺候那种小人。咱们凭斯堤克斯起个誓!①"大家齐声附和,手擎酒杯,笑闹着发了个誓。我们直喝到主人散席才罢。那时候才半夜,我的伙伴儿都以为他们太不贪杯了。这起爷们老早散席,其实无非要去找皇宫左近一个很有艳名的女人,她那儿不分昼夜都门户洞开,让人家去取乐。这女人大概有三十五到四十岁光景,依然十分美丽,也很有风趣,应酬功夫非常到家,因此她的余姿剩色据说卖得比开始梳栊的时候还贵。她家还常有两三个头等的风骚女人,所以越发门庭若市。那些客人下午赌钱,接着吃晚饭,通宵喝酒作乐。我们跟主人在那儿盘桓到天亮,并不厌倦,因为他们和女主人在一起,我们就跟女用人玩儿。到天亮我们才分手,各自回家睡觉。

我主人照常十二点起来,穿衣出门。我跟他到堂安东尼欧·桑德雷斯家,碰见一个人,叫作堂阿尔华·德·阿古尼亚。这位爷已经上了年纪,是风月场中的大师。年轻子弟想做风流公子,都跟他学。他指点他们寻欢作乐,教他们出风头、挥霍家产。反正他自己的家当早已败光,不用再担心了。三位爷见面拥抱一番,桑德雷斯就对我主人说:"真的,堂马狄阿斯,你来得再巧没有!堂阿尔华要带我上一个市民家里去,他今儿请泽内

---

① 希腊神话:斯堤克斯(Styx)是阴间的河。朱庇特(Jupiter,即宙斯)等一切神道往往凭斯堤克斯发誓,就不能背誓。

德侯爵和堂如安·德·蒙加德吃饭,我希望你也去。"堂马狄阿斯道:"那人叫什么名字?"堂阿尔华道:"他叫格瑞果留·德·诺瑞加,我用不了费几句话,你就知道那年轻人是什么样人。他父亲是个有钱的珠宝商,到外国做买卖去了,留下大宗进款给儿子花。格瑞果留是个傻瓜,生就败家子的脾气,自命为花花公子,不问自己是不是那个材料,硬要充俏皮。他向我请教。我正在教导他,我可以对两位担保,他经我指点,进境很快。他生利的本钱已经花掉不少了。"桑德雷斯嚷道:"还用说吗!这位市民将来准进卑田院。"又道:"哎,堂马狄阿斯,咱们跟这家伙交个朋友,帮他败完家产吧。"我主人道:"好哇!这起暴发小子想冒充咱们这种人呢,我看见他们倾家荡产真是高兴。譬如说吧,那个包税员的儿子又爱赌钱又爱高攀阔人,弄得连自己的住房都卖掉,我瞧他倒霉,觉得有趣极了。"堂安东尼欧道:"啊,这人可怜不足惜,他穷了还像阔的时候那样自以为了不得。"

　　桑德雷斯和我主人跟了堂阿尔华到格瑞果留·德·诺瑞加家。莫吉贡和我跟着去,两人有白食可吃,可以帮着把那市民家败光,都非常高兴。我们一进门看见许多人忙着备饭,我们闻到炖肉的香气,就知道味道一定好。泽内德侯爵和堂如安·德·蒙加德刚到。我觉得这家主人是个大傻瓜。他硬要装出花花公子的神气,那几位好比绝妙的原本,他就像拙手临摹的仿本;干脆说吧,就是个笨伯想装得潇洒自在。你设想这样一个人给五个刻薄鬼围住,一个个都存心作弄他,还要大大破费他。堂阿尔华见面应酬了几句,说道:"诸位,我替你们介绍这位十足地道的绅士格瑞果留·德·诺瑞加先生。他的长处真是说不尽。你们可知道他满肚子都是学问吗?随你们问他哪一门,从精微严密的论理学到拼法,他都一样的棒。"那商人笑得一副丑相,打断他道:"唷!太过奖了。阿尔华先生,我可以回敬你一句,你才是所谓学问渊深呢。"堂阿尔华答道:"我并没想讨你这种隽妙的赞语,可是说实话,诸位先生,格瑞果留先生将来一定是个名人。"堂安东尼欧道:"他结交人最有眼光,我就喜欢他这一点,我觉得这比拼法还重要。他跟平头百姓毫无来往,专好结交公子哥儿,破费多少满不在乎。可见他志趣高尚,我很倾倒。这才是所谓钱花得不俗,花得不冤。"

这类的冷嘲热讽只开了个头,后面还有一大堆呢。可怜格瑞果留成了众矢之的。那些花花公子你一言我一语奚落他,那傻子全听不出话中有刺,却死心眼儿只听懂字面上的意思,很喜欢这几位客人;他遭人戏弄,还好像受了恩宠似的。总而言之,客人一面喝酒,一面就拿他开玩笑。他们喝到天黑,又喝到天亮。我们也学主人的样放怀痛饮。从这个市民家出来的时候,主仆都喝醉了。

第 五 章

吉尔·布拉斯艳福不浅,
　　结识了一个漂亮女人。

我睡了几个钟头起来,精神舒畅,记起梅朗代斯的忠告,乘这会子主人没醒,先向那总管请个安。他见我殷勤趋奉,好像觉得面上增光。他客客气气接待我,又问我跟大爷们过这种日子惯不惯。我说还是头一遭呢,慢慢儿总会惯。

我果然过得惯,而且一来就惯。我脾气性格儿都变了,原来规矩沉着,这时一变而为活泼轻浮、嬉皮涎脸。堂安东尼欧的亲随见我摇身一变,大为恭维,说只要再来几个艳遇,就算得出风头的人物了。他说,要充漂亮人,这种事情决计少不了;个个伙伴都有女人垂青,他本人就和两位贵妇人相好。我心想这混蛋在撒谎。我说:"莫吉贡先生,你当然是个又漂亮又机灵的小子,你确有本事,不过你并不在那些贵妇人家里,她们又怎会看中你这样身份的人呢,我可不明白了。"他答道:"啊,说真话,她们不知道我是谁。我穿了主人的衣裳,还顶了他的姓名,这样去赢得她们青眼的。你听我讲来。我打扮成大少爷,装出那副气派,到公园里去,看见女人就挤眉弄眼,等到有女人回送秋波,我就盯她的梢,跟她搭话。我自称堂安东尼欧·德·桑德雷斯,求她定期幽会,她做张做致不答应,我逼着她,她就依了。如此这般,不必细说。朋友啊,我是这样勾搭女人的,劝你也学样。"

我急要做个出风头的人物,这话岂有不听的,何况我也很喜欢勾搭女人呢。我决计装成大少爷出去猎艳。我不敢在家里换装,怕人看见。我在主人衣橱里拿了一套漂亮衣裳,打成一包,带到我相识的一个矮个子理发师家里,在他那儿脱换方便。我尽力修饰了一番。理发师也帮我打扮,两人都以为打扮得尽善尽美,我就到圣吉隆公园去,料想那里准会有些艳遇。可是我不用走那么远,一桩大好的艳遇就开头了。

我穿过一条僻巷,看见一座小房子,前面停着一辆雇来的马车,有个身材苗条衣服华丽的女人正出门上车。我立刻止步瞅她,对她行礼,分明是对她很有意思。她也故意把面网一掀,露出绝代姿容,让我瞧瞧她着实值得我留情,远非我想象所及。我见了那一面有点儿眼花缭乱,那车走了,我还站在街上。我暗想:"好漂亮的脸啊!咳!我得有这么个女人才称得风流人物。看中莫吉贡的两个女人要是都像她那么美,那家伙多好福气啊。我若有这么一个,就自庆好运气了。"一面想,无意间看了看美人儿出来的那座房子,瞧见楼下客堂窗口有个老太婆向我招手。

我立刻飞也似的进去,在一间讲究的客堂里和这位年高晓事的老婆婆相见。她以为我至少是位侯爵,恭恭敬敬地招呼,说道:"大爷,我想你一定瞧不大起我这种女人,素昧平生,就招你进来。不过你要是知道我并不对人人这样,就不会见怪。看来你是朝里一位贵人吧?"我右腿一伸,把全身分量偏在左腿上,一面打断她的话道:"老奶奶,你看得准!不是我摆架子,我家是西班牙数一数二的大人家。"她答道:"看你的神气就知道。老实说,我有个癖性,爱替贵人当差。我刚在窗口看你,你好像很留意出门的那位太太。她中你意吗?把心事告诉我吧。"我道:"我以朝里贵人的身份发个誓,她打动我的心了。我从没看过这等骚辣动人的娘儿。老奶奶,你成全了我们的姻缘吧,我一定重重谢你。替我们贵公子当这种差使决不吃亏,我们在这上面肯花钱。"

那老太婆道:"我跟你说过,我是一心一意伺候贵人的,我喜欢替他们当差。譬如说吧,有些女人面子上很正经,不便在家里会情人,就上这儿来。我把房子出借,让她们遂了心愿,又不失体统。"我说:"好,看来你刚替那女人行了这么个方便吧?"她道:"没那事,她是贵人家的年轻寡妇,要找个情人。不过她挑剔得厉害,你尽管好,我不知道她可看得上呢。我介绍过三位漂亮公子,她都不入眼。"我做出千拿万稳的神气,嚷道:"啊,真是的,老奶奶!只要你牵上线儿,管保成功。我倒很想跟爱挑剔的美人儿会会,瞧是个什么样儿,我还没碰到过这种人。"老太婆道:"好,你只要明天这时候来,就能偿愿。"我道:"一定来,咱们瞧罢,像我这样的大少爷还会吊不上女人吗?"

我不想再找旁的遇合,就回到小个子理发师家,一心盼望着这桩事的下文。到第二天,我又刻意修饰一番,在约定时间前一个钟头就到老太婆家。她道:"大爷,你准时候来,我很感激。当然这事也值得你准时而来。我已经见过咱们那位年轻寡妇,两人谈论了你好一顿。她不让我讲,可是我很喜欢你,不由得要讲。你已经赢得她欢心,就要做有福儿郎了。咱们私下说说,那女人是好一块肥羊肉。她丈夫娶了她没多久就去世,只好比影儿一掠,她还有姑娘家一切好处呢。"有种花骚姑娘,没嫁丈夫却一点不孤寂,那老婆子想必指这种姑娘。

一会儿,这场幽会的女主角盛装艳服,依然雇了马车来了。她一进客堂,我立刻学着花花公子的腔,扭捏出风流体态,先行了五六个鞠躬礼。于是我仿佛已经混熟了,挨上去说道:"我的公主娘娘,你面前这位公子命都没有了。我从昨天起,一心一念只想着你的芳容。有一位公爵夫人刚在我心上站住脚,却给你挤出去了。"她摘下面网,答道:"我占了上风很有面光,可是还觉得美中不足。公子哥儿总喜新厌旧,据说他的心比流通的钱币还难保存。"我道:"哎,我的皇后,请你别想将来,且顾眼前。你美貌,我多情;若蒙不弃,别再三思考,咱们结个相好吧。咱们该学水手上船时那样,只看到漂洋的快乐,不去想那些风险。"

我说完情不自禁似的跪在我那美人儿脚边;又要学像个花花公子,就急急逼着她成其好事。看来她给我恳求得有点儿心动,可是觉得不该就让我如愿,她把我推开道:"别这样,你太急了,像个浪荡子的行径。我怕你别是个小荒唐鬼吧。"我嚷道:"得了,太太,那是高等女人都喜欢的,你会嫌吗?看不过放荡的只有那些平民百姓家的女人。"她道:"我说不过你,算你有理吧。我知道跟你们这起大爷扭捏装腔不中用,女人得迎上半道来就你们。"又道:"我告诉你吧,你打动了我的心了,我对你的情意真是对谁也没有的;我只要问明你的家世,就决定你中选不中选了。我相信你是一位公子,而且是个有身份的人,可是我拿不准。我尽管对你有偏好,总不能把爱情扔给一个不知姓名的人。"她说的时候忸怩含羞,仿佛有伤名节似的。

堂安东尼欧的亲随告诉过我,他碰到同样难题怎样对付的。我这时记起,也想学他样儿冒充自己的主人,就对那寡妇道:"太太,我不向你隐姓瞒名,我的姓名说出来够体面的。你听见人家说起堂马狄阿斯·德·西尔华吗?"她道:"听见过呀,我还告诉你吧,我在一个朋友家见过他。"我虽然脸皮练得很厚,听了有点着慌。可是我立刻定下神,靠机智转圆道:"好啊,我的天使,你认识这位先生,我——我也认识他。你既然一定要我说,我跟他是一家人。他的祖父娶的是我父亲的舅舅的内姨。你瞧,我们还算是近亲呢。我叫堂西泽。十五年前鼎鼎大名的堂范南·德·李贝拉在葡萄牙边境打仗阵亡,我是他的独养儿子。那一仗打得轰轰烈烈,我可以仔细讲给你听。不过爱情支使我及时行乐呢,这么一讲,就把千金难买的时刻虚度了。"

我说完就很情急,可是没用。那位天仙美人给我尝的一点滋味,空教我对那到不得嘴的甜头垂涎。那个狠心人儿上了等在门口的马车走了。我虽然没有如愿,有这份艳福也很欣幸。我想:"我只挨得五分光,因为那位太太是大家命妇,觉得不应该初见面就让我这个痴情颠倒的人称心如愿。她身份高贵,耽误了我好事,不过这也迟早不了几天的。"其实我也想到她或许是个极狡猾的角色。不过我宁可往好处着想,还是相信那寡妇很不错。我们临别约定隔天再见。我满想到时可以如愿,先就自得其乐了。

我回到理发师家,心里全是空中楼阁。我知道主人在赌场里,就换了衣裳去找他。他正在赌钱,我看出他是赢家,因为他不像那种冷静的赌客,大输大赢都不挂在脸上。他若手气好,就把人刻薄取笑,一脸骄盈之色;手气不好,就肝经火旺。他这次一团高兴地出了赌场,到皇家戏院去。我跟他到戏院门口,他给了我一个杜加,说道:"这是给你的吉尔·布拉斯,我今天赢了钱,也让你尝尝这彩头儿,你找伙伴玩儿去吧。半夜到阿珊妮家来找我,我跟堂阿雷克索·西侠约定在她家吃晚饭的。"他说完就进戏院去。给这个杜加的人既然要我找个伙伴花掉它,我就盘算找谁。我没盘算多久,忽然碰到堂阿雷克索的亲随克拉林,就拉他到路上第一家酒店里,两人吃喝到半夜。克拉林也奉命要上阿珊妮家,我们从酒店出来,就往那儿去。这时阿珊妮和茀萝利蒙德在楼上陪着我们主人,她们各有个贴身女用人都在楼下一间房里大说大笑;小僮儿来开了门,领我们到那间房里。

通常女用人看见两个酒醉饭饱兴致蓬勃的小伙子跑来,都不会讨厌,伺候女戏子的女用人更不用说了。可是我吃惊不小,其中一个正是那位寡妇、我以为伯爵或侯爵夫人的漂亮寡妇!

她看见她那亲爱的堂西泽变成花花公子的亲随,惊异得和我不相上下。可是我们俩一点不窘,你看看我,我看看你,都觉得好笑,忍不住笑了个畅。那女人叫萝合,她乘克拉林和她女伴儿说话,就把我拉过一边,和颜悦色地伸出手来,低声说道:"拉拉手吧,堂西泽先生,咱们别彼此抱怨,还是互相称赞吧,朋友。你扮那角色真是惟妙惟肖,我串那角儿也不输于你。你说不是吗?你准把我当个偷汉子取乐儿的漂亮贵妇人了。"我道:"可不是嘛!不过我的皇后啊,不论你是谁,我样儿虽然变了,对你的心却丝毫没变。请让我伺候你。堂西泽开的头很好,你就让堂马狄阿斯的亲随替他完工吧。"她答道:"行呀,你的本来面目我更喜欢呢。咱们是同类人物,不过你是男来我是女;我这样称赞你,可算无以复加了。我就把你归在向我拜倒的那些人里面。咱们以后不必那老太婆拉纤,你可以随意到这里来看我。我们这起做戏的女人无拘无束,常和男人乱七八糟混在一起。我承认我们有时候要带出幌子来,可是人家把这种事只当笑话;你知道,我们生来也无非是逗人发笑的。"

　　我们因为耳目众多,没有再说下去。大家一起谈话,兴高采烈,讲了许多用意明显而措词暧昧的话。人人都说几句。阿珊妮的女用人、我那可爱的萝合口角尤其锋利,看来她的才远胜于德。我们的主人和那些女戏子也时时哄然大笑,声音直传到我们这边,可见他们跟我们一样,也在讲至理名言。谁要把阿珊妮家这一夜的趣谈都记下来,我相信这部书对少年后生一定教益不浅。回家的时候已到,换句话说,天已经亮了,大家只好分手。克拉林跟了堂阿雷克索、我跟了堂马狄阿斯各自回家。

第 六 章

几位公子议论"皇家戏班"里的戏子。

这天我主人起床就接到堂阿雷克索·西侠的便条,请到他家去。我们跑去,看见泽内德侯爵也在,还有个我没见过的漂亮公子。西侠把这位面生的绅士向我主人介绍道:"堂马狄阿斯,这是我亲戚堂庞贝攸·德·加斯特罗。他可算是波兰朝廷上长大的。他昨晚刚到马德里,明天就要回华沙,只有今儿一天跟我盘桓。难得这点儿时间,我想帮他好好消遣;我知道非得有你和泽内德侯爵来,他才觉得有趣呢。"我主人拥抱了堂阿雷克索的亲戚,彼此恭维一大顿。我很爱听堂庞贝攸讲的话,觉得他是个稳健精细的人。

他们在西侠家吃午饭,饭后这些大爷们赌钱玩儿,直赌到戏院开场。他们同到皇家戏院去看新上演的一个悲剧,叫作《迦太基女皇》。看完戏他们回到吃午饭那儿晚餐。席上大家先议论刚看的诗剧,接着就谈到里面的戏子,堂马狄阿斯嚷道:"我以为这个戏没什么好,写的埃涅阿斯比《伊尼德》史诗里的还乏味①。不过咱们得承认那些戏子演得真不错。堂庞贝攸大爷觉

---

① 埃涅阿斯是维吉尔史诗《伊尼德》的主角。他是特洛亚王子,亡国后漂流到迦太基。迦太基女皇蒂东爱上他,他觉得该以建国的大事业为重,不应当为私情流连,就撇下她走了。蒂东因此自杀。维吉尔那篇诗第四卷专写这件事。维吉尔老说"有道德的埃涅阿斯"(Pius Aeneas)(例如第一卷第305行,第四卷第293行等),写得他老成持重,不像荷马史诗里的人物那样英风豪气,所以批评家大都嫌他沉闷拘谨,气魄不大。

得怎么样？他好像别有见解似的。"这位爷微笑道："诸位，我的见解跟你们完全不同，不过看你们方才对那些戏子，尤其对女戏子百般倾倒，我就不敢说了。"堂阿雷克索嘲笑道："你真知趣，你的批评我们一定不入耳。你当着我们这起捧女角儿的人，说话得留情。我们天天跟她们一起喝酒，保得了她们十全十美，要我们出保单都可以。"他亲戚道："那当然，你们跟她们那么要好，她们的人品你们都可以出保单呢！"

泽内德侯爵笑道："你们波兰女戏子一定是好得多了？"堂庞贝攸道："那是真的，她们的确强些呢，至少有几个一点毛病都没有。"侯爵道："你准可以替那几位出保单了？"堂庞贝攸道："我和她们没有交情。我不跟她们一起花天酒地，所以能够不着成见地断定谁好谁歹。你们老实说，你们真以为那戏班子很好吗？"侯爵道："不，哪里！我并没有那意思，我不过要回护三两个戏子，其余我都不管账。你承认吧，演蒂东的女戏子真了不起。那女皇的庄严和蔼，她扮来不是一丝不苟、正合咱们的想象吗？她能叫看客全神贯注，体验到她表现的种种心情，这一点不叫你钦佩吗？她念台词的本领也可算登峰造极。"堂庞贝攸道："我承认她能感动人。女戏子里要算她最悱恻缠绵了，戏也演得不错。可是不能说她没毛病。她的做功有两三处我看不入眼。她要装出惊异的样子就把眼睛骨碌碌大转特转，不合后妃的身份。再加她原来嗓子是软的，声音放大了就不软和，变成怪难听的低音。而且我觉得她念的词儿有几处还没有领会。我不愿意说她笨，只算她是心不在焉吧。"

堂马狄阿斯对这位批评家道："照我看来，你大概不会作诗捧我们的女戏子吧？"堂庞贝攸答道："请别见怪。她们虽然有毛病，我也看出她们很有才分。我还可以告诉你,我对插曲里扮女用人的那个女戏子倾倒得很。她真是美妙天然!她在台上真是婀娜多姿!她念到俏皮的词儿就配上个又顽皮又妩媚的微笑,那词儿就别有风味。要说她的毛病呢,她有时候劲儿太足,放诞得出了格,不过咱们也不能批评太严。我但愿她改掉一个坏习惯:她往往在正经场面上忽然忍不住一阵子痴笑,戏都忘了演。你也许要说,这种时候池子里也喝她的彩,那是便宜了她。"

侯爵插嘴道:"你觉得男角儿怎么样?你对女角儿毫不留情,对男角儿更该狠命开火了。"堂庞贝攸道:"我看见几个年轻戏子很可造就,尤其扮蒂东手下首相的那个胖子我觉得不错。他念台词很自然,波兰的戏子就是这样念台词的。"西侠道:"要是你以为这人不错,那个扮埃涅阿斯的你应该很喜欢了。他是个了不起的戏子,能独创一格,你瞧不是吗?"那批评家答道:"很能独创一格呢,他那声调就特别,非常的尖。他差不多总是矫揉做作,把可歌可泣的句子草草念过,倒去重读旁的句子,甚至把转接的虚字眼儿大声叫喊。他逗得我直笑,尤其是他对亲信讲自己撇下皇后多么伤心那一景,把悲痛演得那么滑稽,只有他会。"堂阿雷克索道:"罢了,老表哥,听你这样说来,我们就觉得波兰朝廷上贵人的眼力并不怎么高。咱们讲的这个戏子是不可多得的人物,你知道吗?你没听见人家鼓掌吗?这就是个证据,可见他并不那么糟呀。"堂庞贝攸答道:"这算不得什么证据。诸位,请你们别理会看客的鼓掌,他们捧戏子鼓掌往往很不得当。而且浪得虚名的戏子比真有本领的更叫座。费德鲁斯①

---

① 费德鲁斯,见本书《作者声明》注文。勒萨日所引寓言见费德鲁斯《寓言集》第四卷第 33 则。

有一篇寓言很妙,正是说这种事。让我讲给你们听听。

"满城的人都聚在广场上看哑剧。观众对一个戏子连连鼓掌。这是个丑角,他演完正戏,想串个新鲜把戏收场。他独自登台,弯着腰,把斗篷蒙在头上装小猪叫。他装出来的声音好像衣服底下真有只小猪在那儿叫。大家嚷着叫他把袍儿和斗篷抖抖,他就抖了一下。大家瞧明里面什么都没有,越发轰雷也似的鼓起掌来。有个农夫看大家这样钦佩,很不服气。他嚷道:'诸位,你们对那小丑这样倾倒,好没道理。你们以为他演得好,其实不算什么。我装起小猪来比他装得像。你们要是不信,明天这个时候再到这里来看得了。'大家是偏袒那戏子的,第二天来的人比头天还多,他们预备来喝那农夫的倒彩,倒不是来看他显本领。两个比赛的人都上了戏台。小丑先表演,喝彩声比前一天更热烈。轮到那农夫,他弯下身子,把斗篷蒙着头。他夹肢窝里挟着一只活猪,一拉它耳朵,它就尖声狂叫。可是在场的人还是称赏那戏子,吹口哨嘘那农夫。农夫忽然把那只猪举给大家看,说道:'诸位,你们嘘的不是我,是这只猪。瞧你们是什么评判家呀!'"

堂阿雷克索道:"老表哥,你这寓言刻毒一点。你尽管讲你的小猪,我们还是固执成见。"又道:"咱们别谈这话吧,我厌烦了。你明天一定走,我怎么留也留不住吗?"他亲戚道:"我希望能在这里多待些时候,可是办不到,我已经告诉你了。我是为了国家大事到西班牙朝上来的。我昨天一到就去见首相,明天早上还得去看他,然后马上动身回华沙。"西侠道:"你成了波兰人了。照你这情形看来,你将来不回马德里来住了。"堂庞贝攸答道:"我想不会了。我有幸蒙波兰皇上宠爱,在朝里很得意。可是我虽然蒙他这样宠幸,有一时几乎要逃亡出境,你们简直不会相信的。"侯爵道:"为了什么事呢？请你讲给我们听听吧。"堂庞贝攸道:"好,我讲吧,这也就是我的身世。"

第 七 章

堂庞贝攸·德·加斯特罗的生平。

他说道:"堂阿雷克索知道,我刚成年就立志要当兵,看见咱们本国太平无事,恰好土耳其向波兰宣战,就跑到波兰。我请人引进,见到波兰皇帝,他把我安插在军队里。我家算不得西班牙的豪门,我又是小儿子,所以我要出头只有打仗立功,赢得大将刮目。这一仗打了好多时候才讲和。我效忠尽力,承将军上奏,蒙皇上赏了一大笔年俸。我感激皇恩浩荡,每有机缘,总大献殷勤,聊为报答。我只要可以追随皇上的时候,总不离左右。他因此不知不觉地对我很宠信,常有赏赐。

"有一天,我先斗牛①,后来又跟人骑马挑圈竞赛,大显身手,满朝都称赞我的力气和本领。我受尽恭维,回到家里,看见一封信。信上说,有位太太愿意会会我,约我傍晚到某处

---

① 勒萨日在这部书的初版里把这故事的背景放在葡萄牙,所以有斗牛。后来改本的背景挪到波兰,内容仍旧。波兰并无斗牛之戏。

去;还说,我能蒙她青眼,比当天出风头更可得意。我接到这封信,比听到那些夸赞的话还要快活。我猜想写信的人准是一位头等贵妇人。你们料得到,我如飞地赶去幽会。一个老太婆在那地方等着,她做向导带我从花园小门进了一所大房子,到一个陈设富丽的小房间里,说道:'你在这儿等等,我去通报女主人你来了,'就把我关在那房里。灯烛辉煌,照见好些珍贵的陈设。我留心到陈设富丽,无非要坐实自己料事没错,那女人确是贵族。我看了排场,早断定她是头等的命妇;等到她出来相见,看她气度尊严华贵,越加拿得稳了。可是并不然。

"她说:'大爷,我已经先来就你,不必再把我对你的情意遮遮掩掩。我对你有情,倒并非因为你今天当着满朝贵人大显了本领,那不过催促我来把心事告诉你。我瞧见过你几回;我向人打听,听了人家说你的好话,决定不再矫情了。'又道:'别以为看中你的是什么贵妇人,我只是个御前侍卫的寡妇。不过有一点你可以自豪,你占了国内第一位贵人的上风。拉齐维尔王子爱我,费尽心机讨我的好,可是毫无用处,我只为爱面子才让他来献殷勤。'

"我听了这话,知道她原来是个风骚女人,可是我感谢运气作美,让我有这个艳遇。那女人自称堂娜荷当霞。她年恰青春,容光耀目。而且她对我这片情意是王爷赔了小心都求不到的,一个西班牙绅士这来真大可得意了!我跪在荷当霞脚边,谢她见爱。风流公子能说的情话,我都说了。她见我感激忘身,也很称意。我们俩当场就结为最亲昵的腻友,临别约定每晚只要王子不能到她家去,我就和她相会。她答应叫人来通知我,决不误事。她并不失信,我就做了这位新维纳斯的阿多尼斯。①

"不过人生行乐哪能天长地久。那位太太使尽计谋,想把我情敌蒙在鼓里;可是我们万不能让他知道的事他偏偏都知道了。一个女用人心怀怨望,就向他告发。这位王爷气量很大,却很骄傲爱吃醋,并且是个轰雷烈火的性子,知道我胆敢如此,勃然大怒。他又气又妒,人也糊涂了,逞一时之愤,决计用一个下流手段来报仇。一天晚上,我去会荷当霞,他就带了阖家男用人,各拿着棍儿棒儿候在花园小门口。他见我出门,立刻叫手下人拿住我,下令把我乱棒打死。他说:'下手打!叫这个无法无天的家伙死在你们棍下!他胆敢无礼,我就这样罚他。'他话还没说完,手下人早已棍棒齐下,把我打得当场晕倒,他们才跟着主人回去。那主人看着他们下毒手,心里很舒畅。我一晚上没回醒过来。傍亮时分有人路过,看见我还有气儿,发善心把我抬到外科医生家里。幸亏我受的伤不至送命,又恰逢这医生手段高明,两个月把我完全医好。我重又上朝去,依然旧日生涯,只是不再去看荷当霞了。她也从没来找过我,因为王爷只要她不找我,对她的杨花水性也就宽宏大量。

"我心上打主意,嘴里并不说出来,装得坦然无事。我这事已经闹得无人不晓,大家知道我不是个好惹的,看我心平气和,仿佛没受侮辱一般,都觉得诧异。我假装满不在乎,弄得大家莫名其妙。有人以为我虽然勇敢,羞辱我的人爵位很高,我只好吞声忍气。还有些人识见较高,看我默不作声,就存着戒心,以为我外貌平静,胸怀叵测。皇上就是这样看法。他断定我不是个

---

① 希腊神话:阿多尼斯(Adonis)是爱神维纳斯(Venus)热恋的美少年。

吃亏不计较的人，猜我只要机缘凑巧，准会马上报仇。他想知道猜得对不对，有一天召我到书房里，说道：'堂庞贝攸，我知道你遭遇的事情，老实说，你心平气和，我很诧异，你一定是假装的。'我答道：'万岁爷，我不知道羞辱我的人是谁，不知什么人黑夜里把我打了一顿。这桩倒霉事儿只可以自己譬解开罢了。'皇上道：'不见得吧，你话不由衷，哄不过我。早有人把那事原原本本报给我听了。拉齐维尔王子狠狠羞辱了你。你是贵族，又是西班牙人，我知道你有了这两种人的脾气，准会干出什么事儿来；你是决心要报仇的。把你的主意告诉我听，这是我的命令。你把秘密告诉我，决不会懊悔。'

"我答道：'万岁爷既有吩咐，我不该掩饰。万岁爷说得不错，我受人侮辱，的确想报复的。像我这等出身的人，看家世分上也得报仇。您知道王爷对付我的手段卑鄙龌龊，我报仇的方法也得和他不相上下，所以我准备行刺。我要一刀子戳进他胸膛，或者一枪打破他脑袋；要是能脱身，就逃回西班牙。这是我的打算。'

"皇上道：'这太凶狠了。不过拉齐维尔既然对你下毒手肆行强暴，我也不能怪你这样打算。他该受你这个惩戒。不过你且慢着动手，让我想个办法替你们俩和解。'我气愤愤地说道：'啊，万岁爷，为什么逼我把秘密告诉您？哪会有什么和解的办法……'他打断我道：'我要是想不出好办法，你可以照你的计划行事。我决不出卖你的秘密，决不亏损你的体面，你放心好了。'

"我实在想不出皇上想用什么方法来调解。原来他是这样办的。他私下和我的情敌谈了一谈，他说：'王爷，你羞辱了堂庞贝攸·德·加斯特罗。你知道他是贵族出身,是我的宠信,并且为我出过力。你应当让他挽回面子。'王爷答道:'我不会拒绝的;他要是怪我发了脾气,我准备决斗,让他挽回面子。'皇上道:'你得另想办法向他赔礼。一个西班牙绅士对体面很有讲究,他决不肯跟卑鄙的凶手来个高尚的决斗。我只可以送你这么个名称。你行为卑劣,若要赎罪,除非亲手给你冤家一根棍子,受他一顿打。'我的情敌嚷道:'天啊,这是怎么了!万岁爷,您要我这样爵位的人自卑自贱,向一个平常绅士低头,还挨他一顿棍子!'皇上答道:'不,我回头叫堂庞贝攸答应我决不打你。我只要你给他一根棍子,向他赔个罪,请他原谅你蛮横,事情就完了。'拉齐维尔气呼呼地插嘴道:'万岁爷责成我的事太难了。我宁可由他记恨在心,用暗箭来伤我的。'皇上道:'我爱惜你的性命,不愿意这事再惹出祸来。你遵我命对那西班牙人赔礼的时候,只有我一人在旁,这样可以把事情了结,不叫你太难堪。'

"皇上要王爷做这样含羞忍辱的事,把至尊的威权都使出来了。他居然如愿,就召我晋见。他告诉我刚才和我情敌谈的话,问我对议定的赔礼方法满意不满意。我说满意了,并且担保不打那个羞辱过我的人,就连他给我的棍子也不接。这样讲妥,一天在约定的时候,我和王爷就进宫到皇上书房里。皇上关了门对拉齐维尔道:'好,你赔个罪,求人家饶恕吧。'我冤家就向我请罪,一面把手里的棍子交给我。皇上这时候对我说道:'堂庞贝攸,这棍子你接下来。别因为我在这里,碍着你不便报仇雪耻。你保证不打你冤家,这话我不作准了。'我答道:'万岁爷,这可以不必,只要他准备挨我一顿棍子就行了。一个受辱的西班牙人有这样的赔礼,已经心满意足。'皇上道:'好,你既然觉得这样赔礼行了,你们俩现在都可以按规矩办事。你们比剑吧,用高尚的手段来了结你们的吵架。'王爷气愤愤地嚷道:'这才称我的心愿。我这样忍辱迁就,非如此不能平心头之气。'

"他说完,满腔羞愤地走了。两个钟头以后,他叫人通知我,他在一个僻静的地方等着我。我到那里,看出这王爷正要狠命决斗一场。他年纪还不到四十五,勇气和武艺都不差,我们俩可算势均力敌。他说:'来啊,堂庞贝攸,咱们就在这儿算算清账。你受了我侮辱,我向你赔了罪,咱们俩都是一肚子气呢。'他说完忽地拔剑在手,我答话都来不及。他一上来就紧紧逼我,幸亏每一剑戳来我都能招架。接着我向他逼去,觉得对手能刺也能挡,要不是他退后去踩个空,摔了个脸朝天,我还不知道怎样结局呢。我立刻住手道:'起来。'他说:'你为什么饶我?你可怜我就是羞辱我。'我说:'我不愿意乘人之危,低了我的名头。我再说一遍,起来,咱们再打。'

"他爬起来道:'堂庞贝攸,你这般宽宏大量,我再跟你打就是没有义气了。假如我一剑刺中你的心,人家要说我什么话呢?我就成了个卑鄙小人,把饶我性命的人杀了。所以我不能再跟你拼命,我有了感恩之念,方才那股子火气都化为和气了。堂庞贝攸,咱们别再我恨你、你恨我了,索性更进一层,结个朋友吧。'我嚷道:'啊,王爷,这话真好,我高兴得很,就遵命了。我愿意诚诚心心跟你做个朋友。我先向你许个愿,聊表心迹:以后堂娜荷当霞即使再来找我,我也再不去了。'他道:'我该把那个女人让给你;她分明爱你,让给你才合情理。'我打断他道:'不,不,你爱她。她要是对我恩爱,就惹你烦恼,我愿意不顾她的恩爱,让你放心。'拉齐维尔抱住我道:'啊,你这西班牙人气量真大!我喜欢你这一片心。我因此心里懊悔极了!想起对你横施强暴,我真难过、真惭愧!这时想来,我在皇上书房里对你赔的礼还是太轻。我愿意好好地再对你赔个礼。我有个侄女儿婚姻由我做主,我把她嫁给你,这来你受的耻辱就洗干净了。她是个有家当的小姐,还不到十五岁,年纪既轻,相貌尤美。'

"我能和他家攀亲十分荣幸,当下自有一番答谢的话。不多几时,我就和他侄女结了婚。王爷提拔了他羞辱过的人,满朝都向他道贺。我的朋友也为我庆幸。当初他们以为这件事凶多吉少,不料居然快活收场。从此以后,诸位,我舒舒服服地在华沙过日子,我老婆爱我,我也至今爱她。拉齐维尔王爷对我的交情与日俱增,并且我敢自夸,我也深蒙波兰皇上眷爱。我这次奉命为重要的公事到马德里来,就见得他很器重我。"

第 八 章

变生不测,吉尔·布拉斯得另找东家。

这就是堂庞贝攸讲的生平。他讲之前,我们东家小心,把堂阿雷克索的亲随和我支使开,可是我们依然听见了。我们并没走开,就站在门口,把门半开半掩,里面的话一字不漏全听得见。那些大爷们听完,又喝一会儿酒。他们没喝到天亮,因为堂庞贝攸早上得去拜会首相,要休息一会儿。泽内德侯爵和我主人跟这位贵人拥抱告别,让他和亲戚在一起。

这一回我们天不亮就睡了。堂马狄阿斯一觉醒来,派我一个新差使。他说:"吉尔·布拉斯,拿纸和墨水来,我要口述两三封信,你替我执笔,我用你做个书记。"我暗想:"好哇!又添了差使了!我跟主人到处跑,是他的跟班;伺候他穿衣裳,是他的亲随;又替他执笔,是他的书记。谢天谢地!我有了三个化身,变成三头女神赫卡忒①了。"他接着说道:"你不知道我的用意吧?我说给你听,可是你口风得紧,你性命都在这上面。有些人往往对我卖弄艳福,我想胜他们一着,要假造几封女人的信放在衣袋里,可以掏出来念给他们听。我这样可以消遣一程子。我们这班人要把女人追到手,无非为着卖弄;我不用费事也能够卖弄,比他们便宜了。"又道:"你写的字体要有变化,别让人家看着好像几封信都是一人写的。"

我拿了纸笔墨水,听候堂马狄阿斯的吩咐。他先口述一封情书道:"你今晚约会没来,哎!堂马狄阿斯,你有什么借口呀?我是错透了!我该受你的折磨,因为我痴心妄想,以为你会无心消遣,不理正经,第一乐事就是来看你的堂娜克拉拉·德·曼多斯。"写完这信,他又叫我写一封,口气仿佛写信的女人为他撇下了一位王爷。末了又写一封,那写信的女人说,只要他不说出去,愿意跟他同做温柔乡之游。他口述了这些尺牍妙品,心还不足,一定要我署上些贵家夫人小姐的名字。我忍不住说,这事不好乱来;他说,他没问到我,不劳我指教。我只好不开口,遵命办理。信写完,他就起床,我伺候他穿上衣服。他把信搁在衣袋里然后出门。我跟着他到堂如安·德·蒙加德家,这天有五六个

---

① 希腊神话中的赫卡忒(Hécate)女神,经常以三头三身出现。

朋友在那儿吃饭。

酒菜非常丰盛,大家高高兴兴,更觉这筵席可口。客人有说有笑,有的讲笑话,有的讲故事,故事的主角总是他们自己。我主人不肯错过好机会,要卖弄我执笔的那几封信。他提高了嗓子把每封信念给大家听,装得很一本正经,所以除了我这个做书记的,大概人人都信以为真了。有一位绅士叫堂罗普·德·维拉斯果,也在场听他大胆老脸地念信。旁人听了我主人捏造的艳遇都觉得有趣;这人很庄重,只冷冷地问他,把堂娜克拉拉弄到手容易不容易。堂马狄阿斯答道:"毫不费事,是她自己送上门来的。她在公园里看见我,就倾心了。她叫人来跟我,打听我是谁。她写信给我,说她家里人到半夜一点钟就都睡觉了,约我到时去相会。我到了她家,有人领我到她卧房里,……我这人口风很紧,下文不讲了。"

维拉斯果大爷听了这段言简意赅的叙事,陡地变了脸色。一望而知他对那个女人很关心。他怒冲冲瞧着我主人道:"那些信全是假的,尤其你吹牛说是堂娜克拉拉·德·曼多斯写的那一封。西班牙全国没有比她再规矩的小姐了。有一位绅士,家世人品没一件不如你,两年来费尽心机要赢她欢心,她连那种毫不违礼非分的亲昵都没准许。不过这位绅士可以自豪,要是堂娜克拉拉肯让人亲近,除了他没有别人。"堂马狄阿斯打断他的话,嘲笑道:"哎!谁说不是呀?你说她是个很规矩的小姐,我也以为然。我呢,也是个很规矩的少爷。所以你应该信得过,我跟她之间没有不很规矩的事儿。"堂罗普也打断他道:"啊!岂有此理!你别轻嘴薄舌。你是个骗子。堂娜克拉拉从没有约你晚上去幽会。你胆敢坏她的名誉,我不能饶你。我这人口风也很紧,下文不讲了。"他说完跟同席的都翻了脸,就此走了。

我看他临走的神色,觉得这事不妙。我主人在他那一类的大爷里是一个颇有胆气的,满不理会堂罗普的恫吓。他哈哈大笑,嚷道:"那傻子!游侠的骑士一定要说他们的情人相貌美丽,他呢,硬说他的情人品行规矩,我觉得这更荒谬了。"

蒙加德留不住维拉斯果;可是他走了并没搅乱席面。那些大爷不怎么在意,依然取乐,直到天亮才散。我主人和我到早上五点钟才上床睡觉。我困极了,准备好好睡一大觉,可是我打的是如意算盘,也可以说,我打的算盘没得到门房同意。他一个钟头以后就来叫醒我,说门口有个小伙子找我。我打着哈欠道:"啊!该死的门房,你不想想,我这会子刚刚上床啊!对那小伙子说我歇着呢,叫他回头再来。"他道:"他这会子要找你说话,他说有要紧事。"我听了这话就起来,只穿上条裤子,披件袄儿,一路咒骂着出去见那个小伙子。我说:"朋友,请问你有什么紧急事儿,承你大清早的跑来看我。"他道:"我有封信要亲手交给堂马狄阿斯大爷,得请他当场就看,对他关系很重大。烦你领我到他屋里去。"我看来事关紧要,就冒昧去叫醒主人。我说:"对不起,吵您睡觉,可是这事非同小可……"他焦躁道:"你有什么事啊?"我旁边的小伙子就说:"我替堂罗普·德·维拉斯果送封信给您。"堂马狄阿斯接过信,拆开看了,对堂罗普的用人说:"孩子,我不管有什么玩儿的乐的,晌午以前从来不起床;你想我怎么清早六点钟起来跟人决斗呢!你可以告诉你主人,他要是十二点半还在约定的地方候我,我就跟他在那儿相见吧;你去把这话回报他。"他说完往床里一钻,立刻又睡着了。

他到十一点多钟起床,神色很镇静地穿好衣服,叫我不必跟随,自己就出门去了。可是我急要知道后事如何,没有听他的话。我跟在他背后，跟到圣吉隆公园，看见堂罗普·德·维拉斯果雄赳赳地等着他。我躲起来偷看他们两人，下面的事就是我远远望见的。他们碰了头，立刻就决斗。斗了好一会子。彼此都放出通身本领，使了大劲轮番向对手进逼。可是堂罗普得胜了，他把我主人刺翻在地，报了仇得意洋洋地逃走了。我赶到可怜的堂马狄阿斯身边，只见他人事不知，差不多已经死了。我看了这情景很难受，他这条命也是我无心中送掉的，我忍不住掉下泪来。我虽然伤心，却没忘记切身的小利。我立刻赶回寓所，一句话不告诉人，先把自己的衣服打成一包，有意无意地也把主人的衣服包了些进去。我充花花公子穿的那套衣服还在理发师家。我到他那边寄放了包裹，然后把目击的惨事向大家传布。谁爱听，我就讲，特别记着去通知了罗德利盖斯。他看来不怎么伤心，只打算这件事情怎么处置。他召集了用人，叫大家跟着他一伙儿到了圣吉隆公园。堂马狄阿斯还有气儿，不过抬回家三个钟头就断气了。堂马狄阿斯·德·西尔华要念捏造的情书，没看风色，就此断送一条性命。

第 九 章

堂马狄阿斯·德·西尔华死后，
吉尔·布拉斯伺候什么人。

堂马狄阿斯安葬几天之后，用人都给了工钱遣散。我搬到那矮个子理发师家,跟他住在一起,混得很亲密。我料想在他那儿比在梅朗代斯家快活。我有的是钱,不忙着找新事情,况且我这回找事不肯马虎了。我只愿意伺候贵人,还打定主意,人家要是给我事做,我得先仔细查究一下。我当时觉得做过花花公子的亲随就比其他用人不知要高出多少,随你多好的位置,我总是够格儿的。

我只等时运作美,把我送上一个我以为不辱没我的人家。我想眼前闲着无事,在那美丽的萝合身上用功夫正是再好没有。我们那次嘻嘻哈哈地各露本相以后,一直没碰见。我不敢打扮成堂西泽·德·李贝拉,那套衣裳穿上太荒唐,只能化妆用。我自己的衣服看来还不邋遢,并且鞋袜帽子都很整齐。理发师帮着我打扮,我的派头不上不下,恰在堂西泽和吉尔·布拉斯之间。这样打扮好,我就到阿珊妮家去。我看见萝合一个儿在我们上次谈话的那间客堂里。她一见我就嚷道:"啊!原来是你啊!我以为你丢了呢!我准许你来见我已经有七八天了,看来你这个人呀,女人给你便宜你不占的。"

我推说我主人死了有许多杂务;又客套说,我百忙中心上也老惦着可爱的萝合。她道:"这么说,我不再埋怨你了。老实告诉你,我也想到你的。我一听到堂马狄阿斯倒了霉,心上就有个打算,大概你也赞成。我好久以前听得我们太太说,她家里要用个管家那类的人,得要个会当家的小伙子,管一家的开销,把日用账目记得一笔不错。我早已有心,觉得你先生干得了这件事。"我答道:"这事我自信干来准拿手。我念过亚里士多德的《家政学》①,至于记账,正是我的特长……不过,朋友啊,我有一

---

① 此书已佚,现存的是伪书。

件事为难,怕不能来伺候阿珊妮。"萝合道:"什么为难呀?"我答道:"我发过誓再不伺候平头百姓。我是凭斯堤克斯发的誓,那是朱庇特都不敢违背的,我们当用人的更不用说了。"那女用人傲然道:"你说谁平头百姓?你把女戏子看作什么人啊?你把她们当律师太太一流人吗?啊,朋友,我告诉你,女戏子凭她们和阔佬交往,不但是贵族,还是大贵族呢!"

我道:"既然如此,我的公主娘娘啊,你替我安排的事我可以接的,不至于失我身份。"她道:"当然不会。你伺候了花花公子又去伺候戏园子里的女主角,并没有出那个圈子。我们跟贵人是平等的。我们一样有车有马,吃的喝的也一样讲究,平常生活可说跟他们的难分难辨。其实一个侯爵和一个戏子的日程简直一模一样。如果说每天四分之三的时候侯爵地位比戏子高,那么其余四分之一的时候,戏子扮演大皇帝呀,国王呀,地位就比侯爵高。我觉得我们有这种荣华显贵,也就跟朝里的人物扯个直了。"我答道:"对呀,没什么说的,你们地位的确相等。哎!我一向还以为戏子是贱人呢。听你这么一说,我直想伺候这种上等人了。"她答道:"好啊!你只要过两天再来。我只消这两天的工夫来说动我们太太,劝她用你。我回头替你说好话,她还听我的话,我相信可以弄你到这儿来的。"

我谢谢萝合好意。我表示感恩入骨,她见我乐极忘形,也知道绝非假装。我们谈了好久,若不是一个小僮儿跑来对我的公主说阿珊妮叫她,话还要讲下去呢。我就跟她分手。我出了女戏子家,喜滋滋地期望在这里马上有个好饭碗儿。我过两天果然又跑去。那女用人说道:"我正在等你,要跟你说咱们是同事了。跟我来,我带你去见我们太太。"她说着领我进屋,那是一套五六个房间,都在一层楼上,一路进去,只见陈设得一间比一间华丽。

那种奢华!那种富丽!我恍如到了总督夫人的内室了;竟可以说,我以为世界上的金银珍宝都聚在这一处了。真的,她那儿有各国来的东西;这寓所可算是一位女神的庙宇,每个过客都上献了本国带来的稀罕物儿。我看见这位女神坐在大缎墩上,相貌姣媚,受了香烟供奉,长得肥肥胖胖。她穿的是漂亮的便装,一双纤手正在梳个新样的头,准备当天演戏。女用人说:"太太,这就是我讲的那个管家,我可以担保,这个人最合适没有了。"阿珊妮把我细细端详,幸喜倒不嫌我。她说:"啊呀,萝合,好个漂亮小子!我想一定合用。"于是她对我说道:"孩子,我觉得你不错,我只有一句话跟你说:只要你伺候得我称心,我准也叫你称心。"我回答说,一定尽力伺候得她如意。事情讲妥,我立刻出去搬了自己的东西上她家住下。

第 十 章

跟前一章一样长。

快要上戏的时候,女主人咐咐我和萝合一起跟她到戏院去。我们到她化妆室里,她脱掉便服,换上更加华丽的戏装。戏一开场,萝合带我找个地方同坐,台上演的戏那壁厢看得分明,听得清楚。我对那些戏子大都不满意,当然因为听了堂庞贝攸的批评横着偏见。可是有些戏子很叫座,其中几位使我想起那个猪叫的寓言。

男女戏子一一登场,萝合见一个就把名字告诉我。这贫嘴不但告诉我名字,还把他们刻画一番。她说:"这人没脑子,那人傲慢无理。这个娇滴滴的小娘儿叫萝莎达。她轻佻有余,风韵不足。戏班子里有了她才不上算。该把她放在美洲总督招募的戏班子里,马上送到美洲去。你留心看上台的这位红角儿,她叫加茜尔达,她是红不了多少时候的了。古时候有位埃及公主,她要每个相好出一块砂石,等她死了造金字塔用;要是加茜尔达自有情人以来就仿照这个办法,她的塔可以高高直达第三重天呢!"总而言之,萝合把每个人都攻击得体无完肤。啊!她那张嘴真毒!连自己女主人也没饶过。

我承认对她有点痴心,这女用人尽管不厚道,我却很倾倒。她贫嘴得有趣,我连她的刻薄也喜欢。到休息的时间,她跑去瞧阿珊妮有什么使唤。她并不赶紧回来,却在后台玩儿,跟那些趋附她的男人调情。有一次我跟在她背后侦察,看见她熟人多得很。先后拉住她说话的戏子我一数有三个,都好像跟她很熟。我看了大不高兴,破题儿第一遭尝到了醋的滋味。我回到座上,大上心事,闷闷不乐,萝合一回来就瞧出来了。她诧异道:"你怎么了,吉尔·布拉斯?我走开之后,你惹了什么气了?我瞧你一副忧闷烦恼的样儿。"我道:"我的公主娘娘,这是有缘故的。你举止有点儿轻佻。我刚刚看见你跟那些戏子……"她笑着打断我道:"啊!为这个烦闷可是笑话了!怎么!这就叫你烦恼了吗?哎,真是,这点点算得什么,你跟我们一起还要大开眼界呢。我们这样不拘形迹,你该看看惯。别吃醋,朋友!戏圈子里吃醋是笑话。所以我们这儿简直没这回事的。那些爸爸呀,丈夫呀,兄弟呀,叔伯呀,侄儿呀,最肯与人方便,往往还亲自替家里人拉买卖呢。"

她先劝我对谁都不要多心,凡事平心静气;然后说,我真好福气,做了她的心上人了。她又安我心说,一辈子只爱我。其实我尽管不算多疑,这句安心的话依然安不了心,可是我就此答应她不再自惊自扰;我果然没有食言。我当晚就看见她和几个男人窃窃私语,嘻嘻哈哈。下戏之后,我们跟女主人回家。一会儿莆萝利蒙德带了三个有年纪的大爷和一个戏子来吃晚饭。我们那儿当差的除了萝合和我,还有一个厨娘、一个车夫和一个小僮儿。五个人一同准备晚饭。厨娘的手段不输侠生德大娘,她和车夫在厨下做菜。女用人和小僮儿摆桌;我收拾碗柜子。柜子里有精致的银器、好几个金杯子,还有其他东西,都是贡献给庙宇里这位女神的。我把各色酒一瓶瓶排列在柜上,还替席上斟酒,要卖弄给女主人看,我什么都来得。我佩服这两个女戏子吃饭时候的那副神情。她们装出贵妇人气派,自以为是第一流的命妇。她们并不把两位大爷当"大人"看待,连"先生"都不称呼一声,直叫他们名字。这些大爷实在跟她们混得太没上没下,纵容得她们那么骄。那男戏子在戏里做惯主角,对两位爷一点不拘礼貌。他举杯祝他们健康,而且可以说处处僭他们的上风。我暗想:"哦!萝合跟我讲过,侯爵和戏子白天里平等,她应该再加上一句:他们晚上更平等,因为他们通宵就在一起喝酒。"

阿珊妮和莆萝利蒙德天生淘气。她们满嘴里说些放诞风流的话,一面尽占人家小便宜,佯羞假笑;两个老色鬼觉得津津有味。我的女主人逗着一个老头子打情骂俏;她的女朋友这时夹在另外两个男人中间,也不装什么苏珊娜。我这么个大小子,看着这幕戏觉得有趣极了。一时送上末一道菜,我就把酒瓶酒杯摆在桌上,出去和萝合同吃晚饭,她已经在等我了。她对我说:"哎,吉尔·布拉斯,你看那两位大爷怎么样?"我说:"他们准是阿珊妮和莆萝利蒙德的相好。"她道:"不,那两个老色鬼只上风流女人家去玩玩,不是结相好的。他们只想尝尝小甜头,肯花大钱买小便宜。谢天,莆萝利蒙德和我家太太目前没有相好;我意思说,没有那种自居丈夫的相好。那种人替你撑了个门头,就只许他们自己来寻欢作乐了。我呢,觉得她们这样很好,我以为有打算的风流女人应当躲掉这种背景。干吗替自己找个主人来呀?要车要马,宁可攒起一个个小钱来自己挣;出那样代价,一下子得了也不上算。"

萝合说溜了嘴,说话全不费劲儿。她一张嘴简直老在说话。那嚼不断的舌头呀!她把皇家戏班里女戏子的事论千累百地讲给我听。我听了方知我若要对坏事深知熟晓,真是适得其所。糟的是我那年纪的人对这种坏事毫不厌恨。而且那女用人把伤风败俗的勾当形容尽致,我只觉得此中大有乐趣。她只把女戏子的事迹讲了个十分之一,因为她才讲了三个钟头。客人起身告辞,那两位大爷和戏子陪着莆萝利蒙德一同回家。

他们走了,我女主人给我些钱,说道:"吉尔·布拉斯,这十个比斯多你拿去,明天早上采办酒菜用。要有五六位先生太太来吃饭,东西买得丰盛些。"我答道:"有这么一笔钱,买的东西一定可以款待全伙儿的戏子了。"阿珊妮道:"朋友,你用的字眼儿得修正一下。你可知道,不兴说一伙戏子,只说一个戏班子。人家常说一伙强盗、一伙花子、一伙作家;可是你记着:戏子只称班子,尤其是马德里这起戏子,非称班子不可。"我请女主人别怪我用字冒昧,诚惶诚恐地求她原谅我愚陋无知。我说以后如果统称马德里演戏的先生,就总说班子。

第 十 一 章

戏子彼此相处的情形,他们对作家的态度。

我第二天一早就出马,上任当管家。那天是不吃肉的斋日。我奉女主人的命,买了几只肥鸡、兔子、山鸡,还有别的野味。演戏诸君不满意教会对他们的态度,所以并不严守教规。我买回家的许多荤腥,供十二位贵宾过三天狂欢节还绰绰有余。那厨娘忙了整上午。她做菜的当儿,阿珊妮也起来了,梳洗打扮,直到日中。于是来了两个戏子,是罗西米罗先生和李加都先生。接着又来了两个女戏子,是康斯丹斯和赛莉诺拉。一会儿,莆萝利蒙德也到了,陪她来的一个人活脱儿是个绝顶漂亮的公子哥儿。他的头发梳卷入时,帽上装一簇棕黄色羽毛;裤子紧得贴身,袄儿开口处露出的衬衫很讲究,上面钉着极精致的花边;他的手套和手绢都塞在剑柄的窟窿里;他的大氅也披得别有风度。

他相貌身材都很好,可是我一见就觉得有点别扭。我暗想,这位先生准是个怪物。我没看错,他果然特别。他一跑进阿珊妮的房间,就张着两臂迎上去把男女戏子一个个拥抱,做模做样,比花花公子还过火。我听他开口说话,越发相信所见不错。

他咬音嚼字都拿腔作调,还配上手势和眼色。我忍不住打听萝合这位爷是谁。她道:"怪不得你诧异。这位卡罗斯·阿朗索·德·拉·房多雷利亚大爷,人家头一次见了面,听了他讲话,都像你忍不住要打听的。我把他的本来面目讲给你听。我先告诉你,这人从前是戏子,一时任性,不干这行了,后来想想一直懊悔。你留心他的黑头发没有?那是染的;他的眉毛和胡子也都是染出来的。他比老天爷的爸爸年纪还大些儿呢。可是他爹妈生了他忘记在本区登记。这点疏忽给他占了便宜,瞒掉至少二十岁年纪。这是西班牙最沾沾自喜的家伙。他活到六十岁,简直胸无点墨;忽然又要充学者,请了个先生来教他拼希腊字拉丁字。他还记熟了许多趣事,算是他编出来的,一遍遍讲给人听,到后来认真以为是自出心裁的了。他谈话就拉扯出这些趣事;可以说,他要卖弄才情,全得靠记性帮忙。据说他还是个了不起的戏子呢。我愿意志志诚诚相信这句话,可是老实说,我看不入眼。我有时听见他在这里朗诵,别的毛病不说,我觉得他咬字太装腔,再加上个颤巍巍的声音,显得那种念法已经是老古董腔调,怪可笑的了。"

萝合把这位戏界老前辈这样形容了一番。说真话,我从没见过比他举止再骄矜的人。他又卖弄自己口才,照例从夹袋里抖出两三件趣事来,讲的时候神气活现,看得出训练有素。那些男女戏子不是跑来静听的,并不做哑巴。他们就议论那些不在场的同行,说得实在不大厚道。不过这是戏子和作家的通病,不能怪他们。大家都在咬自己的伙伴儿,谈得很热闹。罗西米罗道:"咱们亲爱的同行西泽利诺玩了个新花样儿,你们几位太太没知道吗?今儿早上他买了丝袜、缎带、花边,叫个小僮儿送到班子里,算是一位伯爵夫人送给他的。"房多雷利亚大爷一脸得意之色,微笑道:"真无赖!我们那时候的人老实得多,从来想不到弄这种玄虚。当然,那些贵妇人也不用我们费心,东西是她们买的,她们喜欢那样。"李加都也是这种口吻,说道:"可不是!她们现在还是那样脾气,我要是可以细说……可是这类事情,尤其里面牵涉到贵妇人的,不便多讲。"

萧萝利蒙德打断他们道:"各位先生,请别尽讲你们的艳遇了,那是世界上无人不知的。咱们来谈谈伊斯梅妮的事吧。据说那位在她身上撒漫使钱的大爷新近把她扔了。"康斯丹斯嚷道:"是啊,真有其事!我还告诉你们吧,有个小矮个儿商人本来准会把家私在她身上花光的,这回也跟她断了。我知道这事的底细。她的送信人来了个阴错阳差,把写给商人的情书送给大爷,写给大爷的情书送给商人。"萧萝利蒙德道:"我的娃娃,这可是吃了大亏了!"康斯丹斯道:"哎,那位大爷不算什么,他家产已经败得差不多了。只是那矮个子商人还刚出场呢,又没遭过风流女人的手儿,这主顾是可惜了的。"

他们饭前所谈全是这一类的话。吃饭的时候还在讲下去。我若要把那些骂别人夸自己的话一一转述,就写不完了,还是从略。阿珊妮家席终,来了个当作家的可怜虫,我且讲讲他们怎样接待。

我们那小僮儿跑来,大声对女主人说:"太太,有个人要见见您,他穿件怪肮脏的衬衫,浑身垢污,您别怪我多嘴,我看他活像个诗人。"阿珊妮道:"叫他上来。你们各位坐着别动,来的是个作家。"这人真是作家,戏院刚要了他一个悲剧,他是送我女主人的台词来的。他名叫作彼德罗·德·莫亚。他一进来对座上诸位深深鞠躬了五六次。他们身子没抬一抬,连招呼都懒得打。他对阿珊妮足恭尽礼,她只点了点头。他进屋来战兢兢局促不安,把手套帽子都掉在地下。他拣了起来,跑到我女主人跟前,献上一纸台词,那样子比向法官呈状子还要毕恭毕敬,说道:"太太,我冒昧送上您一份台词,请您赏脸收下吧。"她冷冰冰爱理不理地接了过来,人家向她恭维,她连回答都不屑。

我们这位作家并不丧气,乘机把别人的台词也分发了:一份给罗西米罗,一份给茀萝利蒙德。这两位对他也不比阿珊妮客气。戏子的生性多半是殷勤多礼的,罗西米罗也如此,可是他这时候反说些尖酸的话来侮弄那位作家。彼德罗·德·莫亚也觉知了,可是不敢回嘴,怕牵累自己的剧本。他一言不发就走了,不过我觉得他受了怠慢非常生气。我相信他气头上一定把这些该骂的戏子叫着名儿咒骂。戏子等他走了,也恭而且敬地议论那些作家。

茀萝利蒙德说:"我看这位彼德罗·德·莫亚先生走的时候很不开心。"罗西米罗嚷道:"哎!太太,你管他呢!作家也值得咱们放在心上吗?要是跟他们没上没下地混在一起,就把他们惯坏了。我满知道这些轻浮家伙,他们一来就要忘其所以的。只可以把他们一辈子当奴才看待,不用怕他们受不了。他们也许生了气跟咱们疏远,可是他们写戏的瘾一发,还会找上门来;只要咱们肯演他们的戏,他们又喜出望外了。"阿珊妮道:"你说得很对,只有靠咱们成了名的作家才撇得开咱们。他们全亏咱们挣得了好地位,立刻就懒得一字不写。好在戏班子里也不在乎,看客并没有少不了他们。"

这些高论大家纷纷附和。看来作家虽然受尽戏子的怠慢,到头来还是沾了戏子的光。这些戏子以为作家比自己这类人还要低微,那实在是把作家看得贱透了。

第 十 二 章

吉尔·布拉斯成了戏迷,跟着一班戏子
放怀行乐,但不久又心生厌倦。

客人散席,就该上戏园子了。他们一伙儿同去,我也跟着,又看了一遍戏。我看得津津有味,打定主意要天天来看。我真个如此;渐渐地看那些戏子都顺眼了。习惯移人,真是了不得!在台上最会嚷、最会做手势的几个戏子,我特别喜欢。和我有同好的正也不少。

我对剧本的妙处和搬演的手法都能领会。有几本戏我喜欢极了,尤其是全体红衣大主教或法国十二大贵族①都出场的那几个剧本。这些戏文都是绝妙好词儿,有几段我都背得出。我记得我两天之内把个名叫《百花魁》的喜剧全都记熟了。玫瑰花是皇后,紫罗兰是她亲信,茉莉花是她侍从。我觉得这种作品真正绝顶巧妙,替咱们西班牙文坛增光不少。

我记熟戏剧杰作里的妙句,肚子里好添些货色;不但如此,

---

① 查理曼大帝手下有十二位勇将,十三世纪法国皇室仿此分封十二家大贵族。

我还一心想养成鉴别的眼光,因此戏子的一言一语我都全神贯注地听。他们称赞的剧本我就看重,他们以为不行的我也就瞧不起。我以为他们对于剧本,好比珠宝商人对于钻石,准是内行。他们断定彼德罗·德·莫亚的悲剧决不能叫座,可是那戏偏偏吃香得很。我倒并不因此就怀疑他们眼光不准;与其说戏班子的鉴定靠不住,我宁可相信看客没识见。可是大家纷纷告诉我,戏子瞧不起的新剧本往往叫座,他们赞赏的差不多总挨倒彩。据说戏子对剧本不辨好坏,已经成了规矩了,人家向我举出了上千个叫座的戏,事先戏子都认为要不得的。我听了这许多证据才恍然大悟。

我一辈子也忘不了有一天上演新戏的事。戏子都觉得这剧本沉闷乏味,而且断定这出戏不会完场。他们横着这个念头上台演第一幕,不料看客一片的喝彩声。他们诧异起来。演第二幕的时候,喝彩声越发热烈。我们这些戏子都莫名其妙了。罗西米罗道:"见鬼!这出戏倒吃香呢!"末了演第三幕,比前两幕更叫座。李加都道:"我真不懂了,咱们以为这个戏观众不吃的,你们瞧,大家那么喜欢!"有一个戏子很老实,说道:"诸位先生,剧本里有许多聪明俏皮的地方,原来咱们都没看出来。"

所以我知道戏子下的考语并不千真万确,对他们的本领也就能够平心衡量了。人家把他们百般嘲笑,实在是一点不错的。我看见有些男女戏子给大家捧坏了,恃宠而骄,上台做戏竟仿佛是对看客赏脸。他们的丑态我真看不入眼。可是我又很喜欢他们那种生涯,因此就沉湎在花天酒地里。我怎么能洁身自好呢?跟他们一起,所见所闻都足以教坏年轻人,引诱我堕落。我虽然无从知道加茜尔达、康斯丹斯和其他女戏子家里的情形,单在阿珊妮家也尽够把我毁了。她的客人除了上文讲的两位上了年纪的大爷,还有花花公子以及出重利钱借了债来挥霍的大家子弟,有时候包税员也来光顾。这种人因公会商要有钱到手才肯出席,可是到戏子家玩儿,他们得花了钱才许陪席呢。

莆萝利蒙德住在阿珊妮的隔壁,天天过来吃午饭和晚饭。许多人看她们那么要好都觉得奇怪。他们想不到风流女人会一起和和睦睦,以为她们早晚要为了个男人吵起架来。可是这就看错这两个好朋友了,她们好得如胶如漆。她们合伙儿过活,不像别的女人彼此忌妒。她们不肯犯傻劲争风吃醋,宁可敲诈了男人利益均沾。

萝合学这一对红角儿的榜样,也不虚度青春。她说得好,我要大开眼界呢。可是我一点没吃醋;我答应过碰到这类事要学班子里人的那种心胸。我几天来装得若无其事;看见她和男人窃窃私语,只问问那人姓名。她总说是个叔叔伯伯,或是表兄表弟。她的亲戚才多呢!她家准比普里阿摩斯王①家里的人口还多!这女用人有了那么些叔叔伯伯表兄表弟,心还不足,有时还去勾引些陌生人,又到上文所说的老太婆家去客串大人家的寡妇。总而言之,萝合跟她女主人一样年少,一样美貌,也一样风骚,只差一点:不能登台替众人解闷取乐儿。这么一说,读者就完全明白她是什么样个人了。

我随波逐流地过了三个星期;放怀行乐,无所不为。不过我也要说,我寻欢作乐的时候,从前受过的教育总作怪,使我良心内愧,觉得甜中有苦。荒唐压不下悔心,反而越荒唐越愧汗。亏

---

① 普里阿摩斯是特洛亚国王,有五十个儿子和许多女儿。

得我天性没有泯灭,对戏子的放荡生涯渐渐厌恨。我对自己说:"啊,你这死没志气!你这样算不亏负你家里人的期望吗?你哄了他们不去当教师,还不够吗?做了底下人就不能做个规规矩矩的人吗?你跟这种坏人在一起合适吗?有的心怀妒忌、脾气暴躁、生性贪鄙,有的廉耻丧尽,有的纵欲偷懒,有的骄傲得至于放肆。罢了,我不愿意再跟七种罪孽①混在一起了。"

---

① 基督教所谓七种罪孽指傲、嗔、妒、淫、馋、吝、懒。

第 四 巻

第 一 章

吉尔·布拉斯看不惯女戏子的行为,
丢掉阿珊妮家饭碗,找了个正派人家。

我虽然在荒淫的风气里厮混,还有几分顾全名誉和敬畏上帝的心不曾泯灭,因此打定主意,不但要离开阿珊妮,也要跟萝合一刀两断。我明知萝合外遇多得成千累百,可是对她还未免有情。一味贪欢的人也会有片刻省悟,若能这样当机立断,他真是运气!一天早起,我卷上包裹,走出这乌烟瘴气的人家。阿珊妮实在也不欠我什么,我没有跟她结账,也没有向亲爱的萝合告别。我做了这桩美事,老天爷立刻就补报我。我碰到了故主堂马狄阿斯的总管,我向他招呼,他倒记得我,止步问我帮在什么人家。我说在阿珊妮家做了将近一个月,看不惯她们的行为,怕学坏,所以扔下饭碗儿走了,目前还没有事情。那总管倒好像是个生性不肯苟且的人,对我这样洁身自好很加许可,又说他看我是个很有廉耻的小子,愿意荐我个好事情。他果然没有食言,当天就荐我到堂文森·德·古斯曼家,他认识那管家的。

我能找到这样人家,再好没有了,我也从没后悔过。堂文森是个很有钱的大爷,年纪已经老了,多少年来与世无争,家里也没有太太,过得很快活。他太太是送在医生手里的,医生要治她的咳嗽,连她的人也治死了;她要是没吃他们的药,还能把她的咳嗽保留好多年呢。堂文森不想再娶,只是一心一意教养他的独养女儿奥若尔。她那年二十六岁,说得上多才多艺。她美貌出众,人又聪明,学问也很好。她爸爸才分有限,可是理财当家却很能干。他有老年人的通病,最爱说话,尤其爱谈打仗。谁倒霉在他面前提动了头,他立刻就耀武扬威,大吹大唱;如果讲了两番围攻、三场厮杀就算了事,听话的人就算大运气了。他一生三分之二的光阴消磨在军队里,所以一肚子都是掌故,讲来很起劲,只是旁人听来总不免乏味。再加他又口吃,又啰嗦,所以讲得很没趣。除了这点毛病,他在我所看见的许多大爷里要算是性格儿最好的了。他脾气和平,不固执,也不任性。富贵人家的大爷能这样,我很佩服。他虽然持家精明,却过得很体面。他家用许多男用人,还有三个服侍奥若尔的女用人。我一上来就明白堂马狄阿斯的总管替我弄到了个好位子,一心只想捧住这只饭碗儿。我尽心摸索路数,留意这人那人的脾气性格,于是按着胸中的谱儿行事,不多几时,我主人和全家用人都很喜欢我。

我在堂文森家做了一个多月,忽然觉得他女儿在家里许多用人里对我另眼相看。她每看到我,似乎有一种和悦的神情,对别的用人不那样。我要是从没跟花花公子和戏子混过,决不敢妄想奥若尔会对我有意。可是在这起先生嘴里,最高贵的女人也常受糟蹋,我跟着他们有点儿学坏了。我想:"假如有些戏子的话可靠,大人家女人会一时着迷,给他们占了便宜的。安知我的女主人不也像她们那样着了迷呢?"可是我过了一会儿又想:"不对,那不至于。她绝不是梅莎丽娜①一流人物。那种女人枉

---

① 梅莎丽娜是古罗马皇后,以淫荡著称。她喜欢晚上改了装,和下等妓女混在一起接客。

是好出身,却下流无耻,连最卑贱的人也看得上眼,玷污了自己不害臊。她是那种端庄而又温柔的小姐,不肯逾分越礼,可是对男女之间那种幽洁深微的情意一点儿不顾忌,只觉得有趣味,不怕出乱子。"

这是我的看法,究竟女主人是怎样的人我却拿不稳。她每看见我总笑眯眯面露喜色。这事看来大有意思,不必是个妄人也会生心,我也不免存了些妄想。我以为奥若尔十分赏识我的人才,从此觉得自己是那种有造化的用人,他们为了爱情,充奴仆也甘心。我既有艳福,就比从前越发修饰,免得好事临头,自惭形秽。一切能添我几分漂亮的东西,我不惜工本去弄来。我把钱全都花在衬衣、油膏、香水上。我早起先打扮好,洒上香水,女主人若有使唤,我就不至于落落拓拓到她跟前去。我妄想靠这样修饰打扮,再加小意儿殷勤,不久就会称心如愿。

服侍奥若尔的女用人里有一个叫奥蒂斯,是个老婆婆,在堂文森家已经二十多年。小姐是她带大的,她还算是小姐的监护,不过这桩苦差使她早已不当了。她不复揭发奥若尔的所作所为,反而只替她包瞒。总之,她是小姐的心腹。一天黄昏,奥蒂斯大娘乘没人,低低对我说:只要我乖觉小心,今晚半夜可到花园里去,有好消息呢。我握住女监护的手,回说准去。我们怕人撞见,赶快分开。我从此一块石头落地,知道堂文森的小姐果然看上我了,快活得按捺不住。那天晚饭很早,可是我从奥蒂斯传消息那时候盼到吃晚饭,又盼到主人睡觉,只觉得时间真长。这晚上他们家所有的事仿佛都异乎寻常的慢。偏偏堂文森还要添我的烦恼,他进了卧房,却不想睡觉,又反复讲他的葡萄牙战役,都是我早已听腻了的。不过有些话他却没讲过,特意留到这晚上来说；他把当时有名的军官一个个举出名字来，还把各人的战绩都叙述了一遍。我听他讲到完，真是够受的！他居然讲完，上床睡了。我忙回卧室，那小房间里有一道秘密楼梯直通花园。我先浑身擦上香膏，换了一件洒遍香水的白衬衣，一切我以为能叫女主人倾心的样样做到，于是就去赴约。

奥蒂斯不在花园里。我以为错过了良时，她等得不耐烦回屋里去了。我全怪在堂文森身上，正在咒骂他的战役，忽听得钟上打十点。我以为那钟不准，这会子至早也得是一点钟了。幸喜我料得不对。过了足足一刻钟，另外一只钟又打十点。我心想：好得很，我再痴等整整两个钟头就行了。人家至少不会怪我不守时刻。可是还要等到半夜，怎么消遣呢？在这花园里散散步、想想我这角色该怎样扮演吧，这还是个新鲜事儿呢。我不熟悉大家闺秀的脾气。我知道对女用人女戏子该怎么办。跟她们搭话别拘礼，老实不客气一上来就调情得了。可是对有身份的小姐得用另一种手法。我以为一个情人应当礼貌周全、态度殷勤，又爱又敬却并不羞缩。他不可以情急强迫人家，应该耐心等人家把持不住，成其好事。

我计较了一番，打定主意就这样对付奥若尔。我设想一会儿就能跪在这位可爱的小姐脚边，滔滔诉说衷情了。我还搜索枯肠，把幽会时可用的戏文都记出来撑自己面子。我准备好好引用一下，指望效法我认识的几位戏子，把记性冒充才情。这些心思比我主人讲的打仗有趣得多，想想就不焦躁，我听得钟上打十一点了。我道："好！只消再等六十分钟了，耐着心等吧。"我鼓起劲来，又一味胡思乱想，一会儿踱来踱去，一会儿又到花园尽头的花房里去坐坐。我等了这许久，好容易钟打十二点。奥蒂斯来了,她和我一样准时,只是没我性子急。她招呼我道:"吉尔·布拉斯先生,你等了多久了?"我说:"两个钟头了。"她打着哈哈道:"啊!你真是守信得很!跟你晚上约会倒是件乐事。"又正色道:"我要报你个喜信,你为那桩喜事实在也应该极力巴结。小姐要私下会会你,叫我带你上她屋去,她等着呢。此外是秘密,只可以让她亲口告诉你,我不多说了。跟我走吧,我带你去。"这女监护说完挽着我的手领路。她用钥匙开进一扇小门,鬼鬼祟祟地把我带到小姐房里。

第 二 章

奥若尔接见吉尔·布拉斯,他们谈的话。

我看见奥若尔已经卸装,心中大喜。我极力装出斯文样子,毕恭毕敬行了个礼。她笑面相迎,硬叫我坐在她旁边;又叫那接引使者出去,撇我们俩在一起,这简直乐得我疯了。于是她说道:"吉尔·布拉斯,我觉得你不错,我在爸爸的许多用人里对你另眼相看,这点你应该觉得。就算你看不出眼色,不知道我的一番好意,你看了我今晚的举动也就完全明白了。"

我不等她再说下去。我想我既是个礼貌周全的人,应该免了她害羞,不必她再把话说明白。我如醉如狂地站起来,像戏里主角向公主屈膝那样跪在奥若尔脚边,拉着念台词的调儿道:"啊,小姐,我没有听错吗?这话是对我说的吗?吉尔·布拉斯一辈子受造化作弄,是天地间的弃物,他哪里来的福气,竟打动了您的芳心……"我女主人笑着打断我道:"说话别那么响。我的女用人睡在隔壁,你回头把她们都吵醒了。起来坐着,先听我讲完了,不要打岔。"她又一本正经接着上文说道:"吉尔·布拉斯,我的确喜欢你,我要告诉你一个关系我终身大事的秘密,可见我多么器重你。我爱一个年轻漂亮的贵公子,叫作堂路易·巴洽果。我在公园和戏院里看见过他几回,可是从没跟他谈过话。他品性如何,为人有没有什么毛病,我都茫然。这些事正是我想知道的。我要个人仔细打听打听他的品行,据实回报。家里这些用人里,我看你最合适。我相信这事托你去办万无一失。希望你干事伶俐谨慎,我推心置腹不至于后悔。"

我女主人说到这里,就顿住口等我回答。我方才误会得真冒昧,当时窘得不知所措。可是我立刻定下神。莽撞得不巧总要讨没脸,我只得老着面皮,表示十分关切,愿意出死力效忠。我这来即使不能叫她忘掉我活见鬼自居她意中人,至少也让她知道我善于补过。我只求两天工夫把堂路易的为人打听确实了回报。于是我女主人叫奥蒂斯大娘领我回花园。奥蒂斯临别打趣我道:"再见啊,吉尔·布拉斯。下次约会,我不劝你早到。我很知道你守时刻,不用我着急。"

我回到自己屋里,一天欢喜都落了空,不免有些懊丧。可是我心地还不算糊涂,自己譬解得开。我想做小姐的心腹比做她的情人合适。我又想,这事也许对我有好处,替爱情当差,报酬不会菲薄。我上床睡觉,决计要把奥若尔托我的事办好。第二天我就出去打听。堂路易那种绅士的住址一问就知道。我在他街坊上打听了一番。可是我问的几个人都说得不详尽,我只好过天再去打听。第二天顺利多了。我在街上偶然碰见相识的一个小伙子,就站定了谈话。正巧他一个朋友走过,跑上来招呼。他说东家怪他喝掉了一桶酒,刚把他歇了。他东家堂约瑟夫·巴洽果就是堂路易的父亲。我乘这个好机会,忙向他一一探听,套出许多话,回家来非常得意,总算没对小姐失信。我这晚又该去会她,还照上次那个时候、那个办法。这晚上我不那么心焦了,非但耐着心听我老主人谈话,还提着头儿叫他讲打仗。我舒舒坦坦等到半夜,听钟上打了好几下,才下楼到花园里去。我没擦油膏,也没洒香水,这些统统改掉了。

那忠心的女监护已经在等我,打趣说我远不如前番起劲了。我置之不理,跟她到了奥若尔房里。奥若尔一见就问堂路易的事打听清楚没有,探得的事多不多。我说:"哎,小姐,您要知道的事我打听了许许多多。第一,他就要动身回萨拉曼卡去毕业。据说这位大爷品性高尚,为人正直。他的勇敢更不用说,因为他是一位绅士,又是西班牙人。而且他很有风趣,待人接物也非常和悦。只是有一点恐怕不合您脾胃,我又不能瞒您;他那公子哥儿的习气太深,是个荒唐鬼。您可知道,他那点年纪,已经包过两个女戏子了。"奥若尔道:"真有这事吗?好胡闹啊!可是,吉尔·布拉斯,你打听确实,他真这样放浪吗?"我答道:"唷,小姐,我想不会错。这话是他们家今儿早上歇出来的一个用人告诉我的。用人讲起主人坏话来总诚实不欺。况且他时常跟堂阿雷克索·西侠、堂安东尼欧·桑德雷斯、堂范尔南·德·冈博阿来往,单凭这点就见得他一定荒唐。"我女主人叹道:"这就不用多说了。吉尔·布拉斯,听你这话,我是枉抛了一片心,以后得下些克己功夫。尽管这点爱情在我心里根深蒂固,我想还可以连根儿拔掉。"她拿出一只饱满的小钱袋,放在我手里,说道:"你去吧,这是送你的酬劳。小心别把我的秘密讲出去,别忘了我相信你口风严密的。"

我对小姐说,我是心腹用人里的阿博克拉脱①,她尽可放心。我退出来忙不迭地要知道袋里装些什么。原来是二十个比斯多。我立刻就想,我探了这个恼人的消息回来,她还给我这样好的报酬,要是消息称心,报酬一定还要厚呢。我后悔没学那些司法老爷的榜样,他们写的罪行调查书上有时把真情实况渲染文饰一下的。我很懊丧,好事刚有些苗头就给我摧残了;如果我没那么傻头傻脑,要卖弄诚实不欺,这事往后去准对我大有好处呢。话又要说回来,我花在油膏香水上的冤枉钱总算捞回来了,也差堪自慰。

第 三 章

堂文森家有大变;美丽的奥若尔情不自禁,
决计要干件异常的事。

不久以后,堂文森病了。病势很凶,即使他没上年纪,只怕也不会好。他一有病,家里就把马德里最有名的两位大夫请来。一个叫作安德罗斯大夫,一个叫作奥克托斯大夫。他们聚精会

---

① 阿博克拉脱是古希腊缄默之神。

神地瞧了病,又把征候仔细研究一番,同声说病由是身体里津液激荡,可是此外他们就各说各的。一位大夫要当天就用泻药,那一位主张缓一缓。安德罗斯说:"虽然津液还生,①应该乘它动荡回旋很厉害的时候就打清它,免得留滞在心肺胃脑那些要害器官里。"奥克托斯的主张适得其反,他说应该等津液熟透再打。第一个大夫道:"可是你这个方法跟医学祖师的遗教恰好相反了。希波克拉底说,病人发高烧,一开头就该用泻药。并且说得明明白白,应该乘津液亢旺,赶紧清泻。'亢旺'就是指津液激荡。"奥克托斯辩道:"唷!你这可是弄错了。希波克拉底所谓'亢旺',不是说津液激荡,是说津液融洽。"

我们这两位大夫争吵得热闹起来。一个引证希腊原本,还举出许多书都像他这样解释的。那一个根据拉丁译本,说来更振振有词。谁是谁非呢?堂文森无从判断。可是他一看非得挑定一位不可,就相信了那位杀人较多,也就是年纪较老的一位大夫。安德罗斯是年轻的一个,立刻起身告辞,可是不免还借"亢旺"两字对那年老的挖苦几句。这回奥克托斯得意了。他的手法跟桑格拉都大夫一样,所以一上来就狠狠地抽血,要等他身体里的津液熟透再用泻药。他慎重得很,泻药还要缓着用呢。准

---

① 西洋古代医学把人身津液(Humeur)分为黏液、血、黄色胆汁、黑色胆汁四种。如果这四种津液的配比失去平衡,生理上就有骚动,人就害病。但是身体里自然起一种作用,会使津液回复平衡,叫作"融洽"(Coction)作用。融洽作用能使津液由"生"(Crue)变"熟"(Cuite),过剩的部分排泄出来,病就痊愈。要是排泄不出,就得吃药清泻发散。医药的目的只是推动和帮助这个融洽作用。这是希波克拉底在《古医学》第十八节里讲的("勒勃古典丛书"本《希波克拉底集》第一册第46—53页);勒萨日笔下这两位名医争论之点,恐怕是根据他最有名的《格言》第一部第二十二句,第二十四句,又第四节第十句(第四册第108—109页,第136—137页)。

是死神怕那剂清泻药救了病人的性命,所以不等津液熟透,就把我主人抢去了。堂文森大爷只为医生不懂希腊文,送了一条性命,他是这样下场的。

奥若尔按照她父亲的身份体面办了丧葬,从此自己掌管家私。她这回一切自主,就辞退几个用人,按功劳给了些酬谢。她家有个田庄,在塔古河边、萨瑟东和比安狄亚之间,她不久就到那田庄上去住。留下的几个用人都跟到那乡下去,我也在内,而且我有幸是她少不掉的人了。她虽然听我据实讲过堂路易的为人,还是爱着这位大爷。她实在是抑制不下爱情,只好随爱情摆布。她现在私下见我不必顾忌。她对我叹息道:"吉尔·布拉斯,我忘不了堂路易。我极力不想他,可是老想着他。我心目中,他是个温柔多情、有始有终的如意郎君,并不像你形容的那么任性胡闹。"她说着伤心,不禁掉下泪来。我看她下泪也很难过,险的陪眼泪。我对她的烦恼这样同情,真是讨她喜欢的无上妙法。她擦干了美目,说道:"朋友,我看你天性很厚,我也喜欢你这样忠心,一定要好好儿谢你。亲爱的吉尔·布拉斯,我现在更非你帮助不可了。我心上有个打算,该说给你听听,你一定觉得很奇怪。我告诉你,我不久就要到萨拉曼卡去。我准备到那里改扮男装,自称堂斐利克斯,于是去和巴洽果结交,设法跟他结为心腹朋友。我只算奥若尔·德·古斯曼的表哥,常常谈起这位表妹。他也许会想见见她,这就堕我计中了。咱们到萨拉曼卡弄两所房子。我在这一处是堂斐利克斯·曼多斯,在那一处是奥若尔。我有时候装了男人和堂路易见面,有时候穿我原来的服装见他。照这样一步步拉拢,我想就能如愿以偿。"她又道:"我承认这是个很荒唐的计划,不过爱情驱使着我,而且我心地清白,所以敢不顾一切地冒这个险。"

我和奥若尔所见相同,认为这计划是胡闹。不过我尽管觉得这事荒唐,绝不去训诫她。我反而渲染一番,把这个疯疯癫癫的计划说成个有趣的玩意儿,没什么大不了。我记不起还举了些什么凭据,反正她全相信;痴情人想入非非,喜欢人家附和。我们把这件轻举妄动的事当作一出喜剧,以为只消想法好好儿排演就完了。我们挑了几个用人来串这戏,分派好角色。我们不是吃戏子饭的,并没有你争我抢。当时选定奥蒂斯扮奥若尔的伯母,取名齐梅娜·德·古斯曼,她手下用一个男用人、一个女用人。奥若尔扮了大爷,我就做亲随,另外叫个女用人扮作小僮儿贴身服侍。我们把登场人物照这样分配停当,就回马德里。我们打听得堂路易还在那里,不日要动身到萨拉曼卡去。我们就把有用的行头赶紧置办。小姐等一切齐备,吩咐立刻打上包裹,因为还不到穿着的当儿呢。于是她把家事交托给管家,带了这出戏里要上场的用人,乘一辆四骡车向雷翁境进发。

我们已经过了旧加斯狄尔境,忽然车轴断了。那地方正在阿维拉和维拉富罗之间,遥遥望见三四百步之外山脚下有一个田庄。暮色渐深,我们非常狼狈。恰巧有个农夫经过,随口一句话救了我们出难。他说,我们望见的是堂娜艾尔维拉的田庄,她是堂彼德罗·德·比那瑞斯的寡妇。那农夫把这位太太极口称扬,因此小姐就派我去借宿。那农夫的确没有过赞,当然也亏我措辞得体,艾尔维拉即使不是个顶有礼貌的人,听了也会接待我们。她见了我很客气,我代主人致意,她的回答正合我的希望。于是骡子慢慢地拉着车,我们大伙儿都到那田庄上去。堂彼德罗的寡妇在门口迎接小姐。她们相见的客套我这里不提了。且说这位艾尔维拉老太太比交际场中的夫人还招待周到。她请奥若尔到一个极华丽的房间里去歇一会儿,又来招呼我们,无微不至。晚饭做得,她吩咐摆在奥若尔房里,两人同吃。堂彼德罗的寡妇很能尽东道之谊,不像有种主人,吃饭心不在焉,或者脸色不快。她高高兴兴,有说有讲。她谈吐很高雅,我佩服她聪明、心思细致。奥若尔好像也一样喜欢她。她们俩做了朋友,还约定要通信呢。我们的车要过一天才修理得好,恐怕动身的时候天太晚了,所以决定在她家多住一宵走。我们底下人的饭菜也很丰盛,而且不但吃得好,睡得也舒服。

第二天,我们小姐跟艾尔维拉谈得更相投了。她们俩在一间大厅上吃饭,壁上挂着好几幅画。有一幅特别惹眼,画得栩栩欲活,而画的景物很凄惨。画着一个绅士朝天倒在血泊里,看来已经死了,脸上还是一副恶狠狠的神气。他旁边横着个年轻女人,她另是一种神情。她胸口戳着一把剑,还没有咽气,眼光欲敛,还恋恋不舍地望着个少年人。那少年要和她永诀了,仿佛痛不欲生的样子。我留心画上还有个人。这是个慈祥的老者,他触目伤心,脸上的悲痛跟那少年人不相上下。看来他们两人对着这血淋淋的景象都有切肤之痛,只是感触不同。那老人悲深痛切,已经不能自支;那少年人伤心之中带着愤怒。画里把那些形形色色都传出神来,我们看得目不转睛。小姐便问这是画的什么惨事。艾尔维拉道:"小姐,这是一幅写真,写着我家的一桩痛史。"奥若尔听了心痒,很想更知一二。堂彼德罗的寡妇见她那么好奇,只得依她。当时奥蒂斯和她两个伙伴还有我都在旁边,听见她这样答应的,所以等她们吃完饭,我们四个都赖在那厅上不走。我女主人要把我们遣开,可是艾尔维拉看透我们心痒痒地要听她讲那画上的情节,就很体谅,说那事不是秘密,我们不必走开。一会儿,她就讲了下面的事。

第 四 章

婚变记。

"西西里国王罗杰有弟妹各一。弟弟孟富华造反,在国内掀起了恶狠狠的血战。可是他造化低,打了两个败仗,身为俘虏。皇帝处他造反的罪,只把他看管起来。罗杰这样宽宏大度,反叫有些百姓当作个残暴的人。他们说他留着弟弟性命无非要用毒手慢慢儿折磨他报仇。其余的人只怪他妹妹马悌尔德,说孟富华在监狱里受罪全是她害的,这倒不是无稽之谈。这公主一向恨这个王子,王子活一天就一天不饶他。王子死了不久,她自己也死了,人家以为是她灭绝天伦的报应。

"孟富华遗下两个儿子,年纪都还小。罗杰很想干掉他们,免得日后长大了要替父亲报仇,鼓动那些心里不服的人重新作乱。他把这个主意告诉枢密大臣雷翁悌欧·西富瑞狄。这大臣不赞成。他要国王回心转意,就自愿把大王子安利克领回教养,劝国王把小王子堂彼德交托给西西里大将军管教。罗杰相信这两人一定能教导两个侄儿恪尽臣道,就把孩子交托给他们,自己照管着外甥女儿康斯丹斯。她是马悌尔德公主的独生女儿,和安利克同年。国王为她请了许多保姆和师傅,教管得无微不至。

"雷翁悌欧·西富瑞狄在贝尔蒙特那地方有个田庄,离巴赖姆只短短二哩路。大臣就在那里尽心教导安利克,准备他做西西里一国之主。他一上来就觉得这位王子品性很好,疼得他好像自己没有亲生儿女似的。其实他有两个女儿。大女儿勃朗许比王子小一岁,是个十全的美人儿。小女儿珀茜还在襁褓之中,她妈妈是生她的时候死的。勃朗许和王子情窦初开,就两心相印,只是他们不能随意会面。王子有时候还能找到机会,就乘此说动西富瑞狄的女儿许他实行一个计划。这时候钦命雷翁悌欧去巡阅本岛一个僻远的省份。安利克和勃朗许卧房相连,他乘雷翁悌欧出门,叫人在两间卧房中间的墙上开个洞,洞口掩上一扇木头的滑门,可开可阖,不露痕迹,因为活门和板壁严丝合缝,肉眼决计看不出这个花巧。王子贿赂了一个巧匠,为他偷偷儿赶造的。

"痴情的安利克屡次从这个门到他情人房里去,不过绝不占她便宜。勃朗许虽然冒失,让王子偷到她房里来,却有言在先,不准他有一点非分之求。有一晚,他看见勃朗许很忧愁。原来她听说罗杰病重,西富瑞狄身为掌玺大臣,已经召入朝去听受遗命。她设想亲爱的安利克接了帝位,高高在上,就和自己隔绝了,因此非常焦虑。王子进来的时候,她正含着两包眼泪。王子道:'小姐,你哭咧?为什么伤心啊?'勃朗许答道:'殿下,我的心事瞒不过您。您伯父咱们王上快要归天,您就要接位。我设想您一旦做了至尊,我就攀附不上了,老实说,我是很发愁的。国王的眼光跟情人的不同;做臣子满心想望的事,到身登宝座就看得淡了。也许我是心血来潮,也许我有先见之明,我只觉得心烦意乱。我应该信得过您一片情意,可是我放不下心。我并非怀疑您会薄幸,我只愁自己没福。'王子答道:'可爱的勃朗许,你担忧也出于好意,不亏负了我对你的心。可是你担忧太过,就对不起我这片痴情,并且不是也小看了我吗?你千万别以为咱们的命运分得开,你应该相信,只有你能叫我称心满意。撇开了这种无谓的忧虑吧,别辜负了这个好时辰。'雷翁悌欧的女儿道:'哎,殿下,您一戴上皇冠,百姓就要您娶一位世代帝王家出身的公主做王后,这门显赫的姻缘还会替您版图上多添些州郡。咳!只怕您顾不得密誓柔情,只好听从他们。'安利克使性子道:'哎,你干吗尽自寻烦恼,想象得将来这样黯淡。假如天不要我伯父在位,叫我做了西西里一国之主,我发誓要当了满朝臣民和你在巴赖姆结婚。一切神明,听我发这个誓。'

"西富瑞狄的女儿听了安利克的表白,心定了些。他们掉转话头,谈到国王的病情。安利克惋惜伯父寿命不长,足见他天性忠厚,其实他真犯不着伤心。国王归天,他就可以接位。可是他骨肉情重,总觉得这是恨事。勃朗许还不知道多少苦厄已经临到头上了。有一天大将军有要事到贝尔蒙特田庄上,恰碰见勃朗许从她父亲房里出来,他一见大为倾倒。第二天他就向西富瑞狄求婚,得到了允可。但是正逢罗杰有病,这桩婚事就搁下了,勃朗许还一点不知道。

"一天早上,安利克刚穿好衣裳,只见雷翁悌欧带着勃朗许进来,觉得很奇怪。这位大臣道:'殿下,我来禀告您一个痛心的消息。不过祸福相倚,您也可以不必过于哀恸。令伯父咱们王上已经归天,传位给您了。西西里全国都对您臣服;满朝公卿正在巴赖姆待命,他们派我来听候您的旨意。万岁爷,我带了女儿特来朝贺,抢先来至诚极敬地向您行新朝子民应尽之礼。'王子知道罗杰两月来病势日渐不支,这消息原在意中。不过他突然间换了身份,心上感慨万端。他默默寻思一番,对雷翁悌欧道:'贤明的西富瑞狄,我向来把你当我父亲的。我有你辅佐,就可以自豪了。西西里一国之主,是你不是我。'他一面说,就到摆着文具的桌上,拿一张白纸,在纸尾上签了名。西富瑞狄问道:'万岁爷,您这是干吗呀?'安利克答道:'表示我感激你、器重你。'于是王子把这张纸交给勃朗许,说道:'小姐,我对你的心永远不变,你的意旨,我一切顺从,这张纸是个担保,你收了吧。'勃朗许脸颊红晕,接了那张纸道:'万岁爷,我拜受王上的恩典。可是我在家从父,我把这张纸交在他手里,由他斟酌情形,审慎使用,您不见怪吧。'

"她真把安利克签名的纸交给父亲。西富瑞狄一向还在梦中,这才恍然大悟。他看明王子的心了,就说:'万岁爷,我决不做对不起您的事,决不辜负您的信任……'安利克打断他道:'亲爱的雷翁悌欧,你不会辜负我,随你把我这张纸怎么用法,我总赞成。'接着又道:'你们走吧,回巴赖姆去叫那边筹备加冕典礼;对我的臣民说:我随后就要来听他们宣誓效忠,还要向他们传旨施恩。'这大臣奉了新主子的命令,带着女儿往巴赖姆去。

"过了几个钟头,王子也离开贝尔蒙特。他情思缠绵,虽然就要身为至尊,也不在心上。他一到城里,只听得欢声四起,他在百姓欢呼声里进了皇宫。典礼已经筹备停当,在宫里举行。他看见康斯丹斯公主穿了长的孝服,好像很哀悼罗杰。他们少不了要互相吊唁一番,两人说话都很得体,只是安利克比康斯丹斯冷淡。康斯丹斯并不为家庭的纠纷恨这王子。王子登宝座,公主坐在旁边，比皇位略低些。大臣都归了班次。大典开礼，雷翁悌欧身为掌玺大臣，又受先王顾命，就展开遗旨，高声朗读。大致说：罗杰无后，指定孟富华长子继承，但以娶康斯丹斯公主为后作条件，否则宝位由堂彼德王子继承，条件相同。

"安利克听了大吃一惊。他非常着急。雷翁悌欧读完遗嘱，当众宣布道：'诸位大人，先王对嗣君的遗命已经宣读了。我们大德大度的王子愿意娶表妹康斯丹斯公主为王后。'安利克越加着急，忙截住大臣的话道：'雷翁悌欧，别忘了勃朗许交给你的那张签名的纸……'西富瑞狄不让王子说完，忙插口道：'万岁爷，在这里呢。'他把那张纸当众扬了扬，说道：'朝上各位大臣看了这上面万岁爷的御名，就知道您敬爱公主，恧遵先帝遗命。'

"他说完就宣读自己写在那纸上的话，俨然是新国王的口吻，说他向臣民允诺要依从罗杰遗旨，娶康斯丹斯为后。殿上欢声雷动，在场的人都高呼：'大德大度的安利克万岁！'这王子向来嫌恶公主，大家并非不知，因此怕他对先帝遗旨抗不受命，弄得国内骚动。那一纸宣谕使朝野安心，一片欢呼。国王听了五内如裂。

"康斯丹斯一方面是添了尊荣，一方面也未免有情，所以比谁都高兴，就乘这时候向王子谢恩。王子要强自抑制也没用，他听了公主谢恩，不安得很，心里烦乱，连礼貌上该说的话也说不上来。西富瑞狄职司所在挨近着宝座，王子后来按捺不住，向他低声道：'雷翁悌欧，你干的什么事啊？我交给你女儿那签名的纸，不是预备做今天这番用场的。你违反了我……'

"西富瑞狄语气坚决，打断了他的话道：'万岁爷，别忘了您的尊荣。您要是不肯听令伯父先王的遗命,就做不成西西里的国王。'他说完就跑开,不让国王再说什么。安利克为难极了,心乱如麻。他很怨恨西富瑞狄;他横不下心把勃朗许扔掉。要勃朗许呢还是要宝位,他一时取决不下。他后来想定主意,自以为得了个两全的办法。他和表妹结婚之前,得先派人到罗马去求准。他假装愿意服从罗杰遗命,却预备乘这个当儿行些德政,使国内权贵归心;只要政权稳固,就没人能够勉强他履行遗嘱上的条件了。

"他打了这个主意,心定了些,便转向康斯丹斯,把掌玺大臣当众宣读的话再申说一遍。他正违着心向公主发誓,偏偏勃朗许跑上殿来。她奉父命向公主朝贺,一进来听见安利克这番话,很觉刺耳。雷翁悌欧惟恐她不知命薄、抱着什么梦想,他一面引她去见康斯丹斯,故意说道:'孩子,来朝见王后,恭祝国泰民安、大婚吉祥如意。'这一棒打得好厉害,可怜勃朗许吃不住了。她极力要遮掩心头之痛也遮掩不了,脸上红一阵,白一阵,浑身发抖。公主倒一点没看出来,只道这女孩子乡间长大,上朝未免害生,所以祝贺得语无伦次。那年轻国王心下明白,他一见勃朗许,就不知道把脸搁在哪儿,又看她那副伤心绝望的眼色,更不知所措。他知道勃朗许骤然看来,准以为他背信了。他要是可以跟她讲话,就不至于这样着急。但是西西里全国正眈眈注视着他,哪有这个机会呢?而且狠心的西富瑞狄不容他存这指望。这位大臣看透一对情人的心,他要防他们儿女情痴,坏了国家大事,就乖乖觉觉带女儿下殿,同回贝尔蒙特。他有种种道理要尽早把女儿嫁出去。

"他们到了家,勃朗许才知道自己多么苦命。西富瑞狄说已经把她许配大将军了。她悲痛得很,当着父亲也不能自制,嚷道:'无私的天道呀! 你还要把可怜的勃朗许怎样折磨啊!'她悲伤太过,魂飞魄散,身冷面白地晕倒在父亲怀里。他看见女儿这样也很难受。他深深体会到女儿的苦痛,可是他主意很牢。后来勃朗许清醒过来了。那刺心的苦痛不容她昏迷不醒,西富瑞狄在她脸上洒水的功效还在其次。她睁开昏昏两眼,看见自己父亲忙着救护,就有气无力地说道:'大人,我很惭愧,把我的心病落在您眼里了。可是我去死不远,种种烦恼都可以了结,您也可以早早去掉个私订终身的倒霉女儿。'雷翁悌欧答道:'不,勃朗许,我的宝贝,你得活着呢。你是有品节的,慢慢儿会振作起来。大将军向你求婚也是你的体面,这门亲是全国最了不起的……'勃朗许打断他道:'他人物才能我都看重,可是大人,王上答应我……'西富瑞狄也打断她道:'孩子,你的道理我全知道。你对这位王子的痴情我并非不晓,换了个境地,我也并不反对。但是他为了自己的尊荣和国家的福利,非娶康斯丹斯不可。不然的话,我还要巴巴地把你嫁给他呢。先王务必要他娶这位公主才肯传位给他。你愿意他为你抛掉西西里的王位吗? 我告诉你吧,你遭到这种伤心事我也一样难受,不过命运是强不过来的,还是努力放宽心胸吧。你能够把这点非分的妄想瞒过全国的人,就是你的体面。你对王上有情,人家会造你谣言;你要保全声名,最好嫁给大将军。总而言之,勃朗许,你没有斟酌的余地。王上为王位撇下了你要娶康斯丹斯了。我已经把你许给大将军,请你别叫我失信。假如你非要我拿出做父亲的款来才肯答应,那么我现在命令你嫁给大将军。'

"他说完就走了,让女儿把这话仔细咀嚼去。他说的一泡道理是要动女儿以大义,克制她的私情,希望她经过一番思索,会愿意嫁给大将军。他果然没有料错。可是那伤心的勃朗许费了好多挣扎才打定这个主意。她的处境真是可怜极了。她早愁到安利克要背弃她,眼看事已如此,很觉痛心;而且她割舍了王子,还得委委屈屈嫁个不喜欢的人,越加悲切不堪,觉得活一刻是多挨一刻苦楚。她叹恨道:'假如我注定是个苦命,除非一死,倔强有什么办法。残酷的命运啊,既然一定要我受没底的苦楚,为什么又拿最甜蜜的希望来哄我?你这负心人啊,你答应我天长地久此心不变,却又和别人好了。你对我赌神发咒,难道一会儿就会忘记吗?你既然这样忍心欺我,愿天罚你!你诳骗神明,亵渎合欢床,叫你那床上没有欢乐,只有悔恨!但愿你那反复无常的心把康斯丹斯的柔情昵态恨得像毒药一样!但愿你的婚姻和我的一样受不了!哎!负心人啊,我要报仇,也要罚自己情痴不识人,所以我尽管一点不爱那大将军,也就嫁他了。我信奉的宗教不容我自杀,我只愿今后过的无非是一片又苦又闷的凄凉岁月。你要是余情未断,叫你看我另嫁别人,也是对你报了仇;你要是早已把我放在脑后,至少西西里出了一个能惩罚自己用情轻率的女人,也足以夸傲。'

"可怜她私情大义左右为难,嫁大将军的前一夜就这样过了。第二天西富瑞狄看她依头顺脑,乘机就上劲干事。他当天请大将军到贝尔蒙特,在田庄上教堂里悄悄地和他女儿行了婚礼。勃朗许这一天真是苦透了。她不但断了做王后的想头,失了心爱的人,嫁了个厌物;而且这丈夫早就爱得她火也似的热,又天生是个醋罐子,在他面前不能流露私情。这位新郎娶到了勃朗许,快活得时时刻刻趋奉在旁,她要背人弹泪、稍解伤心,也没机会。天黑下来,雷翁悌欧的女儿越加忧急。女用人替她卸完装都退出去,让她和大将军两人在一起,那时候她更急坏了。大将军恭恭敬敬问她为什么神色不豫。勃朗许不知怎么回答,推说身子不舒服。她丈夫开头倒相信,可是一会儿就看破了。他当初看勃朗许那样子,真的很关切,就催她上床。勃朗许误会了意思,想到他要肆行强暴,不由得失声长叹,眼泪直流。一个人满以为好事可成,忽然见此景象,哪里受得了呢!他知道太太烦恼定有隐衷,对他的爱情不利。他看明这点,就和勃朗许一样的烦恼起来,不过他还算有克己功夫,没露在脸上。他加倍殷勤,还是催太太安置,答应让她睡个够,决不打扰。他还说,她如果不舒服,要人服侍,他就去叫女用人进来。勃朗许这才放了心,说她只是没力气,睡一觉就会好。他假装信以为真。两人都上床,这一宵跟男欢女爱的洞房之夕大不相同。

"西富瑞狄的女儿一心自怨自悲,大将军这时也在寻思他的婚事怎会这样生趣全无。他拿准有个情敌,可是想不出是谁。他只知道自己是倒霉透顶的人。他这样思前想后,一夜已经过了三分之二,忽然隐隐听得一点声音。他听得房里有人慢步徐行,吃了一惊。他以为听错了,因为他记得勃朗许的仆妇出去之后,亲手关的门。他掀开帐子,要看看到底什么东西响,可是放在壁炉架上的灯已经灭了。一会儿他听得有人悄声息气叫了几声勃朗许。他醋劲发足,勃然大怒,只怕有人要坏他的家声体面,忙起来拔剑在手,朝那声音赶去,要是已经算不得事先防范,也可以报仇雪耻。他觉得一把出鞘的剑正抵住自己的剑。他逼向前,那人就往后退;他追上去,那人就躲开了。他黑地里尽力追逐,那人好像在屋里满处躲闪,躲到不知哪里去了。他停下听听,声息全无。见鬼!他摸到门口,以为那个暗中坏他家声体面的冤家从门里跑了,可是门依然键着。他莫名其妙,就去叫醒那几个睡在近旁、唤得应的用人。他一面开门,一面把身子堵住出口,留心提防着,怕他找的那人溜掉。

"几个用人听得他一迭连声的叫唤,忙拿着蜡烛赶来。他要了一支蜡烛,拿着剑又满屋里寻了一遍。可是他并没找出人来,一点踪迹也没有。那扇暗门和出入的道儿他全没看出来,可是种种不如意的事瞒不过自己。他心上非常烦乱。假如他去问勃朗许,她遮饰还来不及,决不会告诉他什么。他决计把心事告诉雷翁悌欧,一面先打发了那些用人,只说听得屋里声响,原来听错了。恰巧他丈人听见嚷嚷,出来看看究竟;他就一五一十地告诉,讲的时候神情很愤激,也很愁苦。

"西富瑞狄听了很诧异。他觉得断无此理,可是相信确有其事。他知道国王痴情,什么事都干得出来,因此很愁虑。不过他并不助长女婿的醋劲,一口断定那听到的声音和那把抵敌的剑都是疑心生暗鬼,决不会有人到他女儿屋里去。他又说新娘子郁郁不乐,也许因为身子不舒服;女人闹脾气,无损丈夫的体面;女孩子过惯幽静日子,突然嫁了个男人,既不认识,又没感情,难免落泪叹气、心里悲伤,惹男人见怪,其实并无别的缘故。他还说,要挑动大家闺秀的情,得费工夫赔小意儿;又劝他千万别烦恼,只要加倍温柔亲昵,自会赢得勃朗许回心转意。他然后请女婿回女儿房里去,认为这般多疑纳闷侮辱了她的品节。

"大将军也许真以为自己神思恍惚,疑心生鬼,也许觉得少露声色为妙,这情节太离奇,不必对老头儿空费唇舌、硬说确有其事,反正他听了丈人一番道理,一声儿也没言语。他回到太太房里,躲在她旁边,想睡一忽儿定定神。那多愁的勃朗许心里也不安顿,她丈夫听到的声息她听得清清楚楚,知道是怎么回事、什么用意,所以不会当作幻觉。她很诧异,安利克既然和康斯丹斯隆重订婚,怎么还要到她房里来。她并不得意快活,只以为这种举动又是一重侮辱,所以满怀愤怒。

"西富瑞狄的女儿成见在心,觉得那年轻国王是最混账的人;这可怜的王子却对勃朗许迷恋愈深,知道自己形迹可恶,想见面宽慰她一下。他因此早要到贝尔蒙特来,可是给紧要公事绊住身子,直到半夜才混出宫廷。他在西富瑞狄的庄上长大,熟悉那一带的路径,要溜进去很容易;而且他还有个钥匙可以开花园的暗门。他从花园到了旧日的住处,再进勃朗许的房。他忽然发觉房里有个男人,一把剑抵着自己的剑,那时候的骇异可想而知。他差点儿发作起来,把那胆敢动手冒犯王上的狂徒当场惩罚,可是顾惜西富瑞狄的女儿,暂且捺下怒气。他还照原样出去,取道回巴赖姆,心上越添了烦恼。他到巴赖姆,天已经快亮了,就一人关在房里,意乱如麻,也睡不着觉,一心只想再到贝尔蒙特去。他为自己的安全和体面,尤其为了爱情,急要把这番凶险的遭遇弄个水落石出。

"天一亮,他下令牵狗鞴马出去打猎。他借消遣的名目,带着指挥猎狗的人和几位朝臣直入贝尔蒙特树林深处。他防人看破,先跟猎队跑了一会儿,看大家跟着猎狗跑得起劲,就撇下众人,独自往雷翁悌欧的田庄去。他熟悉树林里的小道儿,不会迷路。他心里焦急,不惜马力,一会儿就赶到他心上人的住处。他想找个动听的借口,求西富瑞狄的女儿私下一会。这时他穿过一条通田庄园门的小道,看见离他不远有两个女人坐在树下说话。他想准是田庄上的人,心里就一跳;等到她们听得蹄声,转过脸来,他正和心爱的勃朗许打了个照面,越发心跳不已。原来勃朗许带了她最亲信的女用人妮斯溜出田庄到这儿,想至少可以来尽情一哭的。

"他如飞地赶过去,竟是投身在她脚下。他看见勃朗许眼睛里那副沉痛的神情,非常难受,说道:'美丽的勃朗许,你且不要悲伤。我承认我看上来确是可恶,不过你要是知道我为你的打算,就明白我是于心无愧,爱得你无以复加,你现在以为我犯的罪倒正可以证明我的心迹。'安利克以为这话可以稍为替勃朗许解解忧,谁知道她听了一发伤心。她要回答,可是哽咽得说不出话来。王子看她气咽喉堵,诧异道:'啊,小姐,我不能消你的烦恼了吗?我倒了什么霉,弄得你不相信我了?我倒只求与你相守,连王位和性命都没顾惜。'于是雷翁悌欧的女儿强自抑制,向他解释道:'万岁爷,您许愿已经迟了,从今以后,我和您只可以各自东西了。'安利克忙打断她道:'啊,勃朗许,你这话多狠心呀!谁敢不让我爱你?谁敢触怒国王?他宁可放火把西西里烧光,也不肯对你死心的。'西富瑞狄的女儿有气无力地说道:'万岁爷,尽管您掌大权,也消不掉咱们彼此间的扞格。我已经是大将军的夫人了。'

"王子倒退了几步,失惊道:'大将军的夫人!'他伤心得说不下去。他没料到这当头一棒,打得他劲儿全没有了。他倒在背后一棵树下,面无人色,抖索索浑身无力,只有两眼还瞪着勃朗许,一望而知那恶消息直刺了他的心。勃朗许也瞧着他,那神情分明是同病相怜。这一对没缘分的情人相视无言,静寂得真叫人毛骨悚然。后来王子鼓起劲来,定了定神,对勃朗许叹息

道:'小姐,您干的好事!你那死心眼儿把你我都断送了。'

"勃朗许觉得自己理长,王子理屈,一听王子倒好像在埋怨,就生气了。答道:'啊!万岁爷!您非但薄幸,而且想欺哄人了。您要我不相信自己的眼睛耳朵吗?要我不顾目见耳闻的种种,相信您无愧于心吗?不成的呀,万岁爷,我老实说我没法儿这样想。'国王道:'可是小姐,你以为证据确凿,其实是假的。那些证据就哄你上了当。我问心无愧,对你也没变心,这跟你嫁了大将军一样都是千真万确的事。'她道:'唷!万岁爷,我不是听见您答应跟康斯丹斯结婚,还要永结同心吗?您不是答应朝上大臣要服从先王遗命吗?那公主不俨然以安利克王后的身份受了新朝子民的朝贺吗?难道我真迷花了眼睛吗?您这负心人啊,还不如说,您觉得犯不着为勃朗许抛了国王的宝座。您对我已经情断,也许压根儿没有什么情,又何必赔小心、假意殷勤呢?还不如老实说吧,要坐稳西西里的王位,娶西富瑞狄的女儿不如娶康斯丹斯。万岁爷,您没有错,王后的尊荣,也正像您这样一位王子的心,都不是我分内的东西。我敢妄生希冀,是我自负太高了,可是您不该哄我抱这种非分之想呀。我当初觉得难免跟您分离,心上发愁,您是知道的。您为什么还安我的心呢?又何必解我的愁呢?我就不会怨到您,只怪自己命苦了;虽然不能嫁您,也决不嫁别人,至少我的心永远是您的。您现在解释也来不及了。我已经嫁了大将军,再跟您会面就坏我名誉,请您原谅吧。万岁爷,我不敢对您失礼,不过我不能再听王上诉说衷情,我这就叩辞了。'

"她说完挣出余劲,急匆匆走了。安利克叫道:'小姐,你等一等,别逼得一位王子伤心绝望。你怪他为王位抛弃你,但是他宁可推翻王位,也不肯依顺新朝子民的期望。'勃朗许答道:'您现在抛弃王位也没用了。您除非把我从大将军手里夺了过来,才可以说这种慷慨激昂的话。我已经身有所属,尽管西西里烧成灰,不论您娶了谁,我都不在乎了。若说我当初痴心没主见,我现在至少还会咬紧牙关,克制情感,让西西里新朝的王上明白,我做了大将军的夫人,就不是安利克王子的情人了。'她说着已经走到庄园门口,就和妮斯一同匆匆进去了。她们随手关上门,王子撇在门外,无限凄惶。他听了勃朗许结婚的消息惊愤难消,说道:'不讲理的勃朗许!你把咱们的婚约忘记了!咱们白白立下誓,还是拆开了。我只道有福消受你,原来只是一场梦幻!狠心的姑娘,我曾经承你不弃,为这一点甜蜜得赔上多少苦楚啊!'

"他又想象那位情敌的快活,说不尽的妒恨。他一时上醋得发狂,差点儿要把大将军连西富瑞狄都杀掉泄愤。不过他神志渐清,把那冲天怒气平了下去。可是他想到没法叫勃朗许知道自己并非薄幸,又懊恼非常。他还痴想,以为只要跟她私见一面,就可以撇清。要跟她私下见面,非把大将军调开不可。他就硬了心冤枉大将军乘机作乱,盼咐把他逮捕。御前卫队长奉命,傍晚到贝尔蒙特,逮捕了大将军,把他关在巴赖姆大牢里。

"这事闹得贝尔蒙特地方上大起恐慌。西富瑞狄马上要去见国王,保女婿无罪,并且进谏说,这种监禁会出乱子的。国王早料到他大臣会有这一着,想乘大将军还在牢里,设法至少和勃朗许会谈一次,所以特地传谕,当天谁也不准求见。可是雷翁悌欧不顾这道上谕,竟直入寝宫。他见国王道:'万岁爷,如果一个矢忠尽敬的良民可以埋怨主子,那么我就是要来当面埋怨您。

我女婿犯了什么罪？我家从此要遗臭万年，而且这样把人监禁，会使国内大臣离心，万岁爷您都没仔细想想吗？'国王答道：'有人向我告密，证据确凿，说大将军勾结堂彼德王子，图谋不轨。'雷翁悌欧很诧异，插口道：'图谋不轨！啊！万岁爷，您别相信，人家想哄您呢。西富瑞狄家里的人从来不会犯上作乱，大将军已经是我家女婿，就嫌疑不到他身上。大将军丝毫无罪，您别有用心，所以逮捕他。'

"国王道：'你既然把话说得那么透亮，我也不必隐讳。你怨我监禁大将军！哎，我不能怨你忍心害理吗？西富瑞狄啊，都是你这个蛮干的家伙多管闲事，害得我失魂落魄，只羡慕做个下贱的小百姓了。你别以为我会听你的话。我和康斯丹斯的婚事虽然说定了，还是没用的……'雷翁悌欧打断了他，颤巍巍说道：'啊，万岁爷，您当着满朝臣民给了公主一腔希望，还能不娶她吗？'国王答道：'如果我辜负他们的期望，都怪你自己。我办不到的事，为什么逼我答应？我署上名字的那张空白谕旨是给你女儿的，谁叫你去填上个康斯丹斯的名字呀？你并非不知道我的用意，却强迫勃朗许违了心去嫁个她看不中的人，这是应该的吗？况且你凭什么来勉强我呢？我恨那公主，你却硬要我喜欢她。她是马悌尔德的女儿，那狠毒的马悌尔德灭绝天伦，惨无人道，把我爸爸在监牢里折磨得送了命，你难道忘了吗？我还去娶她！不成的，西富瑞狄，你死了这条心吧。你要做成这头恶姻缘，瞧着吧，会弄得西西里烧成一片大火、血流遍野呢！'

"雷翁悌欧道：'这是什么话啊？哎，万岁爷，您叫我心目中有个什么景象呀？您说得多么可怕呀！'他又转过口气道：'可是我不用担惊受恐，您爱民心切，决不忍害他们遭殃。您也决不会随着爱情摆布,有玷品行,犯了常人的通病。我所以把女儿嫁给大将军,无非是替万岁爷笼络一员勇将;你仗着他的本领和他手下的士卒,就不怕堂彼德王子来争权夺位了。我以为借婚姻和他联为一家……'安利克王子道:'哎,正是这婚姻——这倒霉的婚姻断送了我呀。朋友,你真狠心,为什么一下打得我这么痛?你为我谋利,不惜我心受委屈,我可没叫你这么来呀!我的权位,让我自己来维持不好吗?如果有叛臣贼子,我难道没有本领去戡服吗?大将军如果抗命,我自会惩罚他。我知道国王不比暴君,第一要百姓安居乐业,可是国王就该当百姓的奴才吗?人人天生有爱憎的自由,一旦承天应运,做了一国之主,就连这点自由都没有了吗?你要保我至尊无上,全不顾我心里苦恼,要是国王享不到这点儿自由,还不如个下贱的百姓,唉,西富瑞狄,这至尊无上之权你收回了吧。'

"这大臣答道:'万岁爷,先王的遗命,要您跟公主结婚才肯传位,您当然知道的。'安利克回答道:'就是他也有什么权下这道谕旨?难道这种荒谬的律例是他承哥哥夏尔王宝位的时候就传下来的吗?你就应该低首下心,履行这种不讲理的条款吗?你身为掌玺大臣,对我们的旧章前典太生疏了。总而言之,我当时答应娶康斯丹斯是不得已。我绝不想守信。要是堂彼德因为我不肯践约就想自己做国王,也不必兴师打仗,害生灵流血,我和他可以比一下剑,看究竟谁配做一国之主。'雷翁悌欧不敢再劝,只跪着苦求把女婿释放,居然得到了允可。国王道:'去吧,回贝尔蒙特去,大将军一会儿就跟着来了。'这大臣出来,回到贝尔蒙特,以为他女婿随后就到。他可料错了。安利克这晚上要去看勃朗许,所以要迟到明天早上才放她丈夫呢。

"这时候,大将军正反复寻思,十分难过。他一进监牢,就明白自己倒霉是什么道理了。他一片身心全都浸在醋里。他一向以忠心著称,这时不然了,念念只想报仇。他料定国王当夜一定去找勃朗许,想把他们俩双双捉住,就求巴赖姆的典狱官放他出去,答应天亮以前一定回来。典狱官本来对他死心塌地,况且知道西富瑞狄已经求得王上开恩赦免,更没什么留难的了。典狱官还弄了一匹马来,让他骑回贝尔蒙特。大将军到了那里,把马拴在树上。他身上有钥匙,开了庄园小门,溜进庄子,幸喜没碰见人。他到了太太房里,躲在外间一扇屏风后面。他准备在那里守候,一听到声息,就冲进勃朗许的房间。他看见妮斯刚从她女主人那儿出来,回自己卧室去。

"西富瑞狄的女儿对丈夫坐牢的缘故一猜就透,尽管她爸爸说王上应允随后就让大将军回来,她看准当夜是回不来的。她知道安利克一定要乘机来看她,跟她自在谈话。她心上这般寻思,等着那王子来,想责备他,说这种举动要替她惹祸的。妮斯走了不一会儿,滑门果然开了,国王进来跪在勃朗许脚边,说道:'小姐,你且听我讲完再怪我。要说我监禁大将军呢,你想想,除此之外,我没法儿可以向你表明心迹。我使这诡计,都是你不好。今儿早上你为什么不肯理我呢?哎,明天你丈夫就自由了,我从此不能再来找你说话。这是末了一次,听我说吧。我失了你抱恨终生,可是我并非薄幸,才招来这种恨事。你至少让我把这话说明,也给我些微安慰。我没办法,只好对康斯丹斯承认那婚约。我惟有哄过那公主,才能顾全你我,保你又做到王后,又嫁给意中人。我预料可以成功,已经想法要和她解约。可是你坏了我的事,你轻举妄动嫁了人。本来是美满姻缘,咱们俩

可以称心如意,却给你弄得两颗心里此恨绵绵了。'

"他心摧欲绝,一望可知,使勃朗许很感伤。她知道他没负心,先觉得有点儿喜欢,接着想到自己的身世却越发难受。她道:'唉,万岁爷,咱们既然是命该如此,您说并没有负心,我就越觉得苦痛了。我这个薄命人干得好事啊!我心上怨恨,打错了主意。我以为您已经把我扔掉,爸爸要我嫁大将军,我气头上就答应了。是我的罪孽造成了咱们这段伤心事。哎,我还直怪您骗我,其实咱们永结同心的誓约却是我这个死心眼儿的痴情人自己毁了。万岁爷,您也对我报仇吧。勃朗许没良心,您恨她吧,忘掉她吧……'安利克凄然打断她道:'小姐,我哪里能够呢,我受尽你冤屈,还是此心不改,我办不到。'西富瑞狄的女儿叹息道:'可是,万岁爷,您得勉力去做。'国王道:'你自己做得到吗?'她道:'我未必做得到,不过我一定尽力做去。'国王道:'唉,你好狠心啊!你横得下这个心,就会轻轻地把安利克忘掉。'勃朗许口气越加斩截,说道:'您究竟打的什么主意啊?您以为我还能让您跟我要好吗?不成的,万岁爷,死了这条心吧。我没生得王后的命,可是天生我也不是个偷汉子的女人。万岁爷,我丈夫也跟您一样是安如的贵族。我一辈子不能再受您眷爱了,即使不怕对不住他,也得顾全我自己的体面。我求您出去吧,咱们不应该再会面了。'国王道:'你好蛮不讲理!唉,勃朗许,你怎么能对我这样严厉?你嫁了大将军,害得我心灰意懒,难道还不够,连慰情聊胜于无的会面都不许吗?'西富瑞狄的女儿洒了几点眼泪,说道:'还是跑远些吧,既然此生无望和心爱的人团圆,相见也没什么好处。万岁爷,咱们从此分别,您撇下我吧。您为自己的体面和我的声名,得横横心撇下我。我

这话也只是求个心地舒坦,因为我尽管不怕把持不住,可是想到您一片恩情就意乱如麻,难受得很。'

"她说得情切,无意把背后桌上的蜡台打翻,蜡烛掉下地就灭了。勃朗许捡起来,开了外间的门,到妮斯房里去点蜡,妮斯这时候还没睡呢。勃朗许点亮了蜡烛就回房。国王还等着,一见她回来,立刻又求她还跟他好。大将军听得国王的声音,立刻拔剑在手,直冲进房,差不多跟他太太同时进去的。他怒得气愤愤地抢向安利克,嚷道:'你这个昏君欺人太甚!别以为我是个好惹的,甘心受你侮辱。'国王一面拔剑招架,答道:'啊,你这个反贼!你也别以为我会便宜了你,让你计策得逞。'一面说,就交起手来。这一场打得真狠,所以不久就见分晓。大将军惟恐西富瑞狄和他家用人听得勃朗许叫喊赶来,碍他手脚,所以舍身忘命地打。他气糊涂了,剑法一乱,撞在冤家剑上,一把剑全戳进身子去,只剩个剑柄在外。他倒下地,国王也立刻住手。

"雷翁悌欧的女儿看丈夫这般情形,心中不忍,虽然对他自然有种嫌恶,这时却顾不得了,忙蹲下去救护。可是这倒霉的丈夫对她怨深恨切,尽管她一味哀怜,他看了也无动于衷。他自己觉得去死不远,可是还制不住心里妒恨。他一丝两气,想到冤家称心,气愤极了,使尽余力,举起剑向勃朗许胸口直刺进去。他一面说:'叫你死!你和我结了婚却违背誓约,你这个不守信的女人,你死了吧!'又道:'你啊,安利克,别得意,自以为运气好。我倒了霉可不便宜你!我死也称心了。'他说完就断气,脸色已经死灰,可是还一副傲岸狰狞的样子。勃朗许的脸另是一般。那一剑正中她要害,她倒在垂死的丈夫身上,冤枉送命的人和她的凶手两个身体里的血合流一处。这个凶手打定恶主意突然来这一下,所以国王措手不及。

"这可怜的国王瞧见勃朗许倒地,大叫了一声;他眼看她挨了那致命的一剑,比自己身受还痛。勃朗许要救护大将军,得了这般恶报。国王忙也去救护她。她奄奄一息对国王道:'万岁爷,您不用费心,命运不饶人,注定我要死的了。但愿我这一死息了天怒,能赢得您国泰民安。'她这句话刚说完,雷翁悌欧听得女儿叫喊跑来,一看这景象,惊得呆了。勃朗许没看见他,还在跟国王说话。她说:'万岁爷,我跟您永别了。您可怜我对您的痴心,可怜我苦命,好好记着我。别怨我爸爸。顾惜他年纪大了,顾惜他心里悲痛,况且也别辜负了他对您的一片赤忠。尤其要告诉他,我是清清白白的,这是我托付您的最要紧的话。亲爱的安利克,我跟您长别了,我要死了……我临终的一口气是给您的。'

"她说完就断气了。国王哀痛无言。他过了一会儿,看见西富瑞狄痛不欲生的样子,就说:'你瞧瞧,雷翁悌欧,这是你一手造成的。这场惨事都是你多管闲事、为我操切,弄出来的。'老头儿伤心已极,回答不出来。可是言语不能形容的事,我也何必多讲。只说他们悲痛稍定,哭得出来了,两人都失声痛哭。

"国王终身忆恋他的心上人。他横不下心来和康斯丹斯结婚。堂彼德王子娶了公主,两人费尽心力要不让罗杰的遗命落空。到后来还是安利克国王把敌人平了,他们只得臣服。西富瑞狄悔恨自己弄出这等惨事,厌世绝俗,在本国住不下去。他离开西西里,带了二女儿珀茜到西班牙,买下这个宅子。从勃朗许死后,他在这儿过了近十五年,还看见珀茜结了婚,总算于心稍慰。珀茜嫁给堂吉隆·德·西尔华,我是他们的独生女儿。"彼德罗·德·比那瑞斯的寡妇又道:"这就是我家的旧闻、这幅惨景的本事。我外祖雷翁悌欧叫人把这桩痛史画了出来,留给子孙作个纪念。"

第 五 章

奥若尔·德·古斯曼到萨拉曼卡
以后干的事。

奥蒂斯和她伙伴儿还有我听完这段故事就退出饭厅,让奥若尔和艾尔维拉两人在一起。她们直谈到天黑,娓娓不倦。第二天我们动身,她们俩依依不舍,仿佛是一对相安相习的朋友了。

一路平安无事,到了萨拉曼卡。我们先租下一宅带家具的公馆,照议定的办法,叫奥蒂斯大娘做了堂娜齐梅娜·德·古斯曼。她当了多年的女监护,串戏当然是拿手。我们打听得巴洽果常住什么公寓,于是一个早上,奥蒂斯和奥若尔带了一个女用人一个男用人同到那里,问有没有房间出租。人家说有,带她们去看了很讲究的一套,奥蒂斯就租下了。她还预先把房金付给房东太太,说她有个外甥要从托雷都到萨拉曼卡来读书,当天就到,这房间是为他租的。

女监护和小姐租定房间就回公馆。美丽的奥若尔立刻改扮男装。她黑头发上罩了黄色假发,眉毛也染黄,穿上男装,打扮得活像个年轻公子。她态度很自在,只是脸儿姣美得不像男人,此外没一点儿破绽。那个扮小僮儿的女用人也改了男装。她不是个美人儿,而且恰好有副涎皮赖脸的腔,不怕扮来不称。当天饭后,这两个角儿装束停当,准备登场,换句话说,要到公寓去了。我也跟着。三人坐一辆马车,带着有用的行李。

房东太太名叫贝娜达·拉米瑞斯。她殷勤迎接,带我们到了租定的房间里,就一起谈谈。我们先讲定供什么饭食,每月付多少饭钱,于是问她这儿房客多不多。她说:"目下没什么房客。我要是来者不拒,人多着呢,可是我只肯招待年轻公子。今儿傍晚就有一位要来了,从马德里到这儿来念书的。他叫堂路易·巴洽果,不过二十岁左右的一位大爷。您也许没见过,可是大概早已闻名了。"奥若尔道:"没有。我知道他家是名门大族,可是不知道他是怎么样个人。往后我得跟他同寓,请你把他的为人讲给我听听。"房东太太把这位假扮的公子端详了一番,说道:"大爷,他相貌绝顶漂亮,长得就跟您差不多。啊!你们俩真可以做一对好朋友了!圣雅各在上!我可以夸口,西班牙最漂亮的两位公子都是我的房客。"我的女主人问道:"这位堂路易在你们贵地准有不少艳遇吧?"那老太太答道:"啊,当然有。哎呀,他真是个风流郎君,女人一见倾心的。看中他的女人很多,其中一个名叫伊莎贝尔,她年轻貌美,是一位法学老博士的女儿。她那样痴情,准要发疯的。"奥若尔忙打断她道:"那男的也很爱她吗?好奶奶,你告诉我呀。"贝娜达·拉米瑞斯道:"他回马德里以前对她很有情,不知道现在怎样,他这个人是拿不稳的。他喜新厌旧,这也是年轻公子的常态。"

这位老寡妇话还没完,院子里传来一片喧哗。我们到窗口去望,看见两个人刚下马,正是堂路易·巴洽果带着个亲随从马德里来。那老太太忙撇下我们去迎接。我们小姐要客串堂裴利克斯,未免有点慌张。一会儿,堂路易没换掉骑马靴就跑进我们房来,向奥若尔行礼道:"我刚才听说到了一位托雷都的年轻公子,我有人做伴儿了,所以满心喜欢,特来致候,请恕我冒昧。"我女主人跟他应酬的当儿,我看出巴洽果很诧异,想不到会碰到这样一表人才的绅士。他忍不住说,从没见过这样漂亮的相貌和俊俏的身材。两人客套了一番,堂路易就回自己房里去。

堂路易在房里脱靴换衣的时候,一个小僮儿找他要送封信给他,恰巧楼梯上碰到奥若尔,以为是堂路易,就把那信给她道:"大爷,您的信。我虽然没见过巴洽果大爷,想来您就是,不用问了。我相信准没错儿,您就跟人家形容的巴洽果大爷一模一样。"我女主人的机智真了不得,她答道:"朋友,一点不错,你很会当差。你眼光实在准得很,会猜着我就是堂路易·巴洽果。去吧,我自会叫人送回信。"小僮儿一走,奥若尔跟她女用人和我关了门,拆信来看,只见上面写道:"我刚听说你到萨拉曼卡了。真是个喜信!我差些儿疯了。可是你还爱伊莎贝尔吗?快告诉她你没变心。你要是依然爱她,她一定乐死了。"

奥若尔道:"信写得很缠绵,可见痴情流露。这位小姐是个劲敌,我不能放松的,得费尽心机离间她和堂路易,甚至于不让他们再见面。当然这是个难题,可是我不怕办不到。"她默默寻思了一会儿,说道:"你们瞧着,不出一昼夜,我准叫他们俩闹翻。"巴洽果在自己房里歇了一会儿,晚饭前又到我们房里来跟奥若尔闲聊。他打趣道:"大爷,我想你到萨拉曼卡来,那些丈夫和情人不会欢迎,你要害他们担心事了。我就怕那些倾心于我的女人都要靠不住呢。"我们小姐也取笑道:"嗨,这倒不是虚惊。我警告你一声,堂斐利克斯·德·曼多斯的确有点儿可怕。我从前到这儿来过,知道这儿的女人很多情。"堂路易急忙插嘴道:"何以见得呢?"堂文森的女儿答道:"我有凭有据。一月以前,我路过这儿,住了八天,我告诉你个秘密吧,有位法学老博士的女儿爱上我了。"

我看出堂路易听了这话很不放心。他道:"恕我冒昧,我可以请教那位小姐的芳名吗?"那假扮的堂斐利克斯嚷道:"有什么冒昧啊?我何必瞒你呢?你以为我比那些同年纪的公子哥儿口风来得紧吗?别错看了我。况且咱们俩私下说说,那娘儿不值得顾惜,她不过是个市民家的丫头罢了。你知道贵人不过跟这种女人玩玩,丢她的脸还是赏她脸呢。我不妨老实告诉你,博士的女儿叫伊莎贝尔。"巴洽果忙道:"博士不就是莫西亚·德·拉·拉纳先生吗?"我的女主人说:"正是他呀。那女人刚送了这封信来,你看看,她对我多情着呢!"堂路易一看那信,认识笔迹,顿时目瞪口呆。奥若尔假装惊异道:"怎么了?你脸色都变了!我该死,我想你一定对这女人有意思。啊呀!我说话没遮拦,真该自打耳光!"

堂路易又气又怒道:"我倒很感激你。那无信无义的婆娘!那水性杨花儿!堂斐利克斯,我真不知道怎么谢你,要不是你点明,我大概还要糊涂好一阵子呢。我以为她爱我,何止爱呀,我以为伊莎贝尔对我拜倒呢!我对这女人也还瞧得起,原来她只是个一钱不值的风骚货。"奥若尔也愤愤道:"怨不得你生气。一个法学博士的女儿能有你这样可爱的年轻公子做情人,应该知足了。我不原谅她的三心二意。她为我撇下你,我非但不答应,还要罚罚她,从此不跟她好了。"巴洽果道:"我啊,一辈子不要再看见她了,这是我报仇的惟一办法。"那假扮的曼多斯道:"应该这样。不过我主张咱们各写一封信去骂她,叫她知道咱们俩多么瞧她不起。回头我把两封信包在一起送去,就算回信。不过咱们下这个绝手之前,你先仔细想想,对这个水性人儿是不是放得下,跟她断了会不会后悔?"堂路易打断他道:"不会,不会,我从来没这个毛病。我赞成你那办法,气气那个无情无义的女人。"

我立刻去拿了信纸和墨水,他们各写了一封情文并至的信给莫西亚·德·拉·拉纳博士的女儿。尤其巴洽果,不知要笔下多么恶毒才泄得心头之愤;他起了五六个头,总嫌不够狠,又撕掉重写。他总算写好了,也的确可以满意。信上说:"我的皇后,请你有点自知之明,别妄想我会爱你。我爱的不是你这种货。我拿你偶尔作个消遣,还不够味儿呢!你只配充大学里末等学生的玩意儿。"他写了这样一封温文尔雅的信;奥若尔的信也一样无礼。她把两封信包在一起,交给我说:"吉尔·布拉斯,这包信你今晚就送给伊莎贝尔去。你懂我的意思吗?"一面对我使个眼色。我完全会意,答道:"我明白,大爷。我照您意思做就是了。"

我马上出门,到了街上,对自己说道:"唷!吉尔·布拉斯先生,现在要瞧瞧你的本事了!你不是这出喜剧里的亲随吗?好吧,朋友,这角色应该很有应变之才,你得让人瞧瞧你是够格儿的。堂斐利克斯大爷只对你使个眼色就完了,可见他拿稳你有心眼儿。他看错了人吗?没有!他要我做的事我有数。他要我单把堂路易的信送去,使眼色是这意思,再明白没有了。"我相信没猜错,所以毫不犹豫就把那纸包拆开。我单拿了巴洽果写的一封,当下打听得莫西亚博士的住址,就把信送去。到公寓来送信的小僮儿正在门口。我说:"老弟,你大概就是伺候莫西亚博士家小姐的吧?"他说是的,那副神气活是个惯替人家送情书收情书的。我道:"你这样满面和气,我就烦你把这封情书交给你家小姐吧。"

那小僮儿问我替谁送的信。我说是堂路易·巴洽果差来的。他就道:"那么,你跟我来,伊莎贝尔小姐叫我带你进去,她有话跟你说。"他带我到书房里。一会儿小姐出来;我一见她相貌之美,大为吃惊,真没见过再端丽的脸儿。她一团娇憨的娃娃气,其实她至少三十年前才是个搀扶学步的小娃娃呢。她笑眯眯地说:"朋友,你是伺候堂路易·巴洽果的吗?"我说我伺候他三个星期了。我就把叫我送的那封绝交信交上。她看了两三遍,仿佛怀疑自己看错了。她实在料不到会有这样的回音。她眼睛看着天,咬着嘴唇,满脸气恼。过了一会儿,她突然对我道:"朋友,堂路易和我分别以后,犯了失心疯吗?我真不懂他这种行径算什么意思。他为什么信写得这样客气?你要是知道,你告诉我吧。他身上附了什么恶鬼了?他要跟我绝交,就不会用别的方法,一定要写这种混账信来糟蹋我吗?"

我装出一副诚恳的样子,说道:"小姐,我主人当然不对,不过说起来他也是不得已。您要是答应我不泄露出来,我可以把隐情统统告诉您。"她忙说:"我决不泄露,决不牵累你,放胆讲好了。"我说:"好吧,我干脆告诉您。您的信刚送来不久,有个女人戴着很厚的面纱到公寓来。她找巴洽果大爷,密谈了一会儿。我听见她末了一句话:'你发誓不再见她还不成,得立刻照我口述写封信给她,我才称心。你非写不可。'堂路易就依她写了信,交给我说:'你去打听了莫西亚·德·拉·拉纳博士的住址,乖乖巧巧地把这封密简送给他女儿伊莎贝尔。'"

我又道:"小姐,您明白了,这封不客气的信是您情敌干出来的,我主人没那么坏。"她道:"咳,天哪!这就越发混账了。他三心二意,比下笔刻毒更叫我生气。啊,那薄幸人!竟会跟别人好了!"她又鄙夷不屑道:"可是他尽管放心跟他新欢要好去,我决不作梗。请你对他说,他要我让位给我情敌,不必糟蹋我,我瞧不上这种浮浪的情人,决不想拉他回来。"她说完打发我走,自己进里面去,恨透了堂路易。

我从莫西亚·德·拉·拉纳博士家出来,欣欣得意,我知道只要我肯走这一径,可以成个大骗子。我回公寓看见曼多斯和巴洽果两位大爷同在吃晚饭,谈谈说说,好像是老朋友了。奥若尔见我满面得意,知道事情已经办妥。她说:"吉尔·布拉斯,你回来了。有什么回音,说给我们听听。"我还得随机应变。我说我亲手把一包信交给伊莎贝尔,她读了那两封情书非但不觉得没趣,反发疯似的大笑起来,说道:"真是的,这些年轻公子写得好漂亮文章,别人实在写不到这么有趣。"我女主人嚷道:"她倒很会自打圆场,真是个风月场中老手。"堂路易道:"我倒觉得这全不像伊莎贝尔。她跟我分别以后,性情一定变了。"奥若尔道:"我也以为她全不是这样的呢。没什么说的,有种女人装什么像什么。我从前就爱上过这么一个,给她哄了好久。你问吉尔·布拉斯吧,她那副端重的神气谁都看不透。"我插嘴道:"她那脸蛋儿实在能叫老奸巨猾也着迷,我自己就难保不上当。"

那假扮的曼多斯和巴洽果听我这么说,都哈哈大笑。他们不怪我插嘴,还常常逗我说话,以为笑乐。我们把那种惯会虚情假意的女人议论了一顿,千句并一句,无非坐实判定伊莎贝尔是个真正的贱货。堂路易又声明一辈子不要再见她,堂斐利克斯学着样儿,发誓从此把她看得一钱不值。于是他们俩成了好朋友,约定彼此都要倾吐心腹,毫无隐瞒。吃过晚饭,他们酬酢一番,就各自安置。我跟着奥若尔到她房里,把我和博士的女儿见面的情形一五一十讲给她听,零星琐碎都没漏掉。我要讨女主人的好儿,倒是加了些油酱,她听了很高兴。她快活得差点儿要拥抱我,说道:"亲爱的吉尔·布拉斯,你这样机灵,我真喜欢。一个人可怜堕入情网,不得不使手段,这种时候,有你这么个聪明小伙子帮忙真是方便。好!朋友,咱们除了个碍着道儿的冤家,事情可算很顺手。不过情人的心思捉摸不定,我想抢个快,明天就叫奥若尔·德·古斯曼出场。"我赞成这意思,于是我撇下斐利克斯大爷和他的小僮儿,自回卧房去。

第 六 章

奥若尔用什么手段叫堂路易·巴洽果倾心。

　　这一对新相知第二天醒来就急要相见,所以早上又聚在一起。他们先你拥我抱一番,奥若尔要串堂斐利克斯,只好这么办。两人同到外面去遛遛,堂路易的亲随希兰德隆和我跟着。我们在大学前面逗留下来,看看门口的新书招贴。好些人也在看着消遣,里面有个小矮个子正在议论广告上的著作。我看见人家全神贯注地听他讲,他也自以为他的高论值得人家恭听。他神气很浮夸,个子矮的人多半口气专断,他也如此。他说:"这部煌煌大字广告的《贺拉斯诗新译》是大学里一位老文人用散文译的。学生很看重这本书,单靠他们就销了四版。可是有识之士都不要买的。"他对别本书批评得一样凶,都毫不容情地挖苦一顿。这人分明是个什么作家。我倒很想听他讲下去,可是堂路易和堂斐利克斯既不爱听他议论,对他批评的那些书籍也无兴味,他们早走开了,我只好跟着。

我们吃饭的时候回到公寓。我女主人跟巴洽果同桌吃饭,她口角玲珑地把谈锋转到她家里的情形,她说:"曼多斯家有一支住在托雷都,我父亲就是这一支的小儿子。我妈妈跟堂娜齐梅娜·德·古斯曼是亲姊妹,这位姨妈有要事,前几天带着她侄女儿奥若尔到萨拉曼卡来了。奥若尔就是堂文森·德·古斯曼的独养女儿,你大概认识那父亲。"堂路易道:"我不认识,不过常听人家说起;令表妹奥若尔也闻名过。这位年轻小姐果然名不虚传吗?据说她是才貌无双的。"堂斐利克斯道:"她的确聪明,也很有学问,不过相貌平平,人家说我跟她长得很像。"巴洽果道:"那么她名下无虚了。你长得五官端正,脸色又皎洁,令表妹一定漂亮。我真想跟她见面谈谈。"那假扮的曼多斯道:"我可以叫你如愿,而且今天就成。我今儿下午带你到我姨妈家去。"

我女主人立刻拨转话头,谈些不相干的事。到下午,他们俩就要去拜访堂娜齐梅娜。我乘他们还没停当,先赶去通知那女监护,叫她有个准备。我随即回来,跟堂斐利克斯出门。他带了堂路易同去拜访他姨妈。他们一到公馆,就碰见齐梅娜夫人做手势叫他们别作声。她低声说:"轻轻的!轻轻的!别吵醒了我侄女儿。她昨天头痛如劈,这时候刚好些。那可怜的孩子才睡着了一刻来钟。"曼多斯装出懊丧的神气道:"可恨我们来得不巧了。这位是我朋友巴洽果。我希望我们能够见见表妹,我答应了他的。"奥蒂斯微笑道:"何必那么忙,不妨明天再来呀。"两位大爷跟老太太略谈几句,就告辞了。

堂路易带我们到他一个朋友家,那年轻公子名叫堂加布利尔·德·彼德罗斯。我们在他家消磨半天,吃了晚饭,直到半夜后两点钟才辞别回寓。我们大概走到半路,地上横着两个人,把我们绊了一下。我们以为这两个倒霉家伙遭了暗算,也许还救得活,忙停下来救护。夜色昏黑,我们不知他们怎么情形,正在暗中摸索,巡逻的警卫来了。那队长先当我们是凶手,叫手下警卫围住我们。可是他听了我们说话,又举起昏灯照见曼多斯和巴洽果的相貌,知道不是歹人。队长叫警卫细看我们以为杀死两人,原来一个是学士装束的大胖子,一个是他的亲随;两人多喝了酒,简直烂醉如泥。一个警卫嚷道:"诸位,我认识这个大胖子。哎,他就是咱们大学校长吉由马学士大爷。别瞧他这副模样,他是个了不起的人物、绝顶的天才。没个哲学家辩得过他,他嘴里滔滔不绝,真是独一无二的。可惜他贪杯好色,爱跟人打官司。他这会子刚从他那伊莎贝尔家吃了晚饭回去,偏偏领路的人也喝得烂醉,两人都滚到阳沟里去了。这位胖学士做校长以前常常这样。可见一个人尽管地位高,还是故态难除。"我们把两个醉鬼撇给巡逻队去抬送回家。我们回公寓,都只想睡觉了。

堂斐利克斯和堂路易睡到晌午起身,两人一见面就谈到奥若尔·德·古斯曼。女主人对我说道:"吉尔·布拉斯,你到我姨妈堂娜齐梅娜家去问问,巴洽果先生和我今天可以不可以见我表妹。"我奉命出去,其实是去跟女监护商量个办法。两人商量好,我就回去见假扮的曼多斯,说道:"大爷,您表妹奥若尔身体好了。她亲自叫我对您说,很盼望您两位去玩儿。堂娜齐梅娜还叫我告诉巴洽果先生,他既是您面上的人,她总是十分欢迎的。"

我看出堂路易听了很高兴。我女主人也留心到,觉得是个好兆。午饭前一刻,堂娜齐梅娜的男用人跑来对堂斐利克斯道:"大爷,有个托雷都来的人到您姨妈家找您,留下了这封信。"那假扮的曼多斯拆信朗读道:"见字后请即至'黑马客店',当以尊翁近况奉告,尚有其他要事涉及台端,亟待面谈,望勿延误。"她道:"我急要知道什么要事,巴不得立刻赶去。巴洽果,咱们回头见吧,我要是过两个钟头不回来,你一人先到我姨妈家去,我饭后到那儿找你。反正堂娜齐梅娜托吉尔·布拉斯对你说的话你听见了,你这番拜访是名正言顺的。"他说完叫我跟着出门。

我们当然不上黑马客店,却溜到奥蒂斯住的公馆里。我们一到家立刻准备上戏。奥若尔脱下黄色假发,把眉毛擦洗干净,换上女装,回复本来面目,变成个美丽的黑发女郎。她改了装真有点儿两样,所以奥若尔和堂斐利克斯看来不像一个人。而且女装比男装显得个儿高。女人穿木底套鞋,她那双鞋底又特别厚,当然也把她身量添高了些。她天生丽质,又应有尽有地加上人工,就专等堂路易来,心上又是害怕,又是巴望。她一会儿觉得仗自己的才貌,万无一失;一会儿又怕这番枉费心力。奥蒂斯也尽力准备串女主人的配角。我呢,要是在这里给巴洽果看见可不行,所以吃过饭马上走了。我好比戏里末一幕登场的角色,要到客人告辞的时候才能露面。

堂路易来的时候一切已经停当。齐梅娜满面春风的接待,奥若尔和他谈了两三个钟头。于是我跑进去,对那位公子道:"大爷,我主人堂斐利克斯今儿不能来了,请您原谅。他正陪着三个托雷都人,没法儿脱身。"堂娜齐梅娜道:"咳,那小荒唐鬼准又胡闹去了。"我答道:"不是的,太太,他跟那些人谈正经事,他真恨不能到这儿来,叫我对您跟奥若尔小姐道歉。"我女主人取笑道:"唷,我不稀罕他道歉,他明知道我身子不舒服呢,对自己亲戚不该这样冷淡呀。我要罚罚他,半个月不许他见我的面。"堂路易就说道:"哎,小姐,别那么狠心。堂斐利克斯今天没见到您,已经够可怜了。"

他们说笑一会儿,巴洽果就告辞。漂亮的奥若尔立刻改装,扮成大爷,飞快地赶回公寓。她对堂路易道:"好朋友,我很抱歉,没能够到姨妈家来找你,可是我给那几个人绊住了脱不得身。总算你从从容容把我表妹认了个畅,我也可以自慰。哎,老实告诉我,你觉得她怎么样?"巴洽果道:"我倾倒得很。你说得不错,你们俩长得真像,我从没见过那么相像的,脸盘儿、眼睛、嘴、声音,都一样。不过也有不同,奥若尔比你高,她头发黑,你头发黄,你是嘻嘻哈哈的,她是一本正经的;你们就是这点不同。至于你表妹的聪明伶俐,只怕天上神仙也赛不过。总而言之,这位小姐说不尽的好。"

巴洽果大爷末后几句话说得一往情深,堂斐利克斯不禁微微笑道:"朋友,我不该介绍你认识了堂娜齐梅娜,你要是听我话,以后别再去了。我这话不过是免得你自寻烦恼。奥若尔·德·古斯曼会弄得你神魂颠倒,叫你着迷的。"

他打断她道:"我不必再去,早已爱上她,无可挽回了。"那假扮的曼多斯道:"那可麻烦,因为你不是个用情专一的人,我表妹却又不比伊莎贝尔,这话我预先警告你。要充她的情人,就万不能作越礼非分之想。"堂路易道:"不作越礼非分之想!她那样出身的小姐,谁还能对她抱越礼非分的心吗?你要是以为我会对她有邪念,就冤枉我了。亲爱的曼多斯,我不是那样的人。咳!她要是容我追攀,肯和我订结终身,我就是天下最称心的人了。"

堂斐利克斯答道:"听你这样口气,我很愿意帮忙。真的,我完全同情。我一定对奥若尔说你好话,明天就去说动我姨妈,奥若尔很听她的话。"巴洽果听他许得这么好,千恩万谢。我们一看计策行来十分顺利,都很高兴。第二天我们又出个花样,越添了堂路易的痴情。我女主人只算替那位公子做说客,去看了堂娜齐梅娜,回来道:"我已经跟姨妈谈过。我煞费苦心,说得她肯帮忙了。她对你横着成见,不知她听了谁的话,把你当作浮薄子弟,准有人对她说你坏话来着。亏得我替你极力分辩,她才相信你并不是人家说的那么个没品行的人。"

奥若尔又道:"我还有句话,我想陪你去跟姨妈谈谈,叫她一定替你出力。"巴洽果热锅上蚂蚁似的要去见堂娜齐梅娜,他到第二天早上才得如愿。那假扮的曼多斯领他见了奥蒂斯大娘,三人谈了一会儿。堂路易话里露出对奥若尔一见倾心的意思。齐梅娜很调皮,只算怜他情痴,答应尽力劝侄女儿依允这头婚事。巴洽果向这位好伯母下跪,谢她厚意。堂斐利克斯问表妹起来没有。那女监护道:"没有,还歇着呢,这会儿不能见你们了。你们饭后再来,可以从容长谈。"堂路易听了这话当然越发快活,只觉盼到饭时遥遥无期。曼多斯和他同回公寓,冷眼旁观,瞧出他分明是真情实意,心中暗暗喜欢。

他们谈的无非是奥若尔。饭后堂斐利克斯对巴洽果道:"我有个主意。我想早一步到姨妈家去,私下和表妹谈谈,也许会探出她对你有没有意思。"堂路易赞成,让他朋友先走,自己过了一个钟头才出门。我女主人乘这个当儿连忙改装,她情人来的时候她已经换上女人衣服。这位爷向奥若尔和那女监护行了礼,说道:"我想堂斐利克斯已经先来了。"堂娜齐梅娜道:"他在书房里写信呢,一会儿就来。"巴洽果信以为真,就跟夫人小姐说着话。他虽然面对意中人,也觉得过了好半天了,可是不见曼多斯出来,不免露出诧异之色。奥若尔神情一变,笑着对堂路易道:"人家作弄你,难道你一点儿不知道吗?我戴上黄色假发,染黄了眉毛,竟就变了个人似的,会把你哄到如今吗?"她又正色道:"巴洽果,你睁开眼吧。可知道堂斐利克斯·德·曼多斯跟奥若尔·德·古斯曼原来是一个人。"

她不但把这事揭穿,还把自己一片痴情、哄他入彀的种种办法和盘托出。堂路易听了又爱又惊。他如痴如狂地跪在我女主人脚边,说道:"啊,美丽的奥若尔!我真有福气承你这般眷爱吗?我何以为报呢?我天长地久、此情不变,也报答你不过来。"他又说了许多缠绵热切的话,于是一对情人就商量怎样完婚。他们决定立刻同回马德里,让这出喜剧团圆结局。他们马上按计行事,半个月以后,堂路易娶了我们小姐。他们大设筵席,说不尽的热闹。

第 七 章

吉尔·布拉斯换了个东家,去伺候
堂贡萨勒·德·巴洽果。

我女主人结婚三星期以后,要酬谢我为她出力,送了我一百比斯多,说道:"吉尔·布拉斯朋友,我不是要撵你走,你在这儿待多久都行,不过我丈夫的伯父堂贡萨勒·德·巴洽果要你去当亲随。我向他说你多么多么好,他就要我把你让给他。他是先王朝上一位贵人,性子很好,你在他家一定称心。"

我谢了赏,欣然接了这个新差使。反正她用不着我了,我伺候的还是他们本家,所以越发情愿。一天早晨,新娘子就派我到堂贡萨勒家去。已经响午时分,他还没起床。我到他房里,看见小僮儿刚端一碗汤给他喝。老头儿的胡子还用卷纸包着,两眼昏昏,脸儿苍白干瘦。有一种光身老头儿,年轻的时候花天酒地,老来也不归正,他就是那类人。他对我很和气,说我要是还能像伺候他侄儿媳妇那么忠心,将来准叫我有好日子。我听他这么说,就答应一定拿出对旧主人的忠心来。我从此留在他家做事。

我又换了个新东家。天知道他是什么样的人!他床上刚起,活像个死去还魂的拉撒路①。设想一个又干又瘦的高个子,

---

① 《新约全书·约翰福音》第十一章,载拉撒路死而复生。

要是身上一丝不挂,大可做骨骼构造学的标本。他的腿细极了,一重又一重穿了三四双袜子,我看着还不够粗。这个带气儿的人腊还有喘病,开一声口就要咳嗽一阵。他先喝了些巧克力,随后要信纸和墨水,写了一封信,封好叫端汤的那小僮儿投送。于是他对我说道:"朋友,我想以后就叫你当差,尤其是堂娜于芙拉霞那边的差使。她是我心爱的年轻姑娘,她对我也很有情。"

我立刻心上想:"哎,老天爷!这老混虫还妄想女人对他拜倒呢,怎么叫年轻人不自居为人家的意中人呀。"他又道:"吉尔·布拉斯,我今天就带你上她家去。我差不多天天在她那儿吃晚饭。你回头瞧吧,她是个绝顶可爱的人儿,那一副稳重端庄的神气你一定喜欢。她全不像那种没脑子的轻骨头,一味爱年纪轻,取仪表好。她老成练达,取人取他的心,只要情人会体贴,倒并不稀罕相貌怎么漂亮。"堂贡萨勒先生还有许多赞扬他情妇的话,说得她尽善尽美,不过要我这个听的人相信却不容易。我见过女戏子玩的种种花样,就不信上了年纪的大爷会在风月场中得手。可是我假装句句信以为真,好博他欢心。我还称赞于芙拉霞眼光好、识力高。我甚至于老着脸说,她哪里去找更如意的情人。这老头儿不觉得我是当面奉承,听了欣然得意。对贵人拍马屁真是可以放手乱拍的,尽管你恭维得荒谬绝伦,他们都听得进。

那老头儿写完信,用镊子拔掉几茎胡子,把眼睛里结满的厚厚一层眼屎洗净,又洗耳朵、洗手、洗脸、漱口,诸事完毕,还把胡子、眉毛、头发染黑。他花在梳洗打扮上的工夫要比隐瞒年纪的老太太花的还多。他刚打扮好,来了个朋友,也是位老者,名叫阿徐玛伯爵。他们俩真是大不相同。这人白发满头,毫不掩饰,拄着个拐儿,非但不想装年轻,却倚老卖老似的。他进来道:"巴洽果大爷,我想在你这里吃饭。"我主人答道:"好极了,伯爵大人。"他们拥抱一番,坐下说话等开饭。

他们先谈前几天那场斗牛,讲到斗牛场上几位最骁健的骑士。于是老伯爵像涅斯托耳①一般,看到眼前的形形色色,就要称赞往日的种种。他叹息道:"唉!现在的人跟以前不能比了。现在的比武也不如我年轻时候那样轰轰烈烈了。"我心里暗笑这位阿徐玛老太爷的偏见。他对别的事也是这样。我记得吃饭的时候上了水果,他看着绝好的桃子,说道:"我那时候的桃子比现在大得多。大自然也一天比一天衰退了。"我微笑着暗想:"如此说来,开天辟地时的桃子一定大得出奇呢。"

阿徐玛伯爵差不多到天黑才告辞。我主人等他一走就出门,叫我也跟着。于芙拉霞住处离我们那儿不过一百步光景。她正在一间很讲究的房里。她衣服很时髦,一副小女孩儿样,我以为她还没成年呢,其实她至少足有三十岁了。她还算漂亮,我立刻也钦佩她的聪明。她不是那种口角伶俐、举止轻浮的风骚女人。她行动谈吐都幽娴贞静,说话并不卖弄俏皮,却非常风趣。我打量着她,暗暗惊奇,心想:"啊呀,天啊,看来这样稳重的女人,怎么能卖俏度日?"我以为风流女人都是大胆老脸的,所以见了个文文静静的就诧异,没想到这种女人骗上了贵人阔佬,自会翻花样迎合他们。花钱的主儿喜欢风骚,她们就轻佻放诞;喜欢幽静,她们就装得端庄贞洁。她们见风使舵,会顺着男

---

① 希腊神话:涅斯托耳是皮罗斯王。希腊各邦联军打特洛亚,他是统帅里最年老、最有识见的人。

人的心性变化。

有些大爷喜欢浮浪的女人,堂贡萨勒不然,他讨厌那种女人。要打动他,女人得有守贞不嫁的仪态。于芙拉霞就装出这副样儿。可见会做戏的人未必都在班子里。我撇下我主人和他那美人儿,出来在楼下一间房里碰见个老女用人。我认得她是从前伺候女戏子的,她也记得我,我们别后重逢的景象大可在台上演出呢。她满腔欣喜道:"哎!是你啊!吉尔·布拉斯先生,我不在康斯丹斯家了,你也不在阿珊妮家了吗?"我回答道:"唉,说真话,我早已不在她那儿,我出来以后又伺候过一位大家闺秀了。戏子生涯不配我胃口,我自己扔掉了饭碗走的,一句话也没耐烦跟阿珊妮交代。"这女用人名叫贝雅德丽斯,她道:"那办法很好,我对付康斯丹斯的也差不多。一天早上我冷冷地把账目交代清楚,她接了没哼一声儿,彼此毫无留恋地散了伙。"

我说:"可喜咱们俩在比较上流的人家又碰头了。我觉得堂娜于芙拉霞也算得有身份的女人,并且我相信她性情很好。"那老女用人答道:"是啊,她是好人家出身,看她样儿就知道。她脾气呢,我告诉你吧,谁也没她那么稳善和气的。有种使性子挑眼的女主人,处处找错儿,成天嚷嚷,折磨底下人,弄得咱们竟是在地狱里受罪。她可决然不同。她最不爱吵闹,我还从没听见她骂过人。我有时候做事不合她意,她就不动气色地指正我一下,那些火性子太太滥骂人的浑话她从来不用。"我道:"我主人也很和气,对我不拿架子,不大当我用人,却看得我好像跟他平等似的。总而言之,他是天下最好性儿的人。照这样看来,咱们俩比在女戏子家好得多了。"贝雅德丽斯道:"好一千倍呢,我从前过的是乌烟瘴气的日子,现在是清清静静的。这儿除了堂贡萨勒没别的男客。我独自一个儿,以后只有你常来,我很称心。我早就喜欢你,老羡慕萝合福气,有你做朋友;我居然也有指望跟她一样福气了。我虽然不如她年轻貌美,却也有赛得过她的地方。我不爱狐媚子哄人、狠命敲男人竹杠。我用情专一,简直是只小鸽子。"

贝雅德丽斯那老婆子是没人过问、只好上门卖盐的货。尽管她迎合上来,我绝不想沾光。不过我不肯让她看出我鄙夷不屑,还客客气气,说话婉转,不叫她死心。我以为颠倒了个老女用人,这回又错了。那老妈子如此这般,并非看中我。她对女主人一片忠心,不惜竭力效劳,打算哄得我爱上了她,就也甘心替她女主人出力。第二天早上,我替主人送一封情书给于芙拉霞,就把这事看清楚了。那位姑娘殷勤接待,客套了一大泡,那女用人也穿插两句。她们俩一个称羡我相貌好,一个夸我态度安详稳重。听她们说来,堂贡萨勒用到我竟是得了个宝了。总而言之,她们称赞太过,我反而难以相信。我看破了她们用意,不过我装得傻瓜般老实,把她们的米汤全吞下肚,将计就计,哄得两个骗子本相毕露。

于芙拉霞对我道:"你听我说,吉尔·布拉斯,你会不会发财全看你自己。朋友,咱们合个伙儿吧。堂贡萨勒上了年纪了,身子又那么弱,稍为发发烧,再有个把好大夫帮帮忙,一条命就断送了。乘他还有这口气儿,别耽误了工夫,想法子叫他把大份家产都传给我。我一定好好儿分你一份。我这句话就仿佛当着马德里全伙儿公证人说的,决不能赖掉。"我答道:"小姐,随您吩咐吧。您叫我怎么办,一定听命。"她道:"好,你得看住主人,他一举一动都来报我。你跟他谈话的时候,总把话转到女人身上,乘此说我好话,只是别着痕迹;尽力叫他心里老想着于芙拉霞。朋友,我还有件事托你。我要你留心看着巴洽果族里的情形。族里要是有谁对堂贡萨勒大献殷勤,想得他的遗产,你赶忙来通知我。别的不用你管,我自会拆那人的台,不消多少时候的。我知道你主人族里什么人什么性格儿、可以怎样挖苦形容,我已经挑拨得他对那些亲侄儿堂侄儿很不满意了。"

我听了于芙拉霞这番叮嘱和一些别的话,知道她是那种专结识阔绰老头子的娘儿。她前几时刚逼着堂贡萨勒卖掉一块地,钱是她到手的。她天天勒索穿的戴的种种好东西,尤其眼红他的遗产。我假装欣然听允。究竟我还是帮着蒙蔽我主人,还是想法叫主人丢掉这个情妇,老实说,我一路回去还没拿定主意。我觉得第二个是正当办法,我本分所在,不愿有亏职守。况且于芙拉霞并没有切实许我好处。大概我没被说动就是这个缘故。我决计赤胆忠心伺候堂贡萨勒。我以为若能把他的心上人去掉,这桩好事干来比那些坏事更上算。

我胸有成算,所以对于芙拉霞假装死心塌地。我编些谎话,只算常在主人前讲起她。她都信以为真。我趋奉得她非常喜欢,竟以为我是帮她的了。我索性哄她到底,假装爱上了贝雅德丽斯。她上了年纪还有年轻人追随不舍,就是虚情假意也不在乎,只要我殷勤就行了。我主人跟我各自陪着个相好,两方面情景不同,风味却相似。我上文形容过堂贡萨勒那副干枯灰白的容色,他要眉眼送情,就像临死翻白眼儿。我的公主娘娘呢,我越装得火热,她也越发做出娇憨之态,把老风骚女人的惯技都使出来,这是她至少费了四十年工夫学来的。有种风月场中的英雄,到老还是狐媚子,一生能叫两三代的男人为她们倾家荡产;贝雅德丽斯伺候过这种人,也就精通此道了。

我不但每晚跟主人到于芙拉霞家去,有时一人白天也去,希望在她家撞见个把窝藏着的少年情人。可是不论我多早晚去,从没碰到个男人,连形迹可疑的女人也没有。我一点儿看不出什么偷汉子的影踪,很觉诧异,因为贝雅德丽斯尽管咬定女主人家里没男客上门,我不信这样漂亮的女人肯为堂贡萨勒守贞不贰。我这断语下得并不鲁莽,你们回头瞧吧,那美丽的于芙拉霞早有个跟她年龄相当的情人,所以能够耐心静待我主人寿终。

一天早上,我照常去送情书给这位公主娘娘。我到她房里,看见壁衣后面露出一双男人的脚。我不露声色,交了信就出来,好像并没留心到什么。这事虽然早在意中,而且也与我无干,可是我非常愤慨。我愤愤地想:"啊!你这个口是心非的混账于芙拉霞!你假惺惺哄了老头子不够,还非要偷汉子叫他做十足的冤桶吗?"我后来想想,当时这般见识真傻透了。应该一笑置之;她和我主人应酬得厌倦了,要慰劳自己一下也是应有之事。我至少也该不作声儿,不该乘机卖弄自己是好用人。但是我热心太过,气愤愤地为堂贡萨勒抱不平,就把方才看见的一五一十告诉了他,还说于芙拉霞曾经买嘱我。我把她的话一字不隐全说出来,我主人如果有心要知道他情妇是什么东西,没有看不透的。他仿佛还不大相信,问了我几句话。可是我回答得切切实实,他疑无可疑。他万事镇静,可是这件事却伤了他的心,脸上微露怒色,看来那偷汉子的婆娘要倒霉了。他道:"不用多说了,吉尔·布拉斯。你做事认真,我很满意,我也喜欢你忠心。我现在就到于芙拉霞家去。我要好好儿骂她一顿,跟那忘恩负义的贱人一刀两断。"他说完真的赶去,叫我不用跟,免得质问她的时候我脸上难堪。

我急煎煎等着主人回来,我想他知道那美人儿这样对不起他,回来一定对她心冷了,至少也打定主意不再理她了。我这么一想,觉得这事干得不错。堂贡萨勒这样着迷,对那些合法的承继人很不利。我设想他们要是知道这位亲戚已经醒悟,不知要多么高兴。他们准会谢我吧?一般当用人的总喜欢主人荒唐,不会去劝他们归正,这就可见我不同寻常了。我是爱体面的,我能算得用人里出类拔萃的人物,心上很得意。但是不消几个钟头,这些快意的念头连影子也没有了。我东家回来说:"朋友,我跟于芙拉霞狠狠地吵了一架。我骂她没良心、捣鬼,把她数说了一顿。你可知道她回答我什么?她说我不应该听信底下人的话。她一口咬定你是造谣言。据她说,你是个骗子,是我侄儿侄媳妇的人,为了讨他们好,用尽心计要挑拨得我跟她不对。我看她两眼流泪,那泪珠儿是不会假的。她赌神发誓,说从没买嘱过你,也并没有什么男人去看她。贝雅德丽斯也那么说,我看她很靠得住,不会撒谎。所以我不由自主地火气全消了。"

我气得插嘴道:"哎,怎么的呀,老爷,您以为我不是真心吗?您不相信我……"他也打断我道:"不是的,孩子,我并不冤屈你。我知道你并没有勾结我侄儿侄媳妇。我相信你全是为了我好,我也很感激你。不过万事不可皮相,也许你以为瞧见,并没有真的瞧见,那么你想想,你怪于芙拉霞的话叫她多难堪呀!我无论如何舍不下这个女人,我命该如此,并且我只好割舍你了,因为她说,我要是爱她,非撵掉你不可。可怜的吉尔·布拉斯,这事我很不乐意,老实告诉你吧,我虽然答应她,心上满不情愿。可是我没别的办法,我这人太不争气,你原谅我吧。不过我一定要给了你酬报再打发你走,这点你可以放心。我并且要把你荐给一位太太,她是我朋友,你在她那里一定很称心。"

我赤胆忠心反害了自己,非常懊丧。我咒诅于芙拉霞,又叹恨堂贡萨勒没出息,随人摆布。那老头儿辞退了我去讨好情妇,也自知这种行为太没丈夫气。他既然脓包不济事,就想在别方面弥补,又要哄我委屈从命,所以送了我五十杜加,第二天又领我到夏芙侯爵夫人家,当着我对她说,我这个孩子什么毛病都没有,他很喜欢我,只为家务关系,不便留我,请她收用。她马上就叫我在她家当差,所以我忽然间又换了人家。

第 八 章

夏芙侯爵夫人的性格;她门上的客人。

夏芙侯爵夫人是个三十五岁的寡妇,人很漂亮,高高个儿,苗条多姿。她每年有一万杜加的收入,却无儿无女。我看见的女人里要推她最正经、最沉默寡言了。可是她还是马德里最有风趣的太太。她家里高朋雅客常常满座,她那风趣的名气多半是这上面来的,并不全靠真本领。是否如此,我也不敢断言。我只消说,提起她的名字,就叫人想到绝顶天才,城里人把她家唤作天字第一号的文章府。

这也名不虚传,每天有人在她家里朗诵戏曲或诗歌。不过念的都是正经之作，诙谐文字是瞧不起的。不论喜剧多么好，小说多么心思巧妙，趣味横生，他们都认为浅薄得不足挂齿；至于那正经作品，尽管是寥寥短篇，颂也好，牧歌也好，十四行诗也好，都当作天才结构。可是外面人的意见往往跟他们的品题不合，他们极口赞叹的剧本，大家竟会不留情面大喝倒彩。

我在这家专管接待宾客，职务是替女主人布置房间，以便招待。我先排好男客人的椅子，安好女客人的坐垫，然后站在客厅门口，传报来客姓名，一一请进去。第一天我正在前厅迎接客人，管小僮儿的家人可巧在旁，把来客向我形容得很有趣味。他叫安德瑞·莫利那，是个冷面滑稽，人并不傻。第一个来的是位主教。我传报了姓名，他刚进去，那管家就告诉我说："这位主教是个妙人。他在朝里有点面子，却要人家以为他揽着大权。他逢人就答应出力，可是替谁也没出过力。有一天他在皇宫里，一位绅士对他行礼，他就拉住了客套一顿，握着手道：'我很愿意为你先生当差，请你让我效劳，否则我也不会闭眼。'那绅士感谢万分。主教等他走了，对一个随员道：'那人有点面熟，好像在哪儿见过。'"

一会儿来了一位贵公子，我请进了客厅，莫利那道："这位大爷又是个奇人。你想吧，他常常为了要事出去拜客，到告辞出来，那桩要事提都忘记提。"他又看见两位女客，就说："来的是堂娜安洽拉·德·贝涅斐尔和堂娜马格丽德·德·蒙达尔望。这两位太太完全不同。堂娜马格丽德自命为哲学家，对萨拉曼卡最有学问的博士也不买账，辩论起来一句不让。堂娜安洽拉尽管有学问，却毫无女学究气。她讲话中肯，心思精细，谈吐文雅高华，而且不带矫揉做作。"我对莫利那道："这一种性格儿可爱,那一种我以为全不像女人家了。"他微笑道:"不大像,好些男人那个样儿都可笑呢!咱们东家侯爵夫人也着了点哲学的迷。今天咱们这儿的辩论可够瞧的,天保佑别再牵上宗教就好了!"

刚说完,只见来了个人,形容枯槁,一副严肃不自在的神气。这个家人也不饶他,说道:"这家伙是那种不苟言笑的冒牌大天才,他们轻易不开口,开口引几句塞内加,人家就莫测高深,看透了原是些笨蛋。"接着来个身材极俊俏的绅士,相貌像希腊人,换句话说,神气很骄盈。我问这人是谁。莫利那道:"这是一位写戏曲的。他一生写了十万行诗,没赚得四个小钱,可是靠他六行散文,倒大阔起来,也算扯了个直。"

我正要追问发的什么财,会这样不费力,忽听得楼梯上一片喧哗,那家人道:"好!冈巴那留学士来了。他人没到先自己通报了。他进了大门,话就滔滔不绝,直说到告辞出门才完。"果然,这位大嚷大讲的学士一到,哪儿都是他的声音。他带着个大学毕业的朋友同进前厅,直到告辞,话没停嘴。我对莫利那道:"这位冈巴那留先生看来是个大天才了?"那家人道:"是啊,他这人会打趣,说话别出心裁,很逗乐儿。可是他说来不但无休无歇,还翻来覆去。说句实在话,我相信他还是靠姿态诙谐有趣,说的话就添了味道。如果把他的趣语编成书,大半是没什么出色的。"

莫利那又把其他来客娓娓形容。他连侯爵夫人也没漏掉,照他的形容,她很合我脾胃。他说:"我告诉你,咱们太太虽然讲究哲学,性子却很和平。她一点儿不挑剔,对底下人没脾气。我认得的贵妇人里算她最讲理性了,她什么癖好都没有。她不喜欢赌钱,也无心恋爱,只喜欢清谈。她这种日子,多半太太要觉得无聊的。"我听了那管小僮儿的这番称赞,觉得女主人很不错。可是过了几天,我不禁怀疑她对爱情未必那样深恶痛绝。我怎么生疑,让我讲来。

一天早上,她正在梳洗,有个四十来岁的小矮子来找我。他相貌很讨厌,身上的泥垢比那作家彼德罗·德·莫亚还要厚,而且背很驼。他说要见侯爵夫人。我问他是谁差来的。他傲然道:"我不是替人家当差的。你对她说,我就是她昨天和堂娜安娜·德·芙拉斯果谈起的那位绅士。"我把他领到女主人的一溜屋里,就去通报。侯爵夫人立刻惊喜地叫起来,满腔快活,吩咐请里面去。她殷勤接待,而且把女用人都打发开。所以这个小驼子倒比体面人还有艳福,能单跟她两人相对。这场促膝谈心真是妙得很,女用人和我都暗暗好笑。过了近一个钟头,我们太太恭而且敬地送那小驼子出来,看她那种礼貌就知道很中意他。

她听了那人讲话津津有味,所以晚上对我密嘱道:"吉尔·布拉斯,以后那驼子再来,你最好别让人知道,就领他到我屋里来。"老实说,她这番叮嘱动了我疑心。可是我依照侯爵夫人的吩咐,那矮子第二天早上再来,我就领他走秘密楼梯直到女主人房里。我奉命惟谨,这样干了两三回。我心想侯爵夫人的嗜好真是特别,不然呢,那驼子准是个拉纤的。

我横着这个念头,暗想:"真是的!我女主人要是爱上个漂亮人,我不怪她。要是她醉心这个丑八怪,老实说,我不原谅这种逐臭之癖。"谁知道我冤枉了我女主人!这小驼子懂魔术。侯爵夫人很会上骗子的当,有人向她夸小驼子的本事,所以她私会了几次。这驼子能圆光,能筛卜,只要有钱到手,就肯把玄机妙法都泄露出来。老实不客气说,他是个骗子,专靠欺骗实心眼儿的人过日子。据说有好几位贵妇人是他的主顾呢。

第 九 章

事出意外,吉尔·布拉斯只好离开夏芙
侯爵夫人家;他以后的行止。

我在夏芙侯爵夫人家里六个月,过得很称心。可是命里注定我在这位太太家做不长,在马德里也住不久。出了一件事,逼得我只好别处投身,待我讲来。

我主人家女用人里有一个叫保茜。她不但年轻貌美,我还觉得她品性很好,就爱上她了,没想到我还得从人家手里把她的心抢夺过来。侯爵夫人有位秘书,人很骄傲,爱拈酸吃醋,早看中了我那美人儿。他一瞧出我的心事,也不问保茜心上对我怎样,立刻就要跟我决斗。他约我清早在一个隐僻的地方交手。他是个矮个子,还不到我肩膀高,看来很瘦弱,所以我并不把他当个劲敌。我心里泰然到了那地方。我满以为马到成功,还准备回来向保茜去卖弄呢,谁知道大出意外。这个小矮个儿秘书学过两三年击剑,把我摆布得像个小孩子一般,缴了我的武器。他剑尖逼着我道:"我这下子可以送你的命,你怎么样?若要我饶你,得答应我从今天起离了夏芙侯爵夫人家,把保茜丢开。"

我一诺无辞，服服帖帖照做。我打输了没脸再见府里的同事，更怕见我们争风抢夺的那位美人儿。我只回去取了衣服和钱。我那钱袋很饱满，衣服打个包儿背上，当天就动身往托雷都。我并没答应离开马德里，不过觉得还是别待在这里，至少避开几年再说。我决计要遍游西班牙，各处流连一下。我想手里的钱够好些时吃用，我不乱花的。等钱用完，可以再去帮人。我这种小伙子要找事的话，位置多的是，随我挑呢。

我尤其想上托雷都，三天后到了那里。我住在一个上等客店里，穿上我那套猎艳的衣服，看来就像一位有身份的绅士。我装出花花公子的气派，我若有心勾搭街坊上的漂亮女人，都可以上手。不过我听说跟她们来往先得下一大注钱，只好收了心。我有漫游之癖，看遍了托雷都的胜迹，就在一天清早动身往古安加，准备从那儿到阿拉贡去。第二天，我正在路旁客店里打尖，只见来了一队公安大队的警卫。这些老爷奉命去逮捕一个年轻人，他们要了些酒，一边喝，一边形容那人的相貌。我听得一个警卫说："这位大爷至多二十三岁，长长的黑头发，身材挺秀，鹰嘴鼻，骑一匹棕黄马。"

我只装没听见，实在也不大在意。我撇了他们又上路去，不到半公里，我碰到个很漂亮的绅士，骑一匹栗色的马。我想："啊呀，公安大队找的就是这人，准没错儿。他头发又黑又长，鼻子像鹰嘴，他们准是要拿他。我应该帮他个忙。"我就对他说："先生，我冒昧请问您是不是决斗出了事儿？"那年轻人很诧异，眼睛打量着我，并不答话。我说，我并非好管闲事，我就把客店里听来的话全讲出来。他相信我了，说道："你这陌生人真仗义。我不用瞒你，那些警卫是在找我，我肚里有数的。所以我想换条路走,躲开他们。"我道:"我想咱们得找个你可以藏身的地方;看这风色,快下大雨了,咱们也借此避了雨。"我们说着找了一条浓荫覆盖的小路跑去,直到山脚下,看见一个避世的隐居。

原来这是个又宽又深的山洞。年深月久,山边穿出了这个窟窿,又有人用石子贝壳在洞前砌了一片台阶,上面长满了茸茸细草。四围野花丛生,清香扑鼻。洞旁石缝里一道泉水,淙淙下泻,蜿蜒流入草地。这间四无邻舍的屋子门前站着个隐居修道之士,看来已经年迈身衰。他一手拄着拐,一手拿着串粗粒子念珠,十颗一节,至少有二十节①。他头戴栗色羊毛帽,上面有长耳朵,帽子压得很低,胡子比雪还白,下垂腰际。我们迎上去说道:"师父,我们怕有大雷雨来了,能不能借你这儿躲一躲?"那隐士把我细细端详一番,答道:"你们两个孩子请进来,我这里很欢迎,随你们待多久都成。"又指指前面那片台阶道:"你的马匹歇在这儿很好。"我同行的绅士把马牵上去,我们跟那老者进了石室。

不一会儿,大雨如注,又加电光闪闪,一阵阵雷声响得怕人。里面石壁上粘着一张圣巴公谟像②,那隐士跪在像前,我们也学他的样,等雷声住了,大家才起来。可是雨还不停,天快要黑了。那老者说道:"孩子,要是你们没有紧急事儿,我就劝你们这会子别再赶路了。"那年轻绅士和我回答说:我们并没有急事,很想借宿一宵,只怕打扰他。那隐士答道:"一点儿不打扰我,只苦了你们。这里睡得很不舒服,我只有修行人的苦饭请你们吃。"

那道高德劭的老者请我们在小桌子旁坐下,拿出几个葱头、

---

① 念珠有五节十五节不等,但没有二十节的。
② 四世纪修士,曾创设寺院多起。

一块面包、一壶水,说道:"孩子,这是我的家常饭。可是我今天看你们面上,要开开斋了。"他说完又去拿了些奶饼和两把榛子,摆在桌上。那年轻绅士没胃口,简直没吃什么。修士对他道:"我看出你平常吃的比这个好;其实你是纵情口腹,把天生的胃口弄坏了。我出家以前也跟你一样。最精致的荤腥,最讲究的烹调,我还嫌不够味儿。但是我隐居以来,胃口又归真返璞了。我现在只爱吃些萝卜山芋之类,还有果子呀,牛奶呀,总而言之,都是咱们第一代老祖宗吃的那些东西。"

他讲话时那年轻绅士只顾出神。隐士看出来了,说道:"孩子,你心上有事。为什么烦恼,可以说给我听吗?你不妨开诚相告。我要问你究竟,并非好管闲事,我只有这上面还能济世救人。我这年纪,能替人家出出主意,也许你正用得着。"那年轻绅士叹道:"是啊,师父,我正要人家替我出个主意。你肯指教,我愿意听从。我的事告诉你这样的人,想来不会出乱子。"老人答道:"决不会,孩子,尽管放心,什么秘密都可以告诉我。"那绅士就讲了以下的事。

第 十 章

堂阿尔方斯和美人赛拉芬的故事。

"师父,我什么都不瞒你,也不瞒这一位先生。他对我那般仗义,我还信不过他就没道理了。我把恨事说给你们听。我是马德里人,我且讲讲我的出身吧。有个德国侍卫队①的军官石坦安巴赫男爵一晚上回家,看见楼梯脚下一个细白布的包裹。他拿到太太房里,打开一看,里面是个新生孩子,包扎得干干净净,身上还带着个字条,说这是贵人家的孩子,将来生身父母要来认领的;还说孩子已经受洗,命名阿尔方斯。我就是那个苦命的孩子。以外的事我都不知道了。我不知道我妈妈还是怕人看破私情,所以把我抛弃;还是上了薄幸男人的当,只好狠狠心扔掉儿子。爱面子也罢,男人变心也罢,总归我倒霉就是了。

"且不问究竟如何,男爵夫妇怜我苦命,自己没儿没女,就决意抚养我成人,称我为堂阿尔方斯。我渐渐长大,他们也越加疼我。我举动讨人喜欢,逗得他们常常来抚弄我,总而言之,我有幸得到了他们爱怜。他们为我请了各种先生,专心栽培我。我父母不来认领,他们非但不着急,倒好像但愿我的出身永远不要有分晓。男爵等我可以从军,就把我安插在军队里,替我弄了个旗手的职位,制备了些轻简的行装。他要激励我立功扬名,对我说:人人都可以挣个体面的前程,战场上的功名靠自己得来,所以特别荣耀。我出身的真相,他一向瞒着我,这时也说给我听了。马德里人只道我是他的儿子,我也自以为是他的儿子呢。老实说,我知道了隐情心里很难受。我直到现在,想起来就惭愧。我越自信出身高贵,就越觉得遭生身父母抛弃真难以为情。

"我到荷兰去打仗,可是不久就讲和了。有些国家尽管对西班牙心怀不忿,却没有破脸。我就回到马德里,男爵夫妇对我

---

① 西班牙皇帝查理五世(1500—1558)也是德国皇帝,有德国人当他的侍卫。从此以后,西班牙御林军里有一队是德国兵。

越加钟爱。我回家两个月,忽然一天早上,有个小僮儿跑到我房里,送给我一封信。信上大致这样说:'我相貌不难看,体态也过得去,你常在窗口看见我,却从不来勾搭。你枉是态度风流,行事何其不称。我恨透了,偏要来撩撩你,一泄心头之气。'

"我看了这封信,知道准是寡妇蕾欧诺写的。她住在对门,是有名的风骚货。我就盘问那小僮儿。他先还遮掩,我给了他一个杜加,他才肯吐实。他还替我带了一封回信,信上说:我已经知罪,而且觉得她的心愿已经了却一半。

"我得了这类的彩头儿不是漠不挂怀的。我这一天门也不出,留心守在窗口看那女人;她也没忘记在那边窗口露脸。我对她做眉做眼,她也回眸送盼。第二天,她叫那小僮儿来说,我如果明晚十一二点之间出门,她在楼下客堂窗口等我说话。我虽然对这样骚辣辣的寡妇并不怎么喜欢,可是我回信却写得火热。我急煎煎等天黑,便是真正情痴也不过如此。天一黑,我就到普拉都公园散散步,专等赴约。我还没到那儿,只见一个人骑匹好马,忽然在我身边下马,莽莽撞撞地说道:'先生,你不是石坦安巴赫男爵的儿子吗?'我说正是。他道:'今儿晚上要跟蕾欧诺在她窗口幽会的就是你了?你们俩来往的信件,她那小僮儿都给我看过。我今晚上从你家直跟你到这里,特来告诉你一声,你有个情敌,自负很高,不屑跟你争风吃醋的。我相信不必多说了。这儿很僻静,咱们决斗吧;除非你怕我给你吃苦头,答应从此和蕾欧诺一刀两断。你得为我割爱,不然的话,我就要你的命。'我说:'你只可以请求我割爱,不能勒令我。你好好儿求我,事情还有个商量;你恫吓我,那就休想。'

"他先把马匹拴在一棵树上,对我道:'好啊,咱们交交手吧。以我的身份,屈尊对你这种人请求,成何话说。我辈中人在这个境地,多半还不肯赏你面子这样报仇呢!'我听了大怒,看他已经拔剑在手,也拔出剑来。我们打得真狠,顷刻就见分晓。也许他火气太盛,也许我本领高强,我几下子就刺中他要害,看他摇晃着倒下地去。我只想逃命,骑上他那匹马,直奔托雷都。我知道这事准害石坦安巴赫男爵着急,所以没敢回家。我那时候想到形势凶险,觉得快逃出马德里为妙。

"我在马上惦着这件事,忧闷无比。我直跑到天亮,又跑了一个早晨。到晌午时分,我得要歇歇马了,并且酷热难当,要等太阳过一过才可以上道。我在一个村子里勾留到薄暮时分上路,想一口气赶到托雷都。半夜十二点左右,我已经跑过了依雷斯加斯两哩路,四望旷野,忽然大雷大雨,就像今天这样。附近有一带花园的围墙,我跑去一看,只见尽头是一间小屋,门上面有个阳台,底下还可以躲躲雨。我就拨马闪在阳台下面,紧紧傍着门。我靠在门上,发觉这扇门并没有关,想必是用人粗心忘了。我虽然是好奇心动,实在也因为阳台挡不了雨,想找个合适的地方,所以跳下马,牵着进了那间小屋。

"我一面等这阵雷雨过去,就留心看看这是个什么所在。我只凭电光闪射瞥了几眼,却看准这儿不是寻常百姓之家。我正待雨过上路,只见远远灯光明亮,就变了主意。我把马撇在那间小屋里,小心关上门。我相信这家子还有人没睡,想借宿一宵,就朝那灯光走去。穿过几条过道是一间客堂,门也大开。里面高挂着一个很精致的水晶烛座,上面插着几支蜡烛,照见陈设富丽,我一看知道准是贵人家府第了。铺地是大理石,护壁板很整齐,板上描的金彩也极雅致。飞檐造得非常精巧,承尘上的画看来也是大名家的手笔。我特别留心到不知多少西班牙英雄的半身石像,都配着碧玉座子,排列在客堂四围。我时时侧耳倾听,却不闻声息,也不见有人来。所以我从容把这些东西都细看了一遍。

"客堂一边有一扇门虚掩着。我推开一看,里面是一排房间,只有末后一间透着光亮。我想:'该怎么办呢?回去呢?还是冒冒失失直闯到那间房里去呢?'我明知原路出去最稳当,可是好奇心按捺不住,也实在是命中注定,勉强不来。我走过一间间屋,直到那间有光亮的房里。大理石桌上镀金的蜡台里点着一支蜡烛。我看见房里是夏天的陈设,很讲究华贵。天气炎热,床上帐子半开,我向帐子里一望,立刻全神贯注。里面是个年轻女人,沉沉熟睡,雷响也没吵醒。我轻轻近前细看,烛光底下,她那颜色相貌叫我目迷神眩,顿时一颗心把握不住,觉得魂魄都飞去了。我虽然心动,想到她出身尊贵,我的敬意胜过了爱慕,不敢作非分之想。我正如醉如痴地饱餐秀色,她醒过来了。

"她发现房里半夜来了个陌生男人,那惊惶可想而知。她一看见我,吓得发抖,大叫了一声。我极力劝她别害怕,屈一膝跪下说:'太太,不要怕,我到这里来绝无害你的心。'我还要往下说,可是她吓得一句也不听。她一迭连声叫她的女用人,一看没人答应,就披上床脚边一件薄薄的便服,急忙起来,顺着我经过的那几个房间出去,一路叫唤她的女用人,还叫唤归她照管的一个妹妹。我满以为家里的男用人都要赶来,不由分说地收拾我一顿。可是还算我运气,她喊来喊去,只来了一个老用人,真有什么危急,这老头儿不会有多大用处。不过她有了人,略为胆壮些,就严词厉色问我是谁,打哪儿来,为什么冒冒失失闯进她

家。我没辩白得几句,她一听说花园小屋的门开着,立刻嚷道:'天啊!这事动了我的疑心了!'

"她说着拿起桌上的蜡烛,一个个房间照了一遍,她那些女用人和她妹妹都影踪不见,她还发现她们连衣服都拿走了。她觉得真相大白,气急败坏地回来对我道:'混蛋!你干了亏心事,别再撒谎骗人。你到这儿来绝非偶然。你是堂范尔南·德·李华手下的人,他干的坏事你也有份。你休想逃走,我这里还有的是人手,尽可以拿住你。'我答道:'太太,别把我和你冤家混在一起,我不认识什么堂范尔南·德·李华,压根儿连你是谁都不知道。我是个倒霉人,因为决斗出了事,只好逃出马德里。我向天发誓,要不是这场雷雨,决不会上你的门。请别当我是坏人,我非但没帮人家干坏事害你,还愿意为你报仇雪恨呢。'那女人听了这话,再听了我说话的口吻,气就平了,好像不把我再当作仇人看待。不过她火气一消,就伤心起来,忍不住痛哭。我给她哭得心软,虽然不知道她为什么伤心,却跟她一样难受。我不但陪着落泪,还一腔义愤,急要替她争一口气。我嚷道:'太太,你受了什么欺侮了?说吧,我把你的委屈揽在自己身上。你要我追上堂范尔南把他一剑刺死吗?你要谁的命,说出来,你只要吩咐一声。你以为我这个陌生人和你的冤家一路,可是我为了你,什么险都肯冒,什么苦都肯受。'

"那女人看我那么热切,诧异起来,收泪道:'哎,先生,我患难之中,未免多疑,请别见怪。我赛拉芬看你这般仗义,知道看错了人,就连家门之玷落在你这陌生人眼里,我也不在乎了。哎,你是个仁人君子,我认错了。你肯帮忙,我很领情。不过我并不要堂范尔南的命。'我答道:'好吧,太太,你要我干什么事呢？'赛拉芬道：'先生，我气恼的是这么一件事。我跟如丽妹妹平常在托雷都住。堂范尔南·德·李华偶然看见我妹妹，就爱上她了。三个月以前，他向我父亲求婚。我父亲是玻朗伯爵，他因为我们家跟李华家有世仇，不肯应允。堂范尔南准买通了我那些女用人，我妹妹还不到十五岁，大概耳朵根软，听信她们的坏主意了。那位爷打听得我们孤零零住在乡下别墅里，就乘机哄得如丽私奔。我父亲和哥哥两个月以前到马德里去了，还没回来。我至少得知道堂范尔南把我妹妹藏在什么地方，他们才可以想办法。烦你看上帝面上，到托雷都附近去走走，把这件拐逃的事打听确切，我们家对你感激不尽。'

"这位太太没想到人家急急忙忙要逃出加斯狄尔，不便干这个差使。可是她怎么想得到呢？我自己都没在意。

"这么个绝世美人要依仗我，我受宠若惊，欢天喜地地把那差使承当下来，还答应一定办得又尽心又上劲。我果然不等天亮就要去干事。我请赛拉芬恕我害她吃惊，说一定马上会给她回音，然后立刻辞出。我从原路出去，心心念念只想着这位太太，自己也不难知晓，已是对她一往情深。我想到自己为她当差这样起劲，还在温柔乡里造起空中楼阁，我就越发明白自己所为何来了。我设想赛拉芬虽然满怀愁绪，她看出了我的情苗，心上总也喜欢。我还设想，若能探得她妹妹的确实消息，这桩事能够圆满收场，我就着实有面子了。"

堂阿尔方斯讲到这里，对那老隐士道："师父，我一腔痴情，只顾讲些琐屑，你听着一定心烦，请你原谅。"那隐士答道："没的事，孩子，我并不心烦。我还想知道你对那位年轻太太着迷到什么个田地，我可以对症下药。"

那年轻人讲下去道:"我打着如意算盘,兴兴头头费了两天工夫去找那拐带如丽的人。可是我白费心机,影子都没找出来。我一场空忙,非常懊丧,又去看赛拉芬,以为她一定焦急得不得了。想不到她倒还心定。据她说,她比我顺利,已经知道她妹妹的下落。堂范尔南有信给她,说已经和如丽偷偷儿结婚,把她送在托雷都一个修道院里。赛拉芬又说:'我把他那封信送给我父亲了,但愿这事不要弄到不欢。我们两家结仇多年,希望借这番婚姻大礼,可以把宿账一笔勾销。'

"这位太太讲了她妹妹的下落,就说累我辛苦了,又说自己粗心,忘记我是决斗出奔,倒叫我去找那拐逃的人,害我担惊受怕。她请我原谅,说的话非常诚挚。我当时要歇歇,她领我到客堂里,陪我坐下。她穿一件黑白条儿的薄绸便服,帽子也是一样的料子,上面插着些黑色羽毛。我因此想她大概是寡妇,可是她又那么年轻,真叫我猜不准。

"我心痒痒地要知道究竟,她也急急要晓得我的来历。她请问我尊姓大名,说看我气度高贵,尤其看我为她仗义出力,知道我一定是大家出身。我给她问得很窘,涨红了脸,不知所对。我老实说吧,我觉得还是撒谎为妙,可以留些面子。我就说,我是德国侍卫队军官石坦安巴赫男爵的儿子。那太太又说:'我还请问你,为什么逃出马德里。我可以答应在先,我父亲和我哥哥堂加斯巴一定出全力帮你。你为我当差,连性命都不顾,我对这样一位绅士,至少可以许这点儿愿。'我毫不踌躇,把那场决斗原原本本讲给她听。她认为错在那位给我刺死的绅士,还答应一定叫她全家帮我。

"她要问的都知道了,我就请问她些话。我问她有没有丈夫。她说:'三年前,我父亲把我嫁给堂狄艾格·德·拉哈。我已经守寡十五个月了。'我说:'太太,尊夫不幸早故,是什么原因呢?'那太太道:'你都把秘密告诉我了,我这事也可以讲给你听听。'

"她说道:'堂狄艾格·德·拉哈是位一表人才的绅士。不过他尽管一盆火似的爱我,天天温柔亲切地讨我的好,尽管他有许许多多长处,总打不动我的心。人品好、会献殷勤未必能赢得爱情。唉,咱们对一个素昧平生的人倒往往会一见倾心。我实在没法儿爱他。他的柔情蜜意并不讨我喜欢,倒叫我很窘,少不得勉强敷衍。所以我虽然暗怪自己没有情义,却又觉得受了委屈。他不但多情,尤其心细,这就害了他,也害了我。他从我举动言谈里看出我的隐衷,识透了我的心事,老怨我淡漠无情。我当时还不到十六岁,他求婚之前,贿赂了我的女用人,向她们打听,知道我的确从未有过意中人。他明白并没有情敌碍事,因此越发自恨无福,不能得我欢心。他常对我说:"咳,赛拉芬,我宁愿你心上有个人儿,因此对我冷淡,那么凭我这点殷勤,凭你自己的操守,自会使你回心转意。我现在至情相待,你一点无动于衷,我这辈子没指望得你欢心了。"这类的话我一遍遍听得腻了,所以对他说,别太多心眼儿,搅得彼此不安,还是慢慢来吧。说真话,这种微妙的情怀,里面许多细腻曲折,我那年龄还不大会体味。堂狄艾格应当听我的那句话。可是整整过了一年,他看我依然如故,就不耐烦了,竟可以说是疯了。他推说有要事入朝,就去当义勇军到荷兰打仗。他存心冲锋冒险、拼掉性命,从此抛却一切烦恼。他不久竟如愿以偿了。'

"那位太太讲完,我们接着谈论她丈夫的性格儿特殊。忽然有个人为玻朗伯爵捎信给赛拉芬,我们的谈话就此打断。她道声歉,拆信来读。我看她一面读,脸容失色,浑身发抖。她看完信,望着天长叹一声,泪流满面。我看她伤心,也不安起来。我很惶恐,仿佛预知大祸临头,吓得冷气攻心。我哑着声儿问道:'太太,我冒昧请问,信上是什么坏消息呀?'赛拉芬把信交给我,满面愁容道:'这是我父亲写的信,先生,你自己看去吧。咳!跟你大有关系呢。'

"我听了这句话心惊肉跳,战兢兢接过信来,只见写着:'汝兄堂加斯巴昨在普拉都与人决斗,中剑受伤,已于今日身故。渠临终时言,凶手为德国侍卫队军官石坦安巴赫男爵之子。我竟未能捕获,尤属恨事。此人已逸,但无论其潜踪何处,必设法寻获。现拟函托各地有司,如凶手路经所辖境内,即予逮捕。并拟函托他方,俾此人无路可逃。玻朗伯爵字。'

"你们试想,我看了这封信多么心慌意乱。我呆了一会儿,说不出话来。当时懊丧之至,看明白我的爱情就断送在堂加斯巴这条命上了。我立刻灰心绝望,跪在赛拉芬脚边,拔出剑来交给她道:'太太,玻朗伯爵也许拿不到我,你省得他费心吧。你下手呀!亲手把你哥哥的凶手杀掉,替他报了仇吧。他是死在这把剑下的,叫他那倒霉的冤家也在这把剑下送命得了。'赛拉芬看我这般举动,有点儿怜惜,答道:'先生,我和堂加斯巴是很亲爱的。你虽然杀得光明正大,并且他也咎由自取,可是你该相信,我跟我父亲一条心地恨你。咳!堂阿尔方斯,我是你的冤家。我为了骨肉之情、友爱之谊,会极力跟你作对。可是我绝不乘人之危,你尽管落在我手里,我不会乘此报仇。既然我为着一家的体面得把你当作仇人,我也不能做失体面的事,使卑鄙手段来报仇。主人对客人有保护之责,这是天经地义;况且你为我出过力,我决不愿恩将仇报,把你杀害。你快逃走,想法逃出我们手心,逃脱法网!大难临头,你快逃命。'

"我答道:'太太,这是怎么说呀!你尽可以亲手报仇,倒要等法律来处分,法律未必能替你雪恨。哎,我这个混蛋不值得你怜惜,还是刺死他完了。太太,你待我不必这般仁义。你知道我是什么出身吗?马德里人都以为我是石坦安巴赫男爵的儿子,其实我只是个拣来的孩子,他发慈悲收养了我。我连生身父母是谁都不知道。'赛拉芬听了这话,好像越加难受了,忙打断我道:'那没有关系,就算你是最下贱的人,我总依照身份体面行事。'我说道:'好吧,太太,我杀了你哥哥,你不肯要我的命,那么,我还新犯了一个罪,要惹你发狠呢;我大胆无耻,望你不要饶恕。我爱你,见了你的娇姿,不禁目眩神迷,虽然我出身不明,却指望能和你订结终身。我甚至一片痴情——其实也是一团妄想,以为也许天意垂怜,暂时叫我出身暧昧,将来总有一朝真相大白,我可以把自己的真姓名坦然告诉你。我向你招供了这番狂妄之念,你还不打定主意来惩罚我吗?'

"那太太回答道:'我别的时候听了这番冒失的话当然会生气,不过你这时候失魂落魄,我不怪你。况且我身当此境,也没什么心情来理会你吐露的那些话。'她洒了几点眼泪道:'堂阿尔方斯,我再说一遍,我们家给你搅得凄凉惨淡,你走开吧,走得远远的;你在这儿多待一刻,就多加我一分痛苦。'我起身道:'太太,我不再违拗你,只好和你分手了。不过我这辈子既然遭你嫌弃,你别以为我还爱惜性命,要找个之地。我决不,我这身子专诚留给你出气藏身。我就要到托雷都去,等你们快来摆布。

我随你们逮去,可以早早解脱烦恼。'

"我说完就走。她家用人把我那匹马牵来,我骑了到托雷都,一住八天。我满不在乎,并不躲藏。可是竟没人来逮我,真不懂是怎么回事。我想玻朗伯爵只想堵得我走投无路,当然料到我会经过托雷都。我在那里逍遥法外,后来觉得腻了,昨天下午就跑出城来。我像个没事人一般,随便走走,到了这里。师父,我方才讲的就是我的心事,求你帮我出个主意。"

第 十 一 章

老隐士是谁,吉尔·布拉斯发现
原来都是熟人。

堂阿尔方斯把他的伤心史讲完,老隐士道:"我的孩子,你在托雷都待那么久,太大意了。我对你讲的那些事另有看法。我觉得你爱赛拉芬真是傻透了。听我的话,别糊涂,那年轻女人你不会到手的,只有把她忘个干净。你们两人中间障碍重重,还是乖乖地及早罢休,听天由命吧。看来你前途艳遇多着呢!你还会碰到个把年轻女人,既没有杀兄之仇,又同样能叫你醉心。"

他还要讲一大篇道理,劝堂阿尔方斯耐心。这时又进来一位隐士,背着一只饱鼓鼓的口袋。他刚在古安加城里募化了许多东西回来,样子比他那伙伴年轻,留着一部浓浓的红胡子。那老隐士对他道："你来得正好，安德华纳修士，城里有什么消息吗？"红胡子修士把一张叠成信件似的纸条儿交给他道："消息很坏，你看了这信就明白。"老头儿打开信，那封信值得细看，他看得聚精会神，看完说道："谢天！既然事情闹破，咱们只好另行主意了。"又对那年轻绅士道："堂阿尔方斯先生，咱们换个腔调说话吧，你当面这个人也跟你一样的受尽造化作弄。离这儿一哩路是古安加城，有人在那边法院里诬告我，法院要传我去，决定明天大队人马到这隐居来拿我。不过他们赶到窝里，兔儿早跑了！这种麻烦我也不是第一次碰到。谢天，仗我为人机灵，差不多每次都溜得过。我现在要变个新面目了。你们瞧我这般模样，其实我才不是什么隐士、什么老头儿呢。"

他一面说，就脱下身上的长袍。里面是一件袖子打褶裥的黑哔叽袄儿。他随又脱掉帽子，解下假胡子，立刻变成个三十来岁的年轻人。安德华纳修士学他榜样，脱去隐士装，也解下红胡子，又从一只半烂的旧木箱里拿了件破褂子穿上。我一看那老隐士正是堂拉斐尔大爷，安德华纳修士正是安布华斯·德·拉莫拉、我那有情有义的亲随。我的惊异可想而知。我立刻嚷道："老天爷啊！原来都是熟人！"堂拉斐尔笑道："是啊，吉尔·布拉斯先生。你再也想不到，又和两个朋友重逢了。我们的确有点儿对不起你，可是旧事不必重提，谢天咱们又碰到了一起。安布华斯和我愿意帮你的忙，你可别小看了我们的帮忙。别当我们是坏人，我们不打人不杀人，只想占人家点儿便宜过活。虽说偷东西不应该，到无可奈何的时候，不该也就该了。你入了我们的伙，过过流浪生涯吧。只要你乖觉，这种日子很有味儿。当然，尽管我们乖觉，往往会枝节横生，倒霉事儿还是有的。那也不要紧,吃了苦头,就觉得甜头的味道更好。人事的变化,时运的高低,我们是习惯的。"

那假隐士又对堂阿尔方斯道:"大爷,我们也请你入伙。照你目前的处境,我想你不会谢绝。且不提你犯了事露不得面,想来你身边也没多少钱了。"堂阿尔方斯道:"是啊。老实说,我因此又添了一重心事。"堂拉斐尔道:"好啊!那就和我们一起吧,你最好还是入我们的伙。你要的东西应有尽有,而且我们有法子叫你冤家怎么也拿不到你。我们曾经走遍西班牙,差不多处处都熟悉。哪儿是树林,哪儿是山,哪些地方躲得过司法的毒手,我们全都知道。"堂阿尔方斯谢了他们好意,想想自己真是又没钱,又没办法,就死心塌地跟他们一路了。我很喜欢这个年轻人,不愿意离开他,也决计同走。

我们讲定四人合伙,决不分离。安德华纳修士先一天从古安加带回来一皮袋美酒,我们就商量:还是立刻动身,还是先喝点酒再上路。拉斐尔究竟最老练,说我们第一要紧的是安全,主张连夜赶到维拉德萨和阿尔莫达巴之间一个很稠密的树林里,到那儿去休息,要是看来没事,可以歇一天。大家赞成。两个假隐士把衣服粮食打成两包,左右相称地装在堂阿尔方斯的马上。他们干事非常爽利,一切停当,我们就走了。那个隐居里,我们撇下隐士袍两件,白胡子、红胡子各一部,床两张,桌子一只,破箱一个,草垫旧椅两把,圣巴公谟像一幅,让法院去没收。

我们走了一夜,觉得很累,傍亮儿时分望见前面就是我们要到达的那座树林。我们仿佛长途劳顿的水手,望见了港口,气力陡长。我们鼓起劲来,在日出之前赶到了地头。我们钻到树林深处,找个很合适的地方歇下。那是一片草地,四围有许多大橡树,枝叶交错,浓荫如盖,暑气不侵。我们把马背上的东西卸下,解了鞍辔,随它去啃草。我们坐下,从安德华纳修士的口袋里拿出大块的面包和好些烤肉,大家比赛似的狠命大吃。我们虽然饿透了,还时时放下吃的,抱起皮袋来喝酒。一只皮袋传来递去,没个闲的时候。

吃罢,堂拉斐尔对堂阿尔方斯道:"大爷,你向我推心置腹,我也该学你的样,老老实实把身世讲给你听。"那年轻人答道:"我很想听呀。"我嚷道:"我尤其要听。我心痒痒地要知道你的经历,我想准值得一听。"拉斐尔答道:"保管值得一听,我很想将来把它写下来呢。现在我年纪还轻,等老来再写书消遣,还可以多添些篇幅。咱们这会子都累了,睡一会儿歇歇吧。咱们三人睡觉,让安布华斯守望,防有意外,回头再轮替着让他睡。虽然咱们在家儿好像千稳万妥,随时提防总不会错。"他说完就躺在草地上。堂阿尔方斯也躺下,我也学样;拉莫拉上哨。

堂阿尔方斯心事重重,并没睡着。我也合不上眼。堂拉斐尔却一会儿就睡熟了。他一个钟头以后醒来,看见我们都要听他的故事,就对拉莫拉道:"安布华斯朋友,你现在可以尝尝黑甜乡滋味了。"拉莫拉答道:"不用,我一点儿不困。你生平的事迹很可以供我们同道的人取法,我虽然都知道,却愿意再听一遍。"堂拉斐尔就详述身世如下。

第 五 卷

第 一 章

堂拉斐尔的生平。

"我妈妈是马德里的女戏子,名叫陆珊德,她念台词很有名,干的风流艳事尤其大家知道。我要是自认爸爸是谁,就未免大胆了。我可以说,我出世那时候有位阔人跟我妈相好,可是按时期推算并不能坐实他就是我的生身父亲。吃我妈那行饭的女人防不胜防,就在她好像跟某位爷最相好的时期,也往往有别人顶替着这位花钱的人受用她。

"旁人飞短流长,最好是一概置之不理。陆珊德并不遮遮瞒瞒把我藏在家里养大。她满不在乎,搀着我堂而皇之上戏院去。人家讲我闲话,见了我免不了当面嘲笑,她都不睬。总而言之,她很喜欢我,到她家去的那些男人也都来抚弄我,好像都跟我有父子天性似的。

"人家随我成天玩着各种玩意儿,直到十二岁,简直不教我念书写字,更不认真把宗教的大义来启导我。我只学跳舞唱歌弹吉他,这是我的全副本领。那时候雷加内斯侯爵要我去陪伴他的独养儿子,那孩子和我年岁相仿。陆珊德欣然应允,我从此有了正业。雷加内斯小子并不比我高明,这位小爷看来和学问无缘,家里一位老师请来了一年零三个月,几乎一个字母都没教会他。从前几位老师都无能为力,只给他呕得忍无可忍。他们实在没法严加管教。东家叮嘱得明明白白:教学不得动刑。有了这项吩咐,再加学生顽劣,上课都是枉费功夫。

"可是这位老师想出一个妙法,你们听下去就知道。他可以吓唬这位小爷,却又不犯那爸爸的禁令。他决计每逢雷加内斯小子该罚的时候,用我做替身,抽我一顿鞭子。他果然按计行事。我觉得这个办法不合我脾胃,就逃出来向妈妈哭诉,说先生太不公道。她虽然疼我,却横着心不理会我的眼泪。她算计儿子在雷加内斯侯爵家很占便宜,所以马上把我送回去。我这可落在那老师手里了。他一看他那办法很有效,就老叫我替那小爷吃鞭子。他愈要那小爷牢记在心,愈把我抽得凶。我每天准替雷加内斯小子受罪,可以说,他每认一个字母总要害我吃一百鞭子。你们想吧,他学完文法入门,我得挨多少打!

"我在那家受的委屈还不止挨几下鞭子。人人都知道我是什么样人,所以用人里下贱到厨下打杂儿的都拿我的出身来糟蹋我。我气极了,有一天我设法把那老师的现钱全偷掉,大概有一百五十杜加,我就逃走了。他打我太不公道,我就这样报复,我相信这是最狠毒的手段了。我玩这妙手空空的把戏虽然是头一遭,却玩得很巧。大家找了我两天,我手脚伶俐,没让他们找着。我从马德里到托雷都,没见一个追踪的人。

"那时候我刚十五岁。在那个年龄能够自由自主,多快乐呀!我不久结识了一群小伙子,他们教得我很调皮,又帮我花钱。我随又跟一伙骗子结了帮,他们把我天赋的才能大加培养,不多几时,我就是他们行里一个顶尖儿的人物了。五年之后,我动了游历的兴头,就和那些弟兄分手。我打算从艾斯德马杜尔出发,先到阿尔冈达拉。半路上,我碰到一个可以施展本领的机会;我没肯错过。我是步行,又背着个很沉的包,所以常到道旁树阴底下去歇腿。我碰见两个有钱人家的子弟在草地上说笑乘凉。我客客气气跟他们行礼,看他们好像不嫌,就攀谈起来。两人都很老实,年长的不过十五岁。小的一个对我说道:'先生,我们两家的老头子都是普拉桑西亚的财主。我们心痒痒地要到葡萄牙去观光,各从家里拿了一百比斯多,想趁趁心愿。可是我们虽然步行,还有好老远的路呢,身上只带这点钱,你看怎么办?'我回答道:'我要有这许多钱,哪儿去不得?我可以走遍天涯地角了。好家伙!二百比斯多呢!这么一大笔钱,一辈子也花不完。要是两位不嫌,我可以奉陪到阿尔梅仑。我有个叔叔在那城里住了二十来年,我正要去承袭他的遗产。'

"两个小哥儿有我做伴,都说很高兴。我们三人休息一会儿,就取道往阿尔冈达拉,下午一老早就到了。我们在一家上等客寓里歇下,要了个房间,里面有一只安锁的柜子。我们点了晚饭的菜,店家做着菜,我就邀那两个旅伴儿出去逛逛,他们都愿意。我们各把背包锁在柜子里,一位哥儿带了钥匙,大家一起出门。我们去看了几个教堂,到最大的教堂里,我假装想起一件要事,对他们道:'两位先生,我记起一件事来,托雷都有人托我带口信给一个商人,那人就住在这教堂附近。烦你们在这儿等一等,我一会儿就回来。'我说了就出教堂一口气赶回客店,直奔那柜子,扭开锁,在那两个小哥儿的背包里掏摸一番,找到了他们的比斯多。可怜的孩子!那笔钱我一股脑儿全拿了,只留一个比斯多给他们还店账。我也不管他们死活,急忙出城,取道往梅利达。

"我不过是开个玩笑,就此旅途上很宽裕。我虽然年轻,自觉做事缜密,可算少年老成。我决计买个骡子;到了前面镇上,就买了一头。我又把背包换成手提箱,稍为装出些身份来。第三天我在大路上碰见个人,拉着嗓子大唱晚祷圣诗。我看他神气像个唱圣诗的,就说:'好哇!学士先生!唱得好极了!我瞧你干活儿很得劲啊!'他道:'先生,我是个唱圣诗的,听候你使唤。我很喜欢练练嗓子。'

"我们就这样攀谈起来。我看出那人很逗乐儿,也很和气。他大约二十四五岁。他是步行,我也就骑着骡子慢慢走,可以闲聊消遣。我们谈起了托雷都,那唱圣诗的说道:'那地方我很熟。我在那儿住过好久,还有些朋友在那儿。'我问道:'你在托雷都住什么地方呀?'他答道:'住在新街上。我和堂文森·德·勃那·加拉、堂马狄阿斯·德·果德尔,还有两三位有体面的大爷住在一起,起居饮食都在一块儿,过得顶乐的。'我听了很奇怪。我该交代一声,他说的那几位都是我在托雷都同伙的骗子。我说道:'唱诗的先生,你说的都是我的熟人,我也跟他们一起在新街上住过。'他微笑道:'我懂了,换句话说,三年前我一走你就入了他们的伙。'我道:'我动了游兴,刚和那几位分手。我要走遍西班牙,添些阅历,长些本领。'他说道:'这是没得说的,非出门走走不会学得千伶百俐。我在托雷都过得很好,也是为这个道理才出来。'他又道:'谢天,再也想不到会碰到个同道。咱们合伙一路走吧,人家钱袋里的钱咱们捞来花;有机会就把咱们的本领施展一下。'

"他这么爽快殷勤,我当然赞成。他信得过我,我也马上就信得过他了。两人畅言无忌,我把身世告诉他,他也把自己的事全抖搂出来。他说在坡达雷格有个骗局,不凑巧失了风,只得换上这套装束急忙逃走。他把经历讲完,我们决定同到梅利达碰碰运气,弄两注钱,赶紧再上别处去。我们俩从此就有通财之谊了。我这伙伴儿名叫莫拉雷斯。他其实手里不大宽裕,只有五六个杜加,旅行袋里还有几件衣裳;我现钱比他多,不过骗人的手段没他强,两边正扯个直。我们俩轮替着骑那一头骡子,直到梅利达。

"我们在近郊客店歇下,我的伙伴从旅行袋里拿件衣裳换上,两人进城走走,摸索个道路,看有什么下手处。我们事事留心。若叫荷马来说,①我们就像两只老雕,目光四射,要寻些鸟儿当点心。总而言之,我们在等个机会一试身手。忽然看见街上一个头发灰白的人,挥着剑和三个人打架;那三个人使劲向他进逼。我一看众寡不均,动了义愤,而且我生性勇猛,就赶上去帮那老头儿。莫拉雷斯不肯示弱,也拔剑相助。我们向老头儿的三个敌人冲上去,他们只好逃走。

"老头儿看他们跑了,对我们满口道谢。我说:'可喜我们恰恰跑来解了你的围。只是我们究竟帮了哪一位先生的忙,还没领教呢。我再请问,那三人为什么要你的命。'他答道:'两位先生,我对你们感激得很,你们有问,我当然一一奉答。我名叫吉隆·德·莫亚达斯,就住这城里,有点家私可以过活。你们打退的三个凶手里有一个爱上了我女儿,前几天向我求亲,我没答应,所以刚才跟我斗剑,要出那口气。'我道:'我冒昧请问,你为

---

① 意思是模仿荷马史诗来一个引申铺排的长比喻,就是查理·贝罗(Charles Perrault)所嘲笑的"长尾巴比喻"(Comparaison à longue queue);这种比喻是十七八世纪英法两国批评家对荷马诗笔的一个争点。

什么不肯把女儿给他呢?'他道:'你听我说。我有个兄弟在这城里做生意,他叫奥古斯丹。两月以前,他到加拉特拉华去,住在他生意上有来往的一个人家里,那人叫如安·费雷斯·德·拉·曼布利拉。他们俩是好朋友,我兄弟要跟那人友上加亲,就把我的独养女儿莆萝朗蒂娜许给那人的儿子。他拿定我听他的话,代我做得下主。他回到梅利达跟我谈这头亲事,我果然手足情重,一诺无辞。他就把莆萝朗蒂娜的肖像送到加拉特拉华。可是,唉,他心愿未了,这事没办妥,三星期前他去世了。他临终恳求我务必把女儿许给他生意上有来往的那人的儿子。我答应他了;方才跟我打架的那人虽然是很好的一位配偶,我只得拒绝。我有言在先,不由自主。我眼下正等着如安·费雷斯·德·拉·曼布利拉的儿子来做女婿。其实他们父子两个我面都没见过。'吉隆·德·莫亚达斯又道:'承你们下问,所以讲给你们听,请别嫌烦絮。'

"我聚精会神听他讲完,心生一计。我假装大吃一惊,举头望天,然后用悱恻动人的声调道:'啊,莫亚达斯先生,想不到我跑到梅利达就救了我丈人的性命!真是哪里来的好运气。'老头儿听了大吃一惊。莫拉雷斯也诧异得不相上下,他脸上那副神情分明说我是个大骗子。老头儿道:'你说什么?啊?难道你就是我兄弟生意上有来往的那人的儿子吗?'我索性面皮厚到底,抱住他脖子道:'是啊,吉隆·德·莫亚达斯先生,我正是要跟可爱的莆萝朗蒂娜结婚的那个福气人啊。我跟府上攀亲真是快活,不过这话且慢提,我到了这里,不免想起令弟奥古斯丹,让我先向你洒一把泪吧。我这辈子的快乐全亏了他,现在他已成古人,我不是个忘恩负义的,哪得不伤心呢。'我说完把吉隆老头儿再拥抱一番,又拿手去擦眼睛,好像抹眼泪似的。莫拉雷斯立刻看出这骗局有利可图,忙来打边鼓。他只算是我的亲随,对奥古斯丹先生哀悼得比我还深,说道:'吉隆先生,令弟去世,真是您莫大的损失。这么个规矩人,生意场里独一无二,又公道,又靠得住,真是从来没有的。'

"对方是个死心眼儿的老实人,不但没怀疑我们捣鬼,还自钻圈套,对我道:'哎,你怎么不一直到我家去呀?你不应该住客店,咱们这样情分还用客气嘛!'莫拉雷斯替我说道:'先生,我东家太拘礼,他是有这毛病,想来他不会怪我说他的。'接着又道:'不过照他目前的境况,不肯到府上来也情有可原。我们路上碰到强盗,行李都抢光了。'我接口道:'莫亚达斯先生,这小子说的是真话。我就为了这件倒霉事儿没到府上来。我还没见过小姐,不敢随身衣服上门,所以我派了个用人回加拉特拉华,正等着他呢。'老头儿道:'何必为了这点小事为难,你务必立刻就到我家去住。'

"他说着就带我回家。我们一路上讲着那桩凭空捏造的抢劫。我说,行李里一张莆萝朗蒂娜的肖像也丢了,叫我真痛心。那老头子笑说,这点损失不必介意,一张画像哪有本人好。我们一到他家,他就叫女儿出来相见。她才十六岁,十分的人才。他说道:'你瞧瞧这就是亡弟许给你的小姐。'我做出爱慕的神气道:'啊!先生,这位就是可爱的莆萝朗蒂娜,还用你说嘛!这美丽的姿容早已深深地印在我心上,而且还深藏在我的心窝儿里呢。她这样仪态万方,我那张丢掉的肖像不过得个大概;我见了肖像已经千般爱惜,我这时候的神魂颠倒就可以想象了!'莆萝朗蒂娜道:'你夸奖太过,我还不至于那么狂妄,会以为你说的都是实话。'那爸爸插嘴道：'你们客套去吧。'他就撇下我跟他女儿，把莫拉雷斯拉过一边，说道：'朋友，强盗把你们行李抢光，你们的钱一定也光了？他们动手总是先抢现钱。'我的伙伴答道：'是啊，先生。在加斯底尔·布拉俶附近，大伙强盗向我们一拥齐上。我们只剩了随身衣裳。不过回头款子汇来，我们马上就恢复元气了。'

"老头儿掏出钱袋，说道：'现在汇款没来，这一百比斯多先拿去使吧。'莫拉雷斯嚷道：'啊呀，先生，我东家决不肯受的。您不知道他的脾气。咳！他这人银钱上不肯苟且，不像那种纨绔子弟，谁的钱都拿得进。他虽然年纪轻，不喜欢借债，宁可讨饭，也不愿意借人家一个小钱。'那位市民道：'再好没有，我就越发看重他了。我看不惯人家借债。那起贵族呢，我不怪他们，债就是他们的家产。'又道：'我决不勉强你东家，如果送钱给他要叫他难堪，这话就不用再提了。'说着就要把钱袋收回去。可是我的伙伴儿拉住他胳膊道：'且慢，莫亚达斯先生，我东家虽然不喜欢借钱，您这一百比斯多他也许肯受。这全看对他怎么个说法。其实他只是不肯问等闲人借钱，对自家人并不那么猾介。他向父亲要钱满不在乎的。您看得出来，这位大爷对各人各个样儿，他把您老先生当然是看作第二个爸爸了。'

"莫拉雷斯这套话把老头儿的钱袋弄到手。老头儿回来，我跟他女儿正在互相恭维。他打断我们，告诉芾萝朗蒂娜我解了他的围，又对我感恩道谢。我就顺水推船说，他若要报恩，赶早把女儿嫁我，我就感激不尽了。他看我着急，欣然应允。他说，不出三天我就可以和芾萝朗蒂娜完婚；他还说，本来讲定六千杜加陪嫁，可是他愿意陪一万杜加，表示他对我感恩入骨。

"莫拉雷斯和我就住在吉隆·德·莫亚达斯老头儿家,受他款待,喜滋滋地等着那一万杜加。我们准备钱一到手就逃出梅利达。我们虽然快活,却有点担心,只怕不到三天,如安·费雷斯·德·拉·曼布利拉的儿子本人会忽然跑来,碍了我们的道儿,甚至一下子破了好事。这并不是瞎担心。就在第二天,一个农夫模样的人拿着一只手提包到莆萝朗蒂娜父亲家。我那时出门了,我伙伴儿在场。农夫对老头儿道:'我东家是加拉特拉华的彼德罗·德·拉·曼布利拉,就是您的未婚女婿。我们俩刚到这城里,我先来通知您一声,他随后就到。'话刚说完,他主人就来了。那老头儿诧怪得不得了,莫拉雷斯也有点儿着慌。

"年轻的彼德罗是个很漂亮的小伙子。他跟莆萝朗蒂娜的父亲攀话,可是老头子不等他说完,就转身问我伙伴儿这是怎么回事。莫拉雷斯的大胆厚脸原是谁都赶不上的,他神色泰然道:'先生,刚来的这两个人是跟路上抢劫我们的那批强盗一伙的,我认得他们,尤其是大胆冒认如安·费雷斯·德·拉·曼布利拉做爹的那一个。'那老头儿毫不犹豫地信以为真,当那两人是骗子,对他们说道:'两位先生,你们来迟一步,让人家抢先了。彼德罗·德·拉·曼布利拉昨天已经在我家住下。'加拉特拉华来的那年轻人答道:'这话还请想想,你上当了,住在你家的是骗子。我告诉你,如安·费雷斯·德·拉·曼布利拉只有我一个儿子。'老头儿答道:'去你的吧!我知道你的来历。你认得这小伙子吗?你记得你在加拉特拉华路上打劫的人吗?那就是他东家。'彼德罗道:'什么?我打劫他!啊,这混蛋胆敢冤枉我做强盗!要不是在你府上,我准割掉他的耳朵。他亏得你在这儿,我不好当了你的面发脾气。'又道:'先生,我再说一遍,你上当了。令弟奥古斯丹替你小姐相中的人是我。他跟我父亲议婚的许多信件你要看吗?他去世前不久,还寄给我一幅莆萝朗蒂娜的肖像,那不是个凭据吗?'

"那老头儿打断他道:'不成,肖像信件都不足为凭。那张肖像怎样会落在你手里,我全知道。我忠厚存心,劝你赶快离开梅利达。你们这种人活该挨刑受罚,不早走就难免了。'那位大爷也打断他道:'这太岂有此理了。我不能白让人家冒了我的名,又冤我是强盗。我还有几个熟人在这城里呢。你既然受了骗当我坏人,我现在就找他们同来,见个水落石出。'他说完带着用人走了,莫拉雷斯就算占了上风。吉隆·德·莫亚达斯因此决计叫我和他女儿当天成婚。他立刻去料理一切,要把这事办妥。

"莆萝朗蒂娜的父亲那么安排,对我们便宜极了,不过我那伙伴儿虽然高兴,却不免心里七上八下。他看准彼德罗决不甘休,后事难料,不免害怕,急要把方才的事告诉我。我回来见他心事重重,就说:'朋友,怎么了?你好像心里有事似的。'他答道:'有缘故啊!'就一五一十讲给我听,接着道:'你瞧,我不该上心事吗?都是你胆大包天,惹下这场麻烦。我承认这是个好买卖,要是得手,真可算绝世奇功,但是看来要不妙了。我想咱们已经在老头儿身上得了些油水,快逃走吧,免得当场对证。'

"我答道:'莫拉雷斯先生,这话还得从长计议。你太经不起挫折了。咱们托雷都同伙的堂马狄阿斯·德·果德尔一流人的牌子岂不坏在你手里。一个人跟过那些大师,怎么可以这样胆小。我要追步这几位大人物,显得不辱师门。你遇事把头缩,我可要硬着头皮挺,鼓起勇气,挺过这道难关。'我伙伴儿道:

'你要是挺得过,我就把你看得比普路塔克记载的那些伟人都了不起了。'

"莫拉雷斯刚说完,吉隆·德·莫亚达斯跑来道:'我刚把你的婚事料理妥当,你今儿晚上就是我的女婿了。'又道:'你用人准把方才那事告诉你了?那骗子硬说他父亲就是我兄弟生意上来往的人,有这样无赖的吗?'莫拉雷斯真不知道我怎么自圆其说,一听我的回答,着实吃惊。我凄然看着莫亚达斯,装出一副老实的样子,说道:'先生,我尽可以把你瞒在鼓里,从中取利。可是我觉得我这人不会撒谎到底,我得向你老实招供了。我并不是如安·费雷斯·德·拉·曼布利拉的儿子。'那老头儿又奇怪,又着忙,打断我道:'啊?怎么的?你不是我兄弟相中的人吗?'我也打断他道:'先生,我有一篇衷心话儿要讲,请你听到底。我爱上你女儿整整八天了,就为恋着她,所以在梅利达流连不走。我昨天救了你,本来想向你求亲。可是你说已经把她许了别人,就把我的嘴封住了。你说,令弟临终求你务必把女儿配给彼德罗·德·拉·曼布利拉,你已经答应了他,总之,你有言在先,不由自主。老实告诉你吧,我一听这话,懊丧万分。我心灰绝望,痴情忽生急智,使了现在这条计策。其实我直在良心内愧。不过我要是道破真情,而且让你知道我是个微服游历的意大利王子,我相信你就不会怪我了。瑞士、米兰、萨伏伊交界的洼地是我父王的领土。我还设想,几时我把来历说明,你准会惊喜交集,我和葑萝朗蒂娜结婚以后把这话告诉她,也是做丈夫的一桩乐事,见得我又体贴又喜欢她。'我又换了声调说道:'天不许我这般快乐。彼德罗·德·拉·曼布利拉来了,我吃尽亏也只好把他的名字还他本人。你应允了他,非挑他做女婿不可;我惟有叹口气,无从怨恨。我爵位高,你顾不得;我给你害得苦,你也可怜不得,只好挑选他呀。其实令弟不过是你女儿的叔叔,你是她的爸爸;而且论理你应当报我的恩,你说了一句不足为凭的话,又何苦死要体面讲信用呢。不过这些话我也不必跟你说了。'

"吉隆·德·莫亚达斯嚷道:'对啊,一点不错,这样才合情理,你跟彼德罗·德·拉·曼布利拉两人里究竟该挑谁,我不再犹豫了。我选中了一个救命恩人,况且又是一位王子屈尊肯和我攀亲,就是我兄弟奥古斯丹还活着,也不会怪我。我要是不把女儿给你,不赶快为她办这头好亲事,那就是把好运气撵出门,犯了失心疯了。'我回答道:'先生,不要感情用事,一切三思而行,你只要问你自己是否上算,我虽然出身皇家……'他插嘴道:'你开我玩笑了,难道我还打不定主意吗?我已经决定了,殿下,我求您赏脸,今晚就跟那有福气的弗萝朗蒂娜结婚吧。'我说:'好!照这么办得了。你女儿那边你去传个信,把她那锦绣前程说给她听听。'

"那位市民忙去告诉女儿,说一位王子向她拜倒了。我们的话,莫拉雷斯全听见,他乘这当儿向我跪下道:'意大利的千岁爷,管辖瑞士、米兰、萨伏伊交界处那片洼地的大皇帝的东宫殿下,让小的跪叩,聊表欣喜。凭我们骗子的良心说,你真是个奇才!我向来自以为天下第一人,可是你尽管资格没我老,我真对你投降了。'我道:'你现在不着急了吧?'他道:'嗬!还着急吗?我现在不怕彼德罗先生了,随他这会儿就来得了。'莫拉雷斯和我已经立于不败之地。那笔陪嫁,我们拿得稳稳,仿佛已经到手了。我们就商量拿了钱由那条路动身。可是那笔陪嫁究竟还没到手,后来的事也不像我们算得那么准。

"一会儿,那加拉特拉华的小伙子又来了,带着两个商人、一个公差。那公差身居要职,再加他那部胡子、那张黄里转黑的脸都令人肃然起敬。莆萝朗蒂娜的父亲正和我们在一起。彼德罗对他道:'莫亚达斯先生,我请来三位有身份的人,他们都认识我,说得出我的来历。'那公差嚷道:'是啊!没错儿的!我说得出来,我可以对一切当事人证明:我认识你,你名字叫彼德罗,你是如安·德·拉·曼布利拉的独养儿子。谁敢道个不字就是骗子。'那老头儿吉隆·德·莫亚达斯说道:'公差先生,我信你的话。你跟同来的这两位大老板说的都是铁证。你们领来的这位年轻绅士是我兄弟生意上有来往的那人的独养儿子,我完全相信。可是这又怎么呢?我不愿意把女儿嫁给他了,我变了心了。'

"公差道:'唷,那又当别论了。我上你门来,不过向你证明我认识这个年轻人。你的女儿当然由你做主;要是不问你肯不肯,强逼你把女儿嫁人,这做不到的。'彼德罗插嘴道:'我也并不想勉强莫亚达斯先生,他的女儿随他去处置。可是我冒昧请问他为什么变心,他对我什么地方不满意吗?啊,我既然好事成空,没指望做他家女婿,只要知道并非咎由自取,也就罢了。'那老头儿答道:'我并非对你不满,而且我不得已失信,心上很抱歉,请你原谅。你的情敌救过我性命,所以我不选中你而选中他,我相信你宽宏大量,不会怪我。'又指着我道:'就是这位先生救我脱了一个大难。还有句话,你听了就对我更加谅解了。这是一位意大利王子,他爱上了莆萝朗蒂娜,虽然门户不相当,定要跟她结婚。'

"彼德罗听了这话目瞪口呆。两个商人也睁大眼睛,满面诧异。可是那公差惯把事情往坏处看,怀疑这桩奇遇是个骗局,他就有好买卖到手了。他仔细把我端详,一看是个生脸,有负他那番盛意,他就盯着看我那伙伴儿。合是我这千岁殿下倒霉,他认识莫拉雷斯,记得曾在修达·雷阿监狱里见过。他嚷道:'嗨!嗨!这是个老主顾!我认得这位先生!我告诉你们,西班牙各州各郡的骗子里,这人的本领是数一数二的。'吉隆·德·莫亚达斯道:'罢呀,公差先生,把稳着些儿。你把这小伙子说得这样不堪,他可是王子的亲随啊。'公差答道:'好得很,我单凭这点儿就知道这是怎么回事儿了。有其仆必有其主,我拿稳这两个流氓是一对骗子,串通一气来骗你的。碰到这种混蛋,我是识货的。我立刻把他们带进监狱,好叫你知道他们实在是骗子。我想请他们跟法官老爷促膝谈心,他们就知道账上还记着好几顿鞭子呢。'老头儿道:'算了,公差先生,别这样不留余地。你们这起先生也不怕得罪好人。难道用人是骗子,主人准也是骗子吗?王子用骗子做用人,是什么新鲜事儿吗?'公差打断他道:'什么王子不王子,你开玩笑吗?我管保这小伙子是骗子,我行使职权,把他跟他伙伴逮捕了。我有二十个警卫在门口,他们要是不乖乖地跟着走,就横拖直拽拉进监牢去。'于是对我道:'来吧,千岁爷,开步走!'

"我跟莫拉雷斯两个听了这话都惊惶失措。吉隆·德·莫亚达斯见我们神色慌张,也动了疑心,竟也看破我们了。他明白我们是存心骗他。不过他这时不失君子之风,对公差道:'公差先生,你也许猜疑错了,也许猜疑得正对。不过错也罢,对也罢,咱们不必追根究底。放这两位年轻绅士出门,随他们走吧。我求你别拦他们,我求这个情,报答他们俩对我的恩。'公差答道:'我要是公事公办,就顾不得你求情,得把这两位先生监禁起来。可是我看你面上,网开一面,不过他们非得立刻出城不可,我要是明天再碰见,嘿!他们瞧着吧!'

"莫拉雷斯和我听说放我们走,心定了些。我们想一口咬定自己是有体面的人,可是给那公差恶狠狠瞪着就没敢出声。我不懂是怎么回事,他们这种人镇得住我们这种人。茀萝朗蒂娜和她的陪嫁只好让给彼德罗·德·拉·曼布利拉,吉隆·德·莫亚达斯的女婿当然是他做了。我跟我的伙伴出门,取道往特于西洛。这番总算赚了一百比斯多,差堪自慰。我们在天黑前一个钟头走过个小村子,当时决定再赶一程。我们看见一家客店,在这种小地方也算很像样的了。店主夫妇在门口石条上坐着。店主人是个瘦长的老头儿,弹着一只破吉他替老婆解闷儿,他老婆好像听着很乐。店主人看我们不住步,就嚷道:'两位先生,我劝你们在这儿歇吧。还得走好长的三哩路才是村庄呢。我告诉你们,那边不如这儿好。我这话是不错的,到我们店里来吧。我们做得好饭菜,价钱也公道。'我们就听了他的话,上去跟店主夫妇行礼,一同坐下闲聊。店主人说他做过公安大队的警官,店主妇是个一团和气的胖女人,看来很会做买卖。

"这时候忽然来了大队人马,把我们的闲话打断。大约有十二个到十五个人,有的骑骡,有的骑马;后面还有驮行李的三十来只骡驮子。店主人看见那么多人,嚷道:'啊呀!好些贵客啊!我哪来地方安置这么许多人呢?'村子里顿时满处都是人和牲口了。幸亏客店旁边有一间大仓房,可以屯骡驮子和行李;客人骑的骡子马匹另有地方安顿。那些客人急着叫店家弄顿好饭来吃,睡觉倒在其次。店主夫妇和一个年轻女用人就悉心备饭。他们把后院的鸡鸭全宰了,又做上些锅烧的兔子和公猫,还有一大锅羊肉煮的白菜汤,全伙儿客人都有得吃。

"莫拉雷斯和我只顾去看那伙人,他们也时时看我们。后来大家攀起话来。我们说,假如他们不嫌,晚饭不妨同吃。他们说很好。大家就同桌坐下。他们伙里有一个人是发号施令的,同伙虽然跟他不拘形迹,却也不敢失礼。这人当然坐首位,说话高声大气,有时候还满不客气地驳别人的话。大家并不回驳,好像对他的主见很看重。大家偶然讲到安达路西,莫拉雷斯就把赛维尔大加称赞。那人道:'先生,你称赞的那个城是我的家乡,至少我的家乡就在那儿附近,我是生在梅瑞那镇上的。'我的伙伴儿答道:'我跟你一样,也是梅瑞那生长的。当地上自官长、下至无名小子,我都认识。我一定知道你的爹妈。你是谁的儿子啊?'那人道:'我爸爸是个有地位的公证人,名叫马丁·莫拉雷斯。'我的同伙又喜又惊,大叫道:'你是马丁·莫拉雷斯的儿子啊!哎呀!这事真怪!那你就是我哥哥马尼艾尔·莫拉雷斯了?'那人道:'我就是啊!我离家的时候有个弟弟叫路易斯,还在摇篮里,想必就是你了?'我伙伴儿道:'那就是我的名字呀。'说着,两人站起来拥抱了好几回。马尼艾尔先生随后对席上道:'诸位,这真是奇事了。我跟这兄弟至少二十多年没见面了,现在天缘凑合,竟会相逢相识。我来介绍一下吧。'那些人彬彬有礼,都站起来跟莫拉雷斯的弟弟招呼,又争着拥抱他。于是大家重新入席,喝了一夜酒,都没睡觉。两兄弟坐在一起,低声谈家事,别人只管喝酒取乐。

"路易斯和马尼艾尔长谈了一番,就把我拉过一边,说道:

'皇上新近任命蒙达诺斯伯爵做梅尧克总督。这伙人全是伯爵家的伴当,要把总督的行李押送到阿利冈,预定在那儿上船。我哥哥现是那位爵爷的总管,他邀我同走。我说舍不得你,他就说,你要是愿意,他可以替你找个好位置。'又道:'好朋友,我劝你别瞧不起这条路。咱们一起到梅尧克岛,合适,就住下,不合适,再回西班牙好了。'

"我欣然应允。小莫拉雷斯和我就跟伯爵家的伴当合了伙,傍亮时分一起从旅店出发。我们兼程趱路,到了阿利冈城。我买一只吉他,又做一套很漂亮的新衣服,然后上船。我一片心全在梅尧克岛上,路易斯·莫拉雷斯也跟我一样。我们都好像从此洗手不干那诳人骗人的营生了。其实呢,我们和这些伴当在一起,想充正经人,所以没敢露出本相来。长话短说,我们高高兴兴上了船,指望不多时就到梅尧克。可是我们才出得阿利冈海峡,就碰到暴风。我写到这里,可以乘便来一节形容暴风雨的好文章,什么漫天电光闪闪,雷响隆隆,风声如啸,海波欲立,如此这般的描摹一番。可是这套华词丽藻我都不用了,只说暴风很厉害,我们只好在加勃拉岛岬口停泊。那是个荒岛,上面有座小堡垒,有一个军官带着五六个兵驻守。那军官接待我们很客气。

"我们要修理船上的帆篷绳索之类,得在岛上停留好多天。大家闲着无聊,就想出种种花样来消遣。各人随心所好,有的玩纸牌,有的另找玩意儿。我喜欢散步,就和伴当里有同好的几位在岛上随便走走。那里地势崎岖,极少土壤,到处是石头。我们走路只能从一块石头跳到又一块。有一天,我们看着那荒瘠不毛之地,觉得天意难明,这里膏腴一片,那里又寸草不生;正在赞叹,忽闻得一阵清香。那香气是东面来的,我们按着方向找去,没想到乱石中间长着碧油油一大簇忍冬,比安达路西出产的还要美还要香。这簇灌木芳香四溢,着实可爱。我们欣然走近去,看见一个很深的山洞。这簇忍冬正遮在洞口。那山洞很大,也不怎么黑,有石级盘旋而下,天然成螺旋形,两旁点缀着各种野花。我们拾级到洞底,只见石罅里滴水涓涓,汇成许多小河,蜿蜒而流,渐渐没入地下;水底细沙黄澄澄的赛过金子。我们看泉水那么清,就想喝;喝来冷激齿牙,就想若在这里喝酒一定很乐,决计明天带几瓶酒再来。

"这么个可爱的地方,我们走的时候很依依不舍。我们回去少不得把这个好发现向同伴卖弄。可是驻守堡垒的军官说,他有句忠告:别再到我们心醉的那个山洞里去。我说:'为什么呀?有什么可怕的吗?'他道:'当然啊。阿尔及尔和的黎波里的海盗有时候上岸到那个泉源去取水。一次我营里两个兵在那儿出其不意给他们掳去当奴才了。'那军官尽管正言厉色,我们满不在意。我们以为他是开玩笑。第二天,我和三个伴当又到那山洞里去,我们要表示天不怕地不怕,连枪都不带。小莫拉雷斯跟他哥哥一样,宁愿在堡垒里赌钱,不肯同去。

"我们像前一天那样到了洞底,就把带来的几瓶酒激在泉水里。我们正喝得其乐陶陶,一面弹吉他,一面说笑,忽见洞上面来了好些人,都是一脸大胡子,裹着头巾,穿着土耳其装。我们以为是同伙的人和那军官化了装吓我们来的。我们横着这个念头,都哈哈大笑,让他们一个个下来了十个,也没想到防备。可是我们立刻醒悟,大为丧气,知道这是海盗头子带人掳掠我们来了。他口说西班牙话,对我们嚷道:'畜生,快投降!要不然,叫你们一个都活不成。'他同来的人都带马枪,把枪口瞄着我们。我们若道个不字,马上会吃一顿枪弹。可是我们够乖,动都不动。我们宁可当奴才,还比送掉性命好,都把身上带的剑交给海盗。海盗船离那儿不远,他把我们套上锁链,一起牵上船,就扬帆直驰阿尔及尔。

"我们不听驻堡垒军官的警告,活该吃这个苦头。那海盗先来搜我们,把钱都拿去。他发了好一注财啊!普拉桑西亚两个富家哥儿的二百比斯多,还有吉隆·德·莫亚达斯交给莫拉雷斯的一百比斯多偏偏都在我身边,给他毫不留情地搜刮一空。我伙伴的钱袋也很富足,总而言之,这一网捞了一大笔。海盗头儿喜得满脸放光。这杀人不眨眼的魔君抢了我们的钱心还不足,又冷嘲热讽侮辱我们。他笑骂也罢了,我们还得服服帖帖挨他的,尤其受不了。他说笑了一顿,又想出个奚落我们的办法。他手下人早把激在泉水里的酒搬上船,他们就一起喝酒祝我们健康,开我们的玩笑。

"我的伙伴儿这时候把心事全挂在脸上。他们原想到梅尧克岛上去过舒服日子,满肚子如意算盘,不料而今身为俘虏,格外垂头丧气。我呢,横着心听天由命,所以不像他们那般心灰胆落。那海盗挖苦我们,我就跟他搭话,还高高兴兴地说笑附和。这来他很喜欢,说道:'小伙子,我喜欢你这种性格儿,其实还是捺定性子,到那里是那里,总比唉声叹气好。'他见我带着吉他,就说:'弹一曲来听听,瞧瞧你的手段。'我等他松了腕上的链子,立刻遵命弹了一曲,蒙他大加赞许。我的确弹得不错,还唱了个歌儿,他们觉得我弹唱都好。船上那些土耳其人都听得喜欢,做出赞叹的样子;这也可见他们对音乐识得好歹。那海盗头子向我耳边说,我绝不是个没造化的奴才,有这本领,准可以分派个好差使,做俘虏也不吃苦。

"我听了这话有点儿高兴;不过,尽管他说得好听,我想到海盗头儿许我的那份事情,还不免担忧,只怕不合脾胃。我们进了阿尔及尔港,看见一大堆人在那儿迎接,我们还没下船,那些人就乱嚷嚷的欢呼。又加众乐齐奏,喇叭呀,摩尔笛呀,还有其他土乐器,嘈嘈杂杂,响成一片,并不悦耳,只是很热闹。这一番庆祝事出有因,原来城里谣传我们那海盗头儿叛教徒梅黑梅攻打一只热那亚大船丧了命,他亲戚朋友一听得他回家,都抢着来贺喜。

"我们一下船,我和我伙伴儿都给押送到索利曼总督府。一个信奉基督教的书记官把我们分别审问,问明各人的姓名、年龄、籍贯、宗教和擅长。于是梅黑梅把我指给总督看,称赞我嗓子好,说我还弹得一手好吉他。索利曼听了,决计把我留在手下。我派在内室当差,有人带我进去,拨定职务。其他俘虏都押上市场,按例发卖。梅黑梅在船上预料得不错,我果然交了好运。我既没坐监牢,也没做苦工。承索利曼总督特别看顾,叫我跟五六个有身份的俘虏另住一处,他们就要赎身,当着轻松差使。我派在花园里浇浇橘子树,浇浇花,这是最舒服没有的,所以我很觉侥幸。我无端心血来潮,觉得我在索利曼府里准有造化。

"我应该把这总督描写一番。他有四十来年纪,一表人才,在土耳其人里,要算举止斯文、人物风流的了。他有个宠姬是克什米尔人,她凭聪明美丽,摆布得总督千依百顺。他爱得她简直当天神供奉,每天想出些新鲜玩意儿来替她消遣,有时候是吹弹歌唱的音乐会,有时候演一出土耳其戏。那种剧本粗鄙下流,结构也全不合亚里士多德的法则①。宠姬名叫法如娜,是个戏迷,有时候还叫女用人扮演阿拉伯戏给总督看。她也在戏里串个角儿,串来身段轻盈,做工活泼,看的人个个倾倒。有一次串戏,我和乐工在一起,索利曼叫我在两幕戏之间弹一套吉他,还来个独唱。可喜我居然合了索利曼的心,他不但鼓掌,还满口喝彩,看来那宠姬也对我青眼。

"第二天,我正在花园里浇橘子树,一个净了身的奴才挨着我走过,他不止步也不说话,只把一封信撂在我脚边。我拣了信心里七上八下,又喜又怕。我防内室窗里有人看见,就向种橘子树的木槽后面一躲,伏在地下,把信打开。只见里面封着一颗金刚钻,价值可不小,信上写得一篇好西班牙文,说:'基督教少年鉴:你这番被俘,应该感谢上天。你若见了一位美人的姿容动心,那么你有的是艳福;你若有胆量,不怕艰险,那么你还要交财运。人财两得,你做俘虏也可以甘心了。'

"我知道是那位宠姬的手笔,凭信上语气和那颗金刚钻就可以断定。我生来胆子不小,而且能和大贵人的姬妾要好,可以自豪,从她那里也弄得到钱,赎身之外,也许还能多四倍的银子。为此种种,我决不放过这番遇合,把凶险也置之度外了。我仍旧做活,心上盘算怎样进法如娜的房,其实是等她开方便之门,因为我拿定她决不罢休,准会设法就我。我果然没料错。过了一

---

① 文艺复兴时期,意大利批评家从亚里士多德《诗学》里推衍出许多关于戏剧写作的条件,像悲剧主角应当是贵族,剧本里只搬演一件事情,在一个场面上一天里的发展等等。这种主要条件(Conditions maîtresses),法国人唤作"法则"(Règles)。

个钟头,方才那个净了身的奴才又走过来,对我说:'基督徒,你盘算过没有? 敢跟我走吗?'我说敢。他道:'好! 天保佑你! 明儿早上你又会碰见我,你准备好,到时跟着就走。'他说完去了。第二天早上八点钟,他果然又出现了。他招手叫我,我跑过去,跟他到一间房里。他和另一个净了身的奴才刚搬了一大卷布在那里。那姨太太准备演一出阿拉伯戏给总督看,这卷布得搬到她房里作布景用。

"这两个净身的奴才看我依头顺脑,立刻展开那卷布,叫我横躺在布上,不顾闷死我,重新卷起布来,把我裹在里面。随就一人抬一头,顺顺当当地直抬到克什米尔美人的卧房里。她身边只有个惟命是听的老婢,她们俩抖开布卷儿,法如娜一看见我,乐得不可开交,那国女人的本性毕露。我虽然胆大,忽然进了深闺,不免有点畏缩。那女人看出来了,就宽慰我说:'小伙子,没有什么害怕的。索利曼刚到乡下别墅去了,要在那儿耽搁一整天呢。咱们可以随意说话儿。'

"我听了这话就安心了,换上另一副颜面,哄得那宠姬越发高兴。她说:'我喜欢你,想叫你少吃些奴才的苦。我相信我对你这片心没有冤枉。你虽然奴才装束,自有华贵风流的气概,看得出不是等闲人物。老实跟我讲,你是什么样人。我很知道出身高贵的俘虏不大肯露真相,指望赎身便宜些。我答应一定还你自由,你对我不用隐瞒,惹得我生气。快说老实话,招认你是个大家公子吧。'我答道:'太太,承您一番好意,我还要撒谎搪塞就不应该了。您既然一定要知道我的家世,我只好直说。我是西班牙一位贵人的儿子。'我说的也许是实话,反正那姨太太信以为真,以为选中了一个贵公子,得意非凡。她对我说,她身不由己,也许不能常跟我幽会。我们谈得很久。我从没见过比她还有趣的女人。她懂好几国语言,西班牙语尤其流利。后来她觉得该分手了,就吩咐底下人把我装在一只大柳条筐儿里,上面盖一幅她亲手绣的丝帕,算宠姬送总督的一份礼,监守内室的执事们要碰一碰就是亵渎;然后她叫那抬我进去的两个奴才又把我抬出去。

"法如娜和我又设法会过几次。我对这可爱的俘虏渐生眷恋,不亚于她爱我了。虽然内室耳目众多,私情事儿隐瞒不了多久,我们的交往在头两个月里却并没人知道。可是事不凑巧,出了乱子,我的好运转了背运。那天演的戏里要用到一条假龙,我藏在龙肚子里混进姨太太卧房。我以为索利曼有事出城了,正和那姨太太说着话,不意他忽然撞进来。他突如其来,那老婢不及通知,我更没躲藏的工夫,因此总督第一眼就看见了我。

"他见了我满面惊诧,顿时怒得眼里出火。我自揣难逃一死,仿佛已经在挨刑受苦了。我看法如娜骨子里很惶恐,可是她并不认罪求饶,却对索利曼道:'大人,请您先听我一言,再定我罪名。我嫌疑很重,仿佛对您不忠心,应该严刑拷打。这年轻奴才是我弄进来的,而且使的心机手段竟好像爱得他如痴如狂了。可是我向咱们伟大的教主起誓,我虽然如此作为,对您一点没有负心失节。我要跟这个信奉基督教的奴才谈谈,叫他脱离本教,改信咱们的教。我料定他要倔强的,果然不出所料。可是他那一偏之见总算给我说开了。他刚答应我要皈依伊斯兰教。'

"我承认当时应该不怕事势凶险,一口否认那宠姬的谎话。可是我吓坏了,又看不过心爱的女人遭难,尤其替自己担忧,所以目瞪口呆,一语不发。总督看我不作声,以为姨太太说的全是真话,气色就缓和了,说道:'太太,我相信你没有对不起我,只为你一心要在教主面前讨个好儿,就干下这等尴尬事儿。只要这奴才马上改教换装,你行为不检我也不怪你了。'他马上派人去请一位伊斯兰教长老来。人家就替我换上土耳其装束。我全听他们摆弄,一点不敢违拗;其实我当时失魂落魄,自己不知道干了什么事。到此境地,基督徒像我这样没胆气的不知多少呢!

"经过那番典礼,我改名西狄·阿利。索利曼另派我一个差使,不在内室了。我没有再见那个姨太太。不过她手下一个净身的奴才有一天来找我,替她送来价值二千苏丹尼①的宝石,还附了一封信,上面说,我为了救她性命,慨然信奉伊斯兰教,她一辈子也不忘记。说真话,我不但得了法如娜许多礼物,还靠她做内线弄到一个好差使,比先前的事阔得多。不到六七年,我算得阿尔及尔城基督教叛徒里一个首富了。

"我虽然到伊斯兰教堂做礼拜,也遵奉其他教规,那完全是装面子,你们可想而知的。我决心要回向基督教,因此想攒些钱,将来或回西班牙,或上意大利。我当时过得很舒服,住一宅漂亮房子,园林优雅,奴婢成群,还有几房极美丽的姬妾。那地方伊斯兰教徒不准喝酒,可是多半私底下还是喝。我喝得肆无忌惮,叛教徒都那样。我记得有两个酒友,常和他们作长夜之饮,一个是犹太人,一个是阿拉伯人。我以为他们靠得住,所以跟他们一起毫不检点。有一晚我请他们来家吃晚饭。那天我心爱的一条狗死了,我们把尸首洗干净,完全按伊斯兰教葬礼入土。这来并不是诽笑伊斯兰教,不过闹着玩儿,喝了酒一时来了傻兴,要对那只狗尽个送死之礼。

"可是这事险的断送了我,你们回头看吧。第二天,有个人到

---

① 古埃及、土耳其等国金币。

我家来说:'西狄·阿利先生,我有要事来找你。法官老爷有话要跟你说,请你立刻就去。'我说:'请问你,他找我干吗?'他说:'他自会跟你说。我只能告诉你,昨晚跟你同吃饭的阿拉伯商人向法官告发,说你亵渎神明,如此这般葬了一条狗。你明白这是怎么回事。我因此今天传你去见法官,我警告你,你要是不去,就要对你刑事起诉。'他说完走了。我着他这一传,心上很慌。那阿拉伯人和我无冤无仇,不懂他为什么栽我这么个跟斗。这事还需费点心思。我知道那法官虽然道貌岸然,骨子里却无耻贪贱。我钱袋里装上二百苏丹尼,就去见他。他把我叫进办公室,疾言厉色道:'你这个亵天渎圣、罪大恶极的家伙,你用伊斯兰教葬仪埋了一条狗!真是大不敬!难道你这样算是遵奉我们庄严圣洁的典礼吗?难道你做了伊斯兰教徒只想把我们的宗教来开玩笑吗?'我回答道:'法官老爷,我那条狗是个忠仆,说不尽的好。对这样一条狗送终尽礼,若算是犯罪的话,对你搬是弄非的那个阿拉伯人、那两面三刀的朋友还是我的同犯呢。我那条狗顶爱慕有才干有声望的人,临死还留了表记。它立下遗嘱,把家当都分给那些人,叫我来执行,有的二十元,有的三十元,它也没漏了您大人。'我一面掏出钱袋说道:'这里二百苏丹尼是它嘱我献给您的。'法官听了不由得回嗔作喜。这时左右无人,他老实不客气地收下钱袋,打发我出去,说道:'你回去吧,西狄·阿利先生,你的狗对有声望的人这样尊敬,葬礼隆重确也应该。'①

---

① 这段情节,其实是讽刺基督教主教的老故事,勒萨日稍为改头换面,来讽刺法官。十五世纪意大利学者坡玖(Poggio)所辑《笑林》(*Facetiae*)里的《狗的遗嘱》(*Testamentum canis*)就是欧洲最早的传说。后来这故事传入法国,极为流行;像《新小说百篇》(*Les cent nouvelles nouvelles*)的第 96 篇《狗的遗嘱》,鲁德伯夫(Rutebeuf)的《驴的遗嘱》,葛莱德(Gueulette)的《萨黑德的狗》,以及勒萨日这一节都根据一个蓝本来的。

"我这样算对付过去。从此以后,我虽然没变得言规行矩,却不敢大意了。我再不跟那阿拉伯人和那犹太人一起喝酒。我挑个奴才对酌,他是利伏纳的少年,名叫阿萨利尼。一般基督教叛徒待基督教俘虏比土耳其人还要苛刻,我却不是那样,所以我的家奴并不急着赎身。我实在待他们很好,他们有时候对我说,虽然当俘虏的都渴望自由,他们惟恐换主人,倒不怎么想释放。

"有一天,总督的几只海船回来了,满载着抢劫来的人和货。那些船在西班牙沿海抢得一百多男女俘虏。索利曼只留用了寥寥几个,其余都发卖。我到买卖俘虏的地方买了一个十一二岁的西班牙小姑娘。她哭得热泪纵横,伤心欲绝。我奇怪她小小年纪,做了俘虏会这样悲痛。我用西班牙话宽慰她,还说,她主人虽然土耳其装束,却很厚道。那小姑娘一心想着自己的苦楚,并不理会。她只顾叹气怨命,不时凄然喊道:'我的妈妈呀!为什么把咱们分开呀?咱们俩要能在一块儿,我也就揪定心了。'一面说,一面转脸望着几步以外一个年纪在四十五到五十岁的女人。那女人眼皮低垂,默不作声,等人家去买。我问那小姑娘,她看着的那女人是不是她妈妈。她答道:'唉,是啊,大爷,看上帝面上,别叫我们分离!'我说:'好吧,孩子,你如果只要两人在一起就安心,我依你就是了。'我说着到她妈妈那边去讲价钱。我一看那脸,正是陆珊德。我当时的心情可想而知。我暗道:'天啊,这分明是我的妈妈呀。'她却一点不认得我,也许因为她深恨自己没造化,举目四望,觉得都是仇人;也许因为我改了装束认不得;也许十二年不见,我已经变了样儿。我把她也买了下来,和她女儿一同带回家。

"到了家,我要告诉她们我是谁,让她们快活。我对陆珊德道:'太太,你怎么会不认得我呀?你看了我的胡子和缠头布就不认得是你儿子拉斐尔了吗?'我妈听见这话吓了一跳,她把我细细一看,认出来了,我们亲亲热热拥抱了一番。我随又拥抱了她女儿。这小姑娘大概没知道有个哥哥,正像我也没知道有个妹妹。我对妈妈说:'你演的戏里,要比今天这幕重圆再十全十美的恐怕没有了,你得承认吧?'她叹气道:'我的儿子啊,我刚见你面很喜欢,现在又喜尽悲来了。唉!想不到我看见你这个样子!我瞧了你这副可恨的装束,比当俘虏还要痛心千倍。'我笑着插嘴道:'哎,得了,太太,我佩服你的一丝不苟,女戏子能这样真了不得。哎,老天爷!我改了装会叫你看着那么痛心,我的妈妈呀,你真今非昔比了!你何必厌恶我土耳其装束呢,还是把我当个上场串土耳其人的戏子吧。我虽然背叛了基督教,却并不是伊斯兰教徒,还像在西班牙的时候一样。我此心耿耿,一直皈依自己的宗教。你要知道了我在此地的种种经历,就不会怪我。爱情害我犯了罪,我做了爱情的牺牲。我告诉你吧,我这点儿正像你。'我接着又道:'还有一层缘故,你也不该厌恶我现在的境地。你准备在阿尔及尔当奴才吃苦,可是碰到个主人恰是爱你敬你的儿子,又很有钱,可以丰衣足食的供养你,等有机会,就安安稳稳回西班牙。俗语说得好,凶中有吉,你说不是吗?'

"陆珊德道:'我的儿子,你既然准备回国,脱离伊斯兰教,我心上就松了。谢天,我可以把你妹妹贝雅德丽斯平平安安带回西班牙了。'我道:'是啊,太太,可以啊。咱们三人一有机会,立刻回去,和其他的骨肉团聚。我想来西班牙还有你繁殖的种子呢。'我妈妈道:'没有了,我只有你们两个孩子。你知道贝雅德丽斯是我正式结了婚生的。'我说:'你为什么这来让妹妹比我占便宜呀?

你怎么会肯嫁人的呢?我小时候老听得你说,你不原谅漂亮女人嫁人。'她答道:'我的儿子啊,时世变了,心思也会变。主意最老的男人也会变卦,你要一个女人打定了主意一成不变吗?'又道:'我讲讲我从你离开马德里以后的经历吧。'她讲述如下。我一辈子不会忘记,这种奇闻也该让你们听听。

"我妈妈说:'你记得吧,你离开雷加内斯小子快十三年了。那年梅狄那·赛利公爵对我说,要跟我吃一顿体己晚饭,约定了一个日子。我就恭候这位大爷。他来了,很喜欢我。他要我把其他的情人全都刷掉。我想他出的报酬不会菲薄,一口答应。他果然没叫我失望。第二天我就收到他的礼物,后来又得了他许多东西。我生怕这么一位贵人不能笼络多久,而且我知道多少有名的美人儿都没抓住他,他刚落圈套,马上又突围而出,所以我越加担心。可是我曲意奉承,他非但不见惯生厌,倒好像一天天越加爱我了。总而言之,我有手段哄得他高兴,不让他随着那浮浪的性儿跑。

"'我们做了三个月相好,我满以为他对我爱情胶固了。有一天,我跟女朋友到一个会场上,公爵和他夫人也在。那是个有弹有唱的音乐会,我们恰恰跟那位公爵夫人坐得很近。她觉得我胆敢在她到的地方露脸,老大不高兴,叫手下一个女用人过来说,她请我立刻出去。我的回答很硬。公爵夫人火了,就对她丈夫告状。公爵就亲自过来说:"陆珊德,你出去。你们这起贱人,别因为有阔佬跟你们相好就忘其所以。我们虽然爱的是你们这种人,敬重的还是自己太太。你要是无礼,想跟她们比,就自讨没脸了。"

"'公爵这番令人难堪的话幸亏说得很低,旁人没听见。我羞惭无地,只好出去。我挨了这顿侮辱,气得哭了一场。没兴一齐来,这事当天晚上就在男女戏子里传遍了。这伙人里仿佛有个恶鬼,专爱东家长西家短的搬嘴弄舌。譬如说,某戏子喝酒胡闹,干了件荒唐事,某女戏子给阔佬包了去,戏班子里马上有消息。所以音乐会上的事,我的伙伴儿全知道。天晓得他们多么幸灾乐祸。他们那种慈心厚道的风气,碰到这种事就看出来了。反正他们嚼舌根我不理会;丢了个梅狄那·赛利公爵,我也宽解得开。他从此没再到我家来,过了不多天,我听说他给一个歌女迷上了。

"'一个女戏子走红运的时候不愁没有情人,而且一经贵人垂青,哪怕三天两天丢开手,也能长她身价。公爵和我绝交的消息一传遍马德里,那些对我倾倒的人立刻就来缠我了。我为公爵而疏远了的那些相好越比从前着迷,成群结队地来讨好。此外对我爱慕的人不知多少。我从来没那么吃香的。那些讨好的男人里有个大胖子德国人,是奥雄公爵的家人,他缠得我很紧。他模样儿长得不大讨人喜欢,可是他把当差攒下的一千比斯多在我身上撒漫着花,想充一名相好,我就见钱眼开了。这个冤桶名叫布鲁当道夫。他有钱,我殷勤接待;他钱花完,我就闭门不纳。他对我这种举动很不乐意,就在上戏的时候到戏院里来找我。我正在后台。他想埋怨我一顿,我就当面嘲笑。他勃然大怒,露出德国人的粗鲁本色,打了我一个耳光。我大叫一声,把台上演的戏也打断了。那天奥雄公爵和他夫人正在场看戏,我跑到台上,向公爵数说他家人蛮横,求他替我做主。公爵吩咐照旧演戏,等散了场再判我们两方的是非。一下戏,我做出满腔愤郁的样子去见公爵,气呼呼地向他诉苦。那德国人分辩的话干脆只有两句:他说打了我非但不懊悔,还要再打一次呢。公爵听两造诉毕,对那德国人道:"布鲁当道夫,你打女戏子的耳光无所谓,可是你胆敢当着家里老爷太太吵得戏演不下去,实在目无长上,我家里不用你了,从此不许再来见我。"

"'这个判决直梗在我心里。那德国人并不因为得罪了我砸掉饭碗,真叫我气愤不过。我以为对女戏子这般侮辱就像犯了欺君罔上的罪,应该严刑处罚,满以为那个家人要挨一顿打的。这桩不痛快的事开了我的眼,我才明白人家并不把戏子和他们演的角色混为一谈。我因此对演戏厌倦了,决计不干这行,要远离马德里,到别处去过活。我看定瓦朗斯城里可以退隐,就改姓换名到那里。我身边带着二万杜加,是我攒下的私房,半是现银,半是宝石;我准备静悄悄地过日子,这些钱尽够我下半世吃用。我在瓦朗斯租下一宅小房子,雇了一个女用人,一个小僮儿。他们和本地人都一点不知道我的底里。我自称是宫廷里一位官员的寡妇,听说瓦朗斯是西班牙住家极舒服的地方,所以搬来。我不大跟人来往,行动非常规矩,人家绝想不到我当过戏子。我虽然深居简出,却惹动了一位绅士,他有个庄子在巴丹那附近。这位爷相貌很过得去,年纪在三十五、四十之间,是个背着一身债的乡绅。这种人各处都有,瓦朗斯也不少。

"'这位乡绅很中意我的模样儿,不知道别的方面是否也合适。他派人四面打听,据说我不但相貌不惹厌,还是个很有钱的寡妇,他听了很高兴。他想我匹配得上,就托媒婆到我家来说:他对我的品貌很倾倒,要向我求亲,如果我愿意,准备和我结婚。我要求三天工夫考虑一下。我向人打听这位绅士,人家并没有把他的景况瞒我,不过都说他好。我就毫不犹豫,不多时跟他结了婚。

"'我丈夫堂马尼艾尔·德·泽利加把我带到他田庄上。那房子古气盎然,他非常得意。据说还是他上代祖先手里盖的,因此他说泽利加是西班牙最老的世家。不过世家说来虽然好听,却已经破落了。那房子好几处支支撑撑,只怕就要塌下来。马尼艾尔娶了我真是好大造化!我手里的钱一半修理了房子,一半花来撑起一个很光鲜的场面。我这番可算是换了一个天地,变成深院大宅的娇娘、区镇上的命妇了。好个摇身一变!我是个演戏老手,爬上高枝,自会搭足架子。我装出戏台上演的那副高贵气派,人家看着都以为我出身名门望族,他们要是知道我的底细,不知要怎么笑我呢!本地绅士一定要冷嘲热讽,老乡们对我的尊敬也准要大打折扣。

"'我跟堂马尼艾尔过了快有六年的好日子,他去世了。他撇下乱糟糟一团家务,待我清理;还有你妹妹贝雅德丽斯,那时候才四岁多。我们只剩了那一座田庄,可怜已经押给好几个债主。最大的债主叫贝尔那·阿私刁徒①,他真是名副其实。这人在瓦朗斯当律师,精通打官司的窍门。他研究法律,就是要把舞文枉法的手段学得高明。他真是个可怕的债主!田庄落在这么个律师手里,就仿佛鸽子到了老雕爪下。阿私刁徒先生一听得我丈夫的死信,马上就要夺那田庄。他已经定下计策,我那座田庄看看要完蛋了。亏得我吉星高照,转败为胜。他要起诉,我就和他会谈一番,把他迷上了。老实说,我使尽了通身解数,要他倾心。我一脸狐媚子没有迷不倒的人,我为了保全地产,全对

---

① 西班牙文 Astuto,即刁钻之意。

他放出来。我虽有那样本领,还担心那律师不上钩,只怕他一向埋头干他本行,不会知情识趣。可是想不到那调皮促狭、舞文弄墨的刀笔讼师竟对我大有意思。他道:"太太,我不会谈情说爱。我一向专心干我的本行,所以没学得伺候女人太太的那套规矩。可是这里面的主脑,我也有点儿晓得。我单刀直入地说吧:你要是肯嫁我,咱们就把那些上诉的状子一把火全烧光;和我结帮谋你地产的那些债户全归我去打发。将来产业的利息归你,所有权归你女儿。"我为了贝雅德丽斯和我的切身利害,不敢犹豫,一口应允。那律师说到做到,把他的手段反过来对付其他的债主,替我保全了田庄。他为寡妇孤儿出力,大概这是生平第一遭。

"'我虽然做了律师太太,依然是区镇上的命妇。不过这次结婚弄得瓦朗斯的乡绅把我看低了。那些贵妇人觉得我有失身份,不愿意再理我。我只好跟寻常百姓来往。我六年来惯和有身份的太太应酬,所以最初不免有点儿难堪。可是不久我也就不在乎了。我认识了一个法院录事的太太和两个律师太太,都是很有趣的人物。她们的举止行动有种可笑之处,我觉得很好玩。这些娘们自以为与众不同呢。有时候我看她们忘其所以,心想:哎呀!天下人就是这样,个个都自命不凡!我还以为只有女戏子没有自知之明,现在看来,市民家的女人也一般糊涂。我恨不能罚她们把祖宗的肖像挂出来。哼!她们准不会找轩亮的地方去挂。

"'我们结婚了四年,贝尔那·阿私刁徒先生一病身亡,没遗下儿女。我承袭了他结婚时分给我的财产,再加上我原有的家当,成了个很有钱的寡妇。我也颇有富孀之名,风声传到一个西西里绅士的耳朵里。他名叫郭利斐奇尼,他决计要来勾搭我;或是弄得我声名狼藉,或是和我做正式夫妻,随我自己抉择。他是从巴勒莫到西班牙来游历的,据说已经饱览名胜,正在瓦朗斯等着回西西里。这位大爷年纪还不到二十五岁,个儿虽小,却很俊俏,一句话,我爱上了他那脸儿。他设法私下来看我。我老实说,见了他一面,就给他疯魔了。那小坏蛋呢,好像对我也很着迷。上帝饶恕我吧,要是在那律师的热丧里就容许我重缔良缘,我大概马上会跟这人结婚。可是我自从尝了明媒正娶的滋味,一向就遵守世俗的规矩。

"'我们不敢失礼,决计展期结婚。那时候郭利斐奇尼小意殷勤,对我的情分一天天有增无减。我看出那可怜的孩子没多少现钱,就源源供给他。我年纪差不多大他一倍,而且记得年轻时候也受过男人供给,现在给他钱,就仿佛还债赎罪,借此博个心安。寡妇要再醮,先得守些时候;我们怕人家议论,只好捺着性子。我们守满了期,在教堂里订结终身,然后回到我那个田庄上住了两年。我可以说这两年来我们虽然是夫妇,却像一对款款的情侣。可是,唉! 好景不长,一场肋膜炎把我亲爱的郭利斐奇尼断送了。'

"我听到这里,打断我妈妈道:'嗨,怎么的,太太,你第三个丈夫又死了?你准是个克夫的坏子。'她道:'我的儿子,你叫我怎么办呀?死生有命,我怎么能替他们延年益寿呢?若说我死掉三个丈夫,这由不得我呀。两个丈夫我很舍不得。我为那个律师流的眼泪最少。我当初贪利嫁他,他死了我也不大在意。'又道:'可是我再谈郭利斐奇尼的事吧。他有一座别墅在巴勒莫附近,婚约上指定传给我的。他死了几个月,我要亲自去看看那座别墅。我带了女儿搭船上西西里。可是路上碰到阿尔及尔总督的船,把我们掳来,送到这里。亏得你那天到了俘虏市场,要不然,我们落在一个凶横的主人手里,准要受虐待了;也许我们要在他家当一辈子的奴才,你也无从知道呢。'

"以上是我妈妈讲的。于是我请她住最好的房间,让她遂心过日子,这很合她的脾胃。她一次次恋爱,养成习惯,非有个情人或丈夫不过瘾。她先在奴才里物色,可是不久看中了一个背叛基督教的希腊人。这人叫阿利·贝日阑,有时到我家来。她对这个人比对郭利斐奇尼还要痴心。她惯会讨好男人,自有诀窍又把这人迷上。我只做没看出他们的私情。那时候,我一心只想回西班牙。总督许我装备一只海船,可以出海游弋抢劫。我正忙着装备这条船,再过八天就可以停当。我对陆珊德说:'太太,咱们就要离开阿尔及尔,从此可以不看见这个讨你厌的地方了。'

"我妈妈一听这话,脸都青了,冷冰冰一言不发。我很诧异,问道:'这是怎么回事儿?干吗给我瞧一张惊惶失措的脸啊?我要讨你欢喜,倒好像惹你气恼了。我来告诉你一切安排妥当,就可以动身,我以为这是个喜信呢。难道你不想回西班牙了吗?'我妈妈答道:'我的儿子啊,我不想了。我在那里受足气恼,再也不愿意回去了。'我心上很难受,说道:'这是什么话呀?唉!你索性说,你是给情丝绊住了。天啊!真是今非昔比!你刚到这里,一眼瞧出去,什么都惹厌。可是阿利·贝日阑替你换了副心肠了。'陆珊德道:'我承认的。我爱这个基督教的叛徒,我要他做我第四个丈夫了。'我心里好生嫌恶,打断她道:'什么打算呀!嫁个伊斯兰教徒!你忘了自己是基督徒了吗?还是你

一向不过挂着个基督徒的幌子呢?哎,妈妈,你的前途不堪设想!你真是自寻死路。我出于无奈,你却是甘心背教了。'

"我还说了许多旁的话劝她回心转意。可是我白费唇舌,她主意已定。她下流任性,抛了我去和那个基督教的叛徒住在一起还不心足,竟要把贝雅德丽斯也带去。这来我不答应了,就说:'唉,该死的陆珊德,我这儿既然没法留住你,你自个儿发疯去罢了,别把个天真未凿的女孩子也拖下水。'陆珊德并不答话,只顾走了。我想她还有几分明白,所以不坚执要带女儿同走。我真是没知道我这个妈妈!过了两天,一个奴才来说:'大爷,您当心着。贝日阑的奴才刚告诉我一件秘密,我赶紧通报,您好做准备。您妈妈已经改教了。她因为您扣住贝雅德丽斯,要给您吃点儿苦头,决计要向总督告发,说您想逃走呢。'我知道陆珊德这种女人真会干出那种事来。我闲常把这位夫人细细研究,看出她在悲剧里演惯了杀人不怕血腥的角色,所以犯个把罪只当家常便饭。她很可以害我活活烧死,我相信她把我的死也不过当作一幕悲剧的收场,不会怎么伤心的。

"所以我听了那奴才的警告不敢怠慢,加紧把那条海船装备起来。阿尔及尔那些出海抢劫的船上向来用土耳其人。我也不敢违例。不过我尽量少用,只求不惹人猜疑就是了。我带了所有的奴才和我妹妹贝雅德丽斯,赶紧离港出海。我的现钱和宝石大概值六千杜加,当然也带着走。我们一到海上,先把那些土耳其人拿住。我手下的奴才居多数,把他们锁起来毫不费力。我们恰遇顺风,不日到了意大利沿岸,顺顺当当地进了利伏纳港口。满城的人大概都赶了来看我们下船。我奴才阿萨利尼的父亲不知是碰巧还是好奇,也杂在人堆里看热闹。我的奴才挨次下船,他一个个细认。他虽然是找他儿子去的,却没指望居然找着。父子重逢,欣喜欲狂,拥抱个不了。

"阿萨利尼告诉他父亲我是什么人,怎么会到利伏纳来,那老头儿立刻请我和贝雅德丽斯到他家去住。我重新回向基督教的那些细节这里不说了,只说我这番背叛伊斯兰教是出于真心,跟当初皈依伊斯兰教不同。我洗净了在阿尔及尔沾染的垢污,于是卖掉海船,释放了奴才。那几个土耳其人都关在利伏纳监狱里,准备和俘掳的基督徒对换。阿萨利尼父子待我殷勤周至,那儿子竟娶了我妹妹贝雅德丽斯。她是乡绅的女儿,在泽利加还有一座田庄,我妈妈到西西里之前租给巴丹那一个有钱的农夫了,所以阿萨利尼结这门亲实在不错。

"我在利伏纳住了一阵子,想到佛罗伦萨去看看,就动身到那里。我带了些介绍信去。老阿萨利尼有几位朋友在佛罗伦萨大公朝里做官,他把我介绍给他们,说是个西班牙的绅士,又是他亲家。好些西班牙的平头百姓一出本国就老实不客气自称'堂'。我也学样,在自己姓氏上加了个'堂'字。我老着脸自称堂拉斐尔了。我从阿尔及尔带来的钱也撑得起这个场面,所以在朝里很出风头。那些贵人看了老阿萨利尼称赞我的信,就传扬出去,说我是个贵公子。有他们那么说,再加我装出来的气派,人家自然就把我当作有地位的人了。我不久拍上当朝大臣,他们引我晋见了大公。我很荣幸,承他不弃。我对这位国君尽力巴结,并且仔细看他的为人。我留心听朝上那些老资格臣子的应对,从他们话里揣摩国君的性情。旁的不说,我看出他喜欢开玩笑,爱听趣闻谐语。我就按着这个谱儿行事。每天早上,我把当天要讲给他听的轶事写在本子上。我知道的轶事很多,可说一肚子都是。但是我也得省着用,因为越讲越少。要不是我异想天开,无中生有,源源不绝的供给,我只好把讲过的话重来复去,或者让人家知道我的名言警句都说尽了。我编了些风流滑稽的轶事,大公听得津津有味。我又每天早上在本子上写几句趣话,下午应用的时候仿佛当场脱口而出,靠俏皮混饭的人有这种惯伎。

"我还冒充诗人,专做诗称颂大公。老实说,我的诗是不行的,可是也没人说它糟。不过就算我诗做得再好,大公也不能更加欣赏;他已经很惬意了。大概他一看那题目,不由自主地就觉得不错。总而言之,大公渐渐对我非常喜欢,惹得朝中臣子动了猜忌。他们想追究我的底细,可是找不出什么来,只探听得我叛过基督教。他们要坏我的前程,就把这事告诉大公。可是他们没有如愿,倒惹得大公有一天叫我把阿尔及尔之游详细讲讲。我奉命把经历讲了一遍,什么都没隐瞒,他听得趣味无穷。

"他等我讲完,说道:'堂拉斐尔,我喜欢你,我想给你个凭据,你可以放心不疑。我要引你做个心腹,先有桩秘密告诉你。我爱上了一位大臣的太太。朝里的命妇算她最可爱,而且最贞洁。她杜门管家,丈夫把她天神般供奉,她对丈夫也用情专注。佛罗伦萨城里盛传她的艳名,她好像并不知道。你想吧,要得她青眼,谈何容易!可是这位美人虽然不许男人近身,我向她诉说衷情,她偶尔还肯垂听。我设法背着人和她谈过,她知道我的心。要说她已经对我有意呢,我不敢作此妄想。她从没露什么形迹,我不能平白打这如意算盘。不过照我这样用情胶固、作事机密,也许终于能够得她欢心。'

"他又说:'我对这位太太的痴心只有她本人知道。我并不放肆任性,也没仗着自己是一邦之主,作威作福。我的衷情瞒得谁也不知道。我觉得非这样谨慎对不起我意中人的丈夫马斯卡利尼。他对我赤胆忠心,立过功劳,而且为人正直,我干事只可以很机密小心。我不愿意公然说我爱他太太,这就好比对这个倒霉的丈夫兜心一刀。要是办得到,我只指望他一辈子也不知道我这腔热情。他要是知道了我这时告诉你的秘密,我想他准会气死。所以我只好暗中下手,决计派你去向璐凯思说,我勉强抑制自己,苦恼得很。你替我转达心事,这差使你一定胜任。你去结交马斯卡利尼,极力哄得他跟你要好。你上他家去,慢慢就可以随便见他太太。这是我责成你的。这种精细事要办得机警缜密,我知道你干得了。'

"我对大公说,承他信托,我一定尽力答报,助成好事。我不惜工本地奉承马斯卡利尼,居然很顺手。他瞧大公宠爱的人和他结交,心里高兴,也就迎合上来。我成了他家的座上客,可以跟他太太随意见面。我敢说,我做作得很到家,一点没给他瞧出我是牵线说合来的。在意大利人里,他实在要算不爱吃醋的了。他信得过璐凯思的贞节,往往自己关在书房里,单撇下我和他太太在一起。我直截爽快,一上来就把大公的痴情告诉这位太太,又说我是专替大公做说客来的。她好像对大公无心,不过我瞧出来,她觉得面上有光彩,所以也不坚拒。她很爱听我代诉衷情,只是并不酬答。虽然她很规矩,毕竟是个女人看到一国之主俯首受他束缚的景象,操守就不知不觉地松懈起来;这点我留心到的。也许到头来大公竟可以不必像达尔甘那样动蛮,璐凯思也会偿他的愿。可是横风吹断了好事。我来讲给你们听。

"我对女人自有一副钝皮老脸的腔;且别管它是好是坏,我跟土耳其人混在一起,养成了这种习气。璐凯思很美。我忘了只该替人游说,却诉起自己的衷情来了。我极尽风流能事,向她献媚。她看我这样大胆,好像并不厌恶,也不动怒,笑盈盈地说道:'堂拉斐尔,你得承认大公委任的人真赤胆忠心呀!你替他这样诚实当差,叫人赞不胜赞。'我也学她的口气道:'太太,别太精明。咱们别去多想,多想了我没有好处,我只是一味任情。反正王公的心腹为私情勾当出卖主人的,我也不是第一个。替大人物拉纤的人往往会变成他们的情场劲敌。'璐凯思答道:'也许有这种事。我呢,心高气傲,除非是一位君王,别人可休想碰我。'又正色道:'你自己斟酌吧。这不用多谈了。你要是从今以后再不提这类的话,我也不把你方才说的记在心上,不然呢,你要后悔的。'

"这是当头棒喝,我应当学个乖,可是我还只顾去对马斯卡利尼的太太谈情说爱。我还越发一盆火地求她别让我单相思,甚至大胆要行非礼。我那种伊斯兰教徒的言谈举止惹恼了这位太太,她当场拉下脸来。她吓唬我说,要把我的肆无忌惮告诉大公,一定请他按罪处罚。我听了这种恫吓也火了,由爱转恨,璐凯思瞧不起我,我决计要对她报复。我去找她丈夫,先叫他发誓决不牵累我,于是把他太太和大公的私情讲出来,我要描摹尽致不免说得她很爱大公。这位大臣提防万一,就不问情由,把太太关起来,派心腹紧紧看守。看守耳目众多,那位太太没法跟大公通风报信。我就愁容满面地去见大公,告诉他从此只好对璐凯思死心了;我说马斯卡利尼忽然把太太关起来,准是事情败露了;还说我自信一向干事很机警,不知怎么会露马脚,也许是那位太太向丈夫招供的,她怕给人家纠缠得坏了操守,所以夫妇商量通了,关她起来避避风头。大公听了很伤心。我看他苦恼,心肠就软了,几次三番懊悔不该那样,可是已经来不及。而且我老实说,我向那骄傲的婆娘吐露衷情,她夷然不屑,现在我把她害到这步田地,很幸灾乐祸。

"人人都觉得报仇是件快事,尤其是西班牙人;我干了这件快事,一点没吃苦头。忽然一天大公当着五六个大臣和我说:'一个人奉了主上的密命,有负委任,而且竟想剪边,他该受什么处分,你们说说吧。'一位大臣说:应该四马分尸。另一个主张毒打一顿,叫他杖下送命。有一个意大利人心最慈悲,想了个最便宜这犯人的刑罚,他说只要把他从塔顶上推下去就算。于是大公道:'堂拉斐尔有什么主张呢?我相信西班牙人碰到这类事情,手段至少也跟意大利人一样严厉。'

"你们想得出,我当时明白,不是马斯卡利尼背誓,就是他太太设法向大公告发了。我神色张皇,人家都看得出。不过我虽然慌张,却口气镇定,回答道:'殿下,西班牙人气量大。他们碰到这种事,就饶了那个亲信,这样倒可以激发他的天良,叫他一辈子悔恨自己欺心卖主。'大公道:'好吧,我这点气量是有的。我就饶了那个欺心卖主的家伙。其实他那么一个来历不明的人,我听了人家说他的话,原该提防的,我倒引他为心腹,只怪我自己不好。'又道:'堂拉斐尔,我准备这样对付你,你立刻出我的国境,再不许来见我。'我立刻退出,虽然丢尽了脸,却也自幸能这样便宜脱身。第二天,有一条巴塞罗那的船从利伏纳开回去,我就搭了那条船。"

我听到这里,插口道:"你这么个机灵人,既然把大公对璐凯思的私情告诉了马斯卡利尼,怎么不立刻离开佛罗伦萨,我觉得你这来大错了。大公不多时就会知道你欺心,你应该料到的。"陆珊德的儿子道:"是啊,虽然那位大臣答应我决不惹大公对我生气,我确也准备及早逃走的。"

他接着道:"我在佛罗伦萨充西班牙阔佬,把阿尔及尔带回的钱花了一大半。我带着剩下的钱到巴塞罗那。我没在加泰罗尼亚①待多久。我归心如箭,要到可爱的故乡马德里去,就尽快地偿了这个急愿。我到了马德里,随便挑一家公寓住下。同寓有个女人叫加米尔。她虽然不是个年轻姑娘,却风骚动人。吉尔·布拉斯先生约莫也是这时候在瓦拉多利见过她的面,问他就知道。这女人不但相貌好,更妙的是聪明伶俐,什么女骗子都没有她那哄人上钩的手段。靠色相为生的女人对相好也惟利是图,她可不同。她要是刚从什么生意人身上刮了一笔,又碰到个流氓赌棍,只要她喜欢那人,就肯跟他平分油水。

"我们俩一见倾心,又加志同道合,越发好得难拆难分,不多时,钱财也合在一起了。我们家当其实有限,花不了几时就光。偏偏我们俩只图快活,虽然都会沾人家便宜过日子,却一点没把本领施展出来。我们安乐得呆钝了,后来穷极无聊,心思又灵活起来。加米尔对我说:'亲爱的拉斐尔,咱们得换个花样儿,朋友。咱们要是不各找相好,就要完蛋了,别再两口儿厮守着吧。你可以哄上个有钱的寡妇,我可以勾引个把年老的阔人。咱们要是依然我贞你洁,两份财都白丢了!'我答道:'加米尔美人儿,这话正合我心。我也是这个意思,正要跟你说。我的皇后娘娘呀,这办法我赞成。哎,咱们找几个有出息的主顾,你我的

---

① 巴塞罗那是加泰罗尼亚的省城。

恩爱就越加保得住了。你我彼此负心,可以共同得利。'

"我们计议停当,分头出马。我们一上来就大施本领,却找来找去碰不到好主顾。加米尔只碰到几个小白脸儿,换句话说,都是一个子儿没有、想来充恩相好的。我寻来的女人哪里肯出账,倒只想捞摸几个。我们出卖风情救不得急,只好走骗局这条路。我们犯案累累,名气传到当地法官耳朵里,那法官严厉得不得了,派了个公差来拿我们。可是这公差的慈悲恰抵得那法官的凶狠,他得了一点贿赂,就让我们溜出马德里。我们取道往瓦拉多利,预备到那里去安身。我租下一宅房子和加米尔同住;两人只算兄妹,免得人家闲话。我们一上来且不放手干事,等摸熟道路,再作理会。

"一天我在街上,有个人赶来招呼,非常客气。他说:'堂拉斐尔先生,你认得我吗?'我说不认得。他说道:'我一见你就认得。我在托斯加纳①朝廷上见过你,我那时候是大公的禁卫。我不当禁卫已经好几个月,跟一个千伶百俐的意大利人到西班牙来,在瓦拉多利待了三星期了。我们一起还有个加斯狄尔人,一个加利斯人,不用说都是有体面的小伙子。我们住在一起,靠双手过活,吃得很好,寻欢作乐,就像王孙公子一样。你要是愿意来合伙儿,我们弟兄很欢迎,因为我一向觉得你是个敢作敢为的大丈夫,生性泼得开,在我们这一行里也是个老手。'

"这混蛋很直率,我也不说假话,答道:'你既然开诚相告,我也该学你的样。我在你们这一行里的确不是初出道儿。假如我脸皮厚,肯把我干的事卖弄一番,你就知道一点没把我过奖。

---

① 佛罗伦萨是托斯加纳的京城。

不过这种夸奖的话撇开不谈吧。我应请入了伙,一定使出通身本领来,显得我不辱没你们。'这妙手空空儿听我说愿意入伙,立刻带我到他们下处,和那些人识面。我就在那儿初会大名鼎鼎的安布华斯·德·拉莫拉。那几位先生请教我把人家钱财变为己有的手艺。他们想看看我懂不懂那些法门。我大显神通,他们见所未见,佩服得不得了。我说这种专凭手指灵巧的勾当不足为奇,我瞧不起,我擅长的是凭心思灵巧来讹人骗人。他们听了越发惊佩。我就把吉隆·德·莫亚达斯的事讲来作例。我讲来不加渲染,他们听了就承认我是个超群绝伦的大才,异口同声推我做头儿。我们干了无数骗局,都归我提调指挥,也算不亏了他们的一番拥戴。有时我们要个女人帮着串戏法儿,就用加米尔,她扮什么角色都惟妙惟肖。

"这时候我们的弟兄安布华斯想回故乡。他动身到加利斯去,答应一定回来。他重见故乡的心愿已了,一路回来,到了布果斯,想发个利市。他相识的一个客店掌柜荐他给吉尔·布拉斯·德·山悌良那先生当用人,还把东家的光景都讲给他听。"于是堂拉斐尔对我说道:"吉尔·布拉斯先生,我们怎样在瓦拉多利公寓里把你的东西卷光,你是知道的。你准疑心安布华斯是这桩窃案的主脑,你料得不错。他一到瓦拉多利就来找我们,说你如此这般,几位干没本钱生意的先生就相机行事。可是你还没知道这件事情的下文,我来讲给你听。安布华斯和我拿了你的手提箱就撇下加米尔和伙伴儿,分骑了你那两头骡子取道上马德里。他们第二天不见了我们,准和你一样吃惊呢。

"我们第二天变了计划。我原是出了事离开马德里的,所以不到那里,却打才勃罗斯一路趱行,直奔托雷都。我们到了那城里,先穿上漂亮衣服,只算是两兄弟,加利斯人,出来游历开眼界的。我们不多时就认识了几个绅士,我装惯上流人物,很充得过。人家看见用钱阔绰,往往就眼花缭乱,所以一瞧我们常常盛筵款待女宾,就给蒙住了。我碰到的那些女人里有一位我很中意。我觉得她比加米尔美,并且年轻得多。我打听她是谁,才知道她叫薇娥朗德,是一位绅士的夫人,那绅士爱上了一个妓女,对她厌腻了。我不再问下去,马上打定主意要把薇娥朗德做我的心上人儿。

"她一来就看出我为她颠倒。我跟来跟去,做出种种痴情的行径,要让她明白,她要是心伤丈夫薄幸,不妨由我来温存安慰。那美人儿斟酌一番,嘉许我的意思;我知道了很快活。西班牙和意大利有一种老太婆用处大得很。我托这种人送了好几封信给她,就拿到一封回信。信上只说,她丈夫每晚在情妇家里晚饭,老晚才回来。我很明白那言外之意,当晚就跑到薇娥朗德的窗根底下,和她情话缠绵。我们临别约定,每晚那时候还照老样儿密谈,可是白天若有机缘,不妨还去干其他的风流事儿。

"我一直还便宜了薇娥朗德的丈夫堂巴尔塔萨。可是我谈恋爱要贴皮着肉,所以一晚上我到这位太太的窗底下去,打算说我活不下去了,请求在合适的地方幽会一次,解解我的情急。她一向总没肯答应这件事。我到了那儿,只见街上来了个人,好像在留心把我打量。这人正是那位丈夫,他从婊子家回来,比平日早了些。他见门外有个绅士打扮的男人,就不进去,只在街上徘徊。我等了一会儿,不知道怎么好。后来我打定主意,就去和堂巴尔塔萨搭话。我们彼此都不相识。我说:'先生,我请你今晚别在街上碍着我,下回我也照样与你方便。'他答道:'先生,我正好也要这样求你。我看中个姑娘,她家离这儿才二十来步,她哥哥把她监得很紧。我希望街上一个人都没有。'我道:'咱们尽可以大家称心,各不相妨。'我指着他自己的房子说:'我伺候的那位太太就住这儿。咱们俩谁要是挨了打,还应该互相照顾呢。'他答道:'这办法很好。我就上我约会的地方去。要是出了事儿,咱们彼此帮忙。'他说完走开,以便窥看,他躲在黑地里可以安然瞧个究竟。

"我却信以为真,就跑到薇娥朗德的阳台底下。她一会儿出来,我们谈起话来。我不免逼着我的皇后娘娘,要她在什么个秘密地方跟我幽会一次。她稍为推拒一下,无非是把我请求的那点甜头抬高价钱,然后从衣袋里掏出一封信,摔给我道:'拿去,你向我纠缠不休的那件事儿,这信上我答应了。'她随就退回屋里,因为她丈夫往常这时候就要回来的。我把信藏好,就到堂巴尔塔萨自说有约会的地方。这位丈夫看明我跟他太太有私情,迎上来道:'哎,先生,你的艳遇还称心吗?'我答道:'我该说称心了。你呢?干了些什么?私情事儿得手吗?'他答道:'唉,棘手得很。我那美人儿的死哥哥到了乡下别墅去,我们以为他要明天才回来呢,偏生他今晚就回家了。这个变故断送了我梦想的一场好事。'

"堂巴尔塔萨跟我彼此很要好,约定第二天早上在广场上相会。我们分手之后,这绅士回家,见了薇娥朗德,只做没事人儿。第二天,他到广场上,我一会儿也到了。我们见了面很亲热:一边是真心,一边是假意。那调皮的堂巴尔塔萨假装推心置腹,讲他跟昨夜谈起的那女人怎么私情勾搭。他撒一大篇谎话,无非要逗我也把勾搭薇娥朗德的经过说出来。我果然落了圈套,和盘托出,连女人的信都拿出来念给他听。信上说:'我明天到堂娜依内斯家去吃饭。你知道她的住址。我准备就在这位可靠的朋友家里跟你幽会。我觉得可以让你吃这点甜头,不能再拒绝你了。'

"堂巴尔塔萨道:'这封信许你如愿了,我预贺你快乐。'他嘴里这般说,不免有点儿着急,可是要不给我瞧出他心慌意乱也很容易。我做着好梦,没工夫去观察我这位体己朋友,倒是他怕自己仓皇不安的样子落在我眼里,只好走了。他忙去告诉他连襟。我不知道他们的账,只晓得堂巴尔塔萨乘我跟薇娥朗德在堂娜依内斯家相会,就来打门。我们知道是那位丈夫,我没等他进来,先从后门溜走了。两个女人看见那丈夫撞来,有点儿慌张,不过我一走,她们就心定了,不动声色地招待他。他看那神情,知道我不是藏了,就是溜了。他对堂娜依内斯和自己太太说什么话,我无从讲起,因为我始终没知道。

"可是我还不知道上了堂巴尔塔萨的当,一面出门,一面咒骂那个丈夫。我跟拉莫拉约在广场上相会,就到那里去。可是他没来。这混蛋也有私情事儿,运气比我好。我正在等他,只见我那位冒牌的心腹之交欣然而来。他和我会面,笑着打听我在堂娜依内斯家跟那美人儿幽会的消息。我说:'不知是什么恶鬼见不得我快活,从中作梗。我跟那位太太两个儿背了人,我正在求她成全我的好事,偏偏那天杀的丈夫跑来打门了。我只好赶忙逃走,从后门溜出来,一面把那碍着我道儿的讨厌东西咒到十八层地狱里去。'堂巴尔塔萨看我气恨,暗暗喜欢,说道:'我真替你懊恼,好个讨人厌的丈夫,我劝你切不要饶他。'我答道:'哎,我一定听你的话。我可以告诉你,今儿晚上管保叫他做王八。他太太跟我分手的时候说,别受了一点儿挫折就灰心,叫我务必比往常早一点到她窗底下去,她已经打定主意要放我进门。不过她吩咐我无论如何要把细,得带两三个朋友保镖,以防万一。'他道:'这位太太好仔细呀!我自告奋勇,愿意陪你去。'我喜不自胜,抱着堂巴尔塔萨的脖子道:'啊,亲爱的朋友!我真感激你!'他道:'我还要替你出力呢。我认识个小伙子是位勇士,我叫他同去。你有这么个人保镖就可以不怕了。'

"我这位新交有这样慈悲,我喜欢得不知怎么道谢才好。他既然愿意帮忙,我就领情了。我们约定了傍晚在薇娥朗德阳台底下相会,两人就分手。他去找他连襟,就是他说的勇士;我跟拉莫拉散步到天黑。拉莫拉见堂巴尔塔萨对我的事那么热心关切,有点诧异,却也没起疑心。我们使着猛劲,一头撞进罗网。我承认我们这种人实在不该这样糊涂。我看看是时候了,就跟安布华斯各佩利剑,到薇娥朗德窗下,看见那位太太的丈夫和另外一个人雄赳赳地等着我们。堂巴尔塔萨招呼了我,指着他连襟道:'这位就是我极口夸赞的大勇士。你上情人家去吧,可以放胆尽欢了。'

"我应酬了几句,就去打薇娥朗德的门。一个女监护模样的人来开门。我进了门没管背后,直往客厅上去,那位太太在那里等着。两个奸贼已经跟进来,急忙关上门,把拉莫拉关在外面。我正和那位太太招呼,他们忽然露脸。你们可以设想,我们非动武不可了。他们俩一齐向我杀来,可是我叫他们大吃劲儿,两人忙得招架不及,大概都懊悔没找个更稳当的报仇方法。我一剑把那个丈夫戳了个透明窟窿。那女监护和薇娥朗德在我们交手的时候早已开门逃走;那个连襟瞧堂巴尔塔萨已经不济事,就夺门而出。拉莫拉在街上看见两个女人逃出来,问她们话都不理睬,又听得里面吵闹,也不知是何道理。这时候我追赶那个连襟出来,碰见了他,就同回客店。我们拿了些贵重的行李,跨上骡子,连夜出城。

"我们料定这事还有下文,托雷都城里就要搜查一番了,得及早防备。我们在维拉如比亚过夜,住在一家客店里。一会儿有个托雷都商人到赛果布去,也在这店里住宿。我们同桌吃晚饭。他就讲薇娥朗德丈夫惨死的新闻,一点没想到我们就是局中人,所以我们也大着胆子向他仔细追问。他说:'两位先生,我今儿早上动身的时候听到了这件惨事。他们满处找薇娥朗德;听说当地法官是堂巴尔塔萨的亲戚,要想尽方法把凶手找到呢。我听到的就是这些。'

"我并不怕托雷都法官搜捕。可是我打定主意,赶紧逃出新加斯狄尔。我想薇娥朗德给他们找着,就会全供出来,法院照她形容我的样子,就会追踪到我。所以我们很把细,下一天起就不走大道。好在拉莫拉对西班牙全国的地理十知八九,他知道怎样绕道到了阿拉贡就可以平安无事。我们不一直到古安加,却穿到城前的山岭里。我的向导认识山里的小路。我们走到一个山洞,活像个避世的隐居,就是你们昨晚借宿的地方。

"我举目四望,风光明媚,我的同伴就说:'这个地方我六年前来过,那时候有一位老修士在洞里隐居,待我很仁慈,把饭食分给我吃。我还记得他是个超凡入圣的人,听了他一席话几乎想出家。他也许还活着呢,我瞧瞧去。'安布瓦斯急要知道究竟,说着就下骡跑进那隐居。一会儿他出来叫我道:'快来,堂拉斐尔,来瞧瞧这凄凉景象。'我立刻下骡。我们把骡子拴在树上,拉莫拉带路同到山洞里。只见一位老修士直挺挺躺在破床上,脸色灰白,奄奄一息。他胸口盖着浓浓一部白胡子,合了双手,手上纠结着一串长念珠。他听见我们走近去,两眼将闭,却又睁开,打量我们一回,说道:'弟兄们,不论你们是谁,看了我这番光景,得个教训吧。我四十岁出家,在这里隐居了六十年。唉,我此刻只觉得作乐的日子太多,忏悔的日子太少了。唉,只怕我如安修士的苦行,不够赎当年堂如安·德·索利斯学士的罪过。'

"他说完就咽了气。我们看着他死,触目惊心。最荒唐的人见了这类景象,心上也会留个影子的,不过我们一会儿又若无其事了。我们转眼把老修士方才讲的话丢在脑后,就去清点这洞里的家当。这不费多少时候,家具就是你们在山洞里看见的那几件。如安修士不但陈设简陋,厨房更糟不可言。我们找着的粮食只是几颗榛子,还有几块铁硬的大麦面包,想来那圣人的牙床未必啃得动。我说牙床,因为我们看见他一口牙齿都掉光了。这里一切形形色色都见得这位隐士已经超凡入圣。只有一件事很叫我们诧异。他桌上有张纸,折成一封信的样子。我们打开一看,上面说,他请读这封信的人把他的念珠和皮屐送给古安加主教。我们不懂这位沙漠里的新修士①存着什么心,要送这种礼物给主教似乎有损谦德,俨然以圣人自居了②。也许他只是不懂事,究竟如何,我说不上来。

"我们正在议论,拉莫拉忽然想出一个很有趣的念头。他

---

① 即在沙漠中禁欲苦修的圣安东尼。
② 天主教所册封为"圣人"的遗物都被重视珍藏。

说:'咱们就在这隐居安身吧。你我都扮成隐士。咱们把如安神父埋了,你顶替他;我假称是安德华纳修士,到附近城乡去募化。咱们一来可以躲过法官的追捕,因为我想人家不会上这儿来找咱们;二来我在古安加还有些好相识可以来往。'这种异想天开我很赞成。我是一时高兴,又仿佛串戏,至于安布华斯讲的那些道理倒在其次。我们剥下老隐士的衣服,那是一件朴素的袍儿,腰里有一条皮带;我们又把他的胡子割下,做我的假胡子用;于是在离山洞三四十步外刨个坑,把他草草埋了。葬事完毕,我们就做了那隐居的主人。

"我们头一天吃得很苦,只能靠死者剩下的粮食充饥。可是第二天一大早,拉莫拉就出场把两头骡子带到托拉尔瓦去卖掉,买了许多吃的用的,晚上满载而归。我们化装少不了的东西他都买全了。他自己做了件粗呢袍儿,又用马鬃毛编一部小红胡子,挂在两耳上,他手工精巧,谁也不信是假的。世界上要算这个小伙子的手最巧了。他把如安修士的胡子也编成一部假胡子,替我挂上,我再戴上那栗色羊毛的帽子,就看不出胡子装上去的痕迹。我们的化装可算尽善尽美。我们打扮得那么滑稽,彼此相看,不禁失笑,那装束和我们太不称了。如安修士的袍儿既然归了我,他的念珠皮屐,我也毫不踌躇占为己有,不给古安加主教了。

"我们在隐居过了三天,没看见个人来。第四天就有两个农夫到山洞里。他们以为老隐士还活着呢,带了些面包奶饼和洋葱给他。我一见他们,忙去躺在那破床上。要哄过他们并非难事。他们认不清我的嘴脸;而且我听见过如安神父的遗言,这时就极力仿他的声调。他们一点也没怀疑我是个替身,只奇怪这里怎么又添了一位修士。拉莫拉看出他们诧异,就假仁假义地说道:'老哥们,我到这个人迹不到的地方来,你们别奇怪。我在阿拉贡隐居,只为这位道高德重的如安修士岁数大了,要个人时常在旁边伺候,所以我特地离了那边,来跟他做伴儿。'农夫不住地称赞安布华斯好心肠,还说他们很得意,可以夸口说本乡来了两位圣人了。

"拉莫拉上回还买了一只大口袋,他背着到古安加开始募化,那城离我们的隐居只一哩路。他生就一张志诚虔敬的脸儿,又有卖弄那张脸的绝技,招得仁人君子都乐善好施。施舍的东西满满装了一口袋。我见他回来,就说:'安布华斯先生,恭喜你有这样得用的本事,打动了基督徒的心肠。谢天,你简直好像当过圣芳济会的募化修士。'他答道:'我不但募化了这一口袋东西,还干了好些别的事呢!你知道,我找到一位女仙子,是我的旧相好,名叫芭孛。她已经改了样儿,也虔诚信教了。她和两三个信女住在一起,面子上的行为可算得女中模范,背后却过着放浪生涯。她一上来不认识我。我说:'怎么的!芭孛夫人,你的老相好、伺候过你的安布华斯,你怎么不认得了?'她嚷道:'啊呀!拉莫拉先生!我再也想不到跟你重逢的时候你会这样打扮。你为什么事儿变成了修士呀?'我回答道:'这个现在不便讲,说来话长,等明天晚上告诉你吧。我还要带了我的伙伴儿如安修士同来看你呢。'她打断我道:'如安修士?就是隐居在城外附近的那位好修士吗?你开什么玩笑,人家说他有一百多岁了。'我说道:'他果然有这么大岁数,不过这几天来年轻了不少,并不比我老了。'芭孛道:'好!请他跟你一起来吧。我看这里面准有花样儿。'

"第二天一到天黑,我们就去拜访那几位信女。她们要好好款待我们,特意备了丰盛的筵席。我们先脱掉假胡子和道袍,老实不客气把自己姓甚名谁告诉那些公主娘娘。她们只怕比不上我们坦白,也就换去庄容道貌,让我们瞧瞧假充虔诚的女人是什么真相。我们差不多喝了个通宵,直到傍亮儿时分才回我们的山洞。我们不多时又去相聚,其实三个月来夜夜如此。我们跟这起娘儿们吃喝,把手里的钱花掉了三分之一都不止。有个嫉妒我们的人把事情都看在眼里,就到法院告发。法院准备今天到那隐居去拿我们。昨天安布华斯在古安加募化,我们一位信女给了他一封信,说道:'我的女朋友写给我这么一封信,我正要专差送给你们。你给如安修士看了,两人斟酌个办法吧。'拉莫拉当着你们两位交给我的就是那封信;我们也正是看了那封信,所以忙忙地撇了我们的那个隐居。"

第 二 章

堂拉斐尔和他的听众商定计策;
他们出树林时碰到的事。

堂拉斐尔的经历我觉得太长些,他讲完了,堂阿尔方斯出于客气,只说听得津津有味。于是安布华斯对他的同道说:"堂拉斐尔,你算计算计,太阳要下山了,我想咱们得商定个办法。"他那伙伴儿答道:"你说得对,咱们得决定上哪儿去。"拉莫拉道:

"我主张咱们别耽搁,立刻上路,今晚赶到瑞格那,明天进瓦朗斯,到那儿去施展本领。我有个预兆,觉得咱们到那边准会得手。"他的伙伴儿相信他的预兆决没错儿,一口赞成。堂阿尔方斯和我是跟着这两位正人君子走的,毫无主张,专等他们抉择。

我们决定取道往瑞格那,准备出发。我们像早上那样饱餐一顿,然后把一皮袋酒和剩下的粮食装在马上。直等到夜色朦胧,可以放心走路,我们就动身出树林去。可是我们没走得一百步,看见林子里一点光亮,都疑惑起来。堂拉斐尔道:"那是什么道理?难道古安加法院派来追踪咱们的走狗探得咱们在这林子里,所以搜寻来了?"安布华斯道:"我想不会,多半是过往旅客,错过宿头,到树林子里来过夜。可是我也许料得不对,我去看看到底是怎么回事。你们三人在这儿等着,我一会儿就回来。"那点光离我们不远,他说完就蹑手蹑脚走去。他轻轻拨开碍路的枝叶,那边的情况真值得他仔细窥看。四个人围坐在草地上,中间一墩泥里插着亮煌煌一支蜡烛。他们刚吃完一个肉馅儿烤饼,正在轮番喝那大皮袋里的酒;几步路外,一个女人、一位绅士各绑在树上,再过去停着一辆车,套着两头披盖华丽的骡子。拉莫拉一上来就认定那坐着的几个人是强盗,再听了他们讲的话,知道果然没料错。看来那四名强盗个个都想独占落在他们手里的女人,商量着要拈阄呢。拉莫拉看明究竟,回来把所见所闻一五一十告诉我们。

堂阿尔方斯就说:"诸位,强盗绑在树上的太太和绅士也许是极有身份的人,难道咱们尽强盗去虐待糟蹋吗?我主张杀上去,叫那些强盗一个个死在咱们手里。"堂拉斐尔道:"我赞成。我不论干好事、干坏事一样起劲。"安布华斯也说这是桩美事,很愿意帮一手;还说他预料报酬不会菲薄。这一回,我也敢说我没有临阵害怕,从来游侠骑士为女人出力,没有像我那么豪爽的了。不过说老实话,危险并不大。据拉莫拉告诉我们,强盗的兵器做一堆儿扔在离他们十一二步以外呢,我们要按计行事,没什么困难。我们把马匹拴在树上,悄悄地到强盗那里。他们谈得正热闹,我们乘一片嚷嚷,来个出其不意。他们还没知觉,兵器早落在我们手里。于是我们瞄近了一阵开枪,四人都尸横地上。

这个当儿,蜡烛灭了,树林里漆黑。可是我们居然还把那男女两人解下来。他们都吓软了,没有余力谢我们解救。其实他们还不晓得我们究竟是救星还是另一批强盗,也许抢了他们去一样给他们苦头吃。据安布华斯说,离那儿半哩路有个客店。我们劝他们放心,说送他们上那客店,到了那里,他们可想出种种稳妥的办法,安抵他们要去的地头。他们听了这话好像很满意。我们扶他们上车,牵着骡子的缰绳走出树林。我们那两位修士又在死强盗衣袋里掏摸一番。我们去牵堂阿尔方斯的马,看见强盗的马匹在他们附近的树上拴着,就一起牵走。安德华纳神父骑着驾在车前的一匹骡子,带头领路向客店去;我们带了马匹在后跟随。他虽说客店离树林不远,我们却走了两个钟头才到。

我们把大门擂得山响。店里已经都睡静了。店主夫妇赶紧起来,见了车仗人马,知道要在他们店里花不知多少钱呢,虽然打破了好梦也毫无怨恨。客店里顿时灯烛辉煌。堂阿尔方斯和陆珊德那位鼎鼎大名的儿子把绅士和太太搀扶下车,由店主人领到一间客房里,他两人竟好像两个侍从,一路随侍。我们进屋去应酬一番,才知道援救的正是玻朗伯爵和他的女儿赛拉芬,都吃惊不小。这位太太和堂阿尔方斯相见,彼此的惊奇非言可喻。公爵有别的事,并没留意。他告诉我们遇盗经过,说强盗杀了他的一个车夫、一个小僮儿、一个亲随,又把他女儿和他捉住。他讲到末了说,深感救命之恩,他一月后要回托雷都,如果我们上那儿去,就可以瞧瞧他是不是知恩报恩的人。

  这位大爷的女儿也谢我们说,幸喜逢到救星。拉斐尔和我知道堂阿尔方斯满指望得个空儿跟那位年轻寡妇密谈几句,所以我们绊住玻朗伯爵谈话,逗他喜欢,让堂阿尔方斯遂了心愿。他低声对那太太说:"美丽的赛拉芬,我居然能为你效一臂之力,真是有幸,虽然做了亡命之徒也甘心了。"她叹气道:"啊呀!救我性命、全我名节的就是你!我爸爸和我真是受恩深重!唉!堂阿尔方斯,为什么你杀了我的哥哥呀?"她没有再说别的,不过他从这几句话和那口气里,知道不仅自己热爱赛拉芬,赛拉芬对他也一往情深。

第 六 卷

第 一 章

吉尔·布拉斯和他伙伴跟玻朗伯爵
分手以后干些什么;安布华斯
策划了一件大事,他们怎样按计行事。

玻朗伯爵向我们道谢了半个晚上,又说一定要报恩。然后他唤店主人去商量:他要到杜利斯去,怎样可以安抵地头。我们让这位大爷自去斟酌办法。我们出了客店,随拉莫拉带领上路。

走了两个钟头,到康比罗附近,天色发亮了。我们赶忙躲到康比罗和瑞格那中间的山里去休息一天,一面把我们的财产核算一下。我们从强盗衣袋里搜来各式各样的钱值三百比斯多以上,所以我们富裕得多了。我们天一黑又上路,第二天早上进了瓦朗斯境。我们看见一个树林,就躲进去,愈走愈深,找到个地方,只见一道小溪,水明如镜,悠悠然流入戈达拉维亚河。溪边密树成荫,我们可以休息,丰草如茵,又可以放马,就算我们没想歇腿,到此也不由得要逗留了,所以我们没再往前去。

我们下了马,准备舒服一天,可是要吃早饭的时候,看见口粮所余无几。面包不够吃了,酒袋也仿佛失了魂的躯壳。安布华斯说:"没酒没饭,任你风光明媚也没趣味。我主张今天进点儿货,我想到才尔瓦采办去。那个城很不错,离这儿不过短短二哩路,我跑一趟只要一会儿工夫。"他一面说,一面把酒袋粮袋都装在马上,上鞍出林而去。照他走得这般快,回来一定不会晚。

我们满以为拉莫拉速去速回,刻刻等着他,可是他还不来。大半天过去,树林里已经夜色朦胧,我们等他迟迟不归,都在着急,这时候才看见我们的买办来了。他带回许许多多东西,出于我们意料之外。不但皮袋里满满的是美酒,口袋里满满的是面包和各种烤野味,马上还驮着一大包东西,引起大家注目。他瞧出来了,笑盈盈地说道:"诸位,难怪你们看了这包东西诧异,你们还不知道我在才尔瓦买了干什么的。保管堂拉斐尔猜不出来,谁也猜不出来。"一面说,就把众人打量着的包儿打开,把里面的东西一件件拿给我们瞧:一领斗篷,一件很长的黑袍,两身衣裤,一套文具,是墨水和笔分两盒儿装了系在一起的,一刀好白纸,一具锁,还有一个大印章和一些绿色的火漆。他把买来的东西全搬给我们看了,堂拉斐尔打趣道:"嗨,安布华斯先生,你买的东西当然很不错,不过请问你,干什么用呀?"拉莫拉答道:"我自有妙用。这许多东西只花了十个双比斯多,我相信咱们可以生发出五百个双比斯多还不止,保管有那么些可赚。我不是个收烂东西的,我有个打算实在是绝顶聪明,等我讲出来,你们就知道我买这些东西不是傻头傻脑。你们回头瞧吧,我相信你们听了一定高兴。待我说来。

"我买了面包,到一个烧烤铺定烤山鸡、小鸡子、兔子各样六只。我等待东西烤熟,只见跑来一个人,怒气冲冲,直着嗓子骂本城一个开铺子的对他无礼。他对烧烤铺掌柜说:'圣雅各在上!在才尔瓦做买卖的要数萨缪尔·西蒙最岂有此理了。他方才当着满店的人给我下不去。那小气鬼明知我是个干手艺的,付得起钱,跟我做买卖一点不吃亏,可是我要赊他六奥纳①布的账,他怎么也不肯。你瞧那畜生妙不妙?他跟大爷们交易,情情愿愿地赊账。他宁可为他们担风冒险,对诚实可靠的市民倒不肯方便。真是怪脾气!他妈的犹太人!但愿他几时上了人家的当!准有一天称了我的心愿,好些做买卖的也这么说呢.'

"那干手艺的还说了许多话,我听着忽发奇想,要替他出气,作弄萨缪尔·西蒙一下。我问那抱怨的人说:'朋友,你说的那家伙是怎么样的人?'他立刻道:'是个坏透顶的家伙。我告诉你,尽管他假装正人君子,实在是个穷凶极恶的放印子钱的。他是犹太人,改信了基督教,不过骨子里还跟彼拉多②一样的是个犹太人,因为人家说他改教完全是想牟利.'

"我留心听了这人的话,一出烧烤铺就去打听萨缪尔·西蒙的住址。问讯到那里,人家把那铺子指给我看了。我打量一番,都看在眼里;我那随机应变的智囊里立刻有了一条妙计,我细细盘算过,并且觉得真不愧是吉尔·布拉斯先生的亲随想出来的计策。我到估衣铺买了这些衣裳回来:一套是扮宗教法庭③检察官的;一套扮书记,一套扮公差。诸位先生,我就是干了这些事,所以回来得晚了些。"

堂拉斐尔听到这里,喜不自胜,插嘴道:"啊呀!亲爱的安

---

① 古尺名,每奥纳合 1.188 米。
② 彼拉多是审判耶稣的罗马驻犹太总督,这里把他误认为犹太人。
③ 十三到十九世纪各天主教国家审问异教和叛教徒的法庭,在西班牙的权力尤大,手段最为严酷。

布华斯,你这个主意妙极了!你的算盘真好!这样足智多谋,我真眼红,我甘心把生平几桩最了不得的勾当换这么一条妙计。哎,拉莫拉,我的朋友,你这条计策的妙处我全看到,干起来也不用你担忧。你得要两个会串戏的做帮手,咱们现在都有。你一脸志诚虔敬,扮宗教法庭的检察官很配;我呢,可以扮书记,吉尔·布拉斯先生请他扮公差。这就把角色都分配了。咱们明天上戏,只要别来个不凑巧,把最周密的安排都弄左,我管保可以得手。"

堂拉斐尔对那计策这样赏识,我却还不甚了了,吃晚饭的时候听说了详细,觉得这把戏很巧。我们狼吞虎咽吃了点野味,又喝掉皮袋里好些酒,就躺在草地上,一会儿都睡着了。我们没睡多久,过了一个钟头,天还没亮,那不饶人的安布华斯就叫道:"起来!起来!要干大事的人,贪懒可不行啊。"堂拉斐尔惊醒了,说道:"嘻!宗教法庭的检察官老爷,你好勤快啊,萨缪尔·西蒙先生该倒霉了!"拉莫拉答道:"我也那么想。"又笑道:"我还告诉你,我刚才梦里正在拔他的胡子。书记先生,这梦对他不吉利吧?"大家说笑了一顿,都很高兴。我们嘻嘻哈哈地吃过早饭,就动手化装。安布华斯穿上长袍、斗篷,活脱儿是个宗教法庭的官员。堂拉斐尔和我也装成书记和差人,都惟妙惟肖。我们化装了好半晌,过了下午两点才出树林到才尔瓦。我们实在也不忙,这出戏要到傍晚才登场呢。所以我们放慢着脚步,还在城门口歇了一会儿,等太阳下去。

天一黑,我们叫堂阿尔方斯看管马匹,守在那地方。他不用串什么角色,非常称心。堂拉斐尔、安布华斯和我先不到萨缪尔·西蒙家,却到离他家才两三步的一个酒店里。宗教法庭的检察官老爷打头进去,正言厉色对店主人说:"掌柜的,我要跟你密谈几句,事关宗教法庭,非常紧要。"店主人把我们领到客堂里。拉莫拉看见没有旁人,说道:"我是宗教法庭的官员。"酒店主人一听这话,脸都青了,抖声说,他自信没有冒犯宗教法庭的地方。安布华斯和颜悦色道:"所以宗教法庭并不想难为你。要是冒冒失失判罪,不分皂白,上帝也不容的!宗教法庭严是严,却从不冤屈好人。反正总要该罚的人才会受罚。我到才尔瓦不是为你,是为一个开铺子的萨缪尔·西蒙。有人告发他为人行事都很不堪。据说他始终信奉犹太教,他皈依基督教别有用心。我以宗教法庭的名义命令你,你知道他什么事情,全告诉我。当心,别因为是他街坊,或朋友,就想包庇他。我告诉你,要是我听出你口供里稍有回护,你自己就完了。"他回头对拉斐尔道:"来吧,书记,执行你的职务。"

书记先生早把纸和文具拿在手里,他坐在桌子前面,一脸正经,准备把店主人的口供写下来。店主人声明决不撒一个字儿的谎。宗教法庭的检察官说道:"既然如此,咱们就可以开始了。我问什么,你只要回答就成,不用多说。你常看见萨缪尔·西蒙上教堂吗?"店主人答道:"这个我倒没留心,记不起几时在教堂里见过他。"宗教法庭的检察官喝道:"好!写下来,人家从没看见他上过教堂。"店主人道:"老爷,我没那么说,我只说没在教堂里见过他。也许他跟我同在一个教堂,我恰恰没看见。"拉莫拉道:"朋友,审问你的时候,不准回护萨缪尔·西蒙,你难道忘了?你回护了他会怎样下场,我已经说过。你只可以控告他,不准有一字儿偏袒。"店主人道:"学士大爷,要是这样说,我的口供您没多大用处。您问的这个商人我一点儿不认得,他是好是歹，都无从说起。不过您若要打听他怎么过家，我去把他的伙计加斯巴叫来，您可以问他。这小伙子有时候跟朋友到这儿来喝酒。我可以告诉您，他爱嚼舌头，随您要他说多少话他都说。他会把主人一生的事都讲出来，准叫您书记写得不得闲儿。"

安布华斯道："我喜欢你这样老实。你推荐个熟悉西蒙家常的人，足见你对宗教法庭的一片热心，我要回去呈报的。"又道："你快去把那个加斯巴找来。可是不要声张，别让他主人知道。"这差使酒店主人干得非常机密爽利。他把店伙计领来。这小子果然是个话匣子，我们正合用。拉莫拉对他说："孩子，你来得好。我是宗教法庭的检察官，有人告萨缪尔·西蒙信奉犹太教，宗教法庭派我来调查的。你住在他家，他的举动多半落在你眼里。你知道他什么事，说出来。我代表宗教法庭向你下这命令。我想这句话就够，不必再警告你非说不可了。"那店伙计道："学士大爷，您向我打听，正是找到最愿意讲的人了。您就是没代表宗教法庭下令，我也巴不得告诉您呢。要是人家向我主人去打听我，我相信他决不留情，所以我也不用回复他。我第一要告诉你，他是个不露真相的调皮东西，外面装得活像个圣人，骨子里是个混蛋。他每天晚上到一个小娘儿家里去……"安布华斯打断他道："你讲出这件事来很好，可见他这人品行不端。不过你且针对着我问的话回答。我职责所在，尤其要知道他信教是否诚心。我问你，他们家吃不吃猪肉？"①加斯巴答道："我在他家一年，好像没吃过两回。"宗教法庭的检察官老爷道：

---

① 犹太教不吃猪肉。

"好得很,书记,写下来,萨缪尔·西蒙家从不吃猪肉。"接着又道:"他们家猪肉不吃,有时候准是吃羊肉吧?"那伙计答道:"是啊,有时候吃羊肉,譬如上次复活节我们就吃了一只小羊。"这位官员道:"这个日子很巧,书记,写,西蒙守逾越节①。这事很顺手,我看咱们收集了一些好情报了。"

拉莫拉接着又问道:"我还问你,朋友,你看见过你主人把人家男小孩儿摸摸弄弄吗?"加斯巴答道:"常有的事,他看见人家男小孩儿打我们店前走过,只要长得好看,就拉住了逗他们玩儿。"宗教法庭的检察官道:"书记,写下来,萨缪尔·西蒙嫌疑很重,想引诱基督教儿童到家,图谋杀害。② 这改邪归正的信徒太和蔼可亲了!啊!啊!西蒙先生,我管保宗教法庭要跟你算账的。别以为人家会饶你,随你干这种杀了人当祭品的野蛮勾当。"又向那店伙计道:"加斯巴,你很热心,大着胆子把他的事都说出来,让大家知道这个冒牌基督徒还虔守犹太教的规矩仪节。他是不是每礼拜有一天什么事都不干的?"加斯巴道:"不,这点我倒没有留意。我只看到他有些日子关在自己账房里,好一会儿不出来。"那位官员道:"嗨!这就是了!他准是守犹太教的安息日③,不然的话,我不是宗教法庭的检察官。书记,写明白,他安息日虔诚守斋。啊!这下流东西!我现在只要打听一桩事情了。他跟你们谈起耶路撒冷吗?"那店伙计道:"常谈

---

① 犹太教的大节,和基督教的复活节差不多同时。这天犹太教徒每家吃小羊一只。
② 中世纪以来传说,犹太人每年在耶稣受难日把一个基督教儿童钉死在十字架上。
③ 犹太教以星期六为安息日,相当于基督教的星期日。

起。他跟我们讲犹太人的历史,又讲耶路撒冷的教堂是怎样毁掉的。"安布华斯道:"对啊,别漏了这点。书记,用大字写:萨缪尔·西蒙渴望重建耶路撒冷教堂,日夜想光复祖国。我调查得够了,不用再问别的。加斯巴诚实不欺,这篇口供可以叫一区上的犹太人都烧死呢。"

宗教法庭的官老爷把店伙计盘问了这么一番,就放他走,不过以宗教法庭名义下令,不准他把方才的事告诉主人。加斯巴说一定遵命,就出去了。我们并不耽搁,也跟着走,我们出酒店的时候还是道貌岸然,和进来的时候一样。我们去打萨缪尔·西蒙的门。他亲自来开,看见我们那副模样的三人上门,吃了一惊,后来听明来由,越发骇然。我们由拉莫拉说话,他作威作福地说道:"萨缪尔先生,我是宗教法庭的官员,我以宗教法庭的名义,命令你马上把你账房的钥匙交出来。有人控告你,我要瞧瞧有没有凭据。"

那商人给这一席话吓慌,仿佛当胸挨了一拳头,竟倒退了两步。他一点没怀疑我们捣鬼,当真以为有人暗里和他作对,害他做了宗教法庭的嫌疑犯。也许他怀着鬼胎,自己知道不是个很好的基督徒,怕人告发。不管究竟是怎么回事,我只见他慌张得不得了。他没有道个"不"字,而且毕恭毕敬,活是个经不起宗教法庭审问的人。他替我们开了账房的门。安布华斯一面进去,对他说:"你至少得服从宗教法庭的命令,不得违抗。你到别的屋里去,让我从容执行职务。"萨缪尔对这道命令也不敢违拗,他守在店里,我们三人就进他账房,立刻动手搜寻他的现钱。我们一找就找出来了,都在一只开着盖儿的钱箱里,多得拿不了,装钱的口袋大堆儿叠着,只可惜全都是银元。我们但愿是金的就更好了,不过天下事哪能尽如人意,这是强求不来的。我们衣袋里、裤子里、凡是可以装钱的地方都塞满杜加。总而言之,我们身上沉甸甸地带足了钱,外面却看不出来。这全靠安布华斯和堂拉斐尔的手段,我才知道精通本行是最要紧的事。

我们大为得手,于是出了账房。宗教法庭的检察官老爷就拿出自己带的锁,亲手锁了门,封上火漆,盖上印章。这是什么道理,读者一猜便得。他随即对西蒙道:"萨缪尔先生,我以宗教法庭的名义,禁止你碰这具锁,封上的火漆也碰不得,因为上面有法庭盖的印,你该尊重。明天这时候我再来去封开锁,传宗教法庭的命令。"他说完吩咐开门,我们喜滋滋地鱼贯而出。我们才走了五十来步,就轻轻快快地放步走,虽然身负重担,却好像脚不沾地似的。我们一会儿出了城,跨上马,就往赛果布趱行,一面感谢水德星君①给我们发了这么个利市。

第 二 章

这件事后,堂阿尔方斯和吉尔·
布拉斯决定了行止。

我们照向来的好办法连夜赶路,傍亮儿到了离赛果布八公里路的一个小村子附近。我们都累了,又觉得不便到村上去歇

---

① 水德星君(Mercure),古罗马神道,是雄辩家、商人和流氓盗贼的保护神。

腿,望见离村一千或一千二百步光景的山脚下有一簇杨柳,就欣然离了大道赶去。柳荫里很清凉,旁边一道小溪,柳树根都淹在水里。我们觉得那地方很好,决计盘桓一天。我们下了马,卸去鞍辔,放它们啃青;自己躺在草地上歇了一会儿,于是把口袋里的粮食和皮袋里的酒吃喝个精光。我们饱餐了一顿早饭,就把萨缪尔·西蒙那儿拿来的钱数着消遣。总共有三千杜加之多,加上原有的钱,我们可算很富裕了。

我们得去买口粮。安布华斯和堂拉斐尔脱掉了宗教法庭检察官和书记的服装,说愿意两人同去采办,又说才尔瓦那勾当引起了他们的胃口,很想到赛果布去看看有没有机缘再来一手。陆珊德的儿子说:"你们在柳树底下等一会儿,我们就回来。"我哈哈笑道:"得了!堂拉斐尔先生,干脆叫我们等太阳西边出吧。你们这一走,看来要好久见不到你们呢。"安布华斯先生答道:"这样猜疑简直是冒犯我们了,不过你说这话也是我们活该。你看了我们在瓦拉多利的作为,难怪要动疑,以为我们又要像上次把伙伴儿撇在瓦拉多利那样,满不在乎地撇下你们。可是你料错了,我们扔下的那几个伙伴都很刁恶,我们跟他们混不下去。对吃我们这一行饭的人有一点不该抹杀,不论什么行业合伙经营,往往争利吵架,还数我们这行里这类事最少。不过彼此性情不投,就不能相处得和洽,这也是人之常情。所以吉尔·布拉斯先生,我请你和堂阿尔方斯不妨对我们再信任点儿,别因为堂拉斐尔和我要到赛果布去就放心不下。"

陆珊德的儿子道:"叫他们不起疑心有个很现成的办法:只要把钱箱交给他们,就是个好押头,管保我们回来。你瞧,吉尔·布拉斯先生,我们直截爽快。你们俩这来就有恃无恐,我也可以说,安布华斯和我走了决不怀疑你们会卷了这贵重的押头逃走。这是个明明白白的凭据,可见我们真心真意,你们还不十二分相信我们吗?"我说:"我相信了,现在随你们去干事吧。"他们带了粮袋酒袋,立刻动身,撇下我和堂阿尔方斯在柳树底下。堂阿尔方斯等他们走了,说道:"吉尔·布拉斯先生,我得把心事告诉你。我怪自己当初太随和,跟着那两个混蛋到这里。你不知道我懊悔了多少回。昨天晚上我看守着马匹,只觉得万念钻心。我想一个有品的青年不应该跟拉斐尔和拉莫拉这种坏蛋一起混。也许哪天不凑巧,一场骗局害咱们落了法网,我就得含羞忍耻地跟他们一起受侮辱挨刑罚,仿佛也是个贼骨头。我常在设想这种情景。老实告诉你,我不愿意再帮他们干坏事,决计从此跟他们分手了。我这打算想来你不会反对。"我回答道:"我决不反对。你别看我在萨缪尔·西蒙那出戏里扮了个公差,就以为这种把戏合我的口胃。我指天为证,我串那好角色的时候心上就在想:'说真话,吉尔·布拉斯先生,你要是这会子给法院一把颈皮抓去,受罚正是活该!'堂阿尔方斯先生,我实在也不甘心跟这种坏人在一起。你要是有意,我可以陪你。等他们俩回来,请他们把钱分了;明天一早或者今儿晚上就和他们分手。"

赛拉芬美人的情郎赞成我那主意。他说:"咱们先到瓦朗斯,由那儿上船到意大利,可以到威尼斯共和国去当兵。与其过这种卑鄙龌龊的生涯,当兵不好得多吗?咱们有了钱还很可以出头呢。我用这不义之财并非于心无愧。不过一来是迫不得已,况且我要是有一天打仗弄到些钱,我发誓一定要偿还萨缪尔·西蒙。"我说我也是一样的心思。总之,我们决定明天一黑早和我们同伴散伙。我们并不想乘他们不在占便宜,就是说,马上拿了钱逃走。按说我那番在公寓里受过他们骗,这次就是卷逃也情有可原。不过他们既然把钱交托给我们,表示信任,我们就连这种心都不能起了。

安布华斯和堂拉斐尔傍晚从赛果布回来,头一句话就告诉我们,这趟跑得很顺利,已经布置好一个骗局,看来比前番更用得着我们。陆珊德的儿子就要细讲,可是堂阿尔方斯客客气气地声明他生性不惯过这种日子,决计要分手。我说也是这般打算。他们极力劝我们跟着走码头,可是没用。我们把钱四份均分,第二天清早,我们俩就跟他们分手上瓦朗斯去。

第 三 章

堂阿尔方斯稍有困厄,随又欢天喜地;
吉尔·布拉斯交运,忽然到手个好差使。

我们高高兴兴到了布诺尔,偏偏时运不凑,只好逗留下来。堂阿尔方斯病了。他大发烧,又抽筋,我怕他要送命。幸亏那地方没有医生,我不过担了一场虚惊。三天之后他已经没事,有我小心服侍,就渐渐复元。他非常感激我为他尽心。我们真是情投意合,就结成生死之交。

我们又上路,还是决定先到瓦朗斯,一有机缘就上意大利去。可是老天另有安排,替我们留着一步好运呢。我们看见一座很好的庄子门口围着一大簇村民,男男女女成圈儿跳舞玩耍。我们近前去看热闹,堂阿尔方斯大吃一惊,他真是意想不到,看见了石坦安巴赫男爵。男爵也看见他了,张着两臂迎上来,欣喜欲狂地说道:"啊!堂阿尔方斯!原来是你!真是巧遇!满处地找你呢,可可的你撞来了。"

我的伙伴立刻跳下马,赶上去拥抱男爵。我看那男爵乐得不可开交。那老头儿对堂阿尔方斯说:"来,我的孩子,你就要知道自己的出身,交上大好运了。"说完就领他到庄上。我早已下地,把两匹马拴在树上,这时就跟着进去。我们顶头碰见庄主,他五十来年纪,一表好相貌。石坦安巴赫男爵指着堂阿尔方斯道:"大爷,这就是令郎。"庄主堂西泽·德·李华一听这话,就抱住堂阿尔方斯的脖子,悲喜交集,说道:"好儿子,认认你的生身父亲。我迟迟没让你知道出身,实在是万不得已。我常为这事叹恨,可是别无办法。我爱上你妈妈,就娶了她,她门第远不及我。我上有严父管束,这门亲事没经他准许,声张不得。我这秘密只有石坦安巴赫男爵一人知道。他帮我的忙,把你抚养成人。长话短说,我爸爸去世了,我可以声明你是我惟一的继承人了。"又道:"还有呢,我替你定了一位门当户对的年轻太太……"堂阿尔方斯打断他道:"爸爸,别叫我赔了苦恼来换你刚才的喜信。我知道是你的儿子,正觉得荣幸,难道你非要立刻给我一个恶消息吗?啊,爸爸,别比你的爸爸更狠心,他虽然不赞成你用情,至少没逼你娶亲。"堂西泽答道:"孩子,我并不想硬逼你。不过你且依我见一见我替你挑的人,你只要听我这一句话。她相貌漂亮,又是个很好的对头,不过我答应你,我决不强迫你去娶她。她就在这田庄上。跟我来,你回头自会承认她是个绝顶可爱的人儿。"他一面说，就领堂阿尔方斯到一溜屋里，我和石坦安巴赫男爵也跟了去。

玻朗伯爵和他的两个女儿：赛拉芬和如丽，还有他的女婿堂范尔南·德·李华，也就是堂西泽的侄儿，都在那里，另外还有几位太太和绅士。堂范尔南带如丽私奔，上文已经说过。这天正因为这一对情人结了婚，附近村民聚来庆祝。堂阿尔方斯一进去，他父亲把他对客人介绍之后，玻朗伯爵立刻站起来，赶上去拥抱他，一面说："欢迎我的救命恩人！"又对他道："堂阿尔方斯，你瞧瞧宽宏大度的人多么讲道义。你虽然杀了我的儿子，却救过我的性命。我对你的怨毒一笔勾销。赛拉芬的名节是你保全的，我就把她嫁给你，这样来报你的恩。"堂西泽的儿子忙对玻朗伯爵说他怎么感恩入骨。他既知道了自己的出身，又要做赛拉芬的夫婿，我真不知道他两件事究竟哪件更得意。婚礼果然几天内就举行了，几位当局者都非常称心。

我也是玻朗伯爵的救命恩人。这位爷认得我，他说要尽力看顾我。我感谢他的厚意，却不愿意离开堂阿尔方斯。堂阿尔方斯叫我做了他的管账，十分宠信。他念念不忘诈骗萨缪尔·西蒙的事，一结婚就派我把偷的钱全数还给那商人。我就去偿还欠款。这原是管账们办交代的时候干的事，我却一上任就干了。

第 七 巻

第 一 章

吉尔·布拉斯和萝朗莎·
赛馥拉大娘的私情。

我到才尔瓦把我们偷的三千杜加送还那位萨缪尔·西蒙。老实说,我在路上有点心动,想吞灭这笔钱,只算做了管账发个利市。我尽可以来这么一手,逍遥无事,只要逛五六天回去,就算把差事办完了。堂阿尔方斯和他父亲偏袒我,不会动疑。万事都很凑手。可是我没有干出来,而且竟可以说,我自居君子,克制了贪心。一个跟大骗子混过的小子居然能这样就很难为他了。好些人只跟上等人交往的也未必那么廉洁。受委托代管钱财的人,中饱了不怕拆穿,他们对这类事情知道得最清楚。

那商人想不到这笔钱会偿还。我交代清楚,就回到李华的庄上。玻朗伯爵已经带着如丽和堂范尔南上路往托雷都去了。我觉得新主人对赛拉芬越发痴情,赛拉芬也很喜欢他,堂西泽有这一对儿子媳妇非常欣慰。我极力讨好那位慈父,居然如愿。我做了合府的总管,一手经理大小家事:田租由我收,日用由我开销,用人统统受我约束。总管照例作威作福,我却不然。我不把我嫌的用人撵走,也不责备用人对我一人尽忠。他们要是向堂西泽父子当面求恩,我非但不从中作梗,还帮着说好话。两位东家喜欢我,常常形于辞色,我感激得一心愿为他们效力。我只为他们打算,在我任内从没弄过一分玄虚。我这种总管,人家哪里去找呢。

我正欣幸交了好运,那爱情之神看见命运这般待我,好像动了醋意,要我也对他感恩。他叫赛拉芬手下为头的仆妇萝朗莎·赛馥拉大娘对总管先生大为倾倒。要是用史家直笔写来,为我颠倒的人儿已经靠五十岁了。可是她神气清爽,脸儿也不讨厌,一双美目惯会流盼送睐,因此还算得是男人家的艳遇。我只嫌她脸色不红润,因为她苍白得厉害。我以为这都是没嫁男人清淡出来的。

这大娘一双含情的眼睛只顾来撩我。可是我并不和她眉来眼去,起初只装不知不觉。她看我外行,倒不讨厌。她以为这小子不解事,单靠眉目传情不行,所以第一次跟我谈话就把衷情讲得明明白白,不由我再糊涂。她完全是此中老手的行径;她装出怪不好意思的样子,一口气讲完,就遮着脸儿,仿佛道破了心病害羞得紧。我只好承她的情了。我这来并非完全真心,大半出于虚荣,但是我装得很感激她这番情意。我还做出热切的样子,好像情不自禁,竟招她怪了几句。萝朗莎说得很和婉,虽然嘴里叫我尊重,我看出她并不恼我放肆。我还要闹下去,可是我心爱的人儿恐怕我上手太容易,会把她看得轻贱。我们就此分手,等下回再聚。赛馥拉以为假意推拒了一番我准把她当个守贞的处女了;我却做着好梦,想不日就成其好事。

我这件私情事儿正得手,堂西泽的跟班告诉我一个扫兴的消息。有种好管闲事的用人,家里什么事情都钻头觅缝地打听,这小子就是那种人物。他对我趋奉得很,每天总来讲些新闻凑趣。一天早上,他说探得一件趣事要告诉我,只是不可以说出去,因为干系到萝朗莎·赛馥拉大娘,怕招她的恨。我急要知道,当然答应决不泄漏。我只作漠不关心,极力做得镇静,问他探得了什么来给我解闷的。他说:"萝朗莎每晚上偷偷儿把村上的外科医生弄到她屋里去,那家伙是个结结实实的年轻小伙子,在她房里总有好一会耽搁。"又很调皮地说:"也许这里面毫无暧昧,我但愿如此;不过你承认吧,一个小伙子鬼鬼祟祟溜到个女人屋里,不会当她好货的。"

我听了大气,仿佛真爱上了那个女人似的,只是我不露在脸上,尽管这消息刺心,我勉强还打了个哈哈。不过我等到左右无人,立刻把这股逼住的气发泄个畅快。我骂啊,咒啊,又盘算怎样对付。我一会儿瞧不起萝朗莎,想不跟那骚货理论就把她丢开;一会儿想想,自己体面有关,不能放过那个外科医生,就要找他决斗。我决计这样办。我傍晚等在暗地里,果然看见那人鬼鬼祟祟地进女监护的屋里去。我一腔愤火本来也许会退,这来就难消了。我跑出田庄,候在那个情人回家必经的路上。我气昂昂地等着,急要动手,一时一刻都难耐。好一会儿我的情敌来了。我气势汹汹地抢上几步,可是不知怎么回事,我就像荷马史诗里的一位英雄那样,忽然一阵害怕,不敢向前。我跟帕里斯上场和墨涅拉俄斯①交手的时候一般慌张。我把那人端详一下,觉得他身强力壮,他的剑也长得出奇。这对我都有影响,越见得事情凶险,又加我生就的脾气只想退缩,但是体面攸关,或者还有别的缘故,我居然大胆迎着那外科医生,挥剑杀上去。

---

① 荷马史诗《伊利亚特》第三卷开首写帕里斯出阵,墨涅拉俄斯见了仇人,直扑上去。帕里斯看来势凶猛,心惊胆怯,退入阵内。

他见我这般行径,吓了一跳,嚷道:"怎么回事儿啊?吉尔·布拉斯先生,干吗做出这副游侠武士的腔儿来呀?你开玩笑吧?"我答道:"呸!理发匠先生①,谁跟你开玩笑!我要瞧瞧你的胆量可赶得上你的风流劲儿。你要跟方才在田庄幽会的女人做相好,休想我会让你安顿!"那外科医生哈哈大笑道:"圣贡玛②在上,这是笑话了!天啊,万事不能只看皮毛的。"我一听这话,料想他怕打架不亚于我,就越加盛气凌人,打断他道:"去你的吧!朋友!去你的吧!别以为抵赖一句我就买账。"他道:"我看只可以跟你讲讲明白,免得你我总有一人遭殃。吃我们这行饭,嘴要关得紧,可是我不得不向你泄漏一件阴私了。萝朗莎大娘偷偷儿把我弄到她屋里去,因为防别的用人知道她的病。她背上有个多年治不好的恶瘤,我每晚去替她包扎疮口。我去看她就是这个道理,倒害你疑神疑鬼。从此你放了心吧。不过,你要是以为我这几句辩白还不行,一定要跟我交手,你只消说一声,我不是个不肯动手的人。"他一壁拔出那把吓得我发抖的长剑,摆出阵势,神气很不好惹。我把剑插进鞘里,说道:"这就成,我不是蛮不讲理的家伙,你一讲明白就不是我的冤家了。咱们拥抱吧。"他听了这话,方知我起初看来凶狠,其实不然,他笑着插上剑,张臂相迎。我们就和和气气分手。

从此我想到赛馥拉只觉得厌恶。她找我密谈,我总是躲避。我躲得太露痕迹,竟给她看出来了。她奇怪我前后大不相同,要知道什么缘故。她得空把我拉过一边,说道:"总管先生,请问

---

① 从前理发师往往兼做外科医生。
② 古罗马时代殉教的基督徒,是医生的保护神。

你干吗见我就跑?从前你变着法儿来找我,现在一心只想避我。当然是我先来就你,不过你也有意思呀。请你追想咱们俩私下说的话吧。你那时候一盆火热,现在阴冰冷气,这是什么道理?"这一问,叫个坦率的男人很难应对。所以我很窘。我忘了怎样回答的,只记得她听了气得不得了。赛馥拉虽然看样儿和婉柔顺,像只小绵羊,一发火可像只母大虫。她眼睛里又恨又怒,瞅着我道:"我十分抬举你这种小人,向你吐露衷情,大爷贵人得我如此也要受宠若惊呢。我自轻自贱,会看上个混蛋流氓,活该受这番报应。"

她不就此罢休。要不然,我太便宜了。她气头上一条舌头把我千般辱骂,越骂越凶。我明知应该平心静气挨她的,并且应该想想,我勾引得人家肯为我失身,倒又鄙夷不屑起来,这种罪过女人决不原谅。要是个晓事的人身当此境,一笑置之罢了。可是我火气太旺,不肯受她辱骂,我按捺不住,说道:"大娘,咱们别瞧不起人。你说的那些大爷贵人要是见了你的背脊,一定索然扫兴。"话刚出口,那女监护气疯了,下死劲打了我一个大耳刮子,女人发狠从没这般下毒手的。我不等她来第二下,赶快逃走,躲过了雨点也似的一顿拳头。

我感谢上天保佑我逃出这重难关,以为那女人出掉一口恶气,事情就完了。我想她要面子,不会把这事说出来。果然,过了半月没听见提起这话。我自己也不去想它了,忽然听说赛馥拉在生病。我还是个好人,听了消息很难受。我可怜她,以为那倒霉的痴情人害了单相思,支撑不住。我想到病由我起,心里抱歉,虽然不能爱她,至少是怜她的。我真看错了她!她由爱转恨,一心只想害我。

一天早上，我跟堂阿尔方斯在一起，看见这位大爷忽忽若有所思。我恭恭敬敬问什么缘故。他说："我气的是赛拉芬糊涂，没公道，没良心。"他见我诧异，就说："你想不到，可是这是千真万确的。我不懂赛馥拉大娘为什么恨你，不过我可以告诉你她恨你到什么田地。她说，假如你不赶快离了这儿，她就活不成了。赛拉芬一向喜欢你，她看见人家恨你，当初很不以为然，否则她也就没公道没良心了。不过她毕竟是个女人。她是赛馥拉带大的，对她情分很深，把她当妈妈看待，如果不偏护着她，真的害了一条命，于心不安。但是我尽管爱赛拉芬，决不肯脓包也似的迎合她，惟命是听。你虽然是个用人，倒像我的兄弟，让西班牙的女监护都死尽，我也不放你走的！"

我等堂阿尔方斯讲完，说道："大爷，我生来是造化的玩物。我在您府上，看一切情形，都好像从此可以过快活安闲的日子，满以为再不受命运播弄了。可是我尽管称心，只得咬定牙关往别处去。"堂西泽的儿子很厚道，回答说："不，不，让我跟赛拉芬理论去。总不成纵着个女监护的脾气割舍了你；我们别的事上已经爱护得她无微不至了。"我答道："大爷，您拂逆了赛拉芬，反叫她赌气。我再待在这儿，万一害得你们一对好夫妻不和不睦，倒不如走开好。如果出了这种不如意的事，我要抱恨终身的。"

堂阿尔方斯不准我打这个主意。我看他决计撑我的腰，我要是挺一挺，萝朗莎准是枉费心机。要是我意气用事，也许会来这么一下。我有时候气不过这个女监护，真想不饶她。可是这个可怜东西的病都是我害的，要是再把她瞒人的事闹出来，就好比拿刀子戳她，何况她害了两重不治之症，眼看着要送命的。我这样一想，就只可怜她了。我想自己既然是个害人精，应该老老实实抽身引退,让田庄上重过太平日子。第二天清早,我就这样做了。我没有向我两位主人告辞,怕他们情谊深重,不让我走。我只把做总管任内的账目详细开了一篇,留在自己房里。

第 二 章

吉尔·布拉斯离了李华的田庄,如何下落;
　他恋爱不成,却交了好运。

我骑的是自己的好马;手提箱里有二百比斯多,大半从杀掉的强盗身上和萨缪尔·西蒙那儿抢的三千杜加上来的。堂阿尔方斯掏腰包还了整笔的钱,没叫我把分的赃吐出来。我因为款子已经还清,觉得手里的钱名正言顺是我的了,拿着于心无愧。我有了这点本钱可以不忧来日,而且在我那年纪,总自信很有本领。再加托雷都还有我安身的好地方。我拿定玻朗伯爵准欢迎救命恩人,愿意收留。不过我把这位爷只当作一个退步,不想马上就去投靠。我决计先到缪西和格拉纳达游历一番,花掉些钱;尤其想到格拉纳达去。我打定了主意,先上阿尔曼萨,于是沿路一处处逛,直到格拉纳达,没碰到什么不如意的事。命运之神好像作弄得我够了,不再捣乱。可是这促狭鬼还安排下好些圈套给我钻呢,看下文就知道。

我在格拉纳达街上头一个碰见的就是堂范尔南·德·李华——堂阿尔方斯的连襟,玻朗伯爵的女婿。我们会在那儿碰头都觉得诧异。他喊道:"怎么的? 吉尔·布拉斯,你在这儿啊! 跟谁来的呀?"我答道:"大爷,您想不到会在这个地方碰见我吧,您听见了我离开堂西泽大爷父子的缘由,还要诧异呢!"于是我把赛馥拉和我的事原原本本地讲了,一无隐瞒。他哈哈大笑,又正色道:"朋友,让我来替你打个圆场吧。我写一封信给我内姨……"我急忙打断他道:"不,不! 大爷,请不要写信给她。我出了李华的田庄,不想再回去。承您一番好意,请在别处帮忙吧。您的朋友若要用个书记或管账,求您帮衬几句。我敢说,决不会弄到人家怪你保荐非人。"他道:"很好,我依你就是了。我这回到格拉纳达来看望一位年老多病的姑母。我有个田庄在罗基,如丽就住在那庄上,我在这儿再耽搁三个礼拜就要回去的。"他又指指一百步以外一家客店道:"我就在那里住。你过两天来看我吧,说不定我会替你找着个合适的事。"

下一回我们见面,他果然说道:"格拉纳达大主教跟我是亲戚而兼朋友,他要用个人,这人得读过点书,写一笔好字,能替他誊清稿子,因为他是个大作家。他写过不知多少宣教劝善的文章,现在还天天写,朗诵出来,人家听了都很赞叹。我觉得他正用得着你,我向他保荐,他已经应允。你去见见他,就说我叫你去的。你看他接待的态度就知道我有没有替你说好话了。"

这事正合我心。所以我一个早上想去见见那位教会里的大佬,打扮整齐,就上大主教府去。我若要模仿小说家的笔法,得把格拉纳达大主教府邸铺张描摹一番:形容房子如何构造,夸说陈设如何富丽,叙述里面有什么雕像、什么图画,连画的故事也要一一交代。可是我干脆只说一句话:这位大主教的府邸辉煌富丽,赛得上皇宫。

府里成群的教士和带剑的人,大半是大主教大人手下的执事:主持本府弥撒的教士呀,家人呀,和侍从亲随之类,那些在俗没出家的,一个个衣服华丽,看来哪里像什么仆从,倒像是贵人大爷。他们神气活现,装得身份十足。我看着他们,忍不住心中暗笑。我想:"好哇!这起人真有福气,不知道自己是奴才。我想他们要是知道,就不会这样骄矜。"这时候大主教书房门外站着个道貌岸然的胖子,专管开门关门,我上去招呼,恭恭敬敬地求见大主教。他冷冷地说:"你等着吧,大主教大人就要出去听弥撒,你可以拦上去见他一面。"我听了一声儿没言语。我捺定性子,想跟府里执事攀谈几句。可是他们哼一声都不屑,只把我从脚下看到头上,彼此使个眼色,傲然微笑,笑我不识进退,居然敢和他们交谈。

老实说,我受了这起用人的怠慢觉得很窘。我心神还没十分镇定,忽然书房门一开,大主教出来了。那些执事立刻鸦雀无声;他们一见主人,马上收敛起傲态,装得毕恭毕敬。这位教会大佬已经六十九岁,长得有点像我舅舅吉尔·贝瑞斯大司铎,换句话说,是个矮胖子。再加他两腿往里弯,头上光秃秃,只剩后脑一撮儿头发,所以只好戴上一顶长耳朵的细羊毛帽子。虽然如此,我觉得他自有一种高贵的气度,这当然是因为我知道他地位高贵的缘故。我们平头百姓对贵人阔佬有成见,尽管他们生相庸俗,也觉得气宇不凡。

大主教先走到我旁边,声气和悦地问我有什么事。我说我就是堂范尔南·德·李华荐来的人。他不等我说下去就道:"啊!是你!他夸赞的就是你!我留你在这儿做事了,要借重你呢。你就搬来住得了。"他说完又跟几位教士谈了几句,就扶着两个侍从出去。他一走,方才那些不屑理我的执事立刻赶来攀话。他们围着我献殷勤,欢迎我做了同僚。他们听见主人对我说的话,急要探问我的职位。可是我使乖不说,他们瞧我不起,我要出口气呢。

大主教大人一会儿就回来。他叫我到书房去密谈。我瞧透他要考我,所以小心翼翼,准备字斟句酌的回答。他先问我经典,听我对答得不错,知道我对希腊、拉丁著作还算熟悉。不出我之所料,他接着又考我雄辩学。他觉得我这一门很内行。他有点诧异,说道:"你受的教育不错啊。现在瞧瞧你的书法吧。"我忙把特意带去的一页字掏出来,这位教会大佬看了也还惬意,说道:"我喜欢你这笔字,更喜欢你的才学。多谢我的外甥堂范尔南荐给我这么个好孩子,我受惠不浅。"

这时候到了几位当地的绅士,大主教请来吃饭的,我们谈话就此打断。我撇下他们,退到执事班里。那些执事对我殷勤得不得了。开饭的时候我跟他们同吃;他们很留心我,我也仔细看他们。那些教会中人看来都是些有道之士!我到了这府里不由得肃然起敬,觉得他们都是圣贤一般。我一点没想到他们是仿造的假货,满以为教会首脑左右绝没有这种人。

我座旁是个老亲随,名叫梅尔希华·德·拉·洪达。他只顾挑好菜敬我。我也殷勤还敬,他很喜欢我彬彬有礼。饭后他低声说:"先生,我很想跟你密谈几句。"他带我到府里一个僻静去处,说道:"孩子,我一看见你就很喜欢。不信你瞧,我有几句机密话相告,你可以得益不浅。咱们府里鱼龙混杂,要摸清路数不知得何年何月。我免得你费时候费心思,想把各人的脾气性格儿跟你讲讲。你以后做人就容易了。"

他又道:"我先从大主教大人说起吧。这位教会大佬很虔诚,孜孜不倦地讲道说教、劝人为善,讲稿都亲自动笔,里面全是金玉良言。他离开朝廷已经二十年,全心全力做教民的司牧。他是个博学之士、雄辩之才,专爱讲道,讲来非常动听。也许他这里面有几分是好名,不过肉眼瞧不透人心,况且我吃他的饭,不该找他的错儿。要是许我挑眼的话,那我就要说他太苛刻。他对有过错的教士非但绝不宽容,还惩罚得太凶。有些教士自信无罪,对他倔强,仗法律来撑腰,他就越发狠心害他们。他还有一种短处,也是贵人的通病。他虽然对底下人厚道,却不把他们的功劳放在心上,随他们做到老也不想帮他们成家立业。他偶尔也给些赏赐,不过要是旁人没说好话,他就从来想不到给用人一丝一毫的恩惠。"

这是老亲随讲他主人的话。他随又讲到他对同席那些教士的意见。他刻画的真相和这几位的外表大不相同。其实他也没说他们是坏人,只说是很糟的教士。但是也不可一概而论,有几个据说人品很好。我见了那起先生从此不觉得局促了。当夜晚餐的时候,我就学他们装出一脸道学,这又不费什么的。所以假道学先生那么多,实在难怪。

第 三 章

吉尔·布拉斯做了格拉纳达大主教的红人,
　　向大主教求情只消走他的门路。

那天午后,我到客店里搬了行李马匹,回大主教府去吃晚饭。府里已经替我收拾好一间很讲究的屋子,床上铺着鸭绒被褥。第二天清早,大主教召我去,叫我誊写一篇宣教的文章。他叮嘱我务必小心,不许脱误。我果然抄得一字不错,音标句读一个都没漏掉。他看了满脸欢喜,带几分惊奇。他把我的誊清一页页看了一遍,快活得不得了,说道:"老天爷!要这样一字不错,哪里还有啊?你抄写得这样地道,一定文理精通。朋友,你老实告诉我,你抄来有哪儿不顺眼吗?有什么造句欠斟酌,或者措词不妥当的地方吗?我一口气放笔写来,难免疏忽的。"我谦逊道:"啊,大人,我哪有眼光来批评呢;就算有那眼光,我相信对您大人的文章也没得说的了。"那教会大佬听了微微一笑。他没说什么,不过我看得出,他尽管满脸虔敬,可是做了个文人,还是难免流露出文人的通病来。

我这番奉承赢得他欢心,从此日见宠幸。堂范尔南常来省视,据他说,我那样得宠准有前程。不多几时,我主人也当面跟我那么说,我且讲讲当时的情形。他要上大教堂讲道,前一夕先在书房里向我演习,把讲稿念得兴会淋漓。他不但问我大体如何,还逼我把特别惊心动魄的地方指出来。可巧我举的几段正是他得意之笔,因此他以为我这人对文章妙处颇能领悟。他说道:"这才叫有文心!有文情!好!我的朋友,老实跟你讲,你不是个没耳朵的俗物。"他对我喜欢极了,高高兴兴地说:"吉尔·布拉斯啊,你从此不要担心前途了,都在我身上,准叫你得意。我喜欢你,不信只要看,我叫你做我的心腹呢。"

我听了这话感恩入骨,立刻跪在他大人脚边,一片诚心地抱住他那对弯腿,自以为青云得路了。大主教给我这来打断了话头,他稍停又道:"真的,孩子,我要嘱咐你几句心窝里的话,你留神听着。我喜欢讲道,我上邀天佑,我的宣教文章能够感动罪人,使他们反躬自省,悔过向善。我居然能使守财奴听了我形容贪吝的报应吓得大破悭囊,慷慨施舍;我能使贪欢纵欲之徒收心敛迹;热衷进取之辈纷纷出家修道;给野男人引动心的妻子守贞不贰。这类改过自新的事很多,我应该单为这点去苦干。可是老实说,我有个毛病:人家对琢磨精致的文章总很钦佩,这点文名我还贪图,我虽然律己很严,常常责备自己不该如此,也是枉然。我羡慕的荣誉就是做个尽善尽美的修辞家。人家觉得我的文章兼有阳刚阴柔之美。可是才高的文人往往一辈子写个不休,我要不犯这种通病,在享盛名的时候就搁笔不写。"

那位教会大佬接着道:"所以,亲爱的吉尔·布拉斯,你既然赤心为我,我责成你一件事。几时你看出我老手颓唐、才思减退,务必告诉我。我自己看不准,自矜自负的心会叫我糊涂的。要有超然事外的眼光才断得明白。你眼光不错,我选中了你,将来凭你裁定。"我答道:"谢天保佑,您大人离那时候还远着呢。况且像您大人这种天才,自会比人家保持得长久,实在是永远不会衰退的。齐莫内斯①红衣大主教才力过人,不但老而不衰,而且老当益壮,我看您也是这样。"他打断我道:"朋友,别奉承!我知道我会突然间一落千丈。到我这年纪,身体渐衰,心思才力也就差了。我再跟你说一遍,吉尔·布拉斯,几时你认为我老朽昏庸,立刻警戒我。尽管直说,尽管说真话。我听了你的警戒,就相信你是真心爱我。而且这也跟你切身利害有关。要是

---

① 齐莫内斯(Francisco Ximenès de Cisneros,1436—1517)红衣大主教是西班牙皇帝斐狄南(Ferdinand)朝里的权臣。

外面议论我文章没有先前那样神完气足,应该搁笔,这话要是吹在我耳朵里,你要倒霉的:我干脆对你说吧,到那时候,我对你的情分、我许你的前程,一股脑儿都完了。假如你死心眼儿以为不向我直说为妙,就落得这样下场。"

我东家说到这里,就顿住看我怎么说。我答应他一定遵命。他从此什么都不瞒我,把我当亲信。除了梅尔希华·德·拉·洪达之外,府里那些执事见我得宠,个个心怀妒忌。那些家人侍从对待大主教大人的心腹,态度煞是好看。他们要讨我好,不惜卑躬屈节,我简直以为他们不是西班牙人。我虽然看透他们对我恭而且敬是别有用心,我还是与人方便。我说了情,大主教大人就为他们出力。他替一个家人弄到个军官的职位,又帮他置备行装,让他在军队里有体面。他替另一个家人在墨西哥弄到个要职,送他上任去了。我又替我的朋友梅尔希华求得一大笔恩赏。我因此知道那位教会大老虽然自己想不到给下人好处,却不大拒绝人家的请求。

我帮过一个教士的忙,这事值得一叙。有一天,我们的管家带了一位路易·加西亚斯学士来见我。这人年纪还轻,相貌很漂亮。那管家说:"吉尔·布拉斯先生,这位教士是上等人,跟我很要好。他在修女院里做过驻堂神父。外面造谣言糟蹋他。有人在大主教大人面前说他坏话,他大人就把他停职,而且真糟糕,他大人对他横着成见,谁去求情都不理会。我们找了几位格拉纳达最有地位的人代他请求复职,咱们东家一点松动的意思都没有。"

我说道:"两位先生,这事已经弄得很糟了。他们没替学士大爷求情倒还罢了;这一帮忙反而帮坏了事。我知道他大人的脾气。求情啊,说好话啊,反叫他把这教士的过错看得大了。我新近还听他自言自语说:'一个不守清规的教士越是请托得人多,他的丑事就越闹得大,我越要对他罚得凶。'"那管家道:"这可惨了,我这位朋友要不靠一笔好字,就难过日子了。亏得他书法精妙,靠这本事还可以混。"人家这般夸赞他的书法,我很想瞧瞧比我的如何。那位学士随身带着字样儿,拿出一页来给我看。我一瞧佩服得很,真像大书家的手笔。我展玩着这页好字,忽然心生一计。我请加西亚斯把这页字留下,我说也许用得着,对他的事不无小补,目前且不说明,过一天再细讲。管家大概在学士面前夸过我聪明,那学士告别的时候非常高兴,竟好像已经复职了似的。

我真愿意他复职,当天就按下面说的办法去行事。我跟大主教两人在一起,我就拿出加西亚斯的字样子请他看。我东家好像很喜欢。我乘机道:"大人,您既然不愿意把您讲道的稿子付印,我想至少得用这样的字来个抄本。"

那位教会大佬答道:"你的书法很好。不过我老实说,我的文章要是用这样的字抄一份,倒实在不错。"我答道:"您大人只要说一声呀。写这笔好字的人是我相识的一位学士。他可怜得很,现在光景艰难,要是能借此打动您的慈悲提拔一下,他替您效劳越发高兴了。"

那位教会大佬不免问起那学士的姓名。我说:"他名叫路易·加西亚斯。他失了您的欢心非常苦恼。"他打断我道:"我要是没记错,这个加西亚斯做过修女院的驻堂神父,曾经受到教会的惩罚。我还记得人家向我控诉他的报告书呢。他品行不大好。"我也打断他道:"大人,我不想替他辩护,可是我知道他有冤家。据他说,对您来控告他的人一心想陷害他,讲的都是谎话。"大主教道:"也许有这种事,世上确有极阴险的人。况且,就说他过去品行有亏,现在也许已经悔改了。总而言之,一切罪过都是可以宽恕的。你带这位学士来见我,我把他的停职处分解除了。"

苛酷透顶的人看见切身利益受到干碍,就会这样宽大。当初权贵说情,大主教都不理;现在他要自己的文章誊写得漂亮,贪这点好看,就毫不为难地卖了个情面。我赶紧把这消息告诉管家,他就去通知他的朋友加西亚斯。这学士第二天跑来,得了这般恩典,对我自有适当的道谢。我带他进见,我主人只轻描淡写地责备几句,就把自己的讲稿给他誊清。加西亚斯抄写得非常好,所以恢复了原职。他还得了加比的俸收,那是格拉纳达附近的一个大镇。可见吃教会的俸禄不在乎道德。

第 四 章

大主教中风。吉尔·布拉斯的为难;
他如何对付。

我这样东帮人忙、西帮人忙的当儿,堂范尔南·德·李华要离开格拉纳达了。我在这位爷动身之前去看他,因为承他荐了我这个好事情,再去道谢一声。他看我非常得意,就说:"亲爱的吉尔·布拉斯,你在我大主教舅舅那儿称心,我也很高兴。"

我答道："我喜欢这位教会大佬，我也应该喜欢他呀！他这位爷不但为人和气，而且给我种种恩典，我真感激不尽。亏得这样，我离了堂西泽父子还差可自慰。"他道："我相信他们俩少了你也很懊恼。不过你们未必永远不聚头，也许命中派定，将来又会碰在一起。"我听了这话有点儿伤心。我叹了口气，当时觉得对堂阿尔方斯情分很深，要是李华府里那重魔障已经消除，可以安身，我情愿撒了大主教以及他许下的美满前程，再回那边去。堂范尔南看出我心烦意乱，也很感激，他拥抱了我说，他们全家人对我的运道一辈子关心的。

这位绅士动身两个月以后，正在我最得宠的时候，大主教府里突然起了个大惊慌，大主教中风了。幸亏救治迅速，医疗得法，几天后他就霍然而愈。不过他的心思才力大受损伤，我瞧他病后第一篇讲道的稿子就觉知了。可是我看这一篇跟他以前的文章虽然有差别，还不显著，不好贸贸然就说这位修辞家已经才退。我等他下一篇来看看清楚，再行定夺。啊！这一篇可是毫无疑义了。这位教会大老说话重来复去，格调忽然高不可攀，忽然又俗不可耐。这篇讲稿噜噜苏苏，一派老学究的套语，是很滥俗的宣教文章。

这事不单我看出来，听讲的人大半也像奉命留心他文章的，都窃窃私语道："这篇演讲有点痰气。"于是我想道："哙！鉴别说教文章的先生啊，该执行职务了。你看出他大人一落千丈，你不但做了心腹应该告诫，还得防他或有心直口快的朋友抢在你头里呢。那么以后的事就可想而知。他传给你的一份遗产准比赛狄罗学士的图书值钱，这样一来，遗嘱上就把你一笔勾销了。"

我这样盘算了一会儿,又反过来想想,觉得这个忠告很难出口。我想那种沾沾自喜的文人听了不会入耳。可是我撇开这个念头,想他曾经那么叮叮嘱嘱,决不会动气。况且我自信措词委婉,能把这丸苦口良药顺顺当当送下他的咽喉。总而言之,我认为讳而不说更不妥当,所以决计告诉他。

我不知从何说起,这也是个难题。可巧这位修辞家替我解了难题,问我外面有什么议论,对他最近的讲道是否满意。我说:"您的讲道向来人人佩服;不过最近一篇好像没有从前那样动人。"他诧异道:"怎么的?我的文章碰到什么法眼了?"我答道:"不是的,大人,不是这话。您这样的文章谁还敢批评,那是人人倾倒的。不过呢,我因为您吩咐过,您叫我直说,叫我说真话,所以我大胆告诉您,我觉得您最近讲的一篇仿佛没有从前那样气力充沛,您也觉得吗?"

我主人一听这话,脸都青了,勉强笑了一笑,说道:"吉尔·布拉斯先生,原来我这篇文章不合你的脾胃?"我慌忙打断他道:"不是这话,大人,我觉得非常之好,只是比了您别的文章,稍为差劲点儿。"他答道:"我懂你的意思,你觉得我才退了,是不是?干脆说吧,你以为我该作退计了?"我道:"您大人要没有吩咐在先,我决不敢这样大胆胡说。我只是敬遵台命,我诚惶诚恐求您别怪我放肆。"他忙打断我道:"我哪里怪你!上帝也不容的,那就全不讲公道了。我一点儿不怪你把意见说出来,我只怪你那点意见。你一知半解,我从前真是上了你的大当。"

我虽然狼狈,还要想法圆转几句,把话说回来。可是惹恼了一个文人,而且又是个吃惯马屁的文人,有什么法子来平他的气呀?他说道:"不用多说了,孩子。你还是个毛头小伙子,看不出真正好歹。我告诉你吧,我这篇讲道文章不入你眼是个憾事,不过这却是我生平最得意之笔。谢天保佑,我的才力还一点儿没有衰减呢。从今以后,我挑选亲信得仔细点,要找个比你高明的人才行。"他推着我肩膀,把我直撵出书房,一面说:"走吧,去找我账房付一百个杜加,你拿了这笔钱让天照应你吧!再见了,吉尔·布拉斯先生,愿你万事如意,看文章的眼力也再长进些。"

第 五 章

吉尔·布拉斯给大主教辞退后的行止;
凑巧碰到受过他大恩的那位学士,
那人如何报答。

我从书房出来,一路咒骂大主教反复无常,说得干脆些,我竟是骂他昏聩无理。我失了宠懊丧,还在其次,实在是对他气愤不过。我甚至于踌躇了一下,要不要拿他那一百杜加。可是细细一想,为什么不拿,我才不那么傻。我以为这笔钱并不能封住我的嘴,我还是可以把这位教会大老挖苦的。我发愿只要有人提起他的讲道文章,决不饶他。

我就去问账房讨了一百杜加,一字儿没提起主人和我方才的事。于是我去找梅尔希华·德·拉·洪达,跟他告别。他和我交情很深,看我倒霉,不免惋惜。我讲给他听的时候,就看他脸露愁容。按理他应该很尊重大主教,可是也忍不住派大主教不是。我火头上发咒不饶过那位教会大老,要叫他做满城的笑柄,但是梅尔希华懂事,劝我道:"听我的话,亲爱的吉尔·布拉斯,你还是吞下这口气吧。平头百姓不论受了贵人多大的委屈,也得恭而且敬。当然有些大人物是庸才俗子,不值得佩服,可是他们害人的本领是有的,应该对他们存着个畏惧之心。"

我谢谢老亲随的良言,说一定领教。于是他说道:"你要是到马德里去,可以找我的外甥若瑟夫·那华罗。他在堂巴尔塔扎·德·苏尼加家里做管家,我敢说那孩子做得你的朋友。他直心眼儿、热心肠,肯帮人忙,很讨人喜欢。我愿意你们俩结个相识。"我说我少不得要回马德里的,准去看若瑟夫·那华罗。于是我出了大主教府,从此不进去了。我得宠的时候以为我那匹马用不着了,已经卖掉,要不然,我也许立刻动身上托雷都。我这时候去租了一间公寓,打算在格拉纳达耽搁一个月,然后去找玻朗伯爵。

快吃中饭的时候,我问店主妇附近有没有饭店。她说离那儿几步路有一家很好,招待极周到,许多上等人都去光顾。我叫她指明地方,马上就去。里面是一大间,像修道院里的食堂。一张长桌上铺了块肮肮脏脏的桌布,约莫十个到十二个人围坐着且谈且吃那菲薄的客饭。店家送上我的一客,要是在别的时候,我对着这种饭就要可惜刚砸掉的饭碗儿了。可是我当时恨透了大主教,宁可店里吃得清苦,也不稀罕他家的好酒好肉。我嫌他家饭食太丰盛,就和瓦拉多利的医生一鼻孔出气,想道:"吃他家那种害人的饭真倒霉,得刻刻留心,防贪嘴吃坏肚子。一个人尽管吃得少,也总足够。"我向来把这种金玉良言搁在脑后,这时候没好气,就大加赞赏。

我吃那种客饭不必提防贪嘴;正吃着,路易·加西亚斯学士跑来了。他怎么做到加比教区神父,上文已经讲过。他一看见我就亲亲热热赶来招呼,举止竟是喜不自胜似的。我给他紧紧抱在怀里,还得听他长篇大套的道谢。他要表示感恩,谢得我心也烦了。他挨着我坐下,说道:"啊!谢天!亲爱的恩人,我既然有缘和你相逢,咱们总得喝两杯再分手。这里没好酒,咱们吃完这顿便饭,你能不能跟我上一个地方去,我要请你喝一瓶最纯粹的吕赛那酒,然后再来个封加拉尔的葡萄美酒。咱们非痛饮一顿不可,求你务必赏光。但愿你能到我的加比教区去,就是小住几天我也多么快活啊!我在那儿过的舒服安闲日子全亏了你,我一定把你当慷慨的梅塞纳斯①一般款待。"

他说着话,客饭已经开上来。他一面吃,还只顾偷空恭维我。我乘这时候插进几句话。他问起那位做管家的朋友,我也把自己离开大主教府的事直言不讳,并且把我失宠的详细情形都讲了。他聚精会神地听着。照他方才的口气,谁都以为他准要义愤填胸地咒骂大主教了。可是他绝无此意,却冷冷地若有所思,一顿饭罢,没再对我说话;于是他匆匆起身,阴冰冷气地招呼一下,一溜烟地走了。这个没良心的家伙料我再也帮不了他的忙,就本相毕露,连敷衍都不耐烦了。我看他忘恩负义,只置之一笑。我夷然不屑地瞧着那个鄙夫,又提高了嗓子叫他听见,嚷道:"哙!修女院里恪守清规的驻堂神父啊,把你许我的那瓶

---

① 梅塞纳斯(Mécène,公元前70—前8),古罗马的政治家,以照顾提拔文人著名。维吉尔、贺拉斯等都歌颂他的慷慨。

吕赛那美酒激冷了请我喝啊!"

第 六 章

吉尔·布拉斯去看格拉纳达的戏班子演戏；
看见一个女戏子,吃了一惊;后事如何。

加西亚斯刚走,两个衣服很讲究的绅士进来坐在我旁边。他们谈起格拉纳达的戏班子和正在扮演的一个戏。听他们的口气,这出戏正轰动全城。我听了心痒,想当天就去看看。我到了格拉纳达还没上过戏园子。我差不多一直在大主教府里,那儿对看戏一事痛绝严禁①,所以我总没敢寻这个快乐。我只把那些劝善说教的文章作为消遣品。

到开戏的时候,我就上戏院去,里面已经挤了许多人。戏还没开场,我听得四面早在议论这个剧本了。我留心到人人都插嘴批评。有的说好,有的说不好。右面有人说:"再要出色的剧本是没有的了。"左边有人说:"这个戏里的词儿真陋!"其实,说句公道话,糟的作家固然不少,糟的批评家更多。戏曲家免不了

---

① 基督教传统里,有一种反对文艺的理论,说文艺是"撒谎",是"魔鬼的工具",尤其对戏剧深恶痛绝。基督教大理论家特杜林(Tertullien,约160—约240)的权威著作《论公众娱乐》(*De Spectaculis*)第十节,把戏剧说成世道人心的大害,甚至说:"戏院就是酒魔色鬼的巢穴。"(见"勒勃古典丛书"本《特杜林著作二种》第258页)

挨骂受气,看客既一窍不通,淆乱视听的假内行又恶毒毒地责备求全;我每想到此,总奇怪还有人胆子够大,居然满不在意。

一会儿小丑出台,戏就开演了。他一上场满座鼓掌,我就知道他是那种惯坏了的戏子,什么毛病都能蒙看客大度包容。果然,这戏子一言一动都赢得喝彩声。他吃香得很,就恃宠而骄。我看出他在台上有时忘其所以,亏得人家十分偏护着他,否则就看不入眼了,人家对他的鼓掌往往应该是喝倒彩才对。

另有几个戏子也一上场就博得满座彩声,尤其是一个扮丫头的女角儿。我仔细一看,原来就是萝合、我那亲爱的萝合。我当时的惊诧简直非言可喻,我以为她还在马德里伺候阿珊妮呢。看来分明是她。那身段、那相貌、那声音,都确确凿凿是她,我一点没认错。可是我仿佛信不过自己的眼睛和耳朵,就向旁边一位绅士请教这个女戏子的芳名。他道:"哎!你是打哪儿来的呀?你连艾斯戴尔美人都不知道,准是外路新来的。"

她和萝合一模一样,决不会是别人。我料得到萝合改了行也会把名字改掉。我心痒痒地要打听她的近况。反正戏子的事大家都晓得,所以我就问方才那人,这位艾斯戴尔有没有什么阔相好。他说两个月以前格拉纳达到了一位葡萄牙贵人,叫马利阿尔华侯爵,在她身上花了好些钱。他大概还知道些别的事呢,可是我没敢多问,怕他不耐烦。我一心只想着这桩新闻,看戏倒在其次了。要是散戏之后有人问我演的情节,我一定不知所对。我心上颠来倒去的只想着萝合和艾斯戴尔,决计过一天要去拜访这位女戏子。我不免心虚,不知她如何接待。照她这样得意,料想未必怎么喜欢见我。我还想到我从前的确对她不起,她那种做戏的惯家,见了我这种男人大可装作不认识,出口怨气。可是我还不死心。我吃了一顿清淡的晚饭,那饭店里也没有不清淡的饭可吃,于是回客店,急煎煎的只等明天。

我通宵睡不稳,清早就起来了。不过我想阔佬的外室不会一早见客,所以先打扮啊,剃面啊,搽粉啊,熏香啊,消磨了三四个钟头,才上她家去。我希望见她的时候我的模样儿不会丢她的脸。我十点左右出门,先在戏子的寓所打听得她的住址,就去找她。她住一所大房子的第一层楼。一个女用人来开门,我说,有个年轻人要见艾斯戴尔夫人。女用人进去传报,接着我就听见她女主人提高了嗓子说:"那年轻人是谁啊?找我干吗?请他进来吧。"

我一听知道来得不巧了,那葡萄牙相好准在看她梳妆,她高声说话,准是要表明自己不是那种跟人暗里勾搭的娘们。我猜得一点不错,马利阿尔华侯爵差不多天天早上都跟她在一起。我准备碰个钉子了,可是这位与众不同的女戏子一看见我就张臂迎上来,亲亲热热地嚷道:"啊呀!哥哥!原来是你啊!"说完连连地拥抱我;于是回脸对那葡萄牙人道:"大爷,我碰到了亲骨肉,在你面前放肆了,请别见怪。我跟哥哥很要好,一别三年,不由得一见面就至情流露了。"她又对我说道:"哎!亲爱的吉尔·布拉斯,说点儿家里的消息我听听;你出门的时候家里怎么个样儿?"

我一上来莫名其妙,可是我立刻明白萝合这番话的用意,就帮着扯谎,我装出来的一副神气在我们合串的这出戏里恰合身份。我回答说:"妹妹,靠天照应,爹妈身体都好。"她道:"我想你看见我在格拉纳达做女戏子,一定很奇怪。可是你别不问情由就派我不是。你记得三年前,爹满以为替我攀了一门好亲事,把我嫁给堂安东尼欧·西罗上尉。我丈夫把我从阿斯杜利亚带回他家乡马德里。到那儿六个月,他的暴躁脾气挑得他跟人家决斗起来。一位绅士对我献了点儿殷勤,给他杀了。那人是豪门大族,家里有权有势。我丈夫没权没势,只好带了家里的现款首饰逃到加泰罗尼亚,他在巴塞罗那上船,到意大利,投入威尼斯军队去当兵,后来在摩瑞跟土耳其人打仗送了命。我们的家产只有一块地,那时候充公了。我守寡穷得不得了。到这山穷水尽的地步,叫我打什么主意呢?一个规规矩矩的年轻寡妇实在窘得很。我又没法子回阿斯杜利亚,回去了又怎么办?家里人无非吊唁几句就算对我抚慰过了。我自小儿受了好教养,又决不甘心堕落风尘。有哪条路好走呢?我要保全名节,就做了女戏子。"

我听萝合编完这套鬼话,直想笑出来。我居然忍住,一脸正经道:"妹妹,我赞成你这种行为。我这回看见你在格拉纳达体体面面地安身立业,非常高兴。"

马利阿尔华侯爵把这些话一字不漏地全听进去,堂安东尼欧的寡妇信口胡扯,他却死心眼儿信以为真。他还插嘴问我在格拉纳达做什么事,还是在别处做事。我踌躇一下要不要撒谎,觉得不必,就说了实话。我把怎么进大主教府、怎么出来,一五一十、仔仔细细讲了一遍。这位葡萄牙贵人听得乐极了。我尽管答应梅尔希华,其实还是把大主教挖苦取笑了几句。妙在萝合以为我也在学她的样儿扯谎,忍不住哈哈大笑,她要是知道真有其事,不会那样。

我讲到搬入客店为止,把事讲完,他们已经开饭了。我忙要告辞了到我那个饭店去吃饭。可是萝合拉住我道:"哥哥,你这算什么意思呀？当然在我这儿吃饭。我也不让你再去住客店。我想你可以在这儿吃，在这儿住。今晚就把你的行李搬来，这里有你的床铺。"

那葡萄牙贵人大概不乐意她这样好客，就对萝合说："不成，艾斯戴尔，你这房子不便留客。我瞧你这位哥哥很讨人喜欢，又沾你的光是你至亲，所以我也对他关切。我要留他在手下做个最亲信的书记，把体己事儿托他。叫他今晚务必住到我那边去，我回头吩咐替他安排住处。我给他四百杜加的薪水，他要是不负我的期望，事情的确做得好，我还要提拔他，叫他知道对大主教说了老实话，到头来并不失算。"

我谢了侯爵，萝合接着谢得比我更恳切。侯爵打断了我们的话道："不用多说，这事已经讲定了。"他说完就辞了他那位戏台上的公主出门。萝合立刻把我拉进个小房间，那里没有旁人。她嚷道："我直想笑，再忍着就要闷死了！"于是她倒在一只安乐椅里，捧着肚子尽命大笑，像个疯婆子。看了她那样儿，不由得我不学她。我们笑了个畅。她说道："吉尔·布拉斯，咱们串了一场滑稽好戏！你说不是吗？可是这个结局我却没想到。我只打算照顾你个膳宿；认你做哥哥就名正言顺。你碰运气得到这么个好差使，我真高兴。马利阿尔华侯爵是位慷慨的大爷，他明儿给你的实惠准比他嘴里许你的好处还多。"接着又道："要是别人碰见你这种对朋友不告而别的家伙，未必客气招待。不过我是那种好性儿女人，跟相好的混蛋重逢总是开心的。"

我老实承认自己欠礼，求她饶恕。于是她领我到一个很干净的饭间里。我们一同吃饭，还是兄妹相称，因为有一个女用人和一个跟班的在旁看着。饭后我们回到方才谈话的小房间里。

我那位绝世无双的萝合天生是兴高采烈的脾气,这时乘兴,要我把别后的事全讲给她听。我详详细细讲了一遍。她好奇之心已了,就也来偿我的心愿,把自己的事叙述如下。

第 七 章

萝合的故事。

"我怎样碰巧吃上了演戏这行饭的呢,我来讲给你听,能简的地方尽量从简。

"承你那么礼貌周全地把我撇下以后,我们那儿大起变故。我的女主人阿珊妮不演戏了,因为她对热闹场里的生涯虽然不算厌恶,却有点儿厌倦。她把各国相好送她的钱在萨莫拉附近买了一座很好的田庄,带了我一同去住。我们不久在萨莫拉交了些朋友,常进城去住个一天两天;回来就在庄上关了门过日子。

"有一次进城,本城法官的独养儿子堂斐利克斯·马尔多那多碰巧看见我,觉得很中意。他想法找我幽会;不瞒你说,我也给他些方便。这位爷还不到二十岁,相貌美得世间没有,简直可以入画,而且举止风流豪爽,比那模样儿更惹人喜欢。他把手上戴的一只大钻戒送给我,那态度又慷慨又恳切,我只好受了。我有了这么个漂亮相好,快活得忘其所以。可是做丫头的跟有权有势的大家子弟勾搭,真是太不知进退!这个法官比别的法官利害,他知道了我们的交情,赶紧防备。他派一伙公差把我捉进悔省院,我哭喊也没用。

"悔省院的女院长老实不客气地叫人把我的戒指和衣服脱掉,替我换上一件灰呢的长袍儿,腰里束一条黑皮带,带上挂一串大粒子念珠,直拖到脚跟上。人家又带我到一间屋里,有个不知什么会的老神父来对我讲道,劝我悔罪,就仿佛雷欧娜德大娘在地窟里劝你忍耐一样。他说,我应当感谢关我进去的人,我不幸掉在魔鬼的罗网里,承他们行功德救了出来。我老实说吧,我毫无感激之心,非但不承他们的情,还满嘴把他们咒骂。

"我灰心绝望,数着日子过,连一分钟都数上,这样过了八天。到第九天,我的运气看来要转了。我正穿过一个小院子,碰见悔省院的总管。这个人权势最高,连院长也听他指挥。他只属本城法官管辖,只向本城法官交代,本城法官又对他完全信任。他名叫彼德罗·森多诺,家乡在比斯盖省萨尔司东镇。他是个苍白干瘦的高个子,若要画耶稣十字架旁的好强盗①,只要照他的模样儿临摹就行。他对那些悔省的姊妹好像一眼都不看的。你尽管在大主教府里待过,想来也没见过那么假道学的嘴脸。

"我碰见了森多诺先生,他叫住我说道:'姑娘,你别难受,你走了背运我很可怜你。'他没再说下去就走了,这句简括的文章由我去自下注解。我把他当作个规矩人,满以为他特意查过我进院的缘故,觉得我罪不至此,不该受这般侮辱,所以要在法

---

① 耶稣钉在十字架时,两边十字架上各钉一个强盗。右面的强盗临死忏悔,因此称为"好强盗"。

官面前替我说好话呢。我真没看透这个比斯盖人,他原来别有用心。他在打算逃走,过了几天就把这心事来告诉我。他说:'亲爱的萝合,我真舍不得你受苦,决计要救你。我知道这来是自寻死路,可是我现在身不自主,只愿为你活了。我看了你目前情形,心如刀割,准备明天把你救出这座牢狱,亲自送你到马德里去。我甘心舍弃一切,只求能做你的救星。'

"森多诺这番话叫我快活得差点儿晕倒。他听我道谢的口气,知道我只想脱身,所以第二天竟大胆当着大家把我带走,你听我讲来。他对女院长说,奉命带我去见法官。法官在离城二哩路的别墅里。他特地买下一辆旅行马车和两头拉车的好骡子,这时候就大模大样地带我上车。我们只带一个用人赶车,这个人是对总管赤胆忠心的。我上了路以为是往马德里去,可是我们并不走那个方向,却朝葡萄牙边境进发。等到萨莫拉的法官知道我们逃走,派人来追,我们已经进葡萄牙边境了。

"那比斯盖人备了一套男装,将要进布拉冈斯就叫我换上。他拿定我是和他一条心的,到了客店里对我说:'萝合美人儿,别怪我把你带到葡萄牙来。萨莫拉法官准把咱们当一对犯人通缉,咱们在西班牙安身不住了。可是这里是外国,虽然现属西班牙管辖①,他也奈何我们不得。这里至少总比本国安全。我的天仙,听我的话,我爱你,你跟了我吧。咱们到果安伯去住下,我可以做宗教法庭的密探,这个法庭威风凛凛,咱们托它庇荫,可以安乐度日。'

"我听了他这么热情的请求,知道我对手这位侠客带公主

---

① 一五八〇至一六四〇年,葡萄牙是西班牙属国。

出奔并不是图仗义尚侠的名气。我看出他拿稳我会感激他,尤其拿稳我身边没钱。他尽管占这两点便宜,我还是夷然不屑。我这样慎重,实在有两个极大的缘故:一来他不合我脾胃,二来我也不信他有钱。可是他还来缠我,答应我先结婚,又给我瞧他做总管攒的油水确实够好多时的吃用。不瞒你说,我就心活了。他摊在我面前的金子钻石耀花了我的眼睛。我领会到钱跟爱情一般,都会叫人物变相。我渐渐觉得这比斯盖人变了个人了:那瘦长的骨架子变了秀挺的身材,灰白脸儿变了白净面皮,连那副假道学气我也有好听的名目。于是他对天起誓,和我结为夫妇,我情情愿愿地嫁了他。以后我就都随着他了。我们继续上路,不久就在果安伯城里做起人家来。

"我丈夫替我买了很漂亮的衣服,又送我许多钻石,有一颗我认得就是堂斐利克斯·马尔多那多的。即此可知这些钻石都是哪里来的,也可知我丈夫不是严守摩西第七诫①的人。不过我想到他要这套花手心第一是为了我,就原谅他了。女人只要是自己美貌惹出来的事,就是犯罪也不计较。要不然,我准觉得他混账极了。

"头两三个月他待我不错,总是态度温存,柔情款款。可是这些面子上的情爱全是假装的。这混蛋存心欺诈,正设法摆布我。女人给坏人勾引了,都该提防这一着。一天早上,我听弥撒回来,只是家里四壁萧然,家具、陈设连我的衣服,都运走了。森多诺和他那位忠仆办事真有成算,不到一个钟头,把家里东西搬得空空如也。所以我只剩了随身衣服和碰巧戴在手上的一只堂

---

① 摩西第七诫是:"勿盗窃。"

斐利克斯的戒指;我像个阿里阿涅①,给负心汉遗弃了。不过我告诉你,我没有自悲自叹来消磨时日;倒感谢上天,保佑我撇掉了一个混蛋,他早晚难逃法网的。我们同居的日子我只算是光阴虚度,连忙设法追补。当时我要是愿意留在葡萄牙,跟上个什么贵妇人,饭碗多的是。可是我一心只想回西班牙,也许是我故国情深,也许是命里要在那边交好运,冥冥之中要我回乡。我找了个宝石商人,把钻戒兑了金元,于是跟一位要回赛维尔的西班牙老太太一同乘马车回国。

"这位太太名叫多若泰,家住赛维尔,这回到果安伯来看了亲戚回去。我们俩情投意合,第一天就做了朋友;一路上交情越深,到了地头,那太太不放我别处去,要留我住在她家。我结了这么个相识真不冤枉。我见过的女人里要数她性格儿最好了。看她那相貌和那双灵动的眼睛,当年想必颠倒过好些人。所以她的先夫有好几位,都是名门大族,她靠他们划给寡妇的遗产,日子过得很体面。

"我单提她一个好处,她对倒霉女人很同情。我把糟心事儿告诉了她,她大动义愤,把森多诺千般咒骂,听她那口气,仿佛也跟什么总管打过交道似的。她说:'那些狗男人!混账东西!天下是有这种坏蛋,把哄骗女人当玩意儿的。'又道:'亲爱的孩子,有一桩我还称心:照你讲来,你跟那个背誓负信的比斯盖人算不得正式夫妻。如果作为你和他同居的借口,那番结婚尽算得数;可是话又说回来,你要是有机会另结良缘,那又尽可以不

---

① 希腊神话:阿里阿涅(Ariane)是克里特王弥诺斯的女儿,嫁给杀牛头怪人的忒修斯,后被遗弃,投海而死。一说她转嫁酒神狄俄尼索斯(Dionysos)。

算数,你并不受牵制。'

"我每天跟着多若泰或上教堂,或访朋友;这样马上就会有遇合。好多贵公子对我垂青,有几个就想探我意思。他们托人向我东家老太太去讲,但是有的没钱养家,有的还未成年,我也就懒得理会了。跟这起小爷来往,我知道什么下场的。有一天多若泰和我忽然有兴去看赛维尔戏班子演戏。他们的招贴上说要演洛佩·德·维加·加比欧的名剧《自命钦差》。①

"我在登场的女戏子里认出一个老朋友来。我记得那个斐妮丝,一个嘻嘻哈哈的胖子,从前当蒱萝利蒙德的贴身女用人,你也见过,也许还跟她在阿珊妮家同吃过晚饭。我知道斐妮丝离开马德里有两年多了,可是没知道她下了海。我急要去拥抱她,只觉得这出戏长得不耐烦。也许因为那些戏子做功平常,说不上好,也说不上坏,乏味得很。我是个爱笑的,说老实话,我觉得演来一场糊涂的戏子跟好戏子一样逗乐儿。

"我好容易等到头,那'名剧'演完,我就和那寡妇跑到后台。斐妮丝正装出一团和气、百般张致,听个年轻小伙子喃喃密语,那人大概是听了她念台词迷上的。她一瞧见我,就含笑撇下那人,张臂迎上来拥抱,亲热得无以复加;我也一片真情地拥抱她。我们互道重逢之乐,可是那时那地都不便长谈,所以约定第二天到她下处细诉衷情。

"谈天的滋味最合女人脾胃,我尤其喜欢。我一夜眼睛都

---

① 洛佩·德·维加·加比欧(Lope de Vega Carpio,1562—1635),西班牙大戏曲家,所著各体剧本,约一千八百种。此处原题是"La famosa comedia, el embaxador de sí mismo",查洛佩·德·维加作品里无此名称,只有《假冒的钦差》(*El embajador fingido*)一个剧本,恐怕是勒萨日笔误。

合不上,心痒痒地要和斐妮丝较量一下辩才,一句句叮着问她许多事情。我要到她说的那住址去,天知道我起得多早。她跟戏班子同人住在一个大公寓里。我一进去碰见个女用人,就请她领到斐妮丝屋里去。她带我到楼上一个过道里,那儿一溜有十个到十二个小房间,只用板壁隔开,都是那伙嘻嘻哈哈的人物住的。领我的女人在一扇门上敲敲,斐妮丝来开了门。她一条舌头跟我的一样发痒呢。我们等坐下再讲都来不及,就叽叽呱呱地放怀畅谈。彼此要问的事真多,一句句滔滔不绝,真令人吃惊。

"我们各叙了一番经历,又讲了目前的景况,斐妮丝就问我打算干什么事。她说:'无论如何,你得做点儿事情,你这点年纪不能做世上的废物呀。'我说目前要是没有好事情,想去伺候个大家闺秀。我这位朋友嚷道:'吓!你胡说呢!我的乖乖,你难道做用人还没做腻吗?你得听人家使唤,顺着她们的脾气,挨她们的骂,千句并一句,就是当奴才,你还没厌倦吗?你还是学我样儿做个戏子吧!一个人天赋了才能偏偏出身贫贱,干这一行最好:地位不高不下,正在贵族和平头百姓之间,自由自在,不受日常礼法的束缚。我们的本钱在看客口袋里,利息由他们现钱交付。我们总是过着快活日子,钱怎么挣进来,就怎么花出去。'

"她又说:'女人做戏尤其占便宜。我想起来真难为情,从前伺候莆萝利蒙德的时候只配结交皇家戏班子里的末等角色,有体面的人谁也没正眼瞧到我的脸儿。什么道理呢?因为我没出头呀。一幅头等好画,不挂在轩亮的地方就埋没了。可是我自从安上了座子,换句话说,我登了台,就大不相同了。我们随便到什么城市,那里最时髦的年轻大爷都追逐着我。所以女戏子这个行业干来很有趣味。她要是规规矩矩,我意思说,她要是一时只有一个相好,那就声名好极了,人家称赞她端庄;她换个相好只算是寡妇再嫁。寡妇家要是嫁了三次,人家就瞧不起,男人要了她好像有伤体面。女戏子却不然,相好越多,身价越高,有过上百个相好就其味无穷,成了大爷们开胃醒脾的什锦鲜汤了。'

"她讲到这里,我打断她道:'你这话跟谁说呀!打量我不知道这些便宜吗?我常常想到的,不瞒你说,像我这种女人正就贪图那些好处。我生性也喜欢演戏,不过那还不成呀。演戏得有天才,我又没有。我有时候念几段台词给阿珊妮听,她老觉得不行,我对这一行就心冷了。'斐妮丝道:'你真是碰不起钉子!你不知道那些名角儿总是心怀妒忌的吗?虽然自以为了不得,却只怕别人本领盖过她们。总而言之,我可不把阿珊妮的意见作准,她未必说老实话。我呀,跟你说吧,不是奉承你,你是做戏子的料儿。你很自然,姿态活泼,丰韵很足,声音柔软,嗓门儿又大,再加你那标致模样儿,啊呀!你这个小家伙,明儿做了女戏子不知要怎样的颠倒人呢!'

"她还说好些动听的话,又叫我朗诵几行诗,她原意无非要我知道自己确有演戏之才。可是她一听我朗诵,就另是一回事了。她极口赞赏,把我抬到马德里一切女戏子之上。这么一来,我要再不自信也说不过去。阿珊妮妒忌欺诳的罪名是审明判定的了。我只得自认是个了不起的人才。这时候进来两个戏子。斐妮丝逼我把方才朗诵的几行诗当着他们再念一遍。他们惊喜欲狂,定下神来,把我大捧特捧。老实说,他们三人若要比赛谁把我捧得最高,也想不出更过火的词儿来。我虽然谦逊,经不起这般称赞,渐渐觉得未可妄自菲薄,一颗心就此转到做戏这方面了。

"我对斐妮丝说:'好,我的宝贝,就照你这么说吧。如果你们戏班子要我,我就听你话,进你们的班子。'我那朋友一听这话,高兴得疯了,就来拥抱。她两个伙伴瞧我有这意思,好像也一样起劲。我们决定明天早上我到戏院去,把刚才显的本事当着全班戏子再表演一番。我只念了二十来行,大蒙赞赏。我在斐妮丝房里虽然博得好评,全班戏子的公评还要来得好。他们欢迎我进了他们的班子,以后我就一心只忙着初次登台了。我把卖钻戒的余钱全花在这上面,我虽然做不起讲究的行头,至少能巧出心裁,豪华不足却花骚有余。

"我居然第一次登台了。那掌声和赞声好不热闹!朋友,要是光说我风魔了看客还是句谦词。你要亲眼看见我轰动赛维尔才会相信呢。满城里只在讲我;整整三个礼拜,大家成群结队拥来看戏。那个戏班子已经不大吃香,靠这个新鲜玩意儿又走红了。我初次登场就这样倾倒了一切人。我这一出场就仿佛标了价等顾客了。有二十位绅士、老老少少、各色各等,都愿意来庇护我。要是称我的心呢,就挑个最年轻最漂亮的。可是我们那一行的人安身立业是正经,只该为自己的好处和前程打算;这是做戏子的金科玉律。所以我挑选了堂安布如修·德·尼萨那。这人年纪老了,相貌又丑;可是他有钱,人也慷慨,并且是安达路西亚的权贵。我要的价钱实在也不轻。他为我租下一座漂亮的房子,陈设非常富丽;替我雇了一个好厨子、两个跟班、一个贴身女用人,每月还贴我一千杜加的开销;外加华贵的衣服和好些钻石首饰。阿珊妮从没有那么阔气的。我真是运气大转特转了！我简直忘其所以，仿佛忽然换了个人。怪不得有些女人靠大爷们一时喜欢，爬上高枝，立刻就把当年的挨穷受困忘个干净。我老实告诉你，戏院里看客的彩声、各界的赞扬以及堂安布如修的痴情兴得我癫狂了。我觉得天才高就是地位高。我摆出一副贵妇人气派；从前滥送秋波，这时恰好倒个个儿，谁都正眼不瞧，打定主意，只有公爵伯爵侯爵才值得我顾盼。

"尼萨那大爷每晚带几个朋友上我家吃晚饭。我也特为把班子里最逗的女戏子请来陪酒；我们喝酒取乐，直到夜深。这种快乐日子我很过得惯。可是先后只不过六个月。大爷们总不免喜新厌旧，不然的话，他们就太好了。那时候赛维尔新到了个年轻姑娘，是格拉纳达地方的人，长得还俏，又很会卖她那几分俏。堂安布如修为了她就把我扔了。不过我只伤心了二十四小时，立刻挑选了堂路易·德·阿尔加赛来填缺。这位大爷才二十二岁，相貌之美是西班牙人里很少有的。

"你准要问了，我明知跟年轻公子打交道凶多吉少，干吗又找这么个相好呢？这话不错呀。可是堂路易父母双亡，家产在自己手里了。而且我告诉你吧，这种交易，只有下贱的女用人、混账的女拆白之流干不得。我们这行业的女人干来是名正言顺的。人家见色着迷，不干我们的事。谁家子弟为我们倾家荡产就是那家活该！

"阿尔加赛和我恩爱无比，像我们那样打得火热，我相信是从来没有的。我们要好得如痴如狂，仿佛着什么符咒魔住了。凡是知道我们交情的都以为我们是天下最快乐的一对，其实我们大概是最苦恼的了。堂路易虽然满面春风，却非常猜忌，一天到晚无缘无故地怀疑我,害我气恼不堪。我顾怜他那毛病,拘谨得对男人瞧一眼都不敢,这样还不行。他心眼儿真多,会深文周纳地派我罪名,我拘谨也没用。我在台上的时候,他总觉得我一面做戏,一面向几个年轻公子飞眼风,就要埋怨一顿。总而言之,我们的腻谈软语总是带吵带闹的。这也实在没法儿含忍,我们俩都受不了,就客客气气地分了手。你真想不到,我们相好的末一天倒是最快活。我们俩都苦恼得够了,临别欣喜得抑制不下。我们正像两个怪可怜的囚徒,受尽牢狱之苦,忽又重获自由。

"我从此对恋爱大有戒心,不愿意再坠情网,闹得失魂落魄。别人可以害相思病,我们这种人是不宜的。我们在戏里把爱情形容取笑,自己就不应当多情。

"我那时候刻意求名,远近盛传我是个超群绝伦的女戏子。格拉纳达的戏班子震于我的大名,写信请我去,还把他们日常开销和卖座的账目附来,让我瞧瞧这事大可贪图。我看了那账单,觉得此去有利,就答应了。可是我实在舍不得跟斐妮丝和多若泰分手。女人和同伙的交情像我对她们那样,可算仁至义尽了。我就把斐妮丝撇在赛维尔;当时有个打造金器的小个子商人痴心要包女戏子做外室,斐妮丝正忙着销熔他的金器。我忘了告诉你,我下海的时候忽然想着把萝合这名字改为艾斯戴尔。我是顶着这个新名字到格拉纳达的。

"我在格拉纳达初次登台和在赛维尔一样顺利。不多几时,追逐我的人就把我包围起来。可是我非要人家拿出真凭实据来才肯垂青,所以装得非常端重,把那些人都蒙过了。我这种行为并非出于本性,只是怕落了一场空、自己白吃亏。那时候有个年轻的财政审计员看中我,这人市民出身,做了官儿就充大爷,家里弄得好菜,出门坐得漂亮马车。我正打算和他勾搭,恰好碰到了马利阿尔华侯爵。这位葡萄牙贵人到西班牙来游历,路过格拉纳达,就逗留下来。他去看戏,我那天没上台,他把露脸的几位女戏子一一端详,看中了一个。第二天他去攀相好,差点儿就要包她下来;恰好我在戏台上出现了。我的模样儿、腔调儿立刻叫这个见异思迁的人变了心,我那葡萄牙人只对我来用情了。老实说,我知道这位大爷已经看中了我的伙伴儿,所以煞费苦心挖他过来的。我很运气,居然如愿以偿。我明知她恨我,可是我非如此不可。她应当想想,这种事在女人队里是势所必然的,就是最要好的朋友之间也绝不可以犹豫顾忌。"

第 八 章

格拉纳达的戏子欢迎吉尔·布拉斯;
他在后台又碰到个旧相识。

萝合刚讲完她的故事,邻居一个老女戏子跑来找她同上戏院去。这位年高望重的女角儿要是扮做科堤斯①女神就恰配身份。我妹妹不免把她哥哥介绍给这个古董,彼此就客套了一大顿。

---

① 科堤斯(Cotys)是希腊女神,象征淫欲。

我对那位总管的寡妇说,等我把行李送到马利阿尔华侯爵的寓所,立刻上戏院去找她。侯爵的住址她已经告诉我。我撇下她们俩回客店跟女掌柜算了账,叫个人拿着手提箱,同到我新主人住的一个大公寓里。我进门碰见总管,问我是不是艾斯戴尔夫人的哥哥,我说正是。他说:"欢迎得很,大爷。我是马利阿尔华侯爵的总管,他吩咐我好好儿接待你。你的房间已经收拾好,我领你去吧。"他带我上楼到顶层一间小屋里,那儿放一张狭床、一个柜子、两张椅子,就没有余地了。那就是我的房间。领我去的人说:"你这里不宽畅,不过话又说回来,将来到了里斯本准给你住高堂大屋。"我把手提箱锁在柜子里,钥匙带在身上,就问几时吃晚饭。他说那葡萄牙贵人不在家吃饭,每个用人每月干折饭钱。我又问了些话,知道侯爵手下的人很闲散。我跟总管略谈几句,就辞了他去找萝合;一面预先想想我的新差使,觉得很称心。

我到了戏院门口,一说是艾斯戴尔的哥哥,就到处通行。几个看门的连忙让路,仿佛我是格拉纳达的大贵人。一路碰到班子里的小角色、收入场券和临时出场券的职员,都对我毕恭毕敬地行礼。全班戏子闹着玩儿在后台来了个隆重的欢迎典礼。我但愿能够好好儿把那情景向读者形容一番。他们都化装停当,准备上戏了。萝合把我介绍之后,男女戏子一拥齐上:男的争着来拥抱我,女的把涂得五光十色的脸蛋儿贴到我颊上,红红白白抹了我一脸。大家抢着客套,七张八嘴地嚷嚷。我简直敷衍不过来。可是我妹妹忙来帮忙,有她一张利嘴帮忙就四面圆到了。

我受了男女戏子的拥抱不算数,还有管布景的、奏乐的、提词儿的、剪蜡烛的、剪蜡烛的助手,一句话,所有执事人等我都得应酬。他们听见我到了,大伙儿赶来看,他们仿佛全是街上拣的野孩子长大的,从没见过什么哥哥弟弟。

这时候戏已经开场,后台有几位先生忙去找座儿看戏。我算是自家人了,还在跟没上场的戏子闲谈。有一个戏子人家叫他梅尔希华。这名字很熟,我把那人仔细端详,好像在哪儿见过。后来我记起来了,认出他就是这部书第一册里讲的那个走码头的穷戏子,那个在泉水里蘸干面包吃的梅尔希华·萨巴塔。

我立刻把他拉过一边,说道:"我记得一次在瓦拉多利到赛果维的路上,有幸跟一位梅尔希华先生临清流而同进早餐,你仿佛就是那位先生,我没认错吧?我一起还有个理发店的伙计,我们带着些干粮,就跟你带的合在一起,三人同吃了一顿便饭,有说有笑,吃得很香。"萨巴塔想了想,答道:"这事我一想就想起来了。那时候我刚在马德里初次登过台,要回萨莫拉去。我还记得那时候穷得很。"我回答道:"我也分明记得,你穷得那劲儿啊,一件紧身袄的里子全是戏院的招贴。我也没忘记你那回还抱怨你娶的老婆太正经。"萨巴塔忙道:"啊,我现在不抱怨了。谢天,那婆娘已经改过,所以我的袄儿里子比从前的好了!"

那位老婆居然变得通情达理,我正想向他道贺,他恰该上台,只好把我撇下。我很好奇,想认认他那老婆,就找了个戏子,请他指给我看。那人指点着说:"就是那一位,她叫娜茜莎,除了你妹妹,我们班子里数她最美了。"我想马利阿尔华侯爵在看见艾斯戴尔之前选中的女戏子一定是她。果然我猜得不错。戏散了场,我陪萝合到家里,看见好几个厨子在安排盛馔。萝合说:"你不妨在这儿吃晚饭。"我说:"我不来。侯爵也许喜欢跟你两人对吃。"她道:"哎,才不呢!他回头带两个朋友和我们班子里一个戏子同来,加你就是六个,你尽管来。你明知道在女戏子家里,书记可以跟东家同桌吃饭的。"我说道:"确有其事,不过我现在还不能以心腹书记自居呢,得替他当过体己差使才够得上这样的大面子。"我说完从萝合家出来,上我那个饭店;主人家既然不开伙食,我准备天天去光顾。

第 九 章

那天他跟个奇人同吃晚饭,席上谈的话。

我留意到饭堂里一个老修士模样的人,穿件灰色粗呢袍子,坐在一壁厢独吃晚饭。我好奇心动,就在对面坐下,向他很客气地招呼,他答礼也一般客气。店家送上我的一小份饭,我满口香甜地吃起来。我不说话只顾吃饭,一面时时偷眼去瞧那人,只见他目不转睛地看我。我给他老盯着看,不耐烦了,就说:"老师父,咱们在别处碰见过吧?你这样看我,仿佛有点认识我似的。"

他一本正经地说:"我在相你的面。照你这相貌,一定饱历风波,我很钦佩,所以只顾看你。"我冷嘲热讽道:"原来你老师父善于风鉴?"那修士答道:"那是我可以夸口的。我的预言到头来句句都准。我相手的本领也不差。要是让我把面貌手纹对照着看,我敢说我是个铁嘴。"

这老头儿虽然看来满腹智慧,我却觉得他疯疯癫癫,忍不住当面笑他。他并不怪我无礼,只付之微笑。他两眼向满饭堂溜了一转,看见没人在听我们说话,就照旧谈他那一套,说道:"现在人家把那两种学问看得很无聊,怪不得你也有成见。研究这类东西很费工夫,又很烦难,弄得向学之士都灰心了。他们学不成,就丢下不干,一股怨气,说这劳什子没道理。我呢,尽管那些学问艰深奥晦,尽管那烧炼的秘法、点金的妙术学来困难重重,我总是百折不回的。"

他又说道:"不过我想你这位年轻先生不会真把我讲的道理当作梦话。我只要显一点本事出来,你自会另眼相看,不必我空费唇舌。"他就从衣袋里掏出一小玻璃瓶子的红水,说道:"这是我今天早上把几种草木的汁用蒸滤法提炼的仙水。我和德莫克利特①一样,几乎花了一生的精力去研究药石。你回头就会知道这东西的妙处。咱们晚饭喝的酒很坏,我能教它变成好酒。"他说着把那仙水在我的酒瓶里滴下两滴,我那酒就立刻比西班牙的醇醪美酒还要美。

怪事可以打动人的幻想,一着了那道儿就执迷不悟了。我看他有这种妙诀,不胜欣喜,想他准比魔鬼还来得。我满心钦佩,说道:"啊,老师父,我一上来当你是老疯子呢,请不要见怪。我现在不敢轻看你了。你不用再显本领,我已经相信你随意会把铁块儿马上变成金条。我要是有这种了不起的学问多快活啊!"老头儿长叹一声,打断我道:"天保佑你一辈子别有那本事!孩子啊,你还没懂得你企图的是什么呢。我这叫枉费心血,

---

① 德莫克利特(Démocrite,约公元前460—约前370),古希腊大哲学家。后人依托他名字,伪作《自然与神秘》一书,专讲点金炼丹等秘法,是西洋巫术魔术的主要渊源。

自寻烦恼;别羡慕我了,倒是可怜我吧。我老在担惊受怕,惟恐给人家瞧破,叫我一辈子坐监牢,毕生辛苦只落得这样下场。我防这一着,所以行踪无定,乔装打扮,或者扮成出家的宣教师修士之流,或者扮成在俗的绅士农夫之类。懂了点金术要赔上这许多烦恼,你想还犯得着吗?有了钱不能安心享用,可不是活受罪吗?"①

我对那哲人道:"我觉得你这话颇有道理。人生在世,第一要心地太平。我听了你这话,点金石②也不稀罕了。我只请你说说我未来的事吧。"他答道:"我很愿意啊,孩子。我已经相过你的面了,现在拿手来瞧瞧吧。"我把手伸给他的时候,那种一心信服的样子大概有些读者会瞧不起的。不过他们设身处地,只怕也跟我一样。他细细看了一会儿,很起劲地说道:"啊呀!忧变喜,喜变忧,多少反复啊!失意得意,否泰相承,突兀极了!不过你那一高一低的运气大半已经应验,以后简直没什么坏运;你就要有贵人扶持,一帆风顺,再没有变故了。"

他担保这番预言句句可靠,于是辞别走了。我还只顾把他的话细细咀嚼。我相信马利阿尔华侯爵一定就是他说的贵人,所以觉得那预言当然有准儿。虽然事情没见一点影子,我还把那假修士的话深信不疑;我实在给他那瓶仙水哄得心悦诚服了。我自己呢,决计要破天荒地向侯爵尽忠,指望早交好运。我想定主意,就回公寓,心上说不出的快活。娘儿们算了命也从没有我那样称心满意的。

---

① 基督教因为巫术是邪魔外道,惩罚极严。
② 魔术家相信可以化炼出一种物质,能把铅铜铁锡之类变成黄金。这种物质叫作点金石。

第 十 章

马利阿尔华侯爵派吉尔·布拉斯一个差使，
这位忠心耿耿的书记怎样交差。

侯爵还在他那位女戏子家里，几个贴身用人等着他回来，就在他房里玩纸牌消遣。我跟他们攀谈，笑笑闹闹，直到半夜两点主人才回家。他看见了我有点儿出于意外，说道："怎么的？吉尔·布拉斯，你还没睡吗？"他那神情很和气，我想他一下午准过得很乐意。我回说，先要知道了他有什么吩咐再睡。他说："也许明儿早上有事叫你干。等明天再吩咐尽来得及呢，睡觉去吧。记着，以后你不必等我，我只要有几个贴身用人使唤就行了。"

我听了这话心中暗喜，因为这种苦差有时候很讨厌，他这就免了我了。我撇下侯爵，回到我那楼顶上的小屋里，上床睡觉。可是我睡不着，我就想照毕达哥拉斯①的遗训，晚上把白天的行为反省一下，干了好事可以自赞，干了坏事应当自责。

我有点儿内愧，不能心安。我也责备自己不该帮萝合圆谎。

---

① 毕达哥拉斯（Pythagoras，约公元前580—约前500），古希腊哲学家兼数学家。关于他的遗教，传说纷纭。相传他教门徒洗心澄念，以求灵魂的纯洁，因此该静默无言，每天做严密的反省功夫。

我可以替自己开脱，说女人一团好意地为我撒谎，我不能无礼揭破她，而且相情度势也只好通同捣鬼。但是这话说不响，所以我想这事不该再闹下去，那位大爷信任我，我却给他上这样个当，再要留在他左右，真是老脸无耻了。总而言之，我这样严密反省之后，承认自己就算不是个流氓，也相去无几。

我又想到这事的下场，觉得这样欺骗一个有地位的人，干系不小，也许天理昭彰，不久就会败露。我深思熟虑，不禁有点怕惧；但一想到有舒服日子过，有利可图，又把那点戒惧之心忘个干净。再加那个有仙水的人断过我终身，那是一颗定心丸子。所以我一味地打起如意算盘来。我做着加减乘除，计算当了十年差薪水会有多少。我又把主人的额外赏赐也加上去，我的如意算盘可说是打得太如意了。按照主人那样慷慨，或者竟说，按照我这样贪心，我算起来，发的财大得无穷无尽。我这样称心如意，就渐渐困上来，睡去的时候还忙着造空中楼阁呢。

第二天我八点起身，想去向主人请示。可是我开门吃了一惊，原来他就在门外，身披便衣，头戴睡帽。这时左右无人，他说道："吉尔·布拉斯，我昨儿晚上跟你妹妹分手的时候，答应今天上午去看她。可是我有一桩要事，只好失信了。你替我去告诉她说，不凑巧得很，我非常懊恼，还对她说，我今儿晚上一定还在她那儿吃晚饭。"他又把一只钱袋和一只镶嵌钻石的驴皮小匣子交在我手里，说道："还有一件事，把我这小像送给她，钱袋你留着，里面有五十比斯多，是我给你的，可见我已经很喜欢你了。"我一手接了他的画像，一手接了那只受之有愧的钱袋。我立刻赶去看萝合，欢天喜地，心里想："好！眼看着那预言有准了。做了漂亮风流女人的哥哥多福气啊！又赚钱，又享福，只可惜不大体面。"

萝合跟一般女戏子不同,她起身很早。我撞去她正在梳妆,乘那葡萄牙人还没来,使出风流女人的全副手段,把天生丽质加以人工的辅助。我进门就说:"可爱的艾斯戴尔啊!外国人的香饽饽啊!我现在可以跟主人同桌子吃饭了,因为他赏我一个差事,我就有那面子了。我就是替他来当差的。他今天上午不能践约,不过晚上来吃晚饭,聊以补过。他还送你一张小像,我觉得这倒更可以补过。"

我随就把匣儿交给她。她见了匣上闪亮的钻石,乐得观之不足。她打开把小像瞥了一眼应个景儿,又合上盖去玩赏那些钻石。她称赞钻石非常好,笑眯眯地对我说:"做戏的女人最爱这种小像,对本人倒在其次。"

于是我告诉她,那慷慨的葡萄牙人给我小像的时候还赏了我一个钱袋,里面有五十比斯多。她说道:"恭喜恭喜。这位大爷一上来手笔就这样阔,别的大爷到分手的时候还未必能够呢。"我答道:"这是靠你的福呀,可爱的人儿!侯爵无非看我妹妹面上赏的。"她道:"我但愿他天天这样待你。我说不出多么爱你。我从第一次见了你就恋恋不舍,虽然光阴几变,我还是旧情未断。我在马德里失掉了你,总觉得还会相见,一直没死心。昨天和你重逢,我觉得命里注定你要到我身边来的,所以我那样接待。干脆一句话,朋友,天派定咱们俩是一对儿。我想嫁给你,只是咱们先得发了财再说。咱们务必从这步做起,事情才妥当。我还要有三四个相好,就可以替你挣个舒服日子了。"

我彬彬有礼地谢她肯为我这样操心。两人谈谈说说,不知不觉已经晌午时分。我就告辞,要去回报一声,礼物是怎样收下的。虽然萝合并没有教我怎么说,我却在路上编了一套绝妙的谢辞,预备代她说。不过这个心思是白费了,因为我回到寓所,旁人告诉我侯爵刚刚出门。命里派定我从此跟他没再见面。欲知究竟,请看下章。

第 十 一 章

吉尔·布拉斯听到个消息,仿佛晴天霹雷。

我跑到我那个饭店去,碰到两个谈吐有趣的人,就一起吃了饭,坐到上戏的时候大家才分手。他们去干他们的事,我就上戏院去。我顺带要说,那时候我刚和两位绅士谈得高高兴兴,又正当鸿运高照,应该很快活;可是我不由自主地愁上心来。据此而论,谁还说坏运临头没有预兆呢!

我到了戏院后台,梅尔希华·萨巴塔跑来低声叫我跟他走。他带我到戏院里一个僻静去处,说道:"先生,有个紧要消息,我觉得应该特来告诉你。你知道马利阿尔华侯爵一上来先看中我老婆娜茜莎,他要来吃我那条里脊,日子都定好了。艾斯戴尔那刁货这时候就设法破了好事,把那葡萄牙贵人勾引到自己家去。你想一个女戏子失掉了这般好主顾,哪有不怀恨的。我老婆念念在心,只要能出得这口气,什么都会干出来。合是你倒霉,她抓住了一个好把柄。你记得么,昨天班子里所有的小角色都赶来瞧你了。剪蜡烛的助手告诉几个伙伴儿说他认得你,说你绝不是艾斯戴尔的哥哥。"

梅尔希华又道:"这话今天吹到娜茜莎耳朵里,她就去追问说这句话的人,那小角色一口坐实。他说他认识你的时候,你跟艾斯戴尔都在马德里伺候阿珊妮,那时候艾斯戴尔名叫萝合。我老婆发觉了这个底细高兴极了,专等马利阿尔华侯爵今晚来看戏就向他告密。你自己斟酌吧。你要实在不是艾斯戴尔的哥哥,我为你的好,也看咱们旧交情分上,劝你想个万全之计。娜茜莎只要害一个人,她许我先来报个消息,让你乘早逃走,免遭祸害。"

他不用多说了。我承那戏子报信,向他道谢。他看我神色慌张,知道我决不敢反驳剪蜡烛助手的话;我实在也没心情干那么无赖的事。我甚至于不想去向萝合告辞,怕她要叫我老着面皮挺到底。我料想她那么个做戏的惯家自会替自己开脱,我却难免吃苦头;我还不够痴情,不甘心冒这个险。我只想带了家堂神①就是我那些家当溜之大吉。我眨眼早出了戏院,一会儿工夫就把手提箱搬到一个驴夫家里,他半夜三点钟就要上托雷都去。我恨不得已经到了玻朗伯爵家里,觉得只有那儿可以托足。可是一时上还到不得他那儿,得在这城里耽搁些时候,我不免心上焦急,生怕当夜就有人来找我。

我急急慌慌,像个躲债的人知道背后跟了一群公差似的,可是我还上我那饭店去吃晚饭。我相信这顿晚饭吃了不会消化的。可怜我心魂不定,饭堂里什么人进来,我都仔细端详一下。

---

① 罗马人家都有家堂神,用银子、象牙或蜡做成神像供奉,搬家就带着走。

那地方常有相貌凶恶的顾客,不巧来了一个,我就害怕得发抖。我提心吊胆吃完晚饭,就赶回驴夫家,在一堆新铺的干草上直躺到动身。

这时候,我的耐性可说是大受锻炼,我只觉万虑攒心。有时我蒙眬睡去,就梦见侯爵怒冲冲把萝合那娇嫩的脸儿打得青一道红一道,把她的家具也捣个稀烂;或者睡梦中听得他吩咐用人一顿棍子把我打死。于是我就吓醒了。做了噩梦醒来总觉得舒服,可是我醒来比梦里还要苦。

我正在大受罪,幸亏驴夫救了我,他来说驴子要上路了。我立刻起来。谢天,我临走对萝合再不眷恋,对相面也再不相信了。我们一步步离开格拉纳达,我的心也一点点定下来。我跟驴夫闲聊,他讲些有趣的故事,我听得直笑,不知不觉地恐惧全忘。我们头一天停在于贝达,我放心大睡。第四天到托雷都。我忙着先打听了玻朗伯爵的住址,找到他家去,满以为他准会留我住下,可是我太托大了。我到他家只看见门房,据说他主人得到赛拉芬病危的消息,前一天动身到李华庄上去了。

我到了托雷都正有兴头,却没料到伯爵会出门,不免倒抽一口冷气,只好另打主意。我想此地离马德里不远,决计上那儿去吧。我想可以到朝里钻营一番,据说在朝廷上出头,不必才具过人。我过一天雇了一匹往回里走的马到西班牙京城。命里注定我要在那里大有作为,不像以前庸庸碌碌,所以冥冥之中把我掇弄了去。

第 十 二 章

吉尔·布拉斯住在客店里,认识了
沈琦勒陆军大尉。这军官是何等人物,
到马德里作何营干。

我一到马德里就下了客店。同寓的客人里有个年老的陆军大尉,他觉得份里很该有恩俸,就从新加斯底尔的边远地方入朝请求。这人名叫堂安尼巴尔·德·沈琦勒。我第一次看见他,不免有点诧异。他年纪有六十岁,身材高得出奇,又非常瘦;唇上一大撮菱角胡子,两角直翘到鬓边。他不但断了一只胳膊缺了一条腿,还瞎了一只眼睛,上面贴着块绿绸子;脸上又有好多疤痕。此外他也就跟别人长得没什么差异。而且他心思也还灵敏,神气更为庄严。他道学得近乎拘谨,尤其自负对体面讲究得一丝不苟。

他跟我聊过两三回,承他看得起,就对我讲心腹话。不多几时,他的事我全知道了。他告诉我怎么把一只眼睛撇在那普尔斯,一只胳膊撇在朗巴狄,一条腿撇在荷兰。他讲起那些交战、围城的经历,有一点我很佩服,他从不吹牛,从没一句话夸赞自己。其实他已经半身残废,就算把那剩下的半身大吹大擂,聊以自慰,我也决不怪他。有许多军官前敌归来,身无片伤,口气还未必像他那么谦逊呢。

他说,有一件事最烦心:他把一份很大的家产都报效在军队里了,现在一年的收入不过一百杜加,他要修饰那部胡子,付房租,请人抄写呈文,那几个钱简直不够花的。他耸耸肩膀说道:"先生,我承上帝保佑,天天上一个呈文,上头总是不理睬。我跟首相仿佛打了个赌,要看看究竟是我这个上呈文的还是他那个收呈文的先不耐烦。我也有幸,常上呈文给王上。可是一君一臣恰好不相上下。我在这边老等,我那沈琦勒的庄子没钱修理,都塌败了。"

我对大尉说道:"凡事不可灰心。你有所不知,朝廷的恩典总要你痴等一番才会到手呢。说不定朝廷马上就要额外加恩,补报你的劳苦功高。"堂安尼巴尔答道:"我不该作此妄想。三天以前,我刚见过那大臣的一位秘书,他的话要是可信,我大可称心乐意呢。"我道:"大尉先生,他怎么说的?像你这般光景,难道他觉得还不该酬劳吗?"沈琦勒道:"你听吧。那秘书对我说得很干脆,他说:'乡绅先生,别卖弄你怎么赤胆,怎么忠心。你为国家出生入死,不过是尽你的本分。立了大功,博个美名就可以自慰了,一个西班牙人不应该再有别的希冀。你要是把请求的赏赐看作朝廷欠你的债,你就打错了主意。除非皇恩浩荡,觉得对功臣应该有些酬劳,才会准你那请求呢。'"那大尉又道:"可见我还多多亏负了国家。看来我是徒劳往返了。"

看见一个好人落难,不免为他关切。我劝他不要灰心,又自告奋勇,愿替他抄写呈文,不要润笔。我甚至打开钱袋,请他要多少拿多少。有人闻得一声请,就老实不客气了,他却不然。他在这上面非常狷介,只傲然谢了我的美意。他又说,他不肯依赖旁人,所以渐渐儿熬练得饮食非常廉薄,吃一点儿就够了。这倒是真话。他只吃几个葱头当饭,所以瘦得皮包骨头。他不愿意人家看见他吃的苦饭,因此老躲在房里吃。我央求他中饭晚饭跟我同吃,他居然答应。我很可怜他,却设法不让他瞧透我的用心,免得他脸上难堪。我故意要了许多酒食,自己吃不了,就劝他吃喝。他刚一上来还要客气;禁不得我苦请,也就吃了。渐渐地他面皮老了些,自己就来帮我把盘里的肉和瓶里的酒吃喝个罄尽。

他喝下四五口酒,肠胃里又装了些滋补的东西,欣然说道:"吉尔·布拉斯先生,你实在讨人喜欢,弄得我什么都依你。我本来还想,别因为你厚道我就得步进步;现在看你待人殷勤,我连这点顾忌都不讲了。"我觉得大尉这时候不拘谨了,要是乘机再把钱袋揣给他,他也不会推拒。不过我没有给他这番考验,我只邀他一同吃饭,替他抄写呈文,而且还帮他起稿子。我因为誊录过讲道文章,懂得修辞,也算得个作家。那老军官呢,也自负笔下很来得。我们俩协力逞奇,炼出来的辞令妙品充得过萨拉曼卡头等名师的手笔。可是我们俩虽然呕尽心血把呈文做得花团锦簇,却无济于事,真是俗语所谓在沙砾里播种。我们尽管措词巧妙的表扬堂安尼巴尔的功勋,朝廷上总是不瞅不睬。因此那残废的老军人不再赞扬军官倾家助饷了。他没好气就怨恨命运不济,把那普尔斯、朗巴狄和荷兰各国狠狠地咒骂。

有一天,他眼看阿尔伯公爵引进的一个诗人在御前背诵了一首恭祝公主诞生的十四行诗就得到五百杜加的年俸,越发气上加恼。亏得我极力安慰,不然的话,那残废的大尉准会发疯。我看他愤愤不平,就说:"你怎么了?何苦为这事生气呀!从古以来,诗人不是照例受帝王供养的吗?每朝皇帝总有个把诗人吃他的俸。我说句不足为外人道的话,把俸禄赏给诗人,这事少不了传闻后世,于是皇恩帝德、万代流芳;要是赏给旁人,往往对帝王的名声没有好处,白赔了本。奥古斯都①给人的酬劳、赏人的恩俸不知该有多少呢,可是我们直到我们的末代子孙,都只记得这位皇帝赏给维吉尔的二十万块钱。②"

随我向堂安尼巴尔怎么譬解,他看了人家一首十四行诗的报酬,心上好像压了个铅饼子,排遣不了。他准备就此罢休。不过他还要孤注一掷,再上个呈文给赖玛公爵③才肯死心。我们特地一同上首相府。我们在府里碰见个年轻人,他对大尉行个礼,亲亲热热地说道:"亲爱的老主人,想不到是你!有什么事找我们大人啊?你如果用得着一个有点儿路数的人,找我得了。我愿意替你出力。"那军官答道:"怎么的?贝德利尔,听你这口气,仿佛在这府里当着什么重要差使似的。"那年轻人答道:"我至少有本领替你这样一位上等君子人效劳。"大尉微笑道:"既然如此,我就请你照应了。"贝德利尔道:"我无不尽力。你只要讲明来意,我一定叫你从首相身上沾些油水。"

这小伙子既然一番好意,我们就把事情讲了。他随即问明堂安尼巴尔的住址,答应过一天给回音。他没说如何着手,也没说他是否赖玛公爵的家人,就一溜烟走了。我觉得这贝德利尔

---

① 奥古斯都(公元前 63—14),古罗马帝国开国皇帝。
② 勒萨日这话不知有何出典。据古罗马大历史学家史威东(Suétone,约 66—约 141)的《维吉尔传》第十三节,只说他有近一千万小银币(Sesterce)的财产,都是阔朋友送给他的。奥古斯都要把充公的地产赏给他,他踌躇不肯受(见"勒勃古典丛书"本史威东《十二大帝传及名人传》第二册第 12—14 页)。
③ 赖玛公爵(Duc de Lerme,1552—1623)在西班牙斐利普三世(1598—1621 年在位)朝上专权二十年。

非常机灵,很想知道他是怎么个人。大尉说道:"这孩子几年前伺候过我,瞧我穷,就撇了我另找好事情去了。我这倒不怪他,爬高枝儿原是人之常情。这家伙很机灵,一肚子鬼主意。不过他尽管本事大,刚才又向我一股子热劲儿,我看来不会有多大效验。"我说道:"也许他有点儿用处。譬如说吧,也许他伺候的是位公爵手下的要员,他就能帮你忙了。你知道,在权贵左右不论干什么,都靠使诡计、结死党;那些大老爷随着亲信的二爷们摆布,二爷又由三爷来摆布。"

第二天早上,只见贝德利尔到我们客店来了。他说道:"两位先生,我昨天没讲怎样帮沈琦勒大尉的忙,因为那地方不便深谈,并且我要先看看风色,再告诉两位。我主人就是赖玛公爵的头等秘书堂罗德利克·德·加尔德隆。我是他亲信的跟班。我那主人很风流,他在王宫左右为一个阿拉贡歌女经营了一个香巢,差不多每晚去吃饭。那姑娘是阿尔巴拉森山里的人,长得非常漂亮。她很聪明,唱起歌来能叫人魂迷心醉,所以叫作仙籁娜①夫人。我天天早上送情书去,这会子刚见过她。我对她出了个主意,叫她认堂安尼巴尔做舅舅,认了个假亲就可以叫她的相好照应。她很愿意干一下。因为她不但有点儿小利可图,而且也很喜欢人家以为她是个有身份的正经人的外甥女儿。"

沈琦勒大尉听了这话皱眉头。他说不愿意合伙行骗,尤其不能让女拆白冒认亲戚,丢他的脸。他觉得这不但有损本人体面,而且可说是辱及祖先。贝德利尔大不以为然,觉得这种讲究

---

① 仙籁娜(Sirena)这个名字从 Sirène 来,是希腊神话中半人半鸟的妖妇。航海的人为她歌声所迷,往往失慎触礁。

太不合时宜,说道:"你这样看法,不是开玩笑吗?活是你们这起土乡绅行径!死爱面子,简直可笑。"又对我说道:"大爷,你听听他慎重得有道理吗?老天爷,朝廷上的事都要这么仔细推敲,那还了得。什么下流无耻的事,只要此中有利,人家就决不错过。"

我很赞成贝德利尔的议论。禁不得我们极力撺掇,那大尉只好充仙籁娜的舅舅了。我们煞费唇舌,才说得他降心相从。于是我们三人同做了一篇新呈文给那大臣,又笔削一番,由我誊个清本,贝德利尔就拿去交给那阿拉贡姑娘。她当晚托了堂罗德利克大爷。那秘书听她讲得热闹,真以为她是大尉的外甥女儿呢,就答应出力。不多几时,这计策灵验了。贝德利尔得意洋洋,又到我们客店来,对沈琦勒道:"好消息!王上要赏赐武官和教士的俸邑,另有些人的恩俸,旨意就要颁布了,不会漏掉你。我奉命来安你的心,还叫我问问,你打算向仙籁娜送个什么礼?我告诉你,我自己什么报酬都不要;我只要能助我旧主人一臂之力,让他光景宽裕些,就比得了全世界的金子还高兴。我们那位阿尔巴拉森的美人儿可不同。若要她与人方便,她就有点儿犹太人脾气。她有这点小毛病,就是为她亲爸爸也非钱不行,何况你这个冒牌舅舅呢。"

堂安尼巴尔道:"她要多少,随她自己说吧。假如她每年要我三分之一的俸,我也答应。即使崇奉正教的国王陛下把举国之富都赏了我,这样谢她也不少她的了。"堂罗德利克的跑腿道:"我呢,满相信你的话,知道你说一是一,说二是二。可是跟你打交道的那小娘儿心眼很细,而且她喜欢你能先把头两年的回扣一次现款付清。"那军官听了焦躁起来,打断他道:"唉,叫我哪儿来钱啊？她当我是财政大臣吗？你一定没把我的光景告诉她。"贝德利尔道："请不要怪我，她明知你比约伯①还穷呢。她听了我的话不会不知道。可是你别着急，我这人很足智多谋。我认得一个做财政审计员的老家伙，他按十分利放债。你去找个公证人立一张移让笔据，上开你曾收过他一注款子，合有一年俸钱之数，出保愿将第一年的俸移让给他。他按那数目扣掉利息，就把款子付你。至于抵押品呢，现有你那沈琦勒的庄子，就像现在那破破烂烂的样子，债主也不会挑眼，这方面不会有什么争执的。"

大尉说，假如侥幸过一天颁布的恩赏有他的份，他就答应这些条件。他果然没落空，得了个俸邑，年俸三百比斯多。他一听得这个消息，就把答应人家的事办妥，料理了些杂务，带着几个剩下的比斯多回新加斯底尔去了。

第 十 三 章

吉尔·布拉斯在朝里碰到好友法布利斯，

两人都很欣喜；他们同往何处，谈些什么奇事。

我每天早上常到宫廷去消磨两三个钟头，瞻仰那些出出进

---

① 《旧约全书·约伯记》，叙约伯屡遭灾厄，穷困不堪，所以俗语"穷得像约伯"。

进的贵人。我觉得他们一到那里,平时的气焰都黯然消失了。

有一天我在待见室里昂头阔步,踱来踱去;许多人都在那里做出这副傻相。忽然我一眼看见了法布利斯;我跟他分手的时候,他还在瓦拉多利伺候慈惠院院长呢。他正跟梅狄那·西董尼亚公爵、圣克华侯爵说话,看来和他们很熟。我大为诧异。那两位大爷仿佛听着他说话津津有味,而且他衣服讲究,跟贵人不相上下。

我心上想:"我没看错吗?这人真是尼聂斯理发师的儿子吗?也许是个年轻的朝臣,模样儿长得像他。"我的疑团一会儿就打消了。我等那两位大爷出去,跑到法布利斯跟前,他一看就认得我,拉住我的手挤透了人堆,走出待见室,拥抱我道:"亲爱的吉尔·布拉斯,我见了你真快活,你在马德里干什么?还当用人吗?在朝廷上有什么差使吗?光景怎么样?你突然离了瓦拉多利,后来怎么了,都告诉我听呀。"我答道:"你一口气问的事儿真不少。我的经历也不便在这儿讲。"他道:"你说得不错,还是到我家去。来吧,我领路。我家离这儿不远。我现在无拘无束,住得很舒服,自己置备了家具,写意得很。我过得称心,非常快乐,因为只要我自得其乐就够了。"

我赞成法布利斯的主张,跟他到一座漂亮的房子前面,据他说就住在这里。我们穿过一个院子。那院子一头是个大台阶,上去是高堂大厦;另一头有座小楼梯,又狭又黑,上面就是法布利斯向我夸口的寓处。统共是一间,我这朋友会想花样,用木板隔成四间:一间是卧室的前房,后间就是他睡觉的地方,一间书房,一间厨房。卧房和前房的板壁上糊些地图和学院里的试题纸。屋里的家具跟墙上的裱糊恰是彼此相称。一张大床,床褥倒是锦缎,已经破烂不堪;几只旧椅子,是黄哔叽的面儿,镶着格拉纳达丝的流苏,和面儿一色;一张桌子,脚是金漆的,桌面上铺了个皮单子,新的时候大概是红的,边上金色流苏,年深月久,变得乌黑了;还有一个雕花的乌木柜子,雕工很粗劣。书房里有一张小桌子,算是写字台;沿墙几层木板架子上有几本书、好几捆纸,那就是他的图书了。厨房设备也不相上下,有些碗碟和几件必不可少的家伙。

法布利斯让我把他的几间屋子从容打量一遍,说道:"我这家具、我这寓处,你觉得怎么样?喜欢不喜欢?"我微笑道:"哎,好极了。你穿得那么漂亮,在马德里一定很得意。你准在当什么差使吧?"他道:"天保佑我别当什么差使!我做的事比什么差使都高。有个阔人,就是这房子的主人,给了我一间房,我分做四间,布置成这样子。我爱干什么就干什么,而且衣食无忧。"我打断他道:"你说得明白点儿吧。我急要知道你干什么呢,别撩得我心痒痒的。"他道:"好吧,我来告诉你听。我是作者,我专心极力要做才子,诗也来,文也来,是个多面手。"

我笑嚷道:"你居然文星高照了!这可是我一辈子也想不到的!随你做什么,都没有这个事来得奇怪。吟诗作文有什么好处呢?我觉得大家都瞧不起这种人,一日三餐都吃不周全的。"他也嚷道:"哎,得了!你说的是倒霉文人,他们写出来的东西,书店和戏班子都打回票。那种家伙理该遭人白眼,这也值得大惊小怪吗?可是朋友啊,得意的文人地位可就高了。不是我夸口,我也算个得意的。"我说道:"那当然!你一肚子才情,写出来的东西准好。我只奇怪你怎么得了写作的瘾?我觉得这倒值得打听一下。"

尼聂斯答道："怪不得你奇怪。我在马尼艾尔·奥东内斯大爷家心满意足，再不想换别的事了。可是我像普劳图斯①一样，虽然身操贱役，灵性却渐渐地超然自拔。我编了一个喜剧，给戏班子在瓦拉多利上演了。虽然那个戏一钱不值，却很叫座。因此我知道戏院的看客是一头好奶牛，要挤它的奶水很容易。我打了这个算盘，又加手痒难熬，想再写新戏，所以对慈惠院也不贪恋了。我诗文兴浓，爱钱的心就淡下来。我因为马德里是人文荟萃之处，决计到这里来长些见识学问。我向院长辞职，他非常喜欢我，虽然照准，不无惋惜。他说：'法布利斯，你为什么要走？是我无意中委屈了你吗？'我说：'不是的，大爷，你是主人里最好的了。你的恩德，我刻骨铭心。可是你知道，一个人拗不过自己的命。我觉得天派我要从词章这一路名垂不朽的。'那位好市民答道：'真傻呀！你在慈惠院里已经生了根，你是个做总管的料，有时候连院长也做得。你偏不肯脚踏实地走正路，倒去寻那旁门左道。孩子啊，活该你了。'

"那院长瞧我主意已定，就付清工钱，又送了五十杜加，算是额外的酬劳。有了这笔钱，再加平时奉命办差打下的偏手，我到马德里之后可以打扮得像样了。西班牙作者一点不讲究整洁，可是我在这上面没肯马虎。我不多时认识了洛佩·德·维加·加比欧、米格尔·德·塞万提斯·萨维德拉②，还有些别的

---

① 普劳图斯（Plautus，约公元前254—前184），古罗马大喜剧家。奥勒斯·格留斯（Aulus Gellius）《雅典夜读录》（*Noctes Atticae*）第三卷第三章第十四节说他做买卖折尽了本，做面包师家奴隶，为他推磨（见"勒勃古典丛书"本第一册第250—251页）。
② 塞万提斯（Miguel de Cervantes Saavedra，1547—1616），西班牙大小说家，《堂吉诃德》作者。

名士。可是我在这些名家以外别有师承,那就是果都瓦的青年学士、绝世无双的堂路易·德·贡戈拉①,西班牙从古以来天字第一号的大才子。他不愿意生前把文章付印,只要读给朋友们听听就算了。他天赋奇才,各种体裁都来得,这一点是他与众不同之处。他尤其擅长讽刺诗,那是他的拿手。卢齐利乌斯②的诗像浊浪滔滔,泥沙俱下;他的诗却不然,像塔古河一派清流,水底下金沙灿烂。"

我道:"你把这位学士描摹得好极了。这样有本事的人物,我想准有好些人妒忌他呢。"他答道:"一切文人,好好坏坏,都攻击他。有人说他老爱用夸张的词儿、双关的字眼,还爱用譬喻和倒装句。又有人说,他的诗意义晦涩,像古罗马战神的祭司在赛会时唱的颂歌,没人懂得。还有人怪他一会儿做十四行诗,一会儿写叙事诗,一会儿又是剧本,又是十行诗、情歌,等等,仿佛妄想一手把各种作者都盖下去似的。可是这个才子真是贵贱共赏,那些忌刻之词碰不了他一根毛。

"我是跟这样大本领的师傅学的。不是我夸口,我的作品,看得出是他嫡派亲传。我学得了他的神髓,有几篇晦涩之作简直可以署他的名字。我亦步亦趋,也把作品到阔人家去推销。那些人并不难对付,待我颇加优礼。我这张嘴实在也很会说,这对我的作品有益无损。总而言之,好些大爷喜欢我,我跟梅狄

---

① 路易·德·贡戈拉(Luis de Góngora, 1561—1627),西班牙作家,早期文笔质朴明白,中年以后,雕琢字句,求巧求奥,矫揉扭捏,因此作品大为风行,创了所谓"贡戈拉文派",又叫"雅人深致派"(cultismo 或 culteranismo)。
② 卢齐利乌斯(Lucilius,公元前 180—前 102),古罗马讽刺诗人,风格以粗豪著称。

那·西董尼亚公爵尤其亲密,就像贺拉斯和梅赛那斯一样。我就这么摇身一变,成了作者。我没什么别的可讲了。你来吧,吉尔·布拉斯,把你的事迹赋咏一番吧。"

我就讲给他听,把无关紧要的事省掉,照他问的话详细回答。接着就该吃饭了。他从乌木柜子里拿出两方擦嘴布、一块面包、一个吃剩的烤羊肩、一瓶好酒,两人对吃起来,欣欣喜喜,不愧是一对久别重逢的故知。他说:"你瞧,我过的是自由自主的日子。假如我要学同行诸君的榜样,可以天天上阔人家去做食客。不过我爱躲在家里写作,而且我算得个小小的阿里斯提波斯①,不论市朝山野、酒池肉林或者饭蔬饮水,都能随遇而安。"

我们觉得那酒真好,不免又从柜子里拿出一瓶来。吃过水果,要吃奶饼的时候,我请他拿一篇作品出来看看。他立刻从稿子堆里拣出一首十四行诗,抑扬顿挫地念了一遍。他朗诵得虽然动听,我觉得那首诗意义晦涩,莫名其妙。他瞧透我的心思,说道:"你听着这首诗不甚了了,是不是?"我就老实说,希望这首诗还能够显豁一些。他打着哈哈笑我道:"朋友,假如你听了这首诗不懂,那是再好没有了。十四行诗、颂诗和一切力求风格高超的诗,万万不可简易流利,妙处就在晦涩。只要诗人肚里明白就行了。"我打断他道:"别跟我开玩笑,不论哪种体裁的诗,总得命意好,并且要词能达意。假如你那位绝世无双的贡戈拉写得也像你这般晦涩,老实说,我就以为他很不足道。这种诗人

---

① 据狄奥吉尼斯·雷厄提斯《哲学家列传》第二卷第六十六节说,阿里斯提波斯能随机应物,不论何时何地,都安之若素(见"勒勃古典丛书"本第一册第195页)。

顶多只哄得过他那一代。现在请你拿点散文出来瞧瞧吧。"

尼聂斯的戏剧集正在排印,他把卷头语的稿子给我看,问我以为如何。我说:"你的散文跟你的诗一样不入我的眼。你的十四行诗不过是拿腔作势的胡说八道。你这篇序文里有些词藻过于搜奇爱僻,有些字眼儿全是不经见的,有些句法可以说是矫揉造作。总而言之,你的文笔怪得很。古代好作家笔下不是这样的。"法布利斯嚷道:"你这个可怜的瘟生!你不知道现在散文家若要博文笔高雅的名气,就得古怪扭捏,却不入你的眼了。我们有五六个胆敢标新立异的人,要把西班牙文搅它个黑白颠倒。只要天照应,我们准会如愿,洛佩·德·维加、塞万提斯,还有好些大才子尽管把我们新创的文体挖苦取笑也没关系。许多有地位的人都附和我们,甚至有几位神学家也入了我们的伙了。"

他又道:"反正我们志气可嘉。平心说来,有种不事雕琢的作家,词句像平头百姓的说话一样,我们的格调比他们高得多了。我不懂为什么许多上流人物都看重他们。像他们那样,在雅典和罗马那种不分贵贱的世界里确是很相宜。所以苏格拉底对阿耳喀比阿得斯说,人民是最好的语言教师。① 可是在马德里,文字有雅有俗,朝廷贵人讲起话来和市井小民不同。我这点不是信口开河。千句并一句,我们的新体比那跟我们竞争的旧

---

① 见柏拉图所作《阿耳喀比阿得斯》(*Alcibiades*)对话上篇,与勒萨日所引稍有出入。阿耳喀比阿得斯说,群众是他的先生。苏格拉底就追问这些先生教他些什么。阿耳喀比阿得斯说:"我跟他们学怎样说希腊文。"苏格拉底道:"群众充希腊文教师是胜任的,而且可以教得很好。"(见"勒勃古典丛书"本《柏拉图对话集》第八册第125页)

体好多了。我只要举一个例,就见得我们用字雅致,他们用字滥俗。譬如他们说:'戏里有了插曲就更好看了。'这句话一点文采都没有。我们说来就漂亮,我们说:'戏里有了插曲就添娇增媚了。'留心'添娇增媚'这个词儿,多聪明!多文雅!多可爱!你觉得吗?"

我哈哈大笑,打断这位标新立异的作家道:"得了!法布利斯,你这个舞文弄墨的怪东西!"他答道:"你呀,你是个平铺直叙的蠢家伙!"接着就引格拉纳达大主教的话道:"走吧,去找我账房付一百个杜加,你拿了这笔钱让天照应你吧!再见了,吉尔·布拉斯先生,愿你万事如意,看文章的眼力也再长进些。"我听了他打趣,越发大笑起来。我把法布利斯的文章不当一回事,他并不见怪,依然高高兴兴。我们喝完第二瓶酒才散,两人都酒醉饭饱。我们出门要到普拉都公园去散散步,路过个酒店,一时高兴,就进去了。

那地方常有上等人光顾。里面分两间,这一间和那一间里顾客取乐的方法大不相同。一间里有玩纸牌的,有下棋的;另一间里,两个靠天才吃饭的名士在那儿辩论,旁边十个到十二个人悉心静听。我们老远就听出他们在争论一句玄学上的话。他们讲得面红耳赤,激烈非常,仿佛着了鬼迷似的。我想假如把艾雷萨①的神环放在他们鼻子底下,鼻孔里准有邪鬼钻出来。我对我的朋友说:"哎,老天爷,好大的火气,好大的嗓门儿啊!这两

---

① 艾雷萨(Eléazar),古犹太魔术师,据弗拉维欧斯·周塞浮斯(Flavius Josephus)《犹太旧闻录》第八卷第四十六至四十七节,此人传得所罗门王的法术,有个神环能驱邪鬼,周塞浮斯曾亲眼见他施法(见"勒勃古典丛书"本第五册第595—597页),勒萨日所讲就从那一节来。

个辩论的人,天生是叫喊消息的报子。世上一大半人都跟他们的地位不相称。"他答道:"是啊,一点儿不错。从前罗马理财家诺维欧斯①的嗓子,大伙儿赶车人也嚷他不过。这两位分明是他一类人物。他们嚷得人耳朵都聋了,却全说些废话,我最受不了。"我当时已经头昏脑涨,我们就避开这些大呼小喊的哲学家,才免了我一场头痛。我们到那一间屋里,坐在一边,喝点儿酒清清神,看着那些出出进进的客人。尼聂斯差不多个个都认识。他嚷道:"天啊!咱们那些哲学家一时上还辩论不完呢,又来了生力军了。那进来的三个人就是去上场比赛的。刚出去的两个怪人你瞧见没有?那黑瘦的小个子、直长头发一半披在前面一半披在后面的,叫堂如连·德·维拉奴诺。这人是个年轻的财政审计员,拼命充花花公子。有一天我跟朋友上他家吃饭,看见他正在干一件怪事。他在书房里跟一只大猎狗玩儿,把自己稽查的一宗案卷一封封扔开去,叫那只狗衔回来。那猎狗把这些卷宗咬得粉碎。跟他一起的那个红脸的学士叫堂颜如盘·钝头②,他是托雷都教堂里的大司铎,天下第一笨蛋。可是你看他满面笑容、精神焕发,还以为他很聪明呢。他目光炯炯有神,练成一副狡猾顽皮的笑容,仿佛很精明似的。要是念一篇极细腻的文章给他听,他聚精会神,仿佛很能领会,其实他什么也不懂。那天他也在财政审计员家里吃饭。大家讲了不知多少的趣事妙语。堂颜如盘一句话也没说,只凭他嬉嘴扬眉、手舞足蹈来

---

① 见贺拉斯《代简与讽刺诗集》第一卷第四篇第 42 至 44 行,略谓若同时有二百辆大车和三起大出丧拥挤喧哗,诺维欧斯高声大嚷,能够把一切吹号打鼓的声音都盖下去(见"勒勃古典丛书"本第 80—81 页)。
② 钝头,西班牙文为 Tonto,是傻瓜的意思。

助兴。他这副姿态好像比我们说的俏皮话还高明。"

我问尼聂斯:"这边两个落拓不修边幅的人,胳膊撑在桌上,咬着耳朵窃窃私语的,你认得吗?"他说:"不认识,那两个是生脸。不过看那样子,准是咖啡馆里的政客①,在讥弹朝政。瞧那位温文尔雅的大爷,吹着口哨踱来踱去,有时丁字步站住,或是歇着左腿,或是歇着右腿:那是年轻诗人堂奥古斯丹·莫瑞多。他有点才分,只是给那起一味恭维、一窍不通的人捧得简直癫狂了。他招呼的那人是同行,擅写押韵的散文,也是个风魔了的家伙。"

外面又来两个带剑的人,他指给我看,说道:"又是两个作者!他们好像都约齐了到这儿来受你检阅的。那是堂贝尔那·喋嘶谰言怪多②和堂赛巴斯田·德·维拉·维修萨。堂贝尔那满肚子怨毒,是个生性阴沉的作家;他只想害人,无人不恨,也没人喜欢他。堂赛巴斯田却是个老实孩子,是个心地光明的作家。他新近编了个戏,演来非常叫座;他就把那剧本印出来,让大家瞧瞧个透,免得自己浪得虚名。③"

贡戈拉的存心忠厚的徒弟还要把眼前人物一一指示,这时梅狄那·西董尼亚公爵的家人来打断他道:"堂法布利斯大爷,

---

① 这是作者失检,那时候西班牙还没有咖啡馆。
② 西班牙文 Deslenguado 是肆口谰言恶语的意思。
③ 亚里士多德《诗学》里说,悲剧不在乎舞台上的演出,舞台上的景象是作品以外的东西(见"勒勃古典丛书"本第29页及49页)。法国古典主义理论的主要源泉意大利批评家路都维果·卡斯德维特罗(Lodovico Castelvetro, 1505—1571)的《亚里士多德诗学诠释》就进一步说,戏院的看客都是些粗俗无知的人,所以需要布景等等把剧本在台上演出(见赛巴多尼斯版第23页)。因此西洋文评里常说,剧本印了出来,作为读物,就难哄过识者。

我找你来了。公爵大人想跟你谈谈，在家等着呢。"贵人有什么呼唤，一刻也迟延不得；尼聂斯懂得这个道理，马上撇了我去见他的梅赛那斯。我听人家称呼他"堂"，吃了一惊，他爸爸只是克利索斯东理发师，儿子却成了贵人了。

第 十 四 章

法布利斯把吉尔·布拉斯荐给西西里
贵人加连诺伯爵。

我急要再见法布利斯的面，忍不住第二天大清早就到他家。我进门就说："堂法布利斯大爷，阿斯杜利亚的呱呱叫、簇簇新的贵人啊，我向您请安。"他听了大笑道："人家称我'堂'，给你听在耳朵里了？"我道："是啊，绅士大爷，你不见怪，我可要说了：你昨天讲你怎么摇身一变，却把最妙的节目漏了。"他道："你说得对。不过我借用这个头衔，虽然是自己爱面子，实在也因为人家讲面子，不得不然。你知道西班牙人的脾气，好好一个人，不幸出身贫贱，就受尽白眼。我还跟你说吧，我看见过好多人自称什么堂方思华、堂加布利尔、堂贝德、堂这个那个，天知道他们是什么东西。可见贵人不是件稀罕物儿，有才有能的平头百姓愿意跟他们为伍还是抬举他们呢。"

他接着道："咱们讲别的话吧。昨儿晚上梅狄那·西董尼亚公爵请去吃饭的客人里有个西西里贵人加连诺伯爵。席上偶然谈起爱面子的笑话。我很得意,恰恰有个现成例子可以讲出来让大家笑笑,就把你那个说教文章的故事讲了一遍。你可以想象,在座诸君都听了大笑,把你那位大主教挖苦得淋漓尽致。你可没有吃亏,因为大家都为你惋惜。加连诺伯爵向我详细打听你,不消说,我回答得都很得体。他托我带你去见见。我正想来找了你同上他寓所去呢。他大概要用你做个书记。我劝你答应。在这位大爷手下做事好极了。他很有钱,在马德里阔绰得像个钦差大臣。听说有些王家的产业赖玛公爵想让给西西里,这人就是上朝来谈判的。总而言之,这加连诺伯爵虽然是西西里人,看来很慷慨,很正直光明。你跟上这位大爷再好也没有。照应你在格拉纳达断的终身,照应你发财的大概就是他了。"

我对尼聂斯说:"我本来还想闲一程子寻寻快乐,然后找事情。可是听你这么说来,我心活了,巴不得已经追随着他。"他答道:"你马上就会如愿的,决没有错儿。"我们就一同到伯爵寓所,他住的是他朋友堂桑式·德·阿维拉的房子,主人那时候正在乡下。

我们在院子里看见不知多少小僮儿和跟班,都穿了又华丽又漂亮的号衣,接待室里又有许多侍从、家人和其他执事。他们一个个鲜衣美服,只是相貌丑怪,好像一群穿了西班牙装束的猴子。老实说,有些男人女人的相貌,随他们怎么刻意修饰也是枉然的。

门上传报了堂法布利斯的名字,一会儿就请他进去,我也跟着。伯爵穿着便装正坐在沙发上喝巧克力。我们毕恭毕敬行了个礼。他略微点点头,脸色很和气,我立刻一片心都向他了。贵人们对咱们稍假辞色,往往有这种奇效。除非他们十二分傲慢无礼,我们是不会生气的。

那位爷喝完巧克力,就逗着身边一只大猴子玩儿。那猴子叫"爱神"。我不懂为什么给那畜生取了这个名字,大概它和爱神一般都顽皮促狭,此外实在毫无似处了。那猴子只是畜生,可是主人把它当作开心丸子,觉得它可爱,成天抱着。尼聂斯和我看那猴子跳踉作耍,并不有趣,可是也装出十分喜欢的样子。这来哄得那西西里人很高兴。他放下那玩意儿,对我说道:"朋友,你只要有意,不妨在我这里做一员书记。你要是以为相宜,我一年给你二百比斯多。只消堂法布利斯做你的荐头和保人就行了。"尼聂斯道:"好啊,大爷,我比柏拉图胆大,他向暴君德尼斯①推荐了一个朋友,却不敢做保。我是不怕你埋怨的。"

我对这位阿斯杜利亚的诗人行了个礼,谢他为我这般大胆。于是我对东家说,一定要赤胆忠心地伺候他。这大爷一瞧我答应,马上叫他的总管进来,低声吩咐了几句,然后对我说道:"吉尔·布拉斯,你的职务,回头再跟你讲。你现在跟我的总管去吧,我刚吩咐了他怎么样安置你。"我就听命,撇下法布利斯陪着伯爵和"爱神"。

那总管是个调皮透顶的梅西那人。他领我到他屋里,客气得不得了。他把为他们全宅人做活的裁缝叫来,吩咐他为我赶

---

① 德尼斯(Denys,公元前 405—前 367 年在位),西拉古斯(Syracuse)暴君。柏拉图的第十三封信是写给他的,第一节说:"我荐个人给你,名字叫海利根(Hélicon)……这人颇有风趣,脾气也好。我话虽这么说,心里却有点担忧,因为我说的是一个人,人固然不是个卑贱的动物,却是个变化不测的动物……你自己小心察看他吧。"(见《柏拉图的十三封信》,柏斯特〔L. A. Post〕译注本第 18—19 页)勒萨日所说,想指这件事,但希腊学者对这封信的真伪还有疑问。

做一套衣服,要跟头等执事穿的一样讲究。裁缝量了我的身材就走了。那梅西那人道:"我为你挑了一间很舒服的卧房。"又问我:"哎,你吃过早点没有?"我说还没有。他道:"啊,你这个可怜的孩子,怎么不说呀?你在这里,要什么,只消说一声。来,我带你到一个地方去,靠天之福,那儿要什么都有。"

他说完带我到伙食房,见了伙食头儿。那是个那普尔斯人,跟这个梅西那人本领不相上下,可说是我不输你,你不输我。那位有体面的伙食头儿正陪着五六个朋友,把火腿呀,牛舌头呀,还有些腌货尽量往肚里塞,吃得嘴燥,就一口口地喝酒解渴。我们也坐上去,一起痛饮伯爵大人的好酒。我们在伙食房大吃大喝的当儿,厨房里也有宴会。厨子款待三四个朋友,他们正和我们一样的狠命喝酒,一面把兔肉馅饼、野鸡馅饼填肚子。便是厨下小打杂儿也可以放量偷吃。这个人家仿佛没主人的,尽人偷盗。可是这还不算什么,还有许多我没见到的呢,相形之下,这不过是鸡毛蒜皮罢了。

第 十 五 章

加连诺伯爵派给吉尔·布拉斯的职务。

我出去把行李搬入新居。回来的时候伯爵和许多客人正吃饭,其中有尼聂斯诗人。他左右有人伺候,谈谈说说,态度很自在。我还留心到他每讲句话,总使满座生春。天才真了不起!

一个人有了才,就由得他做什么等人物了。

我和府里的执事同桌,吃得简直和东家差不多。我饭后回到自己房里,把处境思量一番。我想:"哎,吉尔·布拉斯,你现在跟上了个西西里的伯爵,还没摸着他的脾气。看情形,你在他家正是如鱼得水。不过事情是拿不稳的,你已经几次三番遭厄运播弄,流年还未必吉利呢。况且你又不知道东家派你什么差事。他现有几个书记、一个总管,要你效什么劳呢?大概是要你替他送信拉纤。好得很!在贵人家做事,若要马上得意,这是条捷径;如果靠你规规矩矩当差,只好一步步挨,还未必能挨到头呢。"

我正打着这个好算盘,一个跟班的来对我说,客人散了,伯爵叫我去。我立刻赶到他房里,看见他挨着那只猴子躺在沙发上,准备同睡午觉。

他说:"吉尔·布拉斯,过来,坐下听我说。"我都遵命。他说道:"堂法布利斯说你许多好处,尤其夸你赤心为主、是个诚实不欺的孩子。我就为这两点,决计要用你。我要个有情有义的用人,处处为我打算,心心念念不肯让我吃亏。说真话,我很有钱,可是我每年入不敷出,亏空很大。怎么回事儿呢?因为有走失呀。我这家里仿佛一座树林,简直是个贼窝。我疑心伙食头儿跟总管串通一气。要是我怀疑没错,他们这样尽可以叫我倾家荡产。你也许要说,既然怀疑他们是坏蛋,叫他们滚就完了。可是天下老鸹子一般黑,好一点的货哪里去找呢?我只可以另用个人,授他权监视那两个家伙。吉尔·布拉斯,我就挑你来干这差使。你要是干得好,我决不会亏负你,你可以放心。我一定照应你在西西里好好的成家立业。"

他说完叫我出去。这天晚上，他当着全家用人派我做了大总管。那梅西那人和那普尔斯人一上来还不怎么丧气，他们以为我是个好性儿的小伙子，只要让我利益均沾，他们依然可以干他们的营生。过了一天，我向他们声明，我这人对一切揩油作弊深恶痛绝。这来他们可呆住了。我叫伙食头儿把家里存的伙食向我报账。我又去查看酒窖。我把伙食房里银器、桌布之类的什物一一清点。于是我警戒他们俩：主人家的东西要爱惜，不许浪费。末了还说，若有什么弊端落在我眼里，我都要禀告主人的。

我一不做二不休。我要找个内线，探探他们两人是否一条藤儿。我挑了个小打杂儿，许他点好处，把他买通了。他说，我若要打听宅里的事，他知道得最清楚。他说：伙食头儿和总管勾结，百端浪费，仿佛把一支蜡烛两头点；每天买的荤腥，他们要吞灭一半；那普尔斯人养个外室，在圣托马斯学院对面，梅西那人的外室在太阳门附近，这两位先生每天早上把买的各种伙食送给他们的姘头；那厨子也把佳肴美味送给街坊上相识的一个寡妇；他对那两人死心塌地，极力伺候，他们见他的情，就把窖里的酒也让他一起享用；总而言之，伯爵大人家开销浩大，就费在这三个用人身上。那小打杂儿还说："你要是不信，劳驾明天早上七点左右到圣托马斯学院附近去等着。你亲眼看见我背着一筐伙食，就证据确凿了。"我道："原来你替那两个风流买办当差。"他答道："我替伙食头儿当差，我有个伙伴儿替总管当差。"

我觉得这个消息值得我费功夫查明一下。我有那好奇心，第二天早上就在指定的时间跑到圣托马斯学院左近。我没等多少时候，看见我那耳报神背着一只大筐来了，筐里满满地装着各种肉啊,家禽啊,野味啊,等等。我逐件点看一遍,在记事本上做了一篇调查报告,回头去给主人看。我叫那个小打杂儿照常干他的事去。

那位西西里大爷火性很大,气头上要把那普尔斯人和梅西那人都撵走。可是他深思熟虑之后,只辞掉个梅西那人,把他的位子给了我。我那大总管之职派下来没多久就此取消了。老实说,这倒正中下怀。干那个事其实不过当个体面的奸细,只有个虚架子。做了总管先生,钱箱就由我掌管,这是实权所在。大人家的用人向来是总管地位最高。做到这个位子就有许多生财之道,尽管你毫不苟且也总会发财。

那个那普尔斯人鬼花样还多得很。他看我铁面无私,天天一早起来查点他买回来的伙食,登记上账,他就不再打偏手。可是那混蛋每天买的东西还跟从前一样多。这样一来,吃剩的菜也就多了。按规矩,那是他的好处。他不能把荤腥趁新鲜送给相好,至少可以烧熟了送去。那家伙依然一点不吃亏;伯爵得了总管里的尖儿顶儿,还是没便宜。我一看每餐的菜多得吃不尽,就想出个新办法,马上把每道菜酌量减克,堵住这个漏卮。不过我极有分寸,一点不露寒俭,看上来还照常的饮食若流。我这番经纪省下不少开销。主人也就是要我如此,他要省钱而豪华不减。他虽然爱钱,场面却要撑足的。

我还不罢休,另又除了一个弊端。我觉得酒消耗得太快了,怀疑里面还有花样。真的,譬如一桌十二位大爷要喝掉五十瓶酒,有时喝到六十瓶。我很吃惊,就去问那鬼灵精的小打杂儿。我和他暗里约会。厨房里大家不防他,他就把所见所闻一五一十都告诉我。他说那是伙食头儿和厨子以及斟酒的跟班串通了作的弊。跟班把一瓶酒斟掉半瓶，就收进去，以后他们同伙儿的大家分。我就对跟班发话，警告他们说，要是再干这种事准叫他们滚蛋。他们这来就害怕了，只好循规蹈矩。我留心把我替东家打的小算盘都一一禀告主人。他满口称赞，对我的宠爱与日俱增。我也要谢谢那小打杂儿帮了我好大的忙，就升他做厨子的下手。阔人家忠心的用人是这样一步步高升的。

那个那普尔斯人处处逃不出我手心，简直气疯了。他每次报账，总吃我细细盘驳，他为这事恨得咬肉。我防他揩油肆无忌惮，所以亲自到菜市去打听行情。这么一来，我就知道他捣什么鬼了。他不免欺骗主人，我就狠狠地盘问。我相信他一天准要咒我一百回。不过他居心不正，我想他咒骂也不会应验。我不懂他怎么不怕我种种作难，还要待在这西西里贵人家当差。他一定还有便宜可图，我作难也是徒然。

我偶尔碰到法布利斯，就把我做了总管种种破天荒的奇功伟绩告诉他听。他却不以为然。有一天他对我说：“你赤心为主这样出力，但愿天保佑你会有好报。不过咱们私底下说说，我想你跟那伙食头儿要是不那么认真，你还要顺利呢。”我答道："什么话呀！那贼丧尽廉耻，账上把四个比斯多的鱼开十个比斯多，你要我这也马虎过去吗？"他冷冷地说："干吗不马虎呀？他只要把油水分一半给你，就是按规矩了。"他又摇头道："说老实话，朋友啊，你是个聪明人，这来可太笨了。你真是东家的走狗。你凑口馒头不肯吃，看来当用人的日子长着呢！我告诉你吧，运气好比轻狂的风骚女人，风流子弟要是不赶紧下手，她就跑了。"

我听了尼聂斯的话只一笑置之，他自己也笑了，只算是说着玩儿的。他出了坏主意没见采纳,自己觉得不好意思。我还是矢忠矢勤,贞固不移。我果然始终如一。我敢说,靠我的经纪,四个月里至少替主人省下三千杜加。

第 十 六 章

加连诺伯爵的猴子遭了意外之灾,
这位大爷的着急。吉尔·
布拉斯得病,如何下场。

于是伯爵寓所出了件意外,闹得家翻宅乱。这事读者看来虽然琐屑不足道,对我们用人却紧要非凡,尤其是对我。我东家看作命根子的猴儿,就是上文讲的"爱神",一天从这窗口跳向那窗口,失脚跌在院子里,把条腿跌脱了臼。伯爵一知道,顿时失声大叫,像个女人一般。他急得不可开交,把手下人个个埋怨遍,险的叫全伙儿用人都滚蛋。他居然沉住火气,只怪我们粗心,咒诅谩骂了一顿就罢了。他立刻把马德里接骨合臼的头等外科医生都请来。他们看了那条摔坏的腿,拍上臼,包扎停当,都一口担保没事。可是我主人定要留一个医生看着那猴子,直等它复元了才放走。

我应该讲讲那西西里贵人当时焦愁的情形。他成天守着那宝贝猴子,寸步不离;说起来大家不会相信的。他亲眼看人家替猴子包扎,晚上三遍两遍起来瞧它。用人都整夜不得休息,尤其是我,我们随时要听使唤去伺候那只猴子,真是讨厌透了。总而言之,全家忙得马仰人翻,直到他妈的那畜生复元,照常又跳啊蹦啊翻跟斗,这才安顿下来。史威东记载加利古拉①爱极了他的马,甚至给它一所陈设富丽的住宅,用了许多人伺候,还要封它做执政官。我们看了那猴子的遭际,对史威东的话还会不相信吗?我主人对他那猴子着迷得正也不相上下,也巴不得叫它做个法官呢。

我要讨主人的好,比别的用人分外卖力。我为他那"爱神"操劳太过,一头病倒。这是我倒霉了。我寒热大作,人事不省,半个月来病得七死八活,也不知道人家是怎么处置我的。我只知道亏我年纪轻,寒热打不倒我,医药大概也治不死我,居然神志又清楚了。我一醒过来,发觉不睡在自己屋里。我要知道是怎么回事,就问那个守着我的老婆子。她叫我别说话,医生讲明不许的。一个人身体好着,总把医生不当一回事;到生了病,就乖乖地听他们吩咐了。

我虽然心痒痒地想跟伺候的老婆子说话,也就忍住不说了。我正在反复思量,只见进来两个花花公子似的人,打扮得非常俏皮:丝绒衣裳,极讲究的衬衣,上面还绲着花边。我以为那是主人的朋友,看他面子来瞧我的。所以我挣扎着想要坐起来。我不敢怠慢,把睡帽也扯下。可是伺候的老婆子按我躺下,说那两

---

① 加利古拉(Caligula,12—41),古罗马暴君,史威东《十二大帝传及名人传》第四卷第五十五节说他宠爱一匹马,叫作"飞马"(Incitatus),为它造了大理石马厩,象牙马槽,还有讲究的住宅,陈设仆役,一应俱全,四周有卫兵站岗,叫人民肃静回避,免得吵扰了它(见"勒勃古典丛书"本第一册第488—489页)。

位是我的医生和药剂师。

那医生上来给我把了脉,又看了我的脸色,看见种种征候都是快要痊好之象,就满面得意,仿佛多亏了他。他说只消再吃一帖药就功德圆满,他可以自夸妙手回春了。他说完就随口说了个方子,叫药剂师笔录下来;一壁厢照着镜子整理头发,做出种种怪相。我虽然病得那样,看着也忍不住好笑。于是他似招呼非招呼地对我一点头就走了。他一味想着自己的模样儿,开的药方倒并不在心上。

那药剂师来了不是没事的。医生走后,他就准备动手。他要干什么,一猜就知道。他也许怕那老婆子手脚笨,也许是卖弄本事,定要亲自动手。他手段尽管高,不知怎么一来,他还没完事,我就把他灌注给我的东西一股脑儿奉璧,溅得他丝绒衣裳上一塌糊涂。他认为吃了药剂师那行饭难免这种倒霉事儿,一言不发,拿块布擦拭一番就走。那套衣服他准得送出去干洗,干洗费决计要出在我账上的。

第二天早上,他把医生开的药送来。这回他不怕脏了衣服,可是他穿得朴素些了。我一来因为身体渐觉健旺,又加我前一天就把医生和药剂师厌恶透顶,甚至还咒骂他们出身的大学堂;他们杀了人逍遥法外的权力都是大学堂授予的。所以我发誓说,再不要吃药了,希波克拉底和他的徒子徒孙都滚他妈的蛋。那药剂师配了药只要我付钱就罢,我吃不吃,他满不在乎。他把药放在桌上,一声不响地走了。

我马上吩咐把这一文不值的药扔到窗外头去;我成见很深,相信吃下去准会毒死。我一不做二不休,还有桩事也不听医生吩咐了。我不再闷声不响,我口气很硬,命令那伺候的老婆子务必把我主人的消息告诉我。那老婆子要说,又怕我气坏了,性命难保;要不说,又怕惹出我的病来,她只是吞吞吐吐。可是经不起我急催紧逼,到头来她只好告诉我说:"大爷,你现在自己做主,没别的主人了。加连诺伯爵已经回西西里去了。"

我听了不相信;不过这事千真万确。我生病的第二天,那位大爷怕我死在他家里,承他情把我连人带东西搬到个客店里,满不在乎地撇下不管,随老天爷和一个老婆子照应去。那时候他接到本国命令,召他回去。他急急动身,把我忘得一干二净。也许他以为我已经死了,也许贵人都是忘事的。

伺候的老婆子把这些事讲完,又说医生和药剂师是她找来的,惟恐我病死没人催命。我听到这些好消息,呆得半晌说不出话来。西西里的好家业啊,休想了!一场好梦都完了!有一位教皇曾经说:"你要是遭遇大不如意的事,反躬省察,就会明白总是咎由自取。"我并不敢冒犯这位圣人,可是这一回怎么咎由自取,我却不懂。

我一肚子如意算盘落了一场空,心上只惦着我那只手提箱。我吩咐拿到床上来让我瞧瞧。我一看箱子已经打开,叹口气道:"哎!我宝贝的手提箱、我惟一的安心丸呀,看来你已经遭过劫了。"那老婆子道:"没那事,吉尔·布拉斯大爷,你放了心,什么也没偷掉你的。我看守你这只箱子,就仿佛看守自己的名节一样。"

我上伯爵家当差的时候穿的那套衣服还在箱子里,可是梅西那人叫裁缝给我做的一套却找不着了。也许我主人以为不应该留给我,也许是给什么人捞摸了去。别的衣着都没动,连我装钱的一个皮子做的大钱袋都在。我生病之前,钱袋里有二百六十比斯多,这回只剩了五十比斯多。我数了一遍不信,又数第二遍。我就问伺候的老婆子说:"老妈妈,这是怎么回事儿?我的钱剩了这一点点了!"老婆子答道:"你这钱全是我经手的,我花得再省俭没有了。可是生了病花费很大,动不动都要钱。"我这位好当家从口袋里掏出一叠纸,说道:"这是开支的账目。我这笔账是真金不怕火烧的。你瞧了就知道我一个子儿也没乱花。"

那账单总共有十五页到二十页,我从头到底看了一遍。天啊,我人事不知的时候买了那么多的鸡鸭呀!单是那一项菜肉合煮的汤至少就花了十二比斯多。别的东西也跟这项相称,木柴啊,洋蜡啊,水啊,笤帚啊,等等,真不懂她怎么用得了那许多。可是她尽管开虚账,总数不过三十比斯多,还亏一百八十个比斯多呢。我跟那老婆子说了,她一副天真老实的样儿,赌神发咒,说伯爵的伙食头儿把我那手提箱交给她的时候,钱袋里只有八十比斯多。我忙打断她道:"老妈妈,你说什么?我的东西是那伙食头儿交给你的吗?"她答道:"没错儿是他。我分明记得,他一面把东西交给我,还对我说:这个你拿去,老妈妈,等吉尔·布拉斯大爷两腿挺直,务必好好儿发送他,这箱子里有的是钱。"

我恨道:"啊!该死的那普尔斯人!我少的钱是哪里去的,不问可知了!我碍着你的道儿,害你少揩了东家的油,你就在我身上出账,把我偷个精光。"我骂了一番,又感谢上天,那混蛋没把我偷得一个子儿不剩。我虽然觉得那个伙食头儿大有做贼的嫌疑,却也不信伺候的老婆子手脚干净。我一会儿怀疑伙食头儿,一会儿怀疑老婆子,不过我反正总是一样的遭殃。我没对老婆子说什么话,连她那篇妙账也没跟她计较。计较也徒然,况且她也是靠山吃山、靠水吃水,理所当然。我沉住气,三天后跟她算清账,把她打发走就算了。

她大概出门就去通知药剂师,说她不在我那儿了,还说我已经很健朗,难保不付药账、溜之大吉。所以不一会儿那药剂师就气喘吁吁地赶来。他把账单给我,上面开的药名目繁多,都是我神志昏迷的时候吃的;我虽然也做过医生,从没见过那些药名。这笔账可算是名副其实的药账①了。付账的时候我们就吵起来。我要打它个对折,他发誓一个子儿也不能少。可是他一算计,跟自己打交道的这小子可以马上离开马德里,那就一个子儿都捞不到手,倒不如依着对方随意出多少吧。照我答应的数目,他已经利市三倍。我满不情愿地把钱数出来;他钱到手就走,灌肠那天吃的一点亏这回完全出本了。

医生跟脚也来了;医生和药剂师原是狼狈一气的。他出诊的次数很多,我付清诊金,打发得他很称心。他临走还仔细讲,我那个病会转成种种险症,多亏他防止有方,可见没白赚我的钱。他用的字眼儿非常好听,神气也很和悦,不过我听来莫名其妙。我把他送走,以为一个个催命使者都打发干净了。谁知不然,又来了一个从没见过的外科医生。他对我恭恭敬敬行了个礼,恭喜我得了重病居然化险为夷,又说:这全亏他两番为我放掉许多血,又使抽血器抽过几回。这又该我破钞了,我还得受外科医生的克剥。这样几次三番的出账,我那钱袋里的膏血挤得所余无几,又干又瘪,成了个空躯壳。

---

① 药剂师的药账往往随意乱开,所以法文里药剂师的账单(Parties d'apothicaire)就指虚账。

我一瞧光景又很窘,就发起愁来。我在最后几个主人家过得太舒服,养坏了骨头,不能再像从前那样做鄙夷一切的哲学家来熬穷受苦。不过老实说,我这样忧闷是不对的;时运升沉,我饱经惯历,应该知道否极就要泰来。